Das Geheimnis

von

Cottage

am Meer

LIZ EELES

Das Geheimnis vom Cottage am Meer

Übersetzt von Michaela Link

bookouture

Die Originalausgabe erschien 2021 unter dem Titel
„Secrets at the Last House Before the Sea"
bei Storyfire Ltd. trading as Bookouture.

Deutsche Erstausgabe herausgegeben von Bookouture, 2022
1. Auflage Februar 2023

Ein Imprint von Storyfire Ltd.
Carmelite House
50 Victoria Embankment
London EC4Y 0DZ

www.bookouture.com

ISBN: 978-1-83790-198-2
eBook ISBN: 978-1-83790-197-5

Für Ivor Frederick Eeles, den besten Dad, den ein Mädchen haben konnte. Du fehlst uns.

PROLOG

Meine geliebte Saffy,

du bist in meinem Herzen, solang die Welt sich dreht. Vor dir war mein Leben leer und kalt, und deine Liebe hat mir mehr Glück geschenkt, als ich verdiene. Der Gedanke an unsere Hochzeit und daran, den Rest meines Lebens mit dir zu verbringen, erfüllt mich mit Freude.

Du sollst wissen, dass du immer geliebt werden wirst.

J

EINS

Rosie bog um die Ecke, hinein in den salzgeschwängerten Wind, und schlug den Kragen ihrer Jacke hoch. Sie hatte ganz vergessen, wie kalt es zu Beginn des Frühlings an der englischen Küste sein konnte. Aber die grauen Wolken, die sich bereits über dem Meer auftürmten, hielten die Touristen am Kai mit ihren fleckigen bloßen Beinen nicht davon ab, Eis zu essen – wild entschlossen, ihren Ferientag zu genießen, solang es noch nicht regnete.

Ja, Devon war genau so, wie sie es in Erinnerung hatte: trostlos, nass und deprimierend. Sie wünschte sich, sie wäre noch in Spanien und hätte diesen Anruf nie erhalten.

Während über ihr die Möwen klagend kreischten, versetzte Rosie sich in Gedanken unter einen Baum ihres andalusischen Gartens: ihre Haut erhitzt auf der Sonnenliege, das Aufblitzen des blauen Himmels zwischen Palmwedeln und die leuchtenden Farben der maurischen Fliesen an den Wänden ihrer Wohnung.

In Südspanien waren die Farben lebhaft und strahlend, nicht gedämpft und weich wie hier in Heaven's Cove. Rosie sah zu, wie die moosgrünen Wellen sich an der Hafenmauer brachen und deren bleichen Stein dunkel färbten. Wie Ebbe und Flut der Gezeiten schien sich hier niemals etwas zu ändern. *Jahr für Jahr immer das Gleiche.* Die schmalen Gassen von Touristen überlaufen, Bauerntanz im Gemeindesaal und überall Cholesterinspiegel steigernden Cream Tea im Angebot – zwei halbe, dick mit Clotted Cream und Erdbeerkonfitüre bestrichene Scones zum Tee. Doch nach der erschütternden Nachricht, die Rosie in dieser Woche erhalten hatte, würde für sie wahrscheinlich nichts mehr so sein wie zuvor.

»Lily, pass auf! Fahr die Frau nicht um!«

Rosie kehrte abrupt in die Wirklichkeit zurück und trat schnell zur Seite, um einem kleinen Mädchen auf einem rosa Fahrrad mit Stützrädern auszuweichen. Das dunkelhaarige Kind schlingerte auf dem Bürgersteig an ihr vorbei und schrammte dabei an Rosies ramponiertem Koffer entlang.

»Es tut mir furchtbar leid. Sie hat das Fahrrad zum Geburtstag bekommen, aber mit dem Lenken klappt es noch nicht so ganz.« Die pummelige kleine Frau, die dem Mädchen nacheilte, blieb plötzlich stehen und vergrub die Hände in den Taschen ihres grauen Hoodies. »Sag mal, bist du nicht …?«

Sie verstummte, während Rosie versuchte, sich an den Namen der Frau zu erinnern. Er begann mit V, da war sie sich sicher. Veronica? Violet? Nein, sie hieß Vanessa, genau. Obwohl sie in der Schule Nessa genannt worden war, mit dem Spitznamen »Das Ungeheuer von Loch Nessa« – nicht, weil sie furchterregend gewesen war, sondern weil man sie wie das sagenumwobene Seeungeheuer nur selten zu Gesicht bekommen hatte. Nessa war Gewohnheitsschwänzerin gewesen. Und jetzt Mutter, wie es schien.

Rosie verkroch sich tiefer in ihre Jacke, als die ersten dunklen Regentropfen auf das Kopfsteinpflaster klatschten. »Ich bin Rosie. Wir sind zusammen zur Schule gegangen. Ich glaube, du warst eine Klasse unter mir.«

»Ah, daher kenne ich dich.« Nessa nickte. Ihrem Tonfall

nach wusste sie bereits genau, wer Rosie war. »Ich habe dich hier schon länger nicht mehr gesehen.«

»Ich habe die letzten Jahre im Ausland gelebt.«

»Ja, das sieht man. In Heaven's Cove wird man nicht so braun.« Nessa trat von einem Fuß auf den anderen und strich sich über den glänzenden braunen Pferdeschwanz. »Das mit deiner Mutter tut mir übrigens wirklich leid. Was für ein Jammer. He, Lily, bleib bitte da stehen und warte auf Mummy.«

Was für ein Jammer. Rosie blinzelte hinter der Sonnenbrille und spürte eine Enge in der Brust. »Danke. Es war ein großer Schock.«

»Das kann ich mir vorstellen. Das ist bestimmt auch der Grund, warum du hier bist.«

»Ich musste für ein oder zwei Wochen herkommen. Ich war schon beim Bestatter in Exeter. Es gibt viel zu regeln.«

»Klar. Es war für uns alle ein Schock, als deine Mum so völlig unerwartet gestorben ist. Und es fühlt sich auch falsch an, dass ihr Haus jetzt leer steht. Es sieht irgendwie traurig aus.«

Zum ersten Mal seit ihrer Ankunft im Dorf schaute Rosie zu Driftwood House hinauf. Ihr Elternhaus, das hoch oben auf den Felsen über Heaven's Cove stand und in dessen Fenstern sich der stahlgraue Himmel spiegelte, sah tatsächlich einsam aus.

Schnell wandte sie den Blick ab. Sie durfte nicht vor einer ehemaligen Mitschülerin weinen. Die Nachricht von ihrem Kummer würde sich wie ein Lauffeuer im Dorf verbreiten, und dann würde ein Strom von Menschen zum Haus kommen, um ihr ihr Beileid auszusprechen und ihre kaum verhohlene Missbilligung darüber zum Ausdruck zu bringen, dass sie ihre Mutter praktisch im Stich gelassen hatte.

Warum war sie nicht vergangenen Monat, als sie ein paar Tage frei gehabt hatte, nach Heaven's Cove gekommen? Stattdessen hatte sie die Zeit damit verbracht, ihre Wohnung zu renovieren und mit Freunden in der Sonne Sangria zu trinken.

Rosie grub die Fingernägel in die Handfläche und zwang sich, sich weiter zu beherrschen. »Es ist wirklich traurig«, pflichtete sie Nessa bei, unsicher, ob sie den Tod ihrer Mutter meinte oder, dass das Haus jetzt leer stand.

Nessa nickte und zerzauste Lily das Haar. Das kleine Mädchen hatte das Warten aufgegeben und war wackelig über den schmalen Gehsteig zurückgefahren. »Und, bleibst du lange in Heaven's Cove?«

»Das will ich nicht hoffen.«

Die Worte waren ihr herausgerutscht, und Nessa machte ein langes Gesicht. »Devon muss dir nach deinen Reisen ja ziemlich langweilig vorkommen. An welchem aufregenden Ort lebst du denn im Moment?«

»Ich bin seit achtzehn Monaten in Andalusien, im Süden von Spanien.«

»Ja, ich weiß, wo Andalusien liegt«, antwortete Nessa und verdrehte kaum merklich die Augen. »Und was machst du da, im fernen, exotischen Andalusien?«

Es war schwer zu sagen, ob Nessa es sarkastisch meinte oder ob sie sich wirklich für ihr Leben interessierte.

»Dies und das.« Rosie zuckte die Achseln. Sie wollte das Gespräch beenden. »Ich arbeite halbtags in einem B&B und den Rest der Zeit für eine Immobilienfirma, Apartments mit Meerblick verkaufen.«

»Das klingt toll.«

Rosie nickte, obwohl es nicht ganz so toll war, erhitzte und verschwitzte Leute durch enge Wohnungen zu führen, wie Nessa es sich vorzustellen schien. Vor allem, wenn man sich für den versprochenen »Meerblick« gefährlich weit über die Balkonbrüstung lehnen musste. Rosie hatte sich inzwischen daran gewöhnt, dass die Begeisterung potentieller Käufer in

Enttäuschung umschlug, aber es war ihr weiterhin unwohl dabei.

Nessa sah sie immer noch an.

»Und was machst du jetzt so?«, fragte Rosie und nahm die Sonnenbrille ab, um Regentropfen von den Gläsern zu wischen.

»Ach, nichts Besonderes. Ich arbeite Teilzeit in Shelley's Eisenwarenladen, und dann habe ich natürlich noch die Kleine hier.« Sie betrachtete Lily mit einem Lächeln, dann zog sie ein Papiertuch aus der Tasche und schrubbte den dunklen Fleck am Mund des Kindes ab. »Geburtstagsschokolade! Normalerweise bekommt sie nichts Süßes. Ich gehöre nicht zu den Müttern, die ihre Kinder mit Zucker vollstopfen, damit sie Ruhe geben, auch wenn manche Leute etwas anderes denken. Alleinerziehende Eltern haben einen schlechten Ruf, vor allem hier, wo jeder seinen Senf dazugeben muss.« Nessa schoss das Blut in die Wangen. »Tut mir leid. Ich wollte keine Volksreden halten, aber das Dorf macht mich manchmal fertig.«

Rosie lächelte, ihre Mimik auf Autopilot. »Ich weiß, was du meinst. Aber ich bin mir sicher, dass du das toll machst. Ich bewundere jeden, der Kinder großzieht.«

»Wirklich?« Als Nessa grinste, verschwand die Falte zwischen ihren Brauen.

»Ja. Wie alt ist deine Tochter?«

»Vor zwei Tagen vier geworden.«

»Hast du noch mehr Kinder?«

»Nein, zum Glück nicht. Eins reicht mir völlig.«

Als Rosie nickte, zu erschöpft für weiteren Small Talk, schaute Nessa auf ihre Armbanduhr. »Ich sollte jetzt besser los, aber es war schön, dich wiederzusehen. Und es tut mir sehr leid mit deiner Mum. Ich weiß, wie das ist.«

Ein vage Erinnerung tauchte in Rosies Gedächtnis auf, dass Nessas Mutter vor Jahren an einer Krankheit gestorben war. Sie hatte sich damals gefragt, ob Nessa die Schule geschwänzt hatte, um sie zu pflegen. Und jetzt hatten sie beide keine Mutter mehr.

»Im Moment kommt mir alles so unwirklich vor. Ich denke die ganze Zeit, es müsse ein Irrtum sein, ein wirklich schrecklicher Irrtum, und ich habe auch noch nicht geweint. Ist das falsch?«

Rosie hatte nicht vorgehabt, damit herauszuplatzen, aber Nessa wirkte ungerührt. »Nein, ich schätze, das ist vollkommen normal. Es ist der Schock. Bei mir hat es ewig gedauert, bis ich geweint habe, und dann konnte ich nicht mehr damit aufhören.« Sie zögerte kurz, verloren in einer Erinnerung, dann nahm sie Lily an die Hand. »Eltern zu verlieren ist hart, aber man kommt drüber weg. Ehrlich. Und wenn du irgendetwas brauchst, komm einfach zu mir in den Laden. Ich habe das Gefühl, dass ich den größten Teil meines Lebens dort verbringe.«

»Danke, das ist lieb.«

Nessa verabschiedete sich mit einem Nicken und eilte mit ihrer Tochter davon, während Rosie wieder nach ihrem Koffer griff. Das hätte ihr Leben sein können, wenn sie in Heaven's Cove geblieben wäre. Sie hätte kleine Kinder großziehen und Teilzeit arbeiten und Schwimmreifen an Touristen verkaufen können. Wäre das so schlimm gewesen? Zumindest wäre sie da gewesen, als ihre Mutter sie gebraucht hatte, und ihre Mum wäre so gern Oma geworden.

Das Bild ihrer Mutter, wie sie lachend ein Kind hochhob, kam ihr in den Sinn. Sie war sich nicht sicher, ob es eine Erinnerung oder Einbildung war, und die Enge in ihrer Brust wurde so stark, dass sie kaum noch atmen konnte.

»Hör. Auf. Zu. Denken!«, sagte sie laut. Ein Mann mittleren Alters in weiten Shorts warf ihr einen nervösen Blick zu und lotste seine Familie von der Verrückten weg.

So ging das nicht weiter. Rosie nahm den tiefsten Atemzug, den sie je getan hatte, und heftete den Blick auf die bunten, am

Kai dümpelnden Fischerboote. Sie vernahm das sanfte Klatschen der Wellen gegen die Mauer und roch den Duft der salzigen Luft, und langsam ließen ihre quälenden Gedanken nach.

Alles hier war so vertraut, obwohl sie so lange fort gewesen war. Wenigstens war ihre erste Begegnung mit einer Bekannten von früher glatt gelaufen. Sie hatte Angst gehabt, dass sich das gewohnte Gefühl, nicht zu dieser engen Gemeinschaft zu gehören, wieder einstellen würde. Ihr Gesicht hatte nie hierher gepasst. Aber Nessa war ziemlich nett gewesen. Vielleicht würde die Rückkehr nach Heaven's Cove und die Begegnung mit ihren alten Schulfreunden und Nachbarn ja doch nicht so schlimm werden wie befürchtet.

Ermutigt von diesem Gedanken bog Rosie in eine der engen Gassen ein, die vom Meer wegführten, und ging an einer Reihe weißgetünchter Cottages vorbei. Auf ihrer Rückreise nach England hatte sie nicht gedacht, dass die Dorfbewohner sie so freundlich aufnehmen würden. Der dreistündige Flug von Málaga war ihr ewig lang vorgekommen. Das Flugzeug war voller glücklicher Urlauber auf der Rückreise in ihre Heimat gewesen, deren gute Laune in starkem Kontrast zu ihrer Trauer und ihren Schuldgefühlen gestanden hatte.

»Vielleicht ist es okay, zurück in Heaven's Cove zu sein«, murmelte Rosie, ohne zu bemerken, dass sie wieder Selbstgespräche führte. »Es wird alles gut werden.«

Doch als eine tonnenförmige Frau mit einem in Zeitungspapier gewickelten Päckchen aus dem Fischgeschäft kam, rauschte Rosis kurzer Anflug von Hochgefühl in den Keller. Es gab zwei Frauen, denen sie während ihres Aufenthalts unbedingt aus dem Weg gehen wollte. Eine war Katrina Crawley – Katrina hatte sie in der Schule getriezt und bei jeder sich bietenden Gelegenheit niedergemacht. Die andere war Belinda Kellscroft, die jetzt auf sie zuhielt wie eine Zielsuchrakete. Es war eine Ewigkeit her, seit sie sich das letzte Mal begegnet

waren. Belinda wusste nur wenig über Rosies Leben, aber das
würde sie nicht davon abhalten, ihre Meinung dazu kundzutun.
Belinda gab zu allem und jedem ausführlich ihren Senf dazu,
ob sie nun gut informiert war oder nicht.

Rosie senkte den Kopf und beschleunigte den Schritt, aber
es war schon zu spät. Belinda steckte das Päckchen in die
Tasche, stellte sich ihr in den Weg und stemmte die Hände in
die Hüften. Die Goldringe an ihren Fingern glänzten in dem
fahlen Sonnenlicht, das durch die Wolken drang.

»Rose Merchant, so wahr ich hier stehe. Also haben Sie es
endlich nach Hause geschafft.«

Sie spitzte die Lippen. Weitere Worte waren nicht nötig,
denn ihre säuerliche Miene sagte alles: *Was für eine Schande,
dass Sie erst nach dem Tod Ihrer Mutter zurückgekommen sind.*

Rosie versteifte sich. Die krause Dauerwelle, die Belindas
faltiges Gesicht umrahmte, war grauer geworden. Die Frau trug
diese Frisur, seit Rosie denken konnte.

»Ich bin gerade erst angekommen. Ich habe den ersten Flug
genommen, den ich bekommen konnte, nachdem ... nachdem
ich es erfahren hatte. Ein Arzt hat mich aus dem Krankenhaus
angerufen.«

Doch es war nicht sie gewesen, die den Anruf entgegengenommen hatte. Sie war zu beschäftigt damit gewesen, in der
Küche ihres sonnigen Apartments Paella zu machen und Wein
zu trinken, um an ihr klingelndes Telefon zu gehen. Stattdessen
war Matt drangegangen. Rosie hatte sich furchtbar darüber
aufgeregt – nicht nur, weil sie tausend Meilen entfernt war, als
ihre Mutter einen Schlaganfall erlitten hatte, sondern weil sie
nicht die Erste war, die davon erfuhr. Was war sie nur für eine
Tochter?

Belinda rümpfte die Nase, als wisse sie genau, was für eine
Tochter Rosie war. »Mein Beileid. Dass die arme, arme Sofia so
früh von uns gegangen ist. Sagen Sie, wann sind Sie zuletzt in
Heaven's Cove gewesen?«

»Ich bin mir nicht sicher. Es muss vor etwa drei Jahren gewesen sein.«

»Das ist lange her.«

»Mag sein, aber Mum hat mich regelmäßig besucht, egal wo ich gerade war.«

Das Zeitungspapier um Belindas Päckchen raschelte, als sie die Arme verschränkte und dabei die Tasche an die Brust drückte. »Sofia hat ihre Urlaubsfotos dem ganzen Dorf gezeigt. Sie hat für diese Besuche gelebt.«

»Wir haben auch viel geskypt, wenn sie hier war. Eigentlich ständig.«

Bei dem Gedanken, dass es keine Internetanrufe mehr geben, sie ihre Mum nie wieder irgendwo im Ausland vom Flughafen abholen und ihr nie wieder Fotos aus dem heißen, staubigen Spanien per WhatsApp schicken würde, überwältigte Rosie eine Welle von Trauer. Es kam ihr immer noch alles so unwirklich vor.

»Hm, nun, das war wohl besser als nichts. Und es ist gut, dass Sie jetzt wieder hier sind. Im Haus wird es sicher viel zu tun geben.«

»Das denke ich auch. Ich bin gerade auf dem Weg dorthin.«

»Gut.« Belindas scharfe Züge wurden weicher. »Falls Sie Hilfe brauchen, denken Sie daran, dass wir alle da sind und über Sie wachen werden.«

Rosie wusste, dass die andere Frau nur versuchte, nett zu sein, aber sie verspürte trotzdem ein Kribbeln im Nacken. Sie hatte Heaven's Cove mit seinen winzigen, kopfsteingepflasterten Gassen, in denen sich im Sommer die Touristen drängten, immer als klaustrophobisch empfunden. Selbst die Bucht, deren sichelförmiger, heller Sandstrand rechts und links von hohen Felsen begrenzt wurde, wirkte beengt. Aber es war das ständige Gefühl, beobachtet zu werden, das ihr als Teenager besonders zugesetzt hatte.

Sie hatte sich nicht den kleinsten Fehltritt erlauben können, ohne dass jemand – für gewöhnlich Belinda – es brühwarm ihrer Mum hinterbracht hätte. Ob sie nun die Beine über den Rand des Kliffs hatte baumeln lassen, von einem Felsen ins kalte Meer gesprungen war oder mittags das Schulgebäude verlassen hatte, um sich Pommes zu kaufen – die Klatschmäuler von Heaven's Cove sorgten dafür, dass ihre Mutter von jeder noch so kleinen Verfehlung erfuhr.

»Danke, Belinda«, antwortete Rosie, während sich ihr der Hals zuschnürte. »Aber ich komme sicher zurecht.«

»Ehe Sie sich's versehen, fliegen Sie zurück nach Griechenland oder Italien oder dorthin, wo immer Sie sonst gerade leben. Dann ist alles hier erledigt und Heaven's Cove auf ewig vergessen.«

Rosie nickte und traute sich nicht zu sprechen, als Belinda eine ihrer berüchtigten Klatschtiraden vom Stapel ließ. »Hat Ihre Mutter Sie über die Neuigkeiten aus dem Dorf auf dem Laufenden gehalten, während Sie fort waren? Haben Sie gehört, dass Phyllis Collins nach Exeter zu ihrer schrecklichen Nichte gezogen ist, dass Serena in der Nähe des Kais mit einem Wirtschaftsprüfer zusammengezogen ist und dass Simon aus dem alten Cottage der Küstenwache beschlossen hat, schwul zu sein?«

Rosie nickte wieder, obwohl ihr das alles neu war – im Gegensatz zu Belinda hatte ihre Mum es nicht als ihre Aufgabe angesehen, genüsslich den Dorfklatsch weiterzugeben. Außerdem war Rosie davon überzeugt, dass Simon nicht einfach »beschlossen« hatte, schwul zu sein, wie Belinda es so knapp formuliert hatte.

»Und wir haben gerade das Dach des Gemeindesaals erneuert, weil das alte undicht war wie ein Sieb. Ich führte natürlich den Vorsitz über das Spendenkomitee. Wenn hier etwas gut werden soll, muss man es selbst machen.« Ihr Lachen war für Rosie so unangenehm wie das Kratzen von Fingernägeln auf einer Schiefertafel. Belinda meinte es meistens gut, aber an einem Tag wie diesem war sie schwer zu ertragen.

Rosie trat auf die Straße und ging um Belinda herum. »Tut mir leid, dass ich nicht länger bleiben und mich unterhalten kann, aber ich habe in Driftwood House zu tun.«

»O ja, natürlich. Wie gesagt, wir sind alle sehr betroffen über den Tod Ihrer Mutter. Sofia war eine ungewöhnliche Frau – fast schon ein kleiner Hippie. Aber sie war eine von uns, und sie wird uns fehlen. Geben Sie gut auf sich acht, meine Liebe.«

Ein Hippie? Das traf es durchaus. Ihre Mum war nie glücklicher, als wenn sie barfuß und mit Feldblumen in ihrem langen Haar oben über die Felsen laufen konnte. Rosie schob die schmerzhafte Erinnerung beiseite und ging die Straße entlang, während sie ihren Koffer über das Pflaster zog und Belindas Blick im Rücken spürte, bis sie um die nächste Ecke bog.

ZWEI

Vom Rand des Dorfes an, wo die schmale Straße in einen holprigen Weg überging, trug Rosie ihren Koffer und begann den steilen Aufstieg. Der Weg war zwar breit genug für ein Auto, aber kaum jemand wollte sich hier das Fahrwerk ruinieren. Und genau deshalb hatte sich ihre Mum für einen alten, mitternachtsblauen Mini entschieden.

Es hat keinen Sinn, Geld für ein schickes Auto auszugeben, Rosie. Es würde sowieso bald den Schlaglöchern oder der salzigen Gischt bei Sturm zum Opfer fallen.

Rosie erblickte den rostigen Wagen, als sie das Ende des Feldweges erreichte. Er war nachlässig auf dem Gras geparkt, als wäre die Fahrerin in Eile gewesen, darauf erpicht, ihre Pläne für den Tag in Angriff zu nehmen. Das war typisch Mum, immer sprühend vor Ideen und Begeisterung und nie untätig. Es war schwer, sich vorzustellen, dass so eine starke Persönlichkeit von einem winzigen Blutgerinnsel dahingerafft werden konnte. Es schien einfach unmöglich zu sein.

Rosie stellte den Koffer ab, ging zum Rand des Kliffs und betrachtete von dort aus das der grün-grauen See zugewandte Haus.

Vom Dorf aus sah das Haus mit seinen rauen, weiß getünchten Mauern und dem dunklen Ziegeldach genauso aus wie seit Jahrzehnten – zu groß, um als Cottage bezeichnet zu werden, zu klein, um als prächtig beschrieben zu werden.

Doch aus der Nähe sah Rosie, dass Meereswind und Regen in den drei Jahren seit ihrem letzten Besuch ihren Tribut gefordert hatten. Die Unterkante der hölzernen Eingangstür war aufgequollen, als ob sie jeden Moment bersten würde, und die Farbe an den Hausmauern löste sich in großen Blasen ab. Driftwood House wirkte mitgenommen, so als trauere es um ihre Mutter.

Plötzlich stürmte eine Bilderflut auf Rosie ein: Ihre Mum lachend während ihrer letzten Spanienreise; der Ausdruck auf ihrem Gesicht, als Rosie ihr sagte, sie habe nicht vor, für immer nach Hause zu kommen; ihr Leichnam im Bestattungsinstitut. »Es tut mir leid, Mum, falls ich dich enttäuscht habe«, flüsterte Rosie. Aber der Wind riss ihre Worte fort und trug sie hinaus über die weißgekrönten Wellen nach Frankreich.

Rosie schloss das Haus auf und stieß die aufgequollene Tür mit der Schulter über die Fliesen der Eingangshalle. Von ihrem letzten Besuch im Haus war ihr noch der Duft nach frisch gebackenen Keksen und karamellisiertem Zucker in Erinnerung. Mum hatte es stets als ihre Aufgabe angesehen, sie zu mästen. Aber heute schlug ihr nur ein muffiger Geruch von Staub und Moder entgegen, als sie ihren Koffer ins Haus zog und die Tür hinter sich schloss.

»Okay, ich bin wieder da. Und was jetzt?« Waren Selbstgespräche ein normales Trauersymptom? Matt hatte auf seinem Handy »Trauer« gegoogelt, während sie verzweifelt versucht hatte, einen Flug zu buchen, aber sie wusste nicht mehr, was er ihr vorgelesen hatte. Er war ohnehin nicht gerade hilfreich gewesen.

»Wann kommst du zurück, Rosie? Ich brauche dich«, waren seine letzten Worte gewesen, als sie ihren Koffer in das Taxi gewuchtet hatte. Als ob sie ihn mit ihrer Rückkehr nach England im Stich ließe.

Rosie schüttelte den Kopf, um die Erinnerung zu verdrängen, und setzte zu einem Rundgang durchs Haus an. Beinahe erwartete sie, dass ihre Mutter hinter einer Tür hervorsprang und sie umarmte.

Siehst du, Liebes, es war doch ein großer Irrtum. Natürlich bin ich nicht tot. Jetzt pack deine Sachen aus, und dann machen wir vor dem Tee einen Spaziergang zum Sorrell Head.

Aber es gab keine Mum und keinen Irrtum – nur ein leeres Haus, das seit ihrem letzten Besuch heruntergekommen war. Als Rosie wie ein Gespenst von einem Raum zum nächsten ging, bemerkte sie feuchte Flecken an den Wänden und das Klappern der Fenster im Wind. Wann hatte der Verfall von Driftwood House begonnen?

Nachdem sie sich in der Küche eine Tasse Earl Grey gemacht hatte, setzte sie sich damit in den stillen Wintergarten und ließ den Ausblick auf sich wirken. Da es sich um einen Anbau an der Rückseite des Hauses handelte, hatte man hier keinen Meerblick. Die Aussicht war trotzdem großartig – über eine weite, sanft grüne Fläche des ländlichen Devon, die sich bis zum Dartmoor im Westen erstreckte. Für so ein herrliches Panorama, das man geschützt vor dem stürmischen Küstenwind genießen konnte, würde manch einer gut bezahlen, dachte Rosie.

Hier hatte sie als Kind gespielt, wenn das Wetter für einen Spaziergang zu schlecht gewesen war. Und wenn schließlich die Sonne hervorgekommen war, hatte sie hier gesessen und ihrer Mutter bei der Gartenarbeit zugesehen. Der kleine Gemüsegarten mit den Kräutertöpfen und den Kübeln mit Kartoffelpflanzen war der Rückzugsort ihrer Mutter gewesen, um dem stressigen Alltag zu entfliehen. Sie hatte ihn angelegt, nachdem Rosies Vater sie verlassen hatte. Er war nach Milton Keynes gezogen, als sie zehn war, und hatte dort mit wechselnden Freundinnen gelebt, bis er vor acht Jahren an Krebs gestorben war. Nach seinem Weggang hatte ihre Beziehung gelitten, aber sie hatten sich trotzdem geliebt.

Rosie nahm das gerahmte Foto ihrer Eltern von der Fensterbank und strich mit dem Finger über die Gesichter. Nach der Scheidung hatte sie auf einem Bild von ihrem Dad bestanden, und ihre Mutter hatte es nicht weggeräumt, als Rosie ausgezogen war. Vielleicht hatte auch sie ihn noch ein bisschen geliebt.

Dabei fiel ihr etwas ein. Rosie nahm das Handy aus ihrer Handtasche und sah nach, ob Matt sich gemeldet hatte, aber es gab keine Anrufe. Sie hatte jedoch eine Textnachricht verpasst, die in der allgemeinen Hektik von Flughäfen, Bestattungsunternehmen und Zugfahrten untergegangen war.

Froh, dass du gut angekommen bist. Vermisse dich jetzt schon. Hoffentlich ist es nicht zu langweilig, zu Hause zu sein. Ich ruf dich an. M x

Eine solche Nachricht würde man schicken, wenn die Freundin zu einem Familiengeburtstag nach Hause musste, aber nicht bei einem Todesfall in der Familie.

Hätte er doch auch frei bekommen und mit ihr zur Beerdigung fliegen können. Matt war nicht immer der einfühlsamste aller Freunde, aber er war liebevoll und lustig. Sie hatten sich auf Anhieb verstanden, als er vor einigen Monaten bei der Immobilienagentur anfing, für die sie arbeitete.

Seufzend steckte Rosie das Handy weg und ging dann die Treppe hinauf in das Schlafzimmer ihrer Mutter. Es hatte fliederfarbene Wände und schwere cremefarbene Vorhänge, hinter denen sie sich als Kind gern versteckt hatte. Eine dünne Staubschicht hatte sich auf dem Frisiertisch gebildet, und sie wischte sie mit der Hand weg, bevor sie sich auf das Bett setzte. Was hatte ihre Mutter gelesen? Rosie legte den Kopf schräg, um den Titel des Buches zu entziffern, das aufgeschlagen auf der Decke lag. *Mythen und Legenden des alten Devon.* Das war genau die Art von Buch, die ihre Mum geliebt hatte, mit fantastischen Geschichten und alten Geheimnissen. Rosie sah sie vor sich, wie sie es oben auf den Steilfelsen las, ganz Bohemienne in einem langen Kleid, das blonde Haar mit einem Tuch zurückgebunden. Belindas Klatsch beruhte zwar häufig auf Halbwahrheiten und Gerüchten, aber in einem Punkt hatte sie recht: Sofia hatte etwas von einem Hippie gehabt.

Rosie ließ das Buch, wo es war, kroch, ohne sich auszuziehen, unter die Decke und atmete den vertrauten Lavendelduft ein. Mum schwor auf pflanzliche Schlafmittel, wenn das verwitterte Haus ächzte und knarrte. Sie musste hier sehr einsam gewesen sein, so ganz allein.

Endlich ließ Rosie der Trauer freien Lauf und weinte mit tiefen Schluchzern, die in den leeren Räumen widerhallten. Tränen durchnässten das Kissen, als sie flehte: »Bitte, komm zurück«, obwohl sie wusste, dass das unmöglich war. Jetzt gab es nur noch sie. Sie und Driftwood House.

DREI

Liam Satterley bahnte sich vorsichtig einen Weg den Pfad hinauf, den der letzte Regenguss in eine Schlammpiste verwandelt hatte, und klappte zum Schutz gegen den anhaltenden Nieselregen den Kragen hoch. Er hoffte, dass sein Weg nicht umsonst war, aber es gab Hinweise, dass sie angekommen war. In einem der Räume in Driftwood House brannte Licht, und Claude aus dem Dorf meinte, dass er sie am Nachmittag kurz gesehen hatte.

»Blond, braun gebrannt, großer Koffer«, lautete Claudes Beschreibung. Ein Mann weniger Worte, war er für gewöhnlich im Pub anzutreffen, wenn er nicht auf See war. Aber der große, bärtige Claude irrte sich nur selten, daher hatte Liam beschlossen, es zu wagen und den Brief selbst zu überbringen, auch wenn es ihm jetzt überhaupt nicht passte. Auf der Farm war viel zu tun, und er hinkte mit der Arbeit schon hinterher. Fenella, eins seiner besten Mutterschafe, war nicht sie selbst und vielleicht ein Fall für den Tierarzt. Das könnte teuer werden, und Geld war gerade knapp.

Aber der Brief in seiner Tasche war möglicherweise dringend, dem Umschlag nach könnte er sogar Ärger bedeuten.

Und obwohl er es nur ungern zugeben mochte, war er neugierig darauf, die seltsame Rosie Merchant wiederzusehen.

Als sie vor einer Ewigkeit das letzte Mal zu Hause gewesen war, hatte er gerade einen Kurs an der Landwirtschaftsschule besucht und sie verpasst. Wenn er allerdings daran dachte, wie sie ihn einmal in der Schule beschrieben hatte, war das wahrscheinlich auch gut so gewesen. *Eingebildeter Langweiler.* Autsch. Sein Kumpel Kieran hatte es damals mitangehört und ihm erzählt, und es hatte ihn geärgert. Und um ehrlich zu sein, ärgerte es ihn heute noch. Er hatte immer Eindruck bei den Frauen gemacht, aber Rosie war anscheinend immun gegen seinen Charme. Nicht, dass er an ihr interessiert gewesen wäre, mit ihrem langen geflochtenen Zopf und der komischen Brille, mit der sie wie eine Eule aussah. Außerdem hatte sie ständig die Nase in einem Buch.

Er schob den Brief tiefer in die Tasche seiner Wachsjacke und verfluchte sich dafür, nicht die Stiefel mit dem hohen Schaft angezogen zu haben. Es war zwar Frühling, doch als Landwirt hätte er wissen sollen, wie unberechenbar das Wetter in Devon war, und geeignetes Schuhwerk wählen sollen. Billy trottete mit nass glänzendem Fell neben ihm her und sah aus, als hätte er von diesem unerwarteten Ausflug die Nase gestrichen voll.

»Hey, hierher.« Als Liam leise pfiff, kam der schwarz-weiße Border Collie dicht an seine Seite. »Es dauert zum Glück nicht lang, und danach gehen wir wieder nach Hause. Okay? Braver Junge.«

Billy stupste mit der Schnauze die Hand seines Herrchens an und verschmierte dabei dessen ausgeblichene Jeans mit Schlamm.

Oben angekommen gingen sie zur Hintertür von Driftwood House. Sie lag an der dem Meer abgewandten Seite, wo es geschützter war. Grüppchen von Frühlings-Meerzwiebeln, die violett-blauen Blütenblätter täuschend zart, säumten den Weg.

Wie hatte Sofia diese Blumen noch genannt? »Unverwüst-liche kleine Racker«, das war es gewesen. Unverwüstlicher, als sie selbst es am Ende gewesen war.

»Bist du bereit, mein Junge?«, fragte Liam, dessen Stimme plötzlich rau vor Emotionen war. Er wurde wirklich weich, jetzt, wo er auf die Dreißig zuging. Sofia Merchant war zwar nett gewesen, aber sie war meistens für sich geblieben, sodass er sie kaum gekannt hatte – so wie er auch ihre Tochter mit den auffallenden rostbraunen Augen nicht richtig gekannt hatte, bevor sie bei der ersten sich bietenden Gelegenheit aus Heaven's Cove geflohen war.

Liam stellte die Plastiktüte mit Lebensmitteln, auf denen seine Mutter bestanden hatte, auf den Boden und klopfte an die Hintertür. Es war kein Licht in der Küche und auch nicht in dem heruntergekommenen Wintergarten mit den salzverkrus-teten Glasscheiben, von denen einige gesprungen waren, von kleinen Steinen beschädigt, die der gnadenlose Wind vom Strand heraufgetragen hatte.

Als niemand an die Tür kam, klopfte er wieder, doch das Haus blieb still, während Regenschnüre am Küchenfenster hinunterrannen. Vielleicht hatte Claude eine Touristin für Rosie gehalten, und Sofia hatte das Licht im Schlafzimmer brennen lassen, als sie das letzte Mal zu Hause gewesen war. Er war völlig umsonst bei diesem Mistwetter hermarschiert. Er klopfte auf gut Glück noch einmal, lauter diesmal, während Billy mit gespitzten Ohren wartete.

Was für eine Zeitverschwendung! Liam hatte sich schon zum Gehen gewendet, als die Hintertür aufgerissen wurde. Von Rosie Merchant, die furchtbar aussah.

VIER

»Ja? Was ist?« Rosie wusste, dass sie abweisend klang, aber sie war so erschöpft, dass es ihr egal war. Ihre Mutter war tot, ihr Elternhaus schien kurz vor dem Einsturz zu stehen, und das Letzte, was sie brauchte, war ein neugieriger Mann aus dem Dorf, der hier aufkreuzte, um ihr zu sagen, was für eine schlechte Tochter sie gewesen war.

Außerdem musste sie schrecklich aussehen. Sie warf einen Blick in den Spiegel, der auf dem Küchenbuffet stand. Ihr von der Sonne gesträhntes Haar stand wirr nach allen Seiten ab, und nicht einmal die goldene Bräune konnte die Tränensäcke unter ihren geschwollenen Augen kaschieren. War es oberflächlich, sich unter solchen Umständen Gedanken um ihr Aussehen zu machen? Belindas Meinung nach eindeutig Ja.

»Entschuldige die Störung«, sagte der Mann an der Tür. Er fuhr sich durch die tropfnassen Stirnfransen. »Und der plötzliche Tod deiner Mutter tut mir aufrichtig leid. Dieser Brief ist für Sofia gekommen, und ich dachte, es sei vielleicht dringend.« Er fuhr mit der Hand in die Jackentasche und zog einen großen weißen Umschlag heraus, den er ihr hinhielt.

»Danke.«

Rosie nahm den Brief und drehte ihn um. Oben auf der Rückseite des Umschlags befand sich der Stempel des Absenders: *Verschickt im Auftrag von: Mr Charles Epping, Esq, High Tor House, Granite's Edge, bei Kellsteignton, Dartmoor.*

Das war seltsam. Charles Epping, reicher hiesiger Grundbesitzer und abwesender Vermieter, war in Heaven's Cove sowohl für seine Reizbarkeit als auch für sein völliges Desinteresse an dem Dorf berüchtigt. Warum schickte ein bekannter Einsiedler aus dem Dartmoor und der wahrscheinlich unbeliebteste Mann in Devon einen Brief an – sie drehte den Umschlag um – *Die Familie von Mrs S. Merchant?*

Rosie schob den Zeigefinger unter die Lasche des Umschlags. »Wieso ist der Brief nicht direkt zugestellt worden?«

»Das liegt an Pat, unserem Briefträger.« Der Mann zuckte die Achseln. »Er schafft es nicht mehr hier hoch. Er meint, die Schlaglöcher seien Gift für seinen Ischias. Deshalb hat er sich angewöhnt, Sofias Post bei mir abzugeben, und ich bringe sie ein paarmal die Woche hier hoch.«

»Das ist nett.«

»Ach was. Ich lebe auf Meadowsweet Farm, habe es also nicht weit, und Billy kann die Bewegung gebrauchen. Er ist nicht mehr der Jüngste.«

Billy. Das war ein schöner Name für einen Hund. Rosie schaute von dem Brief auf, den sie aus dem Umschlag gezogen hatte, und sah den Mann erst jetzt richtig an. Jung, dichtes schwarzes Haar, Bartstoppeln am kantigen Kinn. Sie kannte ihn, obwohl sie kaum je ein Wort miteinander gesprochen hatten. Er war nicht der Typ Mann, der sich mit ihr abgab, und doch stand er hier vor ihrer Tür. Was war das nur für ein seltsamer, surrealer Tag.

»Du bist Liam, nicht wahr?«, fragte sie und strich sich eine Haarsträhne aus den Augen.

»Genau.« Er trat näher, aus dem Halbdunkel des gemauerten Windfangs heraus. »Es ist lange her. Es überrascht mich, dass du mich erkannt hast.«

Rosie hob eine Augenbraue, denn Liam hatte ein Gesicht, das man nicht so leicht vergaß. In der Schule war er der gutaussehende Goldjunge gewesen, gleichermaßen beliebt bei Lehrern wie Schülern und sich dessen auch bewusst. Sein selbstsicheres Auftreten hatte Rosie geärgert und fasziniert, denn von einem solchen Selbstbewusstsein hatte sie nur träumen können. Er war ein kluger Junge gewesen, dem die Welt zu Füßen lag. Umso tragischer, fand Rosie, dass er Heaven's Cove nicht verlassen wollte, weil er den Hof der Familie übernehmen sollte.

Als sie Teenager waren, hatte er nicht wie ein Bauer ausgesehen. Er war groß, schlank und blass gewesen, mit dichtem, dunklem Haar, das ihm in die Stirn fiel. Zu ihrem grenzenlosen Ärger hatte sein hübsches Gesicht ihr Herz damals schneller schlagen lassen, obwohl er sie, die seltsame Außenseiterin, in der Schule keines Blickes gewürdigt hatte.

Aber jetzt sah er mit seinen Stiefeln und der Wachsjacke wie ein Bauer aus - breite Schultern und eine gesunde Farbe auf den Wangen, die das Kornblumenblau seiner Augen noch betonte. Er bückte sich und nahm eine tropfende Tüte vom Boden auf.

»Das hier ist auch für dich.«

Rosie spähte in die Tüte, die Liam ihr reichte. Darin befanden sich ungewaschene Kartoffeln, dunkelgrüne Spinatblätter und obenauf eine in Frischhaltefolie eingewickelte Hühnerbrust. Liam Satterley, der Frauenschwarm von Heaven's Cove, brachte ihr etwas zu essen, obwohl er bislang nicht den Ruf gehabt hatte, freundlich zu sein.

»Das ist wirklich ... ich meine, es ist nett von dir«, stammelte Rosie und ärgerte sich über sich selbst, dass sie verwirrt klang. Noch mehr ärgerte es sie, dass es ihr etwas ausmachte.

Er zuckte wieder die Achseln. »Meine Mutter hat darauf bestanden, dass ich dir was mitbringe.«

»Dann ist es nett von ihr. Ist das von eurer Farm?«

»Nur das Gemüse, das Huhn nicht. Das ist aus dem Supermarkt.«

Er verzog beim Sprechen keine Miene, aber Rosie hätte beinahe gekichert, bevor sie sich fing. Hinterbliebene lachten doch nicht, oder? Um ehrlich zu sein, sie hatte nicht die leiseste Ahnung, wie sie sich im Moment verhalten sollte. Trauer war wie ein fremdes Land, und ohne Karte war sie verloren.

»Also dann.« Liam sah ihr in die Augen, bevor er den Kragen seiner Jacke hochschlug. »Ich lasse dich jetzt in Ruhe, damit du den Brief lesen kannst. Und das mit Sofia tut mir leid. Wirklich schade, dass du nicht hier warst, als es passiert ist.«

»Was soll das heißen?«

Die Worte kamen schärfer heraus als beabsichtigt, und Liam runzelte die Stirn, dann schüttelte er den Kopf.

»Das heißt nur, dass es mir leidtut, dass du deine Mutter nicht mehr sehen konntest, bevor sie krank geworden ist. Komm, Billy, ich denke, es ist Zeit zu gehen.«

Er bückte sich, um den Hund am Halsband zu fassen, aber das Tier wollte nichts davon wissen und schoss an Rosie vorbei in die Küche.

»Billy, komm zurück!«

Der Hund sah sein Herrchen an, rührte sich jedoch nicht von der Stelle. Liam mochte zwar einen Schlag bei den Frauen haben, aber bei Tieren versagte er völlig. Rosie trat seufzend auf Billy zu, hielt allerdings den Atem an, als der Hund sich anspannte. Er würde doch nicht ...

Liam hatte es ebenfalls bemerkt und rief: »Billy, untersteh dich!« Doch es war zu spät. Der Hund schüttelte sich kräftig und verteilte Schlamm in alle Richtungen.

Wenn das hier eine Fernseh-Sitcom wäre, dachte Rosie, wäre

es lustig, wie nasse Erde überall hinspritzte. Sie hätte gelacht, und Liam hätte sich entschuldigt, und während sie gemeinsam dem Dreck zu Leibe gerückt wären, hätten ihre Hände sich berührt und sie einen peinlichen Augenblick sexueller Anziehung erlebt.

Rosie biss sich fest auf die Unterlippe. Warum ging ihr ein so unpassender Gedanke über einen alten Mitschüler durch den Kopf, obwohl sie gerade ihre Mutter verloren hatte? Die Trauer machte sie verrückt.

Liam, immer noch an der Tür, trat von einem Fuß auf den anderen. »Billy benimmt sich sonst nie so daneben. Darf ich ...?«

Als er zögerte, stieg Ärger in Rosie auf. Brauchte er wie ein Vampir die Erlaubnis, die Türschwelle zu überqueren? Der Liam Satterley von früher wäre lachend hereinmarschiert und hätte die Situation geklärt. Doch wie er da im Schatten auf der Schwelle stand, hinter sich den finsteren grauen Himmel, wirkte er unsicher.

Rosie trat beiseite. »Du kommst besser rein und kümmerst dich um deinen Hund.«

Liam schob sich an ihr vorbei, und seine nassen Stiefel quietschten auf den Fliesen. Er packte den Hund am Halsband, doch Billy war diesbezüglich anderer Ansicht. Er ließ sich mit dem Hintern auf den Boden plumpsen und widersetzte sich allen Bemühungen, ihn zum Aufstehen zu bewegen. Unter gemurmelten Flüchen zog Liam das Tier über die Fliesen und in den Garten hinaus, dann drehte er sich mit hochroten Wangen in der Tür um.

Astreine Comedy, dachte Rosie, bevor eine neue Welle der Schuldgefühle sie überkam. Sie suchte Halt an der Arbeitsplatte und hätte um ein Haar den gelben Krug umgeworfen, den ihre Mutter günstig auf dem Markt von Heaven's Cove erstanden hatte. Begeistert über ihr Schnäppchen hatte sie Rosie extra über FaceTime angerufen, um ihn ihr zu zeigen.

Rosie nahm den Krug in die Hand und strich behutsam über das Porzellan.

»Tut mir echt leid«, entschuldigte Liam sich, ohne ihr in die Augen zu sehen. »Hast du einen Lappen?«

»Das ist nicht nötig«, entgegnete Rosie erschöpft, aber als Liam die Hand ausstreckte, gab sie ihm doch einen Lappen und sah zu, wie er den Dreck wegwischte. Er machte es gut, viel besser, als Matt es getan hätte. In Spanien war Rosie für die Küche zuständig, aus dem einfachen Grund, weil Matt sie beim Kochen immer in ein Schlachtfeld verwandelte und ziemlich schlampig war, wenn es anschließend ans Saubermachen ging. Sie hatte sich schon gefragt, ob er es mit Absicht tat, damit er sich hinsetzen und Wein trinken konnte, während sie sich mit der Zubereitung ihrer Mahlzeiten abmühte.

Während Rosie diesem Gedanken nachhing, fiel ihr plötzlich der Briefbogen aus der Hand und landete auf den schmutzigen Fliesen. Sie hob ihn auf, faltete das steife, cremefarbene Papier auseinander und las den Briefkopf aus silbern geprägten Lettern: *Rechtsanwälte Clarence & Buck.*

Warum schickten Rechtsanwälte im Namen von Charles Epping einen Brief nach Driftwood House? Sie überflog das Schreiben, dann las sie es noch einmal langsamer durch. Da musste ein Irrtum vorliegen.

»Alles in Ordnung?« Liam war neben sie getreten, den schmutzigen Putzlappen in der Hand. Sie spürte seinen warmen Atem an der Wange.

»Das glaube ich einfach nicht.« Sie wedelte mit dem Brief, als ob die Worte dadurch vom Papier rutschen könnten. »Er will das Haus.«

»Wer will das Haus?«

»Charles Epping. Er sagt, das Haus gehöre ihm und er wolle es zurückhaben, jetzt, da Mum ... jetzt, da sie ...« Sie konnte es nicht aussprechen, denn dann würde es Wirklichkeit werden. Liam nahm ihr den Brief aus den zitternden Händen und las ihn laut vor:

»*An die Familie von Sofia Merchant. Ich schreibe Ihnen im Namen meines Mandanten, Mr Charles Epping, um Sie darüber in Kenntnis zu setzen, dass Driftwood House nach dem bedauerlichen Tod von Mrs Sofia Merchant wieder in seinen Besitz übergegangen ist. Mr Epping ist sich bewusst, dass dies eine schwere Zeit ist, daher ist er bereit, Ihnen eine Frist von einem Monat zu gewähren, bevor das Haus geräumt werden muss. Ich habe Unterlagen über die Vereinbarung mit Mrs Merchant beigefügt. Mr Epping lässt Ihnen sein herzliches Beileid ausrichten. Mit freundlichen Grüßen, Ellis Buck.*«

»Das Haus gehört Mum«, flüsterte Rosie.

Liam nahm ein Bündel Papiere aus dem Umschlag und verzog den Mund, während er es durchblätterte.

Einige Augenblicke später runzelte er die Stirn. »Diesen Unterlagen zufolge nicht. Ist das die Unterschrift deiner Mutter?«

Rosie sah auf das vergilbte Papier, das Liam ihr zeigte. Der krakelige Schnörkel, mit dem jemand in schwarzer Tinte unterzeichnet hatte, war zwar beinahe unleserlich, kam ihr aber bekannt vor. »Ich denke, ja. Mum hatte eine fürchterliche Handschrift, aber es sieht nach ihrer Unterschrift aus.«

»In dem Fall ...« Er ging die Seiten durch. »Ich bin zwar Landwirt und kein Rechtsanwalt, aber das hier scheint eine rechtlich bindende Vereinbarung zu sein, nach der deine Mutter lebenslanges Wohnrecht in dem Haus hatte, und dass es nach ihrem Tod an die Familie Epping zurückfällt.«

»Kann er das machen?«

Liam verzog die Nase. »Die Eppings können tun, was sie wollen. Hör zu«, er rückte so nah heran, dass sein Arm ihren berührte, »Jackson aus dem Dorf ist Anwalt. Er ist zwar schon halb im Ruhestand, aber er hat deine Mutter gekannt, und er würde sich die Vereinbarung wahrscheinlich aus Gefälligkeit ansehen. Hat deine Mum dir gesagt, dass ihr das Haus gehört?«

»Ja«, bestätigte Rosie und versuchte fieberhaft, sich an ein solches Gespräch zu erinnern. »Das heißt, nein, nicht direkt, aber sie hat schon vor meiner Geburt hier gelebt und immer von dem Haus gesprochen, als gehöre es ihr. Als Kind dachte ich, meine Eltern würden eine Hypothek zahlen und keine Miete.«

Rosie setzte sich auf einen Hocker und wippte nervös mit den Beinen. Früher hatte sie immer hier gesessen und ihrer Mutter beim Backen zugesehen, und wenn der Kuchen im Ofen war, durfte sie die Schüssel auslecken. Mum hatte es geliebt, in dieser Küche zu backen. Sie hatte dieses Haus geliebt.

Liam zog einen anderen Hocker heran, setzte sich vor Rosie und legte die Hände auf die Knie. Regentropfen rannen von seiner Wachsjacke und fielen auf die Fliesen. »Ich weiß, dass es noch früh ist und dass deine Mum gerade erst ... aber hattest du vor, hier zu leben?«

Er schaute zur Hintertür, als ein Regenschwall gegen das Küchenfenster prasselte und Billy zu winseln begann.

»Nein, langfristig nicht. Ich werde so bald wie möglich nach Spanien zurückkehren.«

»Natürlich.« Er zog einen Mundwinkel hoch. »Dann hattest du vermutlich vor, das Haus zu verkaufen.«

»Nein, auf keinen Fall.«

Dachte er, dass es ihr ums Geld ging? Vielleicht betrachtete das ganze Dorf sie als geldgierige Goldgräberin, die nur zurück-gekommen war, um Anspruch auf ihr Erbe zu erheben. Rosie schluckte. »Ich könnte Driftwood House nicht verkaufen. Ich hatte noch keine Zeit, um richtig über alles nachzudenken. Alles ist so ein Durcheinander. Aber ich glaube, ich würde das Haus vermieten.«

»Warum, wenn du nur so selten hier bist?«

Also warf er ihr genau wie Belinda vor, nicht oft genug hier gewesen zu sein. Rosies Wangen wurden heiß, und ihr Magen krampfte sich vor Schuldgefühlen und Ärger zusammen. Warum waren die Leute hier so schnell mit Kritik bei der Hand? Sie hatte doch nur ein Abenteuer erleben wollen, die Gelegenheit genutzt, die Welt jenseits von Heaven's Cove kennenzulernen. Eine Welt, von deren Existenz Leute wie Belinda und Liam kaum etwas wussten.

»Es ist kein Verbrechen, an einem anderen Ort zu leben als in Heaven's Cove«, erklärte sie ihm.

»Das habe ich auch nie behauptet. Aber warum das Haus behalten, wenn du in Spanien lebst?«

Das war eine berechtigte Frage, doch Rosie war noch nicht dazu gekommen, eine Antwort darauf zu suchen. Es ergab keinen Sinn, aber instinktiv graute ihr vor dem Gedanken, Driftwood House zu verlieren. Das marode Haus, von Meereswinden und heftigen Winterstürmen in Mitleidenschaft gezogen, gab ihr Schutz und Sicherheit. Hier war sie immer gewollt und geliebt gewesen, egal, wie viel Mist sie gebaut hatte.

»Meine Mum hat Driftwood House geliebt«, sagte Rosie mit zitternder Stimme. »Es steckt voller Erinnerungen, und ich dachte, es würde immer da sein, damit ich eines Tages hierher zurückkehren kann. Falls ich es möchte. Das ist alles.«

Als Liam aufstand und einen Schritt auf sie zukam, dachte sie für einen beängstigenden Moment, dass er sie umarmen würde, aber das tat er natürlich nicht. Männer wie Liam Satterley umarmten keine glanzlosen Frauen mit Augenringen und zerwühltem Haar.

Er legte die Unterlagen auf den eichenen Küchentisch.

»Es tut mir leid«, sagte er steif.

»Vielleicht wird Mr Epping seine Meinung ändern, wenn ich ihm schreibe, dass ich das Haus gern übernehmen würde und dafür sorgen werde, dass die Miete bezahlt wird.«

»Das könntest du versuchen. Du könntest auch einfach nach Spanien zurückkehren.« Er runzelte die Stirn, als eine

Windbö Regen gegen das Fenster schleuderte und Billys Winseln lauter wurde. »Ich sollte los, ich habe noch viel zu tun. Kommst du hier allein zurecht?«

»Klar«, sagte Rosie mit seltsam ausdrucksloser Stimme, als ob sie nicht ihre eigene wäre. »Danke, dass du den Brief und die Lebensmittel gebracht hast.«

»Kein Problem. Das wird schon.«

Das wird schon – ein beruhigender Satz, der absolut nichtssagend war. Rosie nickte nur, als er die Hintertür öffnete und in den grauen, nassen Nachmittag verschwand.

Sie bereute es bereits, dem Goldjungen Liam Satterley von ihren Angelegenheiten erzählt zu haben. Heute Abend würde er sich im Smugglers Haunt volllaufen lassen und allen erzählen, dass Driftwood House den Eppings gehörte.

Das wird schon. Hatte Liam das wirklich zu einer Frau gesagt, die gerade ihre Mutter verloren hatte und nun vor dem Verlust ihres Elternhauses stand?

Er stöhnte, als er mit Billy den aufgeweichten Feldweg hinunterschlitterte. Er war sonst nie um das richtige Wort zur richtigen Zeit verlegen, selbst wenn er es nicht ehrlich meinte. Aber Rosie Merchant hatte schon immer etwas an sich gehabt, das ihn aus dem Konzept brachte.

Und sie so aufgewühlt zu sehen, hatte ihn erst recht erschüttert. Er zuckte innerlich zusammen, als er daran dachte, wie zerbrechlich und verloren sie gewirkt hatte, als sie von ihren Erinnerungen an Driftwood House erzählt hatte. Er war kein Anfass-Typ, aber in dem Moment hätte er sie beinahe umarmt. Zum Glück war er noch rechtzeitig zur Vernunft gekommen und hatte sich gebremst, weil sie ja praktisch eine Fremde war.

In der Schule hatten sie sich natürlich gekannt, aber im Gegensatz zu ihm hatte sie nicht zu der angesagten Clique gehört. Rosie war eine Einzelgängerin gewesen, ganz anders als seine Gruppe von Freunden, und fest entschlossen, Heaven's Cove zu verlassen. Das war für ihn nie in Betracht gekommen.

Liam stapfte weiter durch den unablässigen Regen und fragte sich, ob Rosie sich wirklich die Mühe machen würde, an Charles Epping zu schreiben. Was immer sie tat, es würde nicht das Geringste ändern. Charles Epping gehörte das halbe Dorf, darunter auch ein Teil seiner Farm, und er war die Sorte abwesender Eigentümer, die sich einen Dreck scherte. Er hatte gerade die Pacht für die Felder der Meadowsweet Farm erhöht und nahm den Betrieb nach Strich und Faden aus.

Der gleiche Angstschauer, der Liam nachts wachhielt, durchfuhr ihn nun, und er blieb stehen, um Luft zu holen. Die Bürde, den Hof für seine Eltern und auch für sich über Wasser zu halten, lastete momentan schwer auf ihm.

»Platz, Billy. Wir machen kurz Pause.«

Billy blieb sofort stehen und legte sich neben die Füße seines Herrchens. Liam bückte sich und kraulte den Hund hinter den Ohren. »Typisch! Warum warst du in Rosies Küche nicht auch so brav, anstatt alles mit Schlamm vollzuspritzen? Jetzt kann sie ihrer schlechten Meinung über mich noch den Punkt hinzufügen: *Hoffnungslos mit Hunden.*«

Aber na ja. Was spielte es für eine Rolle, was die eigenartige Rosie Merchant von ihm hielt, wenn sie bald für immer nach Spanien zurückging? Er richtete sich auf und bemerkte, dass unten in Heaven's Cove die allgemeine Geschäftigkeit bereits erstarb. Der Regen hatte die Touristen vertrieben, und obwohl es noch keine fünf Uhr war, brannte hinter den Fenstern der Cottages Licht.

»Komm, Billy, ab nach Hause und Tee trinken«, sagte er und ging schneller, als er die sanften Hänge am Fuß der Steilküste erreichte.

Seine Gedanken kehrten kurz noch einmal zu Rosie zurück, und er stellte sich vor, wie sie das Huhn und die Kartoffeln zubereitete, die er mitgebracht hatte. Andererseits bezweifelte er, dass sie sich in ihrer Verfassung die Mühe machen würde. Auch er hatte das Kochen und sich selbst vernachlässigt, als sein Leben im vergangenen Jahr implodiert war. Wahrscheinlich saß sie in der Küche und hing Erinnerungen nach, während der Himmel schwarz wurde, und schleppte sich dann ins Bett.

Vielleicht, überlegte Liam, tat Charles Epping Rosie ja einen Gefallen, indem er ihre Verbindung mit Heaven's Cove endgültig kappte. Es bedeutete, dass sie nach der Beerdigung ihrer Mutter zurück nach Spanien fliehen und das Dorf für immer hinter sich lassen konnte, falls sie das wollte.

»Devon im Regen oder strahlender Sonnenschein in Südspanien. Es ist eine schwere Entscheidung, Billy«, sagte Liam und spürte, wie ihm Wasser vom Kragen in den Nacken lief. Aber Billy sprang voraus und hörte nicht mehr zu.

FÜNF

Rosie zog sich zitternd die Strickjacke enger um die Schultern, als sie hinunter ins Dorf ging. Ihre braungebrannten Handgelenke, die sich golden von der weichen cremefarbenen Wolle abhoben, waren mit einer Gänsehaut überzogen.

In Spanien würden es heute fast vierundzwanzig Grad werden. Rosie hatte am Morgen einen Blick auf die Wetter-App geworfen, als ein kalter Wind um das Dach von Driftwood House gepfiffen hatte. Sie dachte an ihren sonnigen kleinen Garten und an den Hitzeschleier über den zerklüfteten rotbraunen Bergen, die sich hinter ihrer Wohnung erhoben.

Hier in Heaven's Cove herrschte Frühling. Das Dorf bot mit seinen weißgetünchten Cottages und den Blumenkästen an den Fenstern, in denen es zu blühen begann, einen hübschen Anblick. Der Himmel war von einem zarten Hellblau, und die Sonne schien, doch sie wärmte noch nicht, und der kalte Wind drang einem bis ins Mark.

Wo war nur Jackson Porters Büro? Der ziemlich veralteten Website des ortsansässigen Anwalts zufolge lag es hier, an der gepflasterten Hauptstraße. Rosie ließ den Blick über die Hausnummern schweifen, bis sie ein Messingschild mit seinem Namen entdeckte. Es war an einem kleinen Cottage mit Sprossenfenstern und einem dunklen Reetdach angebracht.

Das hübsche Haus hatte einst den Carvers gehört, deren Sohn Brendan in der Grundschule zwei Jahre über ihr gewesen war. Mrs Carver hatte halbtags in der Dorfbäckerei gearbeitet, war aber immer rechtzeitig am Schultor gewesen, um ihren Sohn abzuholen – im Gegensatz zu ihrer eigenen Mutter, die meistens in letzter Minute angehetzt gekommen war, die Hände noch mit Farbe oder Ton verschmiert.

Damals hatte Sofia jede freie Minute damit verbracht, in ihrem kleinen Atelier an der Rückseite von Driftwood House Schalen und Blumentöpfe herzustellen. Später war sie dazu übergegangen, die Landschaft von Devon mit dicken Pinselstrichen zu malen, bevor sie damit anfing, weiße T-Shirts zu batiken und die farbenfrohen Kreationen auf dem monatlichen Markt zu verkaufen. Danach hatte sie ihre Leidenschaft für die Ökologie entdeckt und die meisten Wochenenden damit zugebracht, durch das wilde Dartmoor zu wandern.

Rosie lächelte. Ihre Mutter war eine Frau mit vielen Interessen gewesen, in die sie sich mit Herz und Seele hineingestürzt hatte. Als Kind hatte sich Rosie eine »normale«, unauffällige Mutter gewünscht, aber als ihr Drang, auszubrechen und die Welt zu sehen, mit den Jahren immer stärker wurde, war ihre Mutter ihr nicht mehr peinlich gewesen. *Deinen Sinn fürs Abenteuer hast du von mir, Rosie Posie.* Sie hörte die Stimme ihrer Mutter, als stünde sie hier in Mr Porters Cottagegarten in dem Meer goldener Narzissen, die eine ihrer Lieblingsblumen waren.

Mit einem leichten Kopfschütteln drückte Rosie die glänzende schwarze Tür auf und betrat das Haus.

Eine Frau mittleren Alters mit Nickelbrille und kurzem blondem Haar schaute von ihrem Computer auf, als die Tür zuschlug. »Kann ich Ihnen helfen?«, fragte sie in einem Ton, der andeutete, dass sie nicht den geringsten Wunsch verspürte, in irgendeiner Form behilflich zu sein.

»Ich wollte Jackson sprechen, falls er ein paar Minuten Zeit hat.« Als das Lächeln der Frau gefror, bereute Rosie ihr zwangloses Auftreten sofort. »Ich meine, ich würde gern Mr ...«

»Haben Sie einen Termin?«, fragte die Frau und drückte das Kinn in den Rollkragen ihres weißen Pullovers. Sie blätterte in dem Terminkalender auf ihrem Schreibtisch, während Rosie sich fragte, ob Mr Porter absichtlich einen Rottweiler als Empfangsdame eingestellt hatte. Ihre Wurstfinger schauten aus fingerlosen Handschuhen heraus. Als sie Rosies Blick bemerkte, zog sie eine Braue hoch. »Die Heizung ist mal wieder kaputt. Dieses alte Haus scheint nie warm zu werden.« Plötzlich runzelte sie die Stirn. »In seinem Kalender steht kein Termin.«

»Ich habe leider keinen, aber ich hatte gehofft, ihn nur eine oder zwei Minuten für einen kurzen Rat sprechen zu können.«

»Ich fürchte, das wird nicht möglich sein«, antwortete die Frau und klappte den Terminkalender geräuschvoll zu.

»Liam Satterley hat ihn mir empfohlen.«

»Liam?« Die Frau schnurrte beinahe, obwohl Liam jung genug war, ihr Sohn zu sein. Offenbar hatte er seine Anziehungskraft auf das andere Geschlecht noch nicht eingebüßt. »Das ist zwar eigentlich unüblich, aber wenn Sie hier warten, will ich nachschauen, ob Mr Porter ein paar Minuten für Sie erübrigen kann. Wie heißen Sie?«

»Rose. Rosie Merchant.«

Ein Funke des Interesses glomm in den kleinen kastanienfarbenen Augen der Frau auf »*Die* Rosie Merchant? Sie sind hier eine lokale Berühmtheit. Auf dem Postamt waren Sie heute Morgen das einzige Gesprächsthema.« Sie grinste, als ob das etwas Gutes wäre. »Wie ich höre, haben Sie die Absicht, sämtliche Möbel ihrer Mutter nach Spanien schicken zu lassen.«

»Nein, habe ich nicht«, seufzte Rosie. Also brodelte die Gerüchteküche von Heaven's Cove bereits auf Hochtouren.

Aber war es bereits bekannt, dass Charles Epping der Eigentümer von Driftwood House war?

Rosie widerstand dem Drang zu fragen, was noch über sie geredet worden war. Es war wahrscheinlich das Beste, dass sie es nicht wusste.

Als die Frau aufstand, sah sie Rosie mit etwas freundlicherer Miene an. »Ich habe Ihre Mutter zwar kaum gekannt, weil ich erst seit zwei Monaten hier arbeite, aber Ihr Verlust tut mir sehr leid.«

Rosies war von dieser unerwarteten Anteilnahme gerührt und blinzelte Tränen weg. »Danke. Meine Mutter ist der Grund, warum ich mit Jackson – Mr Porter – sprechen muss.«

»Nehmen Sie Platz, ich gehe ihn gleich fragen. Brauchen Sie eine Tasse Tee?«

Tee, die britische Antwort auf alles, angefangen von Enttäuschung und Trauer bis hin zu quälenden Schuldgefühlen. Als Rosie höflich ablehnte, klopfte die Frau an die geschlossene Tür hinter ihrem Schreibtisch und eilte hindurch.

Rosie hörte gedämpfte Stimmen, während sie in dem Raum auf und ab ging. Er musste früher das Wohnzimmer des Cottages gewesen sein. Der rote Backsteinkamin verschwand fast vollständig hinter einem großen Aktenschrank und einem Drucker, und die Decke wurde von weiß gestrichenen Balken durchzogen.

An den Wänden hingen alte Fotos von Heaven's Cove: schwarz-weiße Aufnahmen längst vergangener Zeiten und Menschen. Rosie betrachtete das Foto, das ihr am nächsten war, und versuchte, sich jede Einzelheit einzuprägen, um sich von dem nagenden Schmerz in ihrem Inneren abzulenken. Ein kleiner Junge mit leuchtenden Augen stand in Moor Lane neben einem Pferdekarren und sah direkt in die Kamera. Er hatte etwas Lausbübisches in der Art, wie er das Kinn neigte, und Rosie fragte sich, was wohl aus ihm geworden war. War er einer von Heaven's Coves beliebtesten Einwohnern geworden, so wie Liam, oder hatte er sich wie sie immer als Außenseiter gefühlt?

»Miss Merchant?« Rosie drehte sich um. »Mr Porter kann ein paar Minuten für Sie erübrigen.«

Die Frau hielt die Tür auf und ließ Rosie in das Büro treten. Ein untersetzter rotgesichtiger Mann stand hinter einem großen Eichenschreibtisch und bedeutete Rosie, vor ihm Platz zu nehmen.

»Miss Merchant, wie schön, Sie endlich kennenzulernen. Ich habe von Ihrer Mutter sehr viel über Sie gehört, und Sie sind derzeit Dorfgespräch Nummer eins.« Er umschloss ihre Hand mit einem kräftigen Händedruck. »Obwohl es mir natürlich leidtut, dass wir uns unter so tragischen Umständen begegnen. Sofia war eine wunderbare Frau.«

»Kannten Sie meine Mutter gut?«, fragte Rosie. Sie befreite ihre Hand und setzte sich auf den harten Stuhl vor dem Schreibtisch.

»Ich habe sie früher sehr gut gekannt, aber ich habe Devon als junger Mann verlassen und bin erst vor Kurzem zu meinen Wurzeln zurückgekehrt. Sofia und ich hatten unsere Bekanntschaft gerade erst erneuert, und dann das. Es tut mir sehr leid. Sie wird mir furchtbar fehlen.«

Rosie sah zu ihrer Überraschung, dass Jackson Tränen in die Augen traten. Sie hatte gedacht, dass er unbeteiligt und professionell sein würde, zurückhaltend und reserviert. Aber er hatte ein Herz, und es schien, dass ein Teil davon ihrer Mutter gehört hatte. Vielleicht hatte die Zuneigung der Dorfbewohner Sofia für die Abwesenheit ihrer Tochter entschädigt.

Jackson öffnete die oberste Schublade seines Schreibtisches und nahm eine kleine Schachtel mit Papiertüchern heraus, die er ihr hinschob. »Bitte sehr.«

»Danke«, schniefte Rosie, die gar nicht gemerkt hatte, dass ihr Tränen die Wangen hinunterliefen. Sie tupfte sich das Gesicht ab und holte tief Luft, dann wühlte sie in ihrer Handtasche und zog die Papiere heraus, die sie von Charles Epping erhalten hatte.

»Es ist vielleicht eine Zumutung, aber ich hatte gehofft, dass Sie mir einen Gefallen tun könnten. Ich habe diese Unterlagen zu Driftwood House erhalten und wäre sehr dankbar, wenn Sie mir Ihre Meinung dazu sagen könnten. Selbstverständlich werde ich Sie dafür bezahlen.«

»Nicht nötig. Für Sofia tue ich alles«, antwortete Jackson und schob die Brille, die auf seinem Kopf gesessen hatte, auf die Nase. »Dann schauen wir mal, was wir da haben.«

»Ich wäre Ihnen dankbar, wenn Sie die Angelegenheit vertraulich behandeln würden«, bat Rosie, bevor sie ihm die Papiere reichte. »Es kann sein, dass es bereits bekannt ist, aber es wäre mir lieb, wenn es unter uns bleibt.«

»Selbstverständlich«, versicherte Jackson ihr und sah Rosie über den Rand seiner Brille an. »Alles, was in diesem Büro besprochen wird, bleibt vertraulich. Zeigen Sie mir, was Sie mitgebracht haben.«

Er überflog rasch den Brief, während Rosie nervös mit dem Fuß gegen das Stuhlbein klopfte. Dann hob er eine buschige graue Augenbraue und begann den Mietvertrag zu lesen.

Rosie beobachtete ihn, während er die Seiten umblätterte, und sandte ihm die stumme Bitte, zu sagen, dass der Vertrag nicht das Papier wert war, auf dem er geschrieben stand; dass das Haus natürlich ihrer Mutter gehört hatte und dass Charles Epping einfach nur sein Glück versuchen wollte. Aber Jackson sog beim Lesen die Luft durch die Zähne ein und stieß einen leisen Pfiff aus, als er an das Ende des Dokumentes gelangte.

»Tja.« Er lehnte sich auf seinem knarrenden Lederstuhl zurück und verschränkte die Arme vor der Brust. »Ich fürchte, das ist ziemlich eindeutig. Sofia hatte Driftwood House gemietet, und mit ihrem Tod erlischt das Mietverhältnis, sodass der Eigentümer, die Familie Epping, wieder nach Belieben darüber verfügen kann. Sie wohnen, glaube ich, schon länger nicht mehr in dem Haus?«

»Nein, schon seit Jahren nicht mehr.«

»Hm. Und ich vermute, dass Sofia kein Testament hinterlassen hat.«

»Soweit ich weiß, nicht. Dafür war sie nicht der Typ.«

»Das überrascht mich nicht. Im mittleren Alter verspürt man nur selten das Bedürfnis, seine Angelegenheiten zu ordnen. Man kann nicht so recht an die eigene Sterblichkeit glauben.«

»Mum war immer optimistisch und voller Hoffnung. Sie hätte nie geglaubt, dass sie ...«

»Nein, natürlich nicht. Aber sind Sie sich ganz sicher, dass es kein Testament oder andere Schriftsachen über diese Vereinbarung gibt?«

»Ich habe kein Testament gefunden, und ich bin mir sicher, dass sie es erwähnt hätte, wenn sie eins gemacht hätte, obwohl ...«

Rosies Stimme verlor sich. Genauso sicher war sie sich gewesen, dass ihre Mutter es im Laufe der letzten neunundzwanzig Jahre erwähnt hätte, dass ihr Haus jemand anderem gehörte, aber sie hatte es nicht getan.

Jackson zog die Nase kraus. »Wir könnten den Mietvertrag anfechten, aber so wie ich Charles Epping und seine Familie kenne, muss ich Sie warnen, dass es teuer werden würde und nicht die geringste Aussicht auf Erfolg hätte. Es würde allerdings nicht schaden, in Driftwood House nach weiteren relevanten Unterlagen zu suchen, die Ihre Mutter hinterlassen haben könnte.« Er blies die Luft durch gespitzte Lippen aus. »Charles Epping ist also der rechtmäßige Eigentümer von Driftwood House. Wer hätte das gedacht?«

Ich jedenfalls nicht. Rosie knüllte ihr Papiertuch zusammen und schob es in die Tasche. »Wenn Sie mit Mum befreundet waren, überrascht es mich, dass sie nie etwas davon erzählt hat.«

»Sie hat nicht darüber geredet. Ich bin allerdings auch ziemlich abrupt aus Heaven's Cove weggegangen, kurz bevor sie in Driftwood House eingezogen ist und Ihren Vater geheiratet hat.« Jackson rutschte auf dem knarrenden Lederstuhl herum. »Und was ist mit Ihnen, Miss Merchant?«

»Bitte nennen Sie mich Rosie.«

Jackson lächelte. »Also dann, Rosie. Was haben Sie jetzt vor?«

»Ich weiß es nicht. Zunächst einmal muss die Beerdigung organisiert werden.« Rosie schloss für einen Moment die Augen, um sich zu beruhigen. »Und dann gehe ich zurück nach Spanien. Ich lebe schon seit einiger Zeit im Ausland.«

»Ja, das habe ich gehört. Ich bin selbst immer gern gereist und habe Ihre Abenteuer mit großem Interesse verfolgt, seit ich die Bekanntschaft mit Ihrer Mutter erneuert hatte. Sie leben bei Málaga, glaube ich.«

»Das stimmt. Ich arbeite halbtags für eine Immobilienagentur und den Rest der Zeit für eine Frühstückspension in der Nähe des Strandes.«

»Wunderbar. Welchen Job mögen Sie lieber?«

»Die Pension, eindeutig. Ich habe dort viele Menschen kennengelernt, und ich finde es schön, ihnen einen angenehmen Urlaub zu bereiten. Man kommt zwar ins Schwitzen, wenn man im Hochsommer die Betten frisch beziehen muss, aber es macht Spaß.«

»Ich habe die Gegend vor einigen Jahren besucht und fand sie sehr schön, aber die Hitze hätte mich fast umgebracht.«

Rosie zuckte zusammen, als sie sich die gnadenlose Sonne auf Jacksons rötlicher Haut vorstellte. »Viele Urlauber empfinden die Hitze als große Belastung.«

»Ich wäre beinahe gebraten worden.« Als er grinste, erschienen Grübchen in seinen Wangen, und er sah trotz seines widerspenstigen grauen Haarschopfs aus wie ein frecher Lausebengel. Sein Grinsen verschwand, als er hinter dem Schreibtisch hervorkam und nach Rosies Hand griff. »Aber jetzt ist nicht die Zeit für Heiterkeit. Wenn ich Ihnen irgendwie helfen kann, während Sie hier sind, sagen Sie mir bitte Bescheid.«

»Vielen Dank. Sie waren sehr freundlich«, sagte Rosie. Sie stand auf und strich sich ihr zitronenfarbenes Leinenkleid glatt, das viel zu dünn für das Wetter in Devon war.

»Nicht der Rede wert. Ich möchte helfen, wo ich kann. Sie brauchen mich nur anzurufen.« Er fischte eine Visitenkarte aus der Tasche seiner Anzugjacke, die an einem hölzernen Kleiderhaken hing, und reichte sie ihr. Dann blickte er Rosie so eindringlich in die Augen, dass ihr unbehaglich wurde. »Ihre Mutter hat mir sehr viel bedeutet, Rosie.«

»Danke, das ist sehr nett von Ihnen.« Rosie wandte den Blick ab und schwang sich die Tasche über die Schulter. »Dann lasse ich Sie jetzt weiterarbeiten.«

»Natürlich.« Jackson ging zur Tür und öffnete sie weit. »Ich hoffe, dass ich Sie bald wiedersehe.«

Die Empfangsdame schaute nicht von ihrem Computer auf, als Rosie an ihr vorbei nach draußen an die frische Luft ging. Jackson war zwar vom ersten Moment ihres Besuchs an ausnehmend freundlich gewesen, aber Rosie fühlte sich erdrückt und wollte nur hinaus ins Freie.

Die frische Meeresluft würde ihr den Kopf freipusten. Rosie wanderte zum Kai hinunter und sah bald eine Gruppe von Leuten an einem Tisch vor Becker's Bäckerei sitzen. Sie zuckte leicht zusammen, als sie Belinda und Liam erkannte. Die beiden waren nicht nur ein ungleiches Paar, sie stellten auch eine beunruhigende Kombination dar. Liam hatte den Brief von Eppings Anwalt gelesen und wusste über die Eigentumsverhältnisse in Sachen Driftwood House Bescheid, und Belinda würde nur zu gern eingeweiht sein, damit sie es Gott und der Welt erzählen konnte. Es war zu spät, sich unauffällig in eine Seitenstraße zu verdrücken, daher ging Rosie mit hocherhobenem Kopf weiter.

Die beiden saßen neben einem Mann, den sie aus der Schule kannte. Sie schauten von ihrem Kaffee und Kuchen auf und sahen ihr entgegen. Als Belinda die Arme vor ihrem üppigen Busen verschränkte, dachte Rosie, es war, als würde man auf einer Party eintreffen und von der coolen Clique mit neugieriger Verachtung beäugt werden. Aber ihr blieb nichts anderes übrig, als die nächsten paar Minuten tapfer durchzustehen.

SECHS

Rosie war nervös, dachte Liam, als er sie auf ihre kleine Gruppe zukommen sah. Es gelang ihr gut, es zu verbergen, aber ihr angespannter Kiefer verriet sie.

Vor einem Jahr wäre es ihm nicht aufgefallen. Vor Deanna hatte er ein glückliches und sorgloses Leben geführt und war zu beschäftigt gewesen, um die Feinheiten der Körpersprache zu registrieren. Später hatte ihn die Planung des Lebens mit der Frau, der es schließlich gelungen war, sein Herz zu erobern, zu sehr in Anspruch genommen. Aber als alles in die Brüche gegangen war und sein Herz in Trümmern lag, hatte ihm das die Augen für den Schmerz anderer Menschen geöffnet.

Das gefiel ihm nicht. Es war anstrengend, Kummer oder Angst in dem Zug um den Mund oder in der Neigung eines Kopfes zu erkennen, und manchmal sehnte er sich danach, wieder der unaufmerksame Mann zu sein, der er früher gewesen war. Seine Freunde erwarteten von ihm, dass er darüber hinwegkam und wieder der alte Liam wurde, und er hatte es wirklich versucht. Aber er konnte die Tatsache nicht leugnen, dass er sich verändert hatte.

Alex versetzte ihm einen harten Stoß in die Rippen. »Ist das nicht die wunderliche Rosie, die da kommt? Meine Herren, hat die sich gemacht. Vor ein paar Jahren hätte ich die nicht mal mit der Kneifzange angefasst, aber jetzt ... was meinst du?«

Liam zuckte bei dem grausamen Spitznamen zusammen, den ein paar der Jungen in der Schule Rosie verpasst hatten. Er fand, dass sie viel besser aussah als bei ihrer letzten Begegnung, obwohl immer noch dunkle Schatten unter ihren Augen lagen.

»Ich würde sie nicht von der Bettkante stoßen«, lachte er, weil Alex eine solche Bemerkung erwartete. In Wirklichkeit jedoch hatte schon lange niemand mehr sein Bett geteilt.

»Benehmt euch, Herrgott noch mal«, zischte Belinda, die sich schamlos einfach dazugesetzt hatte, um mit ihnen über den monatlichen Dorfmarkt zu sprechen. Sie hatte gerade die Leitung des Organisationsteams für den Markt übernommen – die Frau hatte einen Machtkomplex –, und scharrte bereits mit den Hufen, Veränderungen vorzunehmen.

»Tut mir leid, Mrs Kellscroft«, murmelte Alex zerknirscht und verdrehte die Augen in Richtung Liam, der vorgab, es nicht zu bemerken.

»Guten Morgen, meine liebe Rosie«, dröhnte Belinda und musterte die junge Frau von Kopf bis Fuß. Rosie lächelte verlegen und strich sich das blonde, schulterlange Haar hinter die Ohren. »Wie kommen Sie denn da oben in dem einsamen Haus zurecht? Ich stelle es mir ja schrecklich vor, dort ganz allein zu sein mit nichts als den Erinnerungen an Ihre arme Mutter.«

Liam verzog innerlich das Gesicht. Ein Glück, dass Belinda nie den Beruf einer Therapeutin in Betracht gezogen hatte. Aber Rosie entgegnete ruhig: »Danke, ich komme klar.«

Sie zitterte in ihrem hübschen Kleid und der Strickjacke, und Liam verspürte den plötzlichen Drang, seine Jacke auszuziehen und sie ihr um die Schultern zu legen. Aber das würde sie nicht wollen, und Alex würde ihn anschließend gnadenlos damit aufziehen. *Sei ein Schwein, dann ist sie dein*, war das

Mantra seines Freundes, und er meinte es nicht einmal ironisch. War Liam jemals so ungehobelt gewesen? Vermutlich ja, bevor Deanna seinem Ego einen Dämpfer verpasst hatte.

Er schaute an Rosie vorbei zur Kirchturmspitze, die über den hohen Buchen der Bakehouse Lane so eben noch zu sehen war. Bald würde es auf den Tag genau ein Jahr her sein, dass Deanna auf so öffentliche Weise Schluss gemacht hatte mit ihm, eine Tatsache, die seinen Schlaf ebenso gestört hatte wie Charles Eppings jüngste Pachterhöhung. Er hoffte, dass niemand in Heaven's Cove von dem bevorstehenden Jahrestag wusste, sodass er unbemerkt verstrich. Aber die Leute hier hatten ein langes Gedächtnis, und besonders Belinda schien sich geradezu fotografisch an jede Dorftragödie und jede Demütigung eines Mitbürgers erinnern zu können.

Als er einen Seufzer ausstieß, warf Rosie ihm einen kurzen Blick zu, sah aber wieder weg, bevor er ein Lächeln aufsetzen konnte.

»Wir treffen uns gerade, um zu schauen, ob diese beiden jungen Männer in Zukunft bei der Organisation des Marktes in Heaven's Cove mithelfen wollen«, erklärte Belinda, was Liam neu war.

»Ich fürchte, wir werden zwangsverpflichtet«, sagte Alex und schenkte Rosie ein kokettes Lächeln. Obwohl er Belinda wahrscheinlich sofort zusagen würde, dachte Liam, denn Coral gehörte ebenfalls dem Organisationsteam an. Coral, Mitte fünfzig, stämmig und verheiratet, war zwar nicht Alex' Typ, aber ihre Tochter Ella umso mehr.

»Wir haben so viele Pläne«, fuhr Belinda fort. »Zum einen werden wir dem Markt ein neues Image verpassen, und ich habe Charles Epping und seine Frau gebeten, bei der großen Wiedereröffnungsfeier ein Band zu durchschneiden oder etwas in der Art. Ich glaube allerdings nicht, dass sie es tun werden, obwohl sie Heaven's Cove viel zu verdanken haben. Eine

Menge Menschen hier zahlen ihnen seit Jahren Miete, und wie es scheint, gehörte auch Ihre eigene Mutter dazu, Rosie.«

»Das ist richtig«, antwortete Rosie gelassen. Liam hoffte, dass er der einzige war, dem die verräterische Anspannung ihrer Kinnmuskulatur auffiel.

»Wir sind alle davon ausgegangen, dass Driftwood House Ihrer Mutter gehört.«

»Nun, jetzt wissen Sie, dass dem nicht so ist.«

Rosie warf Liam einen harten Blick zu. Sie hatte offensichtlich ihn im Verdacht, ihre Angelegenheiten ausgeplaudert zu haben, als ob er nichts Wichtigeres zu tun hätte. Als Liam zurückfunkelte, verärgert darüber, ohne guten Grund die Rolle des Schurken zugewiesen zu bekommen, hielt sie seinem Blick einen Moment lang stand, bevor sie sich dem Meer zuwandte.

Belinda schüttelte den Kopf. »Ich muss gestehen, es war ein ziemlicher Schock, die Wahrheit zu erfahren.«

»Was Sie nicht sagen.« Rosie biss sich auf die Unterlippe, als wären die Worte ohne ihre Erlaubnis herausgeschlüpft.

»Sie haben doch gewusst, dass Driftwood House der Familie Epping gehört, nicht wahr, meine Liebe?« Belindas Augen glänzten bei der Aussicht auf weiteren saftigen Tratsch.

»Selbstverständlich habe ich das«, behauptete Rosie strahlend. »Mum hat mir alles erzählt. Wir waren uns sehr nahe.«

Wieder sah sie Liam an, aber diesmal enthielt ihr Blick eine Bitte und keinen Vorwurf. Als er knapp nickte, ließ sie unter ihrer cremefarbenen Strickjacke erleichtert die Schultern sinken. Er würde ihr Geheimnis für sich behalten, obwohl sie dachte, er hätte einen Teil davon bereits verraten.

»Nun, Sie werden sich emotional nahe gewesen sein, aber geographisch wohl kaum«, versetzte Belinda mit einem kleinen Lachen.

Schmerz flackerte in Rosies großen braunen Augen auf, und sie schlang sich die Arme um den Leib, als wolle sie sich an sich selbst festhalten. »Es war schön, Sie zu sehen, aber jetzt muss ich weiter.«

»Natürlich, meine Liebe. Sie werden viel zu organisieren haben, denn Sie müssen ja die Sachen Ihrer Mutter aus Driftwood House schaffen, und dann steht nächste Woche die Beerdigung an. Ich glaube, sie findet am Mittwochnachmittag statt.«

»Das ist richtig. Ich bin gerade auf dem Weg zu Reverend Hill, um mit ihm darüber zu sprechen, daher sollte ich mich besser beeilen. Viel Erfolg mit dem Markt.«

Ohne Liam noch einmal anzusehen, eilte sie davon, und Belinda brachte das Thema wieder auf den Markt. Selbst Alex, der sich auf die Gelegenheit freute, Ella näherzukommen, langweilte sich zunehmend. Als es ihnen gerade gelungen war, das Gespräch zu einem Abschluss zu bringen, landete Alex' reichlich spitzer Ellbogen erneut in Liams Rippen.

»Sieh mal, wer uns jetzt mit seiner Anwesenheit beehrt. Wir sind heute Morgen die reinsten Frauenmagnete, Kumpel.«

Liam war sich ziemlich sicher, dass sich heutzutage niemand mehr als »Frauenmagnet« bezeichnete, aber er folgte Alex' Kopfbewegung und stöhnte. Katrina Crawley war gerade in Sicht gekommen und schritt zielstrebig auf sie zu. Mit ihren schmalen, schwingenden Hüften und dem langen dunklen Haar, mit dem die Meeresbrise spielte, sah sie großartig aus.

Katrina Crawley war eine Versuchung für jeden Mann. Vor allem für Liam sollte das gelten, hatte Katrina ihm doch sehr deutlich gemacht, dass sie *ihn* jedenfalls nicht von der Bettkante stoßen würde, obwohl sie einen Langzeitfreund hatte. Und manchmal stellte er sich vor, sie in die Arme zu nehmen und ihr das wissende Lächeln von ihrem schönen Gesicht zu küssen. Das wäre viel besser als das pubertäre Gefummel von damals, als sie beide siebzehn gewesen waren. Aber heute hörten seine Fantasien immer an der Schlafzimmertür auf, als ob Deanna sie ihnen vor der Nase zugeschlagen hätte.

Im Wesentlichen hatte er sich von einem sexbesessenen

Großmaul in einen langweiligen zölibatären Bauern mit geringen Chancen verwandelt. Und Rosie Merchant, früher der totale Sonderling, umgab jetzt eine Aura des Exotischen; sie musste ihn stumpfsinnig, schwerfällig und provinziell finden. Was für eine verkehrte Welt.

»Hallo zusammen«, begrüßte Katrina sie mit ihrer rauchigen Stimme, als sie die kleine Gruppe erreichte. »Wie schön, euch zu sehen. Wer war die Frau, mit der ihr gesprochen habt?«

»Rosie Merchant«, antwortete Belinda. »Sie hat es doch noch nach Hause geschafft, gerade rechtzeitig zur Beerdigung ihrer Mutter.«

»Die arme, arme Rosie. Ich habe gehört, dass sie wieder im Dorf ist. Sie war immer ein seltsamer Mensch.«

Katrina trat so dicht an Liam heran, dass er ihr berauschendes, blumiges Parfum riechen konnte. Sie ließ sich auf den Stuhl neben ihm sinken und beugte sich über den Tisch. »Also, was führt ihr drei im Schilde? Irgendetwas, wobei ich helfen kann?«

»Wir unterhalten uns gerade darüber, dem Monatsmarkt ein neues Image zu verpassen«, sagte Belinda und betrachtete stirnrunzelnd Katrinas Dekolleté.

»Ein neues Image? Himmel, das klingt ja aufregend.«

»Es ist längst überfällig. Du kennst mich ja. Ich spreche nur ungern schlecht über andere, aber das Organisationsteam hat in den letzten Jahren führungslos vor sich hingedümpelt, und das Ganze muss neu organisiert werden. Hättest du nicht Lust, mitzumachen, Katrina? Mit deinen Marketingerfahrungen wärest du wie geschaffen dafür.«

»Das würde ich gern, aber ich fürchte, mir fehlt dafür einfach die Zeit, Belinda. Ich bin mit der Leitung meines eigenen Unternehmens voll eingespannt, arbeite ohne Urlaub sieben Tage die Woche und muss mich zwingen, mir ab und zu mal freizunehmen. Da wir gerade davon sprechen ...« Als sie sich an Liam wandte und seinen Arm umklammerte, durchlief ihn ein Schauer. »Kommst du nächsten Monat zur Disko im Gemeindesaal? Das wird sicher gut.«

»Ich gehe auf jeden Fall«, erklärte Alex, aber als Katrina weiter Liam in die Augen sah und die Lippen zu einem hübschen Schmollmund verzog, traf Liam eine Entscheidung. Nach dem Jahr, das er hinter sich hatte, müsste er ein Idiot sein, sich die Gelegenheit auf ein bisschen Spaß entgehen zu lassen.

»Ja, ich werde wahrscheinlich dort sein, aber das hängt davon ab, wie das Ablammen läuft.«

»Wehe, wenn nicht, sonst komme ich zur dir in deinen Lämmerstall. Ich kann mich im Heu räkeln und dir Gesellschaft leisten, während du die ganze Arbeit machst.«

Belinda verengte bei diesen Worten die Augen, aber Katrina war bereits aufgestanden und zog den Saum ihres sehr kurzen Kleides zurecht. Ihre Beine schienen endlos zu sein.

»Bleibt locker, Jungs«, sagte sie heiser. »Mach's gut, Belinda.«

»Du hast es immer noch drauf, Kumpel«, raunte Alex gedämpft, während Belinda leise missbilligend mit der Zunge schnalzte und sich daran machte, die Tassen vom Tisch zu räumen.

»Hast du je daran gezweifelt?«

Liam schaute Katrinas wohlgeformter Gestalt nach, als sie in der Ferne verschwand. Nur ein Narr würde Katrina einen Korb geben, und die Wahrheit war, dass er langsam einsam wurde. Sobald der Jahrestag vorbei war, war es vielleicht an der Zeit, nicht länger Trübsal zu blasen und sein Leben wieder in den Griff zu bekommen. Seine Eltern würden sich freuen, wenn er wieder Spaß hätte, obwohl sie sein hektisches Liebesleben vor Deanna nicht gerade gutgeheißen hatten.

»Und ich komme einfach nicht darüber hinweg, wie sehr sich Rosie, die graue Maus, verändert hat«, brach Alex in seine Gedanken ein. »Aber wenn Blicke töten könnten, wärst du jetzt tot. Was hast du angestellt, dass sie so sauer war? Oh, sag mir nicht, dass du vor Jahren mit ihr geschlafen und ihr das Herz gebrochen hast.«

»Ich habe nicht mit ihr geschlafen, und ich habe ihr ganz bestimmt nicht das Herz gebrochen. Ich bin mir ziemlich sicher, dass ich nicht ihr Typ bin.« Bei Liams ernster Miene verschwand Alex' Lächeln. »Obwohl das schwer zu glauben ist, da ich ja so ein totaler Frauenmagnet bin«, fügte er für Alex hinzu.

Das erzielte die gewünschte Wirkung. »Da sind wir schon zu zweit«, erwiderte Alex mit einem breiten Grinsen. »Ein Gläschen im Smugglers am Samstag, bevor wir den neuen Nachtclub in der Stadt ausprobieren? Das wird dir guttun.«

Vielleicht hatte er recht. Liam hatte es satt, traurig zu sein, satt, von Ängsten verfolgt zu werden. Früher hatte er sich nie Sorgen gemacht, aber in letzter Zeit tat er es andauernd: über den Hof, über die schlimmer werdende Arthritis seiner Mutter, über die wachsende Vergesslichkeit seines Vaters. Aber vor allem machte er sich in den frühen Morgenstunden Sorgen, dass Deanna seine letzte Chance auf eine ernsthafte Beziehung gewesen war und er für immer allein bleiben würde.

»Also, Samstag. Pub, Pint, Club?«, versuchte Alex es noch einmal.

Liam nickte. »Ja, warum nicht.«

SIEBEN

Rosie stockte der Atem, als sie vor dem Berg von Blumen auf dem Grab ihrer Mutter stand. Sie hatte sie bereits gestern Nachmittag bei der Beerdigung gesehen, aber sie hatte alles nur verschwommen wahrgenommen, während sie bekannten und unbekannten Leuten die Hand geschüttelt hatte. Danach hatte sie im Pub Small Talk gemacht, während die Trauergäste Sandwiches mit Hühnchen und Mayonnaise gegessen hatten.

Sie hatte versucht, nicht zu weinen, und das war einfacher gewesen als gedacht. Seit ihrer Ankunft in Heaven's Cove vor über einer Woche hatte sie so viel geweint, dass anscheinend kaum noch Tränen übrig waren. Heute Morgen hatte sie sich knochentrocken gefühlt, als sei ihre Seele ausgewrungen worden. Ihre Trauer hatte sie stärker ausgetrocknet als die heiße spanische Sonne. Aber die hübschen Blumen auf der dunklen Erde ließen sie trotzdem überrascht innehalten.

Sie las die Karten, die mit den Blumen gekommen waren. *Viel zu früh von uns gegangen, aber nicht vergessen – in Liebe, die Mädels von Becker's Bäckerei. Ruhe in Frieden – Belinda und Jim. Du warst die Beste und wirst uns fehlen, liebe Sofia – Fran, Paul und die Jungs x.*

Ihre Mutter war im Dorf sehr beliebt gewesen. Das war ein Trost. Sie hatte nicht vollkommen allein dagestanden, während ihre Tochter durch die Weltgeschichte gereist war.

Der Kirchturm lag noch im Schatten, aber die Sonne, die über der Küste aufging, hatte den Rand des alten Gebäudes erreicht und brachte den rötlichen Stein zum Leuchten. Es war wunderbar friedlich hier, und die verwitterten Grabsteine ringsum waren erstaunlich tröstlich und erinnerten Rosie daran, dass sie nicht die Einzige war, die von Trauer niedergedrückt wurde. In diesem Bilderbuchdorf hatten jahrhundertelang Menschen getrauert und es überlebt.

Als sie den Blick senkte, erregte etwas Blaues ihre Aufmerksamkeit. Hinter dem Stapel von Kränzen und Bouquets lag ein einfacher Strauß mit weißen Lilien und blauen Iris, der Blume, die ihre Mum mehr geliebt hatte als alle anderen. Dieser Strauß war ihr am vergangenen Tag nicht aufgefallen. Sie war sich sicher, dass er erst später dazugelegt worden war.

Rosie nahm ihn in die Hand und atmete den Duft der Blumen ein. Sie waren mit einem Stück Kordel zusammengebunden, und auf der kleinen beigefügten Karte stand mit Füllfederhalter in dicken schwarzen Buchstaben geschrieben: *Ruhe in Frieden, Saffy. Unvergessen. J.*

Es war nicht das anonyme »J«, das ihre Aufmerksamkeit erregte, sondern Saffy, der Kosename ihrer Mutter. Nur die Menschen, die ihre Mum am meisten geliebt hatten, hatten sie so genannt – Rosies Großeltern und ihr Vater, als sie klein war. Sie waren inzwischen alle tot, aber irgendjemand, der noch lebte – der geheimnisvolle J – war mit ihrer Mutter so vertraut gewesen, dass er den liebevollen Kosenamen verwendete.

Rosie drehte die Karte um, ob sich dort ein Hinweis befand, aber die Rückseite war leer. Ihre Mutter war nur selten mit Männern ausgegangen, nachdem ihr Vater sie vor Jahren verlassen hatte, zumindest glaubte Rosie das. Sie hatte nie erwähnt, dass es jemanden in ihrem Leben gab – aber andererseits hatte sie auch nichts über die Eigentumsverhältnisse von Driftwood House gesagt. Rosie legte die Blumen behutsam dorthin zurück, wo sie sie vorgefunden hatte, behielt die Karte jedoch in der Hand.

»Hattest du noch andere Geheimnisse, Mum?«, fragte sie leise. Doch es kam keine Antwort, nur das sanfte Rauschen der Meeresbrise, die die Blätter der Bäume am Rande des Friedhofs rascheln ließ.

Rosie schloss die Augen und hob das Gesicht zum Himmel. In Spanien war das Leben so sorglos, so einfach. Sie vermisste Matt und ihre Freunde dort, die ihr Textnachrichten geschickt und gefragt hatten, wie es ihr ging. Sie vermisste auch den Geruch heißer Erde, das unablässige Lärmen der Zikaden und die erwartungsvollen Gesichter neuer Gäste in der gemütlichen Pension mit Blick auf den Strand. Hier in Heaven's Cove war sie auf allen Seiten von Komplikationen und Geheimnissen umgeben, die sie zu überwältigen drohten.

Sie wurde aus ihren Gedanken gerissen und schlug die Augen wieder auf, als sie jemanden kommen hörte. Wie um ihre Einschätzung von Heaven's Cove zu bestätigen, war Liam gerade durch das Tor der Friedhofsmauer getreten, zusammen mit Billy, der ihm um die Füße sprang. Als er sie sah, zögerte er kurz, dann kam er zu ihr.

»Wenn ich gewusst hätte, dass du so früh hier sein würdest, wäre ich später gekommen.«

»Ich bin gleich weg«, antwortete Rosie, verletzt von seinem verärgerten Ton.

»Nicht nötig. Ich wollte sowieso in die Kirche.«

»Ich hätte dich nicht ...« Sie schüttelte den Kopf.

»Was hättest du nicht?«

»Ach, egal.«

»Sag es mir.«

»Na gut. Ich hätte dich nicht für einen Kirchgänger gehalten.«

»Warum nicht?«

Weil dein Ruf die Vermutung nahelegt, dass dir Trinken und Geselligkeit immer wichtiger gewesen sind.

Rosie holte tief Luft. »Nur so. Ich hätte es einfach nicht gedacht.«

Liam trat tiefer in den Schatten, den der gedrungene Kirchturm warf. »Ich bin nicht besonders gläubig, aber heute war mir danach, falls du nichts dagegen hast.«

Warum führte er sich wie ein Arschloch auf? Plötzlich erinnerte Rosie sich wieder daran, dass er in der Schule bei Bedarf den Charme einschalten konnte, aber nicht bei den Menschen, bei denen es sich seiner Meinung nach nicht lohnte. Wahrscheinlich traf das gerade auf sie zu.

Sie steckte sich die geheimnisvolle Karte von J in die Gesäßtasche und schwang sich die Handtasche über die Schulter. »Dann lass ich dich jetzt mal allein.«

Rosie wollte sich zum Gehen wenden, aber er verstellte ihr den Weg und fuhr sich übers Gesicht. »Hör mal, ich hatte gestern bei der Beerdigung keine Gelegenheit, mit dir zu sprechen. Wie geht es dir?«

»Gut.« Das klang zu schroff, und sie wollte sich nicht auf sein Niveau herablassen. Rosie holte tief Luft und versuchte es noch einmal. »Ich komme klar, danke. Ich bin traurig, aber froh, dass die Beerdigung vorbei ist.«

»Kann ich mir denken.«

Als er sich bückte, um Billy von der Leine zu lassen, musterte Rosie ihn genauer. Er sah so gut aus wie früher, sogar noch besser, seit die leichte Unbeholfenheit der Jugend verflogen war. Aber der Hauch der selbstbewussten Dreistigkeit, der ihn stets umgab, schien heute matt. Plötzlich erkannte sie, dass er hinter seinem Ärger und seiner allgemeinen Arschigkeit genauso traurig war wie sie.

»Und wie geht es dir?«, fragte sie.

Als Liam hochschaute und ihrem Blick begegnete, sah

Rosie schnell weg. Er richtete sich auf und streckte seine langen Beine durch. »Warum fragst du? Ich dachte, gerade du würdest nichts auf Klatsch geben.«

Rosie verspannte sich. Er war heute Morgen wirklich unmöglich. »Wovon redest du? Ich wollte nur freundlich sein. Und ich wäre dir sehr verbunden, wenn *du* nicht über *meine* Angelegenheiten klatschen würdest.«

»Das habe ich nicht.«

»Woher weiß Belinda dann, dass Driftwood House Charles Epping gehört?«

»Ich habe gehört, wie sie Claude erzählt hat, dass sie jemanden kennt, der jemanden kennt, der für die Eppings arbeitet.«

»Du hast es ihr also nicht erzählt?«

»Nicht schuldig.«

»Okay.« Rosie presste die Lippen zusammen. »Tut mir leid.«

Als Liam schwieg, versuchte Rosie, das Gespräch wieder in ruhigeres Fahrwasser zu lenken. »Ich war bei Jackson Porter, wie du es vorgeschlagen hast.«

»Das ist gut.«

»Seiner Meinung nach kann ich nichts tun, und das Haus wird wieder an Charles Epping zurückfallen.«

»Das überrascht mich nicht.«

»Daher habe ich angefangen, Mums Sachen einzupacken.«

»Hm.«

Es war hoffnungslos. Liam war mit einem Auge bei Billy, der zwischen den alten Grabsteinen in der Ecke des Friedhofs herumstöberte, und vollkommen abgelenkt. Rosie fragte sich unwillkürlich, worum es bei dem »Klatsch« über Liam ging, dass er so gereizt deswegen war, aber ihr war klar, dass er weder darüber noch über sonst etwas reden wollte. Sie zog die Schnürsenkel ihrer Turnschuhe nach.

»Ich will noch nach Sorrell Head, daher sollte ich besser los.«

Erleichterung glitt über Liams Züge. »Okay, man sieht sich. Billy, komm her!«

Bei dem scharfen Ton seines Herrchens hob Billy den Kopf und schlenderte zu ihm an die Kirchentür. Als die beiden in der Kirche verschwunden waren, holte Rosie die von J unterzeichnete Karte aus der Tasche und strich sie glatt. Sie sollte bei dem schönen Strauß aus Lilien und Iris bleiben. Nachdem sie ein Foto davon gemacht hatte, legte sie sie zurück auf die Blumen.

Das Wispern der Seebrise in den Bäumen hörte sich an wie Stimmen, als Rosie den Friedhof verließ.

Rosie hatte gerade den Rand des Dorfes erreicht, wo das Gelände steil anstieg, als ein Mann in langen Shorts, einem bunten Hawaiihemd und einem grün gepunkteten Halstuch ihr zuwinkte.

»Hallo! Sie sind Rosie, nicht wahr?«, rief er. Der Mann schloss seinen grauen Corsa ab, den er an der Hecke geparkt hatte, und kam über die Straße auf sie zu. »Ich bin Jerry Wilson, ein Freund Ihrer Mutter. Ich wollte sagen, wie leid es mir tut, was passiert ist.«

»Vielen Dank.«

»Wie geht es Ihnen?«

»Ich komme zurecht, danke.«

»Ihre Mutter war so voller Leben. Es ist noch gar nicht richtig bei mir angekommen, dass sie verstorben ist.« Sein graugesträhnter Pferdeschwanz schwang von einer Seite zur anderen, als er den Kopf schüttelte.

»Es war ein schrecklicher Schock. Wie, sagten Sie, war Ihr Name?«

»Jerry. Jerry Wilson.«

»Jerry mit J oder mit G?«

»Mit J. Warum?«

»Nur so.«

Rosie sah sich Jerry mit J genau an. Hochgewachsen, auf angegraute Art gutaussehend, exzentrischer Modegeschmack, Farbspritzer auf den Armen, die auf ein künstlerisches Talent hindeuteten – genau der Typ ihrer Mutter. War er vielleicht der geheimnisvolle J?

»Waren Sie gestern bei der Beerdigung? Ich erinnere mich nicht, Sie gesehen zu haben, aber es war alles ein bisschen viel.«

»Das ist verständlich. Es ist eine sehr emotionale Zeit. Ich war bei der Trauerfeier und habe ganz hinten gestanden, weil die Kirche so voll war. Aber ich fürchte, ich konnte nicht zum Leichenschmaus gehen, weil ich zurück zur Arbeit musste.«

»Ist schon gut. Mum wäre gerührt gewesen, dass Sie die Zeit für die Trauerfeier gefunden haben. Kannten Sie sich schon lange?«

»Eine Weile. Ich wohne in Upper Selderfield, aber ich bin oft in Heaven's Cove, und Ihre Mutter und ich haben uns getroffen, wenn wir es einrichten konnten.«

»Waren Sie eng befreundet?«

»Ähm ...« Jerry blies Luft durch die Lippen. »Wir haben uns recht nahegestanden, ja.«

»Dann haben Sie sie ziemlich gut gekannt?« Rosie wusste, dass sie zu viele Fragen stellte, aber sie konnte nicht anders.

»Ich schätze, ja«, bestätigte Jerry verwirrt.

»Wie haben Sie sich kennengelernt?«

»Das weiß ich nicht mehr genau. Ich glaube, es war bei einer Lesung in der Bibliothek in Selderfield. Ihre Mutter war eine große Liebhaberin von Gedichten.«

»Das stimmt. Saffys Nase steckte immer in einem Buch.«

»Saffy?«

Jerrys einzige Reaktion auf den Kosenamen ihrer Mutter war Verwirrung. Er wirkt jetzt vollkommen ratlos, wahrscheinlich, weil sie ihn einem strengen Verhör unterzog. Rosie legte die Karten auf den Tisch und fragte unumwunden: »Verzeihen Sie mir die Neugier, aber haben Sie einen Strauß Lilien und Iris zur Beerdigung mitgebracht?«

»Nein. Hätte ich das tun sollen? Ich habe gar keine Blumen mitgebracht. Stattdessen habe ich im Gedenken an Ihre Mutter für die Leseförderung gespendet.«

»Oh, das ist wirklich nett.«

»Ich dachte, das wäre in Sofias Sinn.«

»O ja. Es hätte ihr sehr gefallen.«

Als Rosie Tränen in die Augen schossen, legte Jerry ihr seine große Pranke auf den Arm und drückte ihn. »Sind Sie sich sicher, dass es Ihnen gut geht? Es ist schwer, die Mutter zu verlieren.«

»Ich komme zurecht, aber danke.«

»Gut.« Er lächelte. »Ich nehme an, Sie werden Heaven's Cove bald verlassen, da Driftwood House nicht mehr in der Familie ist.«

»Sie haben davon gehört?«

»Ja, gestern Abend im Pub. Ich wusste gar nicht, dass das Haus den Eppings gehört. Das war eine Überraschung. Sie nutzen ja jeden Trick, um Geld zu machen, aber ein Hotel zu bauen ist selbst für sie etwas Neues. Das Kliff ist dank der unglaublichen Aussicht ideal, und es heißt ja: Lage, Lage, Lage.«

Rosie runzelte die Stirn. »Wollen Sie damit sagen, dass die Eppings bei Driftwood House ein Hotel bauen wollen?«

»Ach, das haben Sie noch gar nicht gehört.« Jerry trat unbehaglich von einem Fuß auf den anderen. »Es könnte sein. Ich weiß es nicht sicher, und es wäre eine Schande, wenn das Haus ...« Er brach ab und zuckte die Achseln. »Wer weiß schon, was ein Mann wie Charles Epping vorhat?«

Die Wahrheit traf Rosie plötzlich wie ein Vorschlaghammer. »Plant er etwa, das Hotel an der Stelle zu bauen, wo das Haus steht? Ist das der Grund, warum er Driftwood House unbedingt zurückhaben will? Dass er vorhat, es abzureißen und stattdessen ein Hotel zu errichten?«

»Vielleicht, zumindest sagen das die Leute. Hören Sie, ich hätte es gar nicht erwähnen sollen. Es ist nur ein Gerücht.«

»Von wem haben Sie es gehört?«

»Von Belinda. Sie sagte, sie kennt einen Mann, der einen Mann kennt ...«

»... der für Charles Epping arbeitet?«

»Ganz recht. Anscheinend hat er ein Telefongespräch mitangehört, in dem Epping gesagt hat, das Haus solle abgerissen werden. Aber regen Sie sich bitte nicht auf, denn er könnte sich geirrt haben.«

Rosie nickte, aber nur, damit Jerry sich als Überbringer der schlechten Nachricht besser fühlte.

Belindas Quelle hatte damit richtig gelegen, dass Driftwood House den Eppings gehöre, daher standen die Chancen gut, dass sie auch mit dem Hotelplan recht hatte. Es war verständlich – ein kleines Boutique-Hotel mit Blick aufs Meer würde die Touristen anziehen. Die Gäste würden viel Geld dafür zahlen, jeden Morgen mit dieser Aussicht aufzuwachen. Rosie hatte ihre Mutter selbst einige Male darauf hingewiesen, dass Driftwood ein wunderbares Gästehaus abgeben würde.

»Jetzt aber genug von den Eppings und ihrem wachsenden Immobilienreich«, sagte Jerry. Er trat beiseite, als ein Auto die schmale Straße entlangkam und nach rechts in Richtung Exeter abbog. »Sind Sie auf dem Weg nach Driftwood House?«

»Noch nicht. Vorher wollte ich einen Spaziergang zu Sorrell Head machen.«

»Perfekter Morgen dafür.« Jerry lächelte. »Und wann werden Sie nach Spanien zurückkehren?«

»Bald. Ich habe noch keinen Flug gebucht.«

»Nun, Rosie, es war schön, Sie endlich einmal persönlich kennengelernt zu haben. Ihre Mutter hat oft von Ihnen gesprochen. Sie war sehr stolz auf Sie.«

»Danke«, antwortete Rosie und versuchte, nicht zu weinen. Sie wünschte, der liebe und freundliche Jerry würde aufhören zu reden, damit sie über das, was sie gerade erfahren hatte, nachdenken konnte. Vor ihrem geistigen Augen sah sie schon die Abrissbirne, wie sie Driftwood House in Schutt und Asche legte.

Jerry runzelte die Stirn. »Es tut mir leid, dass ich Ihnen so traurige Nachrichten über das mögliche Schicksal des Hauses überbracht habe, während Sie noch um Ihre Mutter trauern.«

»Ist schon gut«, versicherte Rosie ihm. »Letzten Endes ist Driftwood House ja doch nur ein Haufen Steine und Mörtel.«

Klang sie überzeugend? Anscheinend ja, denn Jerrys Gesicht entspannte sich und nahm einen Ausdruck der Erleichterung an, genau wie bei Liam auf dem Friedhof, als sie ihm gesagt hatte, dass sie ging.

Rosie blieb noch einen Moment lang von Gefühlen aufgewühlt stehen und sah Jerry nach, als er in Richtung Dorf davonschlenderte.

Der Gedanke, dass Driftwood House, das einzige echte Zuhause, das sie je gekannt hatte, Stein für Stein abgerissen werden sollte, war beinahe unerträglich. Erst hatte sie ihre Mutter verloren, und nun verlor sie auch noch deren geliebtes Heim. Die Eppings würden ihr Hotel bauen, die Zeit würde vergehen, und eines Tages würde es so sein, als hätte Sofia Merchant nie gelebt.

ACHT

Rosies Beine schmerzten und ihre Lunge fühlte sich so an, als ob sie gleich platzen würde, während sie höher und immer höher stieg.

Sie hatte den steilsten Weg zum Sorrell Head gewählt und war froh, dass niemand in der Nähe war, um ein Urteil über ihre Fitness zu fällen, oder vielmehr über deren Mangel. Meine Güte! Sie blieb stehen, beugte sich vor und stützte die Hände auf die Oberschenkel. Das Ausschlafen an den kostbaren freien Tagen und das Trinken mit Kollegen in der Sonne hatte sie verweichlicht.

Eine Wanderung zum höchsten Punkt der Küste würde sie etwas abhärten und ihr Zeit zum Nachdenken verschaffen. Sie brachte es ohnehin nicht über sich, gleich nach Driftwood House zurückzukehren – jetzt, da sie wusste, dass das Haus in Gefahr war. Ihr Elternhaus an die Eppings zu verlieren hatte sie hart getroffen, aber zu wissen, dass diese kostbare Verbindung zu ihrer Mutter wahrscheinlich dem Erdboden gleichgemacht werden würde ... Sie biss sich fest auf die Unterlippe und atmete tief die frische, salzige Luft ein, um sich zu beruhigen und die Panik zu vertreiben, die ihr die Kehle zuschnürte.

Normalerweise neigte sie nicht zu Panik, aber im Moment wurde ihr alles zu viel.

Sie setzte den Aufstieg auf dem steinigen, rutschigen Pfad fort. Hier draußen fühlte sie sich ihrer Mutter nahe. Sofia war gern oben auf den Felsen gewandert, das Haar mit einem Tuch zusammengebunden, dessen Enden im Wind wehten. Sie waren oft gemeinsam nach Sorrell Head gegangen, einem hohen, zerklüfteten Küstenfelsen, der ins Meer hinausragte. Der rote Sandstein war von den unablässigen Wellen ausgewaschen worden, und Rosie vermutete, dass der Gipfel eines Tages der Erosion zum Opfer fallen und ins Meer stürzen würde.

Fünf Minuten später stand Rosie am Rand der höchsten Klippe. Bei der Höhe wurde ihr flau im Magen. Das war schon immer so gewesen, auch als Kind, als sie sich an die Hand ihrer Mutter geklammert hatte, als gelte es ihr Leben. Aber nun ging sie so nah heran, wie sie es wagte.

Ein Stück weiter die Küste entlang erwachte Heaven's Cove gerade zum Leben. Die Ladenbesitzer brachten Werbetafeln nach draußen, und am Kai bereitete man sich auf den Ansturm von Touristen vor, die Vergnügungsfahrten durch die Bucht unternehmen wollten. Einige würden mit Übelkeit zu kämpfen haben, denn auf den Wellen tanzten heute weiße Schaumkronen.

Der geschwungene Sandstrand war bis auf ein paar Gassigänger leer. Die Hunde rannten ins Wasser und wieder heraus, das sich vom frühmorgendlichen Moosgrün in ein funkelndes Blau verwandelt hatte, in dem sich der wolkenlose Himmel widerspiegelte. Es würde ein schöner Frühlingstag werden, und wäre da nicht der kalte Wind gewesen, der Rosie durchs Haar wehte, hätte sie meinen können, sie wäre in Spanien.

Sie schob sich den Pony aus den Augen, dann setzte sie sich auf den Boden, stützte sich nach hinten auf die Ellbogen und betrachtete die Möwen, die über ihr ihre Kreise zogen. Ihrer

Mum hätte es gar nicht gefallen, dass sie im feuchten Gras lag. Eine der wenigen Regeln, die sie aufgestellt hatte, lautete: Nach Regen oder bei Tau nicht im Gras spielen. *Denk an die Grasflecken, Rosie!* Aber bei dem Gedanken, dass Driftwood House für ein Hotel plattgemacht werden sollte, würde ihr das Herz brechen.

Würde Charles Epping wirklich so herzlos sein? Eindeutig ja, wenn das, was sie über ihn gehört hatte, der Wahrheit entsprach. Die Eppings ließen sich in Heaven's Cove zwar nur selten blicken, aber ihr Ruf, eiskalte, geschäftsorientierte Entscheidungen zu treffen, war allgemein bekannt. Und ihre unanständige Eile, Driftwood House wieder an sich zu bringen, bestätigte das.

Rosie war normalerweise nicht nachtragend, aber im Moment verabscheute sie Charles Epping und seine hochmütige Frau von ganzem Herzen. Sie war auch nicht besonders scharf auf Liam Satterley, der am Morgen auf dem Friedhof so gereizt und abweisend gewesen war. Die Traurigkeit, die er ausgestrahlt hatte, gab ihr jedoch zu denken. Trotz der leichten Feindseligkeit, die bei ihren Begegnungen zu herrschen schien, machte die gemeinsame Trauer sie im Moment beinahe zu verwandten Seelen.

Das schrille Klingeln ihres Handys brach in ihre Gedanken ein und erschreckte die nahe Möwe, die sie als mögliche Futterquelle beäugte. Wanderer wurden regelmäßig von räuberischen Möwen im Sturzflug angegriffen, die ihnen die Sandwiches wegschnappen wollten.

»Hallo?«

»Ich bin's, Baby. Ich wollte mal hören, wie es dir geht. Und, wie ist es so im langweiligen alten Heaven's Cove?«

Matts tiefe Stimme war Balsam für ihre sorgenvollen Gedanken. Er hatte sie gestern nach der Beerdigung angerufen, aber sie hatten nur kurz miteinander gesprochen, weil er noch arbeiten musste.

»Es ist ... herausfordernd. Ich war gerade auf dem Friedhof, um mir die Blumen am Grab anzusehen.«

»Ist das eine gute Idee? Es wird dich nur runterziehen.«

»Ich bin schon in einem tiefen Loch, daher ändert es nichts.«

»Ja, stimmt auch wieder. Warte mal grade.« Matts Stimme klang gedämpft, während er mit jemandem im Büro sprach. Als das Gespräch andauerte, wanderte Rosies Aufmerksamkeit zu den Wellen, die tief unten ans Ufer plätscherten. An diesem Strand hatte sie glückliche Stunden verbracht, war in dem kalten Meer geschwommen und hatte sich dann auf dem Sand von der Sonne trocknen lassen.

»Bist du noch dran, Baby? Tut mir leid wegen der Unterbrechung. Carmen brauchte einen Rat. Sie hat einen Teil deiner Arbeit übernommen, solang du weg bist, und sie macht das ganz toll. Sie lässt dich grüßen.«

»Das ist lieb. Sag ihr danke von mir.«

»Mache ich. Habe ich dir erzählt, dass sie diese Woche einen großen Verkauf abgeschlossen hat? Sie hat es geschafft, ein paar von den Wohnungen mit begrenzter Aussicht loszuschlagen.«

»Meinst du die mit den Gästezimmern von der Größe eines Hamsterkäfigs?«

»Genau die. Sie hat den Käufern versichert, dass ein Doppelbett hineinpasst, obwohl ich das stark bezweifele.«

»Dann hat sie also im Grunde gelogen.«

»Sie ist sparsam mit der Wahrheit umgegangen, Rosie«, lachte Matt. »Da ist ein Unterschied.«

Rosie konnte zwar keinen erkennen, aber sie hatte schon früher mit Matt über das Thema gestritten und konnte es im Moment nicht ertragen, es noch einmal aufzuwärmen.

»Ich habe heute etwas Überraschendes erfahren«, sagte sie ihm. »Es sieht so aus, als wollten die Eppings Driftwood House abreißen und an der Stelle ein Hotel bauen.«

»Wow.« Sie hörte ihn nach Luft schnappen.

»Ich weiß. Genau das fand ich auch.«

Er stieß am anderen Ende der Leitung einen Pfiff aus. »Das ist eine verdammt gute Idee. Nach dem, was du erzählt hast, ist das Haus ziemlich heruntergekommen, aber die Aussicht ist fantastisch, nicht? Es klingt nach der perfekten Lage für ein kleines Luxushotel.«

Okay, das fand sie nun wirklich nicht.

»Um ehrlich zu sein, ich bin außer mir«, sagte sie ruhig.

»Ach, natürlich bist du das, aber du musst es von der geschäftlichen Seite betrachten, nicht von der emotionalen.«

»Muss ich das?«

»Du weißt, dass es eine gute Idee ist. Jeder, der halbwegs bei Verstand ist, macht heutzutage Urlaub im Ausland, aber ich schätze, dass einige Leute doch lieber in der Heimat bleiben.«

»Es kommen jedes Jahr haufenweise Touristen nach Heaven's Cove. Es ist ein Juwel in Devons Krone.«

Das stammte aus einer Touristenbroschüre, auf die Rosie gestoßen war, als sie im Dielenschrank erfolglos nach einem Testament gesucht hatte.

Matt schnaubte. »Juwel oder nicht, wir reden immer noch über Devon, nicht die Costa del Sol.«

»Devon hat seinen eigenen einzigartigen Charme.«

»Wenn du darauf bestehst. Aber es ist echt sauschade, dass das Haus nicht dir gehört, sonst wärst du eine gemachte Frau. Ich kann einfach nicht glauben, dass deine Mutter dir nicht gesagt hat ...«

»Ich auch nicht«, schnitt Rosie Matt das Wort ab, bevor er sich weiter über die Heimlichtuerei ihrer Mutter auslassen konnte. »Wenn das Haus mir gehören würde, würde ich es eh nicht verkaufen.«

»Du machst Witze, oder? Du würdest es für ein kleines Vermögen verkaufen und mit zu genug Geld nach Spanien zurückkommen, dass wir unser eigenes Unternehmen gründen könnten. Ich sehe es schon vor mir: *Carruthers und Merchant, Immobilienberater.*«

Sollte es nicht *Merchant und Carruthers* heißen, wenn sie die Teilhaberin mit dem Geld war? Und wenn sie wirklich zu einem kleinen Vermögen kommen sollte, würde sie lieber ein gemütliches B&B in den Bergen eröffnen, als Immobilien zu verhökern. Rosie schüttelte den Kopf. Es hatte keinen Zweck, sich zu ärgern.

»Als ich mir die Blumen auf dem Grab angesehen habe, habe ich etwas Seltsames gefunden«, berichtete sie, um das Thema vom Geld wegzulenken.

»Wie gesagt, das ist ein bisschen makaber, Rosie.«

»Im Gegenteil, es war tröstlich, die netten Dinge zu lesen, die die Leute über Mum geschrieben haben. Aber da war etwas Merkwürdiges. Bei einem Blumenstrauß lag eine Karte von jemandem, der Mum als ›Saffy‹ angesprochen und mit ›J‹ unterschrieben hat.«

»Saffy?« Matt lachte. »Was ist das denn für ein Name?«

»Das war Mums Kosename, und außer meinem Dad und meinen Großeltern hat ihn niemand gekannt oder benutzt.«

»Das wird ja immer rätselhafter. Vielleicht hatte die geheimnistuerische Saffy ja einen jungen Liebhaber«, schnaubte Matt.

»Das ist nicht komisch.«

»Nein, ich weiß, Baby«, antwortete Matt und war plötzlich ernst. »Es nimmt dich alles sehr mit. Wenigstens kannst du jetzt nach der Beerdigung wieder nach Hause kommen, und dann ist alles wieder normal.«

Normal? Das war ein Konzept, das Rosie sich im Moment nicht vorstellen konnte. Es waren zwar erst wenige Tage vergangen, seit sie Spanien verlassen hatte, aber sie fühlte sich bereits wie ein anderer Mensch. Trauriger, dünner – sie konnte sich nicht dazu aufraffen, in der großen alten Küche von Driftwood House für eine Person zu kochen – und deutlich verunsicherter.

Sie hatte gedacht, sie und ihre Mum hätten sich trotz der Entfernung nahegestanden, hatte gedacht, ihre Mum hätte ihr alles Wichtige, das sie wissen musste, gesagt. Aber sie hatte sich geirrt.

»Bist du noch dran, Rosie?«

»Ja, ich bin noch da.«

»Ich glaube, die Verbindung ist ein bisschen gestört, daher will ich mich mal wieder an die Arbeit machen, aber halt die Ohren steif. Ich kann es gar nicht erwarten, dich bald wiederzusehen.«

»Du auch. Ich brauche dich«, sagte Rosie und biss sich auf die Lippen, kaum dass die Worte heraus waren. Matt hasste klammernde Frauen.

»Ich habe dir doch erklärt, warum ich nicht zur Beerdigung kommen konnte, Baby.«

»Ja, ist schon gut. Das habe ich auch nicht gemeint. Eigentlich weiß ich gar nicht, was ich gemeint habe.«

»Komm einfach so schnell wie möglich wieder her. Ich muss Schluss machen, weil Carmen wieder meine Hilfe braucht. Ich liebe dich.«

»Ich liebe dich au... oh.« Die Verbindung war bereits getrennt worden.

Rosie saß gedankenverloren da, während die Sonne am Himmel höher stieg und die Feuchtigkeit aus dem Gras in ihre Jeans zog. Der rätselhafte J war nicht Jerry, aber konnte es Jackson Porter sein? Der Anwalt schien zwar nicht Mums Typ zu sein, doch ihr Tod hatte ihn sehr mitgenommen. Was hatte er in seinem Büro noch gesagt? *Ihre Mutter hat mir sehr viel bedeutet, Rosie.*

»Hey, flieg mir ja nicht davon!«

Rosie drehte den Kopf und sah Nessa, die in grauen Shorts und einem blauen T-Shirt oben auf dem Kliff auf sie zu gekeucht kam.

»Ich habe meinen Flug nach Spanien noch nicht gebucht«, rief sie, als Nessa näherkam.

»Das habe ich nicht gemeint. Du bist sehr nah am Rand, und der Felsen kann ein bisschen bröckelig sein. Ich will nicht, dass du einen Sturzflug hinlegst.«

»Mir passiert schon nichts«, beteuerte Rosie, rutschte aber trotzdem vom Rand weg. »Machst du einen Spaziergang?«

»Nur ein bisschen Bewegung an der frischen Luft, um den Kopf freizubekommen, bevor die Schicht bei Shelley's beginnt. Ich bringe Lily immer zu meiner Oma nach Heaven's Brook und laufe an der Küste entlang zur Arbeit, wenn es nicht gerade wie aus Kübeln schüttet.«

»Wäre es nicht schneller, mit dem Auto zu fahren?«

»Wenn ich eins hätte, klar. Jake hat es mitgenommen, als er ausgezogen ist, daher bringe ich Lily mit dem Bus zur Oma und gehe dann zu Fuß zurück.«

»Jake?«

»Lilys Dad. Er war ein Idiot, daher war es mir egal.« Vanessa rümpfte auf eine Art die Nase, die Rosie vermuten ließ, dass es ihr alles andere als egal war. »Und wie läuft es bei dir?«

»Ach, du weißt schon.«

»Ja, ich kann es mir vorstellen.«

Nessa ließ sich ins Gras plumpsen und wandte das Gesicht dem Himmel zu. Ihre Nase war bereits mit Sommersprossen übersät und ihre Haut leicht gebräunt, mit einem Hauch von Orange.

»Was hältst du davon?«, fragte Nessa und zeigte auf ihre nackten Beine. »Die Bräune kommt aus der Flasche – Sahara Chic. Sie ist nicht echt wie deine. Ich wette, in Spanien ist es selbst zu dieser Jahreszeit echt heiß.«

»Heute werden es fast vierundzwanzig Grad.«

»Nett.«

»Im Sommer wird mir die Hitze ehrlich gesagt zu viel. Manchmal habe ich das Gefühl, ich sitze in einem Glutofen.«

»Aber immer noch besser als ein trüber englischer Sommer.«

»Meistens ja, obwohl ich trotzdem manchmal von dem Nieselregen in Devon träume.«

Nessa wirkte nicht überzeugt, aber es stimmte. Manchmal, wenn im August die andalusische Sonne vom Himmel brannte, stellte Rosie sich vor, in einem feuchten Sturm der Windstärke acht draußen vor Driftwood House zu stehen. Und wenn das Thermometer auf über fünfunddreißig Grad kletterte, malte sie sich aus, wie kalter Nebel vom Meer heranrollte und sich über Heaven's Cove legte.

»Jake und ich waren mal in Spanien, als wir noch nicht verheiratet waren«, erzählte Nessa und beschirmte die Augen gegen die Sonne. »Er hat zu viel getrunken und ist am Strand eingeschlafen. Danach sah er tagelang wie ein Hummer aus.«

»Wann habt ihr euch ...?«

Rosie brach ab, weil sie nicht neugierig sein wollte, aber Nessa lächelte freundlich. »Wann wir uns getrennt haben? Ach, das ist eine Ewigkeit her. Lily war damals noch ein Baby. Die ganze Elternsache hat ihn etwas überfordert und tut es immer noch.« Sie schnaubte und fuhr sich mit den Händen durch das braune Haar. »Jake ist nicht gerade der Hellste. Meine Oma hatte recht, was ihn betrifft. Hast du jemanden?«

»Ja, mein Freund lebt in Málaga.«

»Du Glückliche, dass du einen spanischen Traummann abgekriegt hast.«

»Matt kommt aus London, aber er ist wirklich ein Traum.«

Rosie dachte an die erste und einzige Begegnung ihrer Mutter mit Matt. Was hatte sie noch in der lauten Bar über ihn gesagt? *Er sieht sehr gut aus, wenn auch ein bisschen zu geschniegelt.* Rosie, im ersten Rausch der Verliebtheit, war über die Kritik ihrer Mutter beleidigt, aber sie war auch begeistert, denn Matt war tatsächlich sehr attraktiv, und er ging mit ihr aus. Im Laufe der vergangenen Monate war aus ihrer Affäre mehr geworden. Er liebte und vermisste sie wirklich.

Nessa schnaubte. »Und was ist mit dem Haus? Willst du für eine Weile einziehen?«

»Kann ich nicht.«

»Weil du wieder zurück ins exotische, ferne Andalusien musst?« Jetzt war Nessa wirklich sarkastisch.

»Einmal das, und weil das Haus abgerissen wird.«

»Du darfst Driftwood House nicht abreißen!« Nessa setzte sich aufrecht hin, kniff die Augen gegen die Sonne zusammen und sah Rosie an. »Dieses Haus wacht schon seit Ewigkeiten über Heaven's Cove. Es ist wie ein Wächter, der dafür sorgt, dass dem Dorf nichts geschieht.«

Rosie lächelte über Nessas Fantasie. Die Vorstellung, dass Driftwood House ein wachsames Auge auf Heaven's Cove und seine Bewohner hatte, war seltsam tröstlich. »Dann hast du Belindas neustes Gerücht noch nicht gehört?«

»Ich gebe nichts auf das Geschwätz, das in Heaven's Cove die Runde macht, weil es darin oft genug um mich geht. Also, was behauptet die Gerüchteküche jetzt?«

»Ich will Driftwood House bestimmt nicht abreißen, aber im Dorf heißt es, dass Charles Epping genau das vorhat und an der Stelle ein Hotel bauen will.«

»Das kann er nicht machen! Weigere dich, ihm das Haus zu verkaufen, und sag ihm, er soll sich verpissen.«

»Das kann ich leider nicht.«

»Wieso nicht? Dann wird ein netter Mensch das Haus kaufen und dort mit seiner Familie leben oder arbeiten. Es ist zwar ein bisschen heruntergekommen, aber die Lage ist toll.«

»Ich kann das Haus nicht verkaufen, weil es mir nicht gehört. Es ist das Eigentum von Charles Epping, und dank Belinda bist du wahrscheinlich die einzige Person im Umkreis von zehn Meilen, die das nicht weiß.«

Nessa riss die Augen auf. »Ich dachte, Driftwood House gehörte deiner Mum.«

»Ja, das dachte ich auch. Aber es gehört den Eppings, und jetzt, da Mum nicht mehr da ist, fällt es an sie zurück.«

»Wow, das muss ja ein ziemlicher Schock gewesen sein.«

»Nur ein kleiner.«

»Warum hat sie es dir nicht gesagt?«

»Ich habe nicht die leiseste Ahnung ... und Belinda und ihr Dorffunk wissen nicht, dass sie es mir nicht erzählt hat, daher, bitte ...«

»Meine Lippen sind versiegelt.« Nessa verschloss ihren Mund mit einem imaginären Reißverschluss. »Und was willst du gegen den ungeheuerlichen Plan der Eppings unternehmen?«

»Ich bin mir nicht sicher, ob ich überhaupt etwas tun kann. So ungern ich es zugebe, aber ihr Plan ist gar nicht so ungeheuerlich, denn die Lage ist für ein Hotel wahrscheinlich perfekt. Ich habe Mum schon vor Jahren vorgeschlagen, aus Driftwood House eine Pension zu machen und zahlende Gäste aufzunehmen.«

»Das wäre toll, mit dem Blick aufs Meer und den Giebeln und Kaminen. Die Leute sind ganz verrückt nach diesem Retrokram. Was hat deine Mum dazu gesagt?«

»Sie meinte, dass wir uns glücklich schätzen könnten, in einem so schönen Haus leben zu dürfen, und dass sie unser kleines Stück vom Paradies mit niemandem teilen möchte.«

»Kann man verstehen.«

»Aber jetzt soll ihr kleines Stück vom Paradies zerstört werden.«

»Wirklich?« Nessa stemmte die Hände in die Hüften. »Aber die rasende Rosie wird doch sicher nicht kampflos aufgeben?«

»Die rasende was?«

»Ach, nichts.« Nessa senkte den Kopf, und Röte schoss ihr in die Wangen.

»Nennt man mich so?«

»Nein, eigentlich nicht. Es war mein Spitzname für dich in der Schule. Er hat nichts zu bedeuten – nur dummer Kinderkram.«

Rosie zog verwirrt die Nase kraus. »Aber warum ›rasend‹? Ich war viel zu ängstlich, um mit anderen zu streiten.«

»So meinte ich das auch nicht. Es ging mehr darum, dass du gegen alles warst – die Schule, Heaven's Cove und uns. Du warst voller Energie und Träume. Aber wir hatten doch alle Spitznamen in der Schule. Ich kenne meinen – ›Ungeheuer von Loch Nessa‹, stimmt's?«

»Ja, aber nur, weil ...«

»Ich weiß, warum – weil man mich selten gesehen hat. Das war ziemlich originell.« Sie biss sich kurz auf die Unterlippe. »Meine Mum war krank.«

»Ja, und es tut mir leid. Das muss für euch beide wirklich schwer gewesen sein.«

»Es war eine harte Zeit.« Nessa starrte für einen Moment gedankenverloren ins Gras, dann schüttelte sie den Kopf. »Aber was soll's, das ist Jahre her, und es hat keinen Sinn, die Vergangenheit wieder auszugraben. So, ich gehe jetzt besser zur Arbeit, sonst ist Scaggy auf dem Kriegspfad.«

»Führt Mr Scaglin immer noch Shelley's? Er war ja damals schon alt, als wir in der Schule waren. Inzwischen muss er neunzig sein.«

»Fünfundneunzig, mindestens. Er ist echt in Ordnung, aber ein Pünktlichkeitsfanatiker, daher sollte ich los. Wenn ich später als Viertel nach komme, dreht er durch.« Nessa stand auf und wischte sich Grashalme vom Hintern. »Ich kann nicht glauben, was die Eppings mit Driftwood House vorhaben, und ich hoffe, dass für dich alles gut wird, Rosie.«

»Meinst du nicht rasende Rosie?«, versetzte sie und zog eine Braue hoch.

»Hm, vielleicht hätte ich das für mich behalten sollen.«

»Ist schon gut. Man hätte mir auch schlimmere Namen verpassen können.«

Schlimmere Namen, die ihr wahrscheinlich gerade im Dorf gegeben wurden – Runaway Rosie zum Beispiel. Sie schaute Nessa von unten durch die Wimpern an. »Hast du viel Kontakt zu Liam Satterley?«

»Liam?« Nessa warf ihr einen Seitenblick zu. »Ich sehe ihn hier und da. Warum?«

»Nur so. Ich bin ihm ein paar Mal über den Weg gelaufen, und er scheint sich überhaupt nicht verändert zu haben.«

»Findest du?«

»Ja. Er ist immer noch ein bisschen eingebildet. Er war heute Morgen auf dem Friedhof und war echt seltsam drauf.«

»Das ist ausgerechnet heute auch kein Wunder.«

»Warum? Was ist heute so besonders?«

Nessa sah sich um und senkte die Stimme, obwohl nur die am Himmel kreisenden Möwen sie hören konnten. »Wie gesagt, ich verbreite normalerweise keinen Klatsch, aber es ist heute genau ein Jahr her, dass Liam heiraten sollte. Gestern haben sich ein paar Leute im Laden darüber unterhalten, und ich habe mir echt Mühe gegeben, nicht hinzuhören.«

»Liam Satterley wollte heiraten?« Rosie konnte kaum glauben, was sie da hörte. »Als Schürzenjäger war er doch gar nicht der Typ dafür.«

Nessa zog die Brauen zusammen. »Menschen können sich ändern, Rosie. Ich habe das Gefühl, dass du uns alle danach beurteilst, wie wir waren, bevor du nach Spanien abgehauen bist.«

»Ich bin nicht abgehauen. Ich bin entkommen.«

»Du bist *entkommen*? Aus dem malerischen, friedlichen Küstendorf Heaven's Cove?«, stieß Nessa hervor.

»Was war denn nun mit der Hochzeit?«, fragte Rosie und ignorierte den triefenden Sarkasmus, den sie in gewisser Weise verdient hatte. Gegen ihren Willen war ihr Interesse an Liams abgebrochener Hochzeit geweckt.

»Deanna hat kalte Füße bekommen. Ich fand immer, dass sie zu anspruchsvoll war, um als Frau eines Bauern zufrieden zu sein. Na jedenfalls, sie hat ihn vor allen Leuten am Altar stehen lassen.«

»Das ist ja furchtbar!«

»Ja, und total unnötig. Was für eine dumme Kuh!« Nessa schaute auf ihre Armbanduhr. »Hör zu, ich muss wirklich los, sonst sieht Scaggy rot. Viel Glück, und hoffentlich sehen wir uns noch mal, bevor du nach Spanien zurückfliegst. Vergiss uns nicht.«

Mit einem Lächeln eilte Nessa davon und lief mit sicheren Schritten den Küstenweg hinunter in Richtung Dorf.

Rosie wandte das Gesicht zum Meer. Ein Fischkutter tuckerte in den Hafen, gefolgt von einem Schwarm Möwen, die das Deck umschwärmten. Tief unten donnerten die Wellen dumpf gegen den Felsen und spritzten Wasserfontänen in die Morgenluft.

Es war wirklich schön und friedlich hier. Viel friedlicher als ihr Viertel in Spanien, wo bis spät in die Nacht Musik aus offenen Fenstern schallte und das unablässige Stimmengemurmel der Gäste des Straßencafés unter ihrer Wohnung zu ihr in den ersten Stock heraufdrang.

Sie wollte sich eigentlich Matt vorstellen, wie er an ihrem Fenster saß, das attraktive Gesicht im Profil, und die Menschen unten beobachtete, aber stattdessen kam ihr Liams Gesicht in den Sinn. Dem Serienherzensbrecher war selbst das Herz gebrochen worden. Kein Wunder, dass er heute Morgen an diesem traurigen Jahrestag so zerstreut und reizbar gewesen war.

Rosie wünschte, sie hätte Nessa eingehender danach

befragt, was zwischen ihm und seiner Verlobten vorgefallen war. Sie wünschte, sie hätte zugehört, wenn ihre Mutter ihr von den Ereignissen in Heaven's Cove erzählt hatte. Aber sie war so demonstrativ desinteressiert gewesen, so fest davon überzeugt, dass das Leben hier langweilig sei, dass ihre Mum irgendwann aufgehört hatte, überhaupt viel vom Dorf zu erzählen.

Rosie seufzte und stand auf. Sie würde den Rest des Tages damit verbringen, Driftwood House nach Papieren zu durchsuchen – irgendetwas, das mehr Licht auf die Vereinbarung ihrer Mutter mit den Eppings werfen könnte und auf die Identität des geheimnisvollen J, dessen Blumen auf dem Friedhof lagen.

Drei Stunden später hatte Rosie nichts von Interesse gefunden – kein Testament, nichts über den Einzug ihrer Mutter in Driftwood House und keine Erwähnung von J. Alles, was sie nach dem Durchkämmen eines großen Haufens alter Rechnungen hatte, waren ein pochender Schädel und ein schmerzendes Herz, als sie die Notizen ihrer Mutter auf den Papieren sah: *Bis Monatsende bezahlen. Stimmt dieser Betrag? Wofür zum Teufel ist das denn?*

Über die letzte Bemerkung hatte sie gelacht. Mum konnte sich meist nach einer Woche nicht mehr daran erinnern, was sie gekauft hatte. Und sie war ein hoffnungsloser Fall im Umgang mit Geld gewesen, im Gegensatz zu Rosie, der es gelang, ihr mageres Einkommen so zu strecken, dass es für die Miete, für Abende mit Freunden und das Essen für sie und Matt reichte. Obwohl er ganz in der Nähe eine größere Wohnung hatte und mehr verdiente als sie, aß er oft bei ihr und trank ihren Weißwein- und Sangria-Vorrat leer.

Rosie gähnte und ließ die Schultern kreisen, um ihre schmerzenden Muskeln zu lockern. Sie kniete im Wohnzimmer auf dem Boden in einem Lichtfleck. Die Sonne, die um die schweren Damastvorhänge herumgekrochen war, schien auf den bunten Teppich vor dem Kamin und verwandelte ihn in ein leuchtendes Mosaik, während der Staub in den Sonnenstrahlen tanzte.

Obwohl Rosie mutterseelenallein war, empfand sie die Standfestigkeit des Hauses und seine Zeitlosigkeit in einer sich verändernden Welt als tröstlich. Es hatte ihrer Mutter gute Dienste geleistet und ihr über die Jahre hinweg Schutz und Zuflucht gewährt – als Rosies Großeltern gestorben waren, als ihr Vater sie verlassen hatte und als sie ausgezogen war. Es war über Generationen hinweg ein Teil von Heaven's Cove gewesen, doch nun drohte ihm die Zerstörung durch die Laune eines gierigen Landbesitzers.

Oben knallte eine Tür in dem Durchzug, der im Haus herrschte, als Rosie zu einer Entscheidung kam. Sie nahm den Brief von Charles Epping und die Autoschlüssel ihrer Mutter vom Küchenbuffet und trat hinaus in die Mittagssonne.

NEUN

Wenigstens hielt das gute Wetter an. Rosie parkte den zerbeulten Mini ihrer Mutter am Straßenrand und betrachtete die weite, offene Moorlandschaft, die sie umgab.

Das Land wurde in blasses Sonnenlicht getaucht, das hinter weißen Kissenwolken hervorlugte, und goldene Strahlen fielen auf eine erhöhte Felsformation in der Ferne. Deren Hänge waren von Schafen gesprenkelt, trittsicheren Tieren, die an den unebenen Boden des Dartmoors gewöhnt waren.

Rosie kurbelte das Fenster herunter und atmete tief die frische Luft ein. Als Kind hatte sie viele glückliche Stunden damit verbracht, gemeinsam mit ihrer Mutter durchs Moor zu wandern, und ihr war nicht klar gewesen, wie sehr ihr diese alte, unberührte Landschaft gefehlt hatte. Wenn sie an Spanien dachte, kamen ihr leuchtende Ockertöne in den Sinn. Die Farbpalette des Dartmoors hingegen bestand aus zarten Grün- und dunklen Brauntönen mit cremeweißen und grauen Spritzern. Die Landschaft hier war ruhiger, besänftigender.

Sie richtete den Blick auf den Brief auf ihrem Schoß und las noch einmal die Adresse auf der Rückseite des Umschlags: *High Tor House, Granite's Edge, bei Kellsteignton.*

Sie hatte Kellsteignton vor zehn Minuten hinter sich gelassen, aber das Satellitennavi, das an der Windschutzscheibe klebte, war schlimmer als nutzlos. Als das Dorf in ihrem Rückspiegel verschwand, hatte das Ding angefangen zu spinnen und jetzt endgültig den Geist aufgegeben. Aber irgendwo hier musste High Tor House sein.

Rosie stieg aus dem Wagen, nahm ihre Handtasche und ging hügelaufwärts, um eine bessere Aussicht zu haben. Schon bald hörte sie Wasser plätschern und erreichte einen schmalen Bach, der das Gelände durchschnitt. Eine alte Steinplattenbrücke führte über das rauschende Wasser, und Rosie ging vorsichtig hinüber.

Während sie weiter bergan stieg und das letzte Stück der Felsformation hinaufkletterte, zogen dunkle Wolken am Horizont auf. Aber die Aussicht war wie erwartet die Mühe wert. Ringsum lag eine prächtige baumlose Landschaft. Hier und da weideten Schafe, und das hohe Gras war von riesigen grauen Granitblöcken übersät.

In der Ferne ging ein schmaler Feldweg von der Straße ab und endete an einem hellen Steinhaus mitten im Nirgendwo. Das musste das Landhaus der Eppings sein – so abgelegen, dass es im Winter, wenn sich eine dicke Schneedecke auf die hochgelegenen Teile des Moores legte, vollkommen abgeschnitten sein würde. Wer entschied sich freiwillig für ein Leben in solcher Abgeschiedenheit?

Rosie schauderte, ihr Vorhaben machte sie nervös. Charles Epping hatte in Heaven's Cove einen ziemlichen Ruf, obwohl man ihn nur selten zu Gesicht bekam. Er selbst besuchte das Dorf nie und schickte stattdessen Angestellte, um Probleme zu klären. Den Gerüchten zufolge hatte er sich mit zunehmendem Alter immer mehr zurückgezogen und war immer übellauniger geworden.

Würde er sie anschreien oder von seinem Land verjagen? Rosie schrak zusammen, als ein Vogel dicht über sie hinwegschoss, und schimpfte mit sich selbst. Es war lächerlich, so nervös zu sein. Sie war kein Kind mehr. Sie war eine erwachsene Frau, die einfach nur ein ruhiges und vernünftiges Gespräch mit einem reichen Landbesitzer führen wollte. Darum ging es im Wesentlichen – sie würde sich Charles Epping um ihrer Mutter willen stellen und für das arme, dem Untergang geweihte Driftwood House, das für sie immer menschlichere Charakterzüge annahm. Sie eilte zurück zu ihrem Wagen, bevor sie der Mut verließ.

Fünf Minuten später fuhr Rosie durch das schwarze schmiedeeiserne Tor von High Tor House und hielt neben einem weißen Lieferwagen auf dem Kies.

Das mulmige Gefühl in ihrem Magen wurde noch schlimmer, als sie das prachtvolle Haus betrachtete. Erbaut aus hellgrauem Stein wirkte das Gebäude hier, mitten im weiten Moor, vollkommen fehl am Platz. Die Sprossenfenster glänzten in der Sonne, und ein kleiner Springbrunnen plätscherte vor dem geschwungenen Vordach, das zu einer schwarzen Tür führte. Der Arm des Steinengels, der den Springbrunnen bekrönte, hatte sich in dem ständigen Wasserstrom grün verfärbt.

Neben einem großen, bunten Blumenbeet parkte ein glänzender silberner Range Rover, der brandneu aussah. In der offenen Doppelgarage, die an das alte Haus angebaut worden war, erspähte Rosie einen khakifarbenen Jeep. An Geld herrschte bei Mr Charles Epping und seiner Frau offenbar kein Mangel.

Mit klopfendem Herzen läutete Rosie an der Tür. Das Klingeln hallte im Innern wider. Nach einer Minute öffnete ein ungepflegt aussehender Mann in grauen Chinos die Tür, anstelle eines Butlers wie aus *Downton Abbey,* wie sie ihn erwartet hatte.

»Mr Epping?«

»Schön wär's. Ich bin nur der Elektriker«, sagte der Mann

mit breitem Devon-Akzent. »Ich wollte gerade gehen. Erwartet er Sie?«

»Ähm ... nicht direkt.«

Der Mann trat an ihr vorbei in die Einfahrt, bevor sie weitersprechen konnte. »Na dann viel Glück.« Er warf seine Tasche auf den Rücksitz des Lieferwagens, dann ließ er sich auf den Fahrersitz gleiten und fuhr so rasant davon, dass der Kies von den Reifen hochgeschleudert wurde.

Viel Glück? Das trug nicht gerade dazu bei, ihre Nerven zu beruhigen. Rosie betrat High Tor House und rief: »Hallo?« Ihre Stimme klang schrill und ängstlich. Sie befand sich in einer großen quadratischen Eingangshalle und blickte auf einen reichverzierten Kamin. Die Wände waren mit einer dunklen Holzvertäfelung verkleidet, und gedrechselte Treppenpfosten, von zahllosen Händen glatt geschmirgelt, flankierten eine breite Treppe mit einem geschmackvollen burgunderroten Teppich. Lampen mit Glasschirmen, die auf einem Holztisch standen, warfen ein sanftes Licht, obwohl es noch früher Nachmittag war. Während der Wintermonate musste es hier drinnen stockfinster sein. Ein kalter Schauer überlief Rosie.

»Hallo?«, rief sie noch einmal, lauter diesmal, aber es kam niemand. Das Haus wirkte riesig und verlassen. Sie ging gerade zurück zur Tür, um ihr Glück noch einmal mit der Klingel zu versuchen, als leise Musik in den Flur drang. »Yesterday« von den Beatles. Rosie folgte Paul McCartneys Stimme bis zu einer Tür im hinteren Teil des Hauses, die einen Spaltbreit offen stand.

Als sie sachte anklopfte, wurde die Musik abrupt ausgeschaltet.

»Wer ist da? Wer ist da draußen?«, erklang eine tiefe Männerstimme. Der Mann hörte sich so verärgert und ungeduldig an, dass Rosie sofort den Mut verlor. Aber ihr Impuls zu fliehen wurde zunichte gemacht, als die Tür aufgerissen wurde.

»Wer zum Teufel sind Sie?« Der Mann vor ihr zögerte kurz,

und Beunruhigung blitzte in seinen eisblauen Augen auf. »Was machen Sie hier?«

»Es tut mir furchtbar leid. Ich hätte nicht einfach hereinkommen dürfen, aber die Tür war auf, und es war niemand da. Ich habe geklingelt und gerufen, doch es ist niemand gekommen, und dann habe ich die Musik gehört, daher bin ich ...« Gute Güte, was für ein Geplapper. Rosie holte tief Luft und versuchte es noch einmal. »Es tut mir sehr leid, Sie zu stören, aber ich muss dringend mit Mr Epping sprechen.«

»Wer sind Sie?«, wiederholte der Mann, drängender diesmal, und zupfte am Kragen seines weißen Hemdes. Das Auftauchen einer Fremden in seinem abgelegenen Haus hatte ihn zutiefst erschreckt, was durchaus verständlich war.

Sie schenkte ihm ein beruhigendes Lächeln. »Ich bin Rosie Merchant und komme aus Heaven's Cove.«

Das klang so, als wollte sie an einer Spielshow fürs Fernsehen teilnehmen: *Überlebe einen Showdown mit einem unheimlichen Fremden, um zu verhindern, dass eine Abrissbirne dein Elternhaus in Schutt und Asche legt.*

»Ich verstehe. Was wollen Sie?«

Der Mann hatte seine Fassung wiedergewonnen, aber sein knochiges Gesicht hatte einen missbilligenden Ausdruck angenommen. Rosie schluckte und fuhr fort.

»Sind Sie Charles Epping? Ich entschuldige mich für mein Eindringen, aber ich hatte gehofft, Sie kurz sprechen zu können. Es geht um meine Mutter und Driftwood House. Wäre das in Ordnung?«

Der Mann hielt ihrem Blick für einen Moment stand, bevor er hörbar ausatmete, als würde die Luft aus ihm weichen. »Ich bin tatsächlich Charles Epping, und ich denke, Sie kommen besser herein, da Sie ja ohnehin schon in meinem Haus sind.« Er zog die Tür weit auf und trat zurück in den Raum.

Rosie folgte ihm und blieb verlegen neben einem riesigen Gummibaum in einem großen Porzellanübertopf stehen. Die

Sonne warf Lichtflecken auf einen Perserteppich und zeichnete einen hellen Streifen auf ein rotes Sofa, das von weichen Sesseln umgeben war. In einer Ecke stand ein Mahagonischreibtisch, und an den Wänden hingen Ölgemälde, die meisten davon Porträts von altmodisch gekleideten Menschen. Die Einrichtung war ein buntes Sammelsurium alter Möbel verschiedener Stile und Epochen, wahrscheinlich Erbstücke, die zweifellos ein Vermögen wert waren.

Charles, der durch Abwesenheit glänzende Vermieter und Einsiedler von Heaven's Cove, stand jetzt am Kamin und stützte sich mit dem Arm auf den Sims. Er war kleiner, als Rosie gedacht hatte – vielleicht einsachtundsiebzig – und wirkte auch jünger als in ihrer Vorstellung, obwohl sein Haar schneeweiß war. Der Blick seiner Augen, die das durchdringende Blau von arktischem Eis hatten, war kalt. Er betrachtete für einen Moment ihr Gesicht, und eine leichte Röte stieg ihm in die Wangen, bevor er mit abgehackter Stimme zu sprechen begann.

»Warum suchen Sie mich auf? Es ist nicht ganz einfach, mich zu finden.«

Gab es dafür einen Grund? Hatten Charles Epping und seine Frau sich mit Absicht dafür entschieden, an diesem entlegenen Ort zu leben, um anderen Menschen aus dem Weg zu gehen?

Rosie bemühte sich um eine feste Stimme. »Ich bin hier, um über Driftwood House zu sprechen, das wohl Ihnen gehört. Meine Mutter, Sofia Merchant, lebt ... hat dort gelebt.«

»Ja, die Nachricht vom Tod Ihrer Mutter hat mich sehr bestürzt.«

Sein Gesichtsausdruck war teilnahmslos und seine Stimme kalt, beinahe monoton, als würde er nur das sagen, was unter solchen Umständen erwartet wurde. Rosie verschränkte die Hände hinter dem Rücken und bohrte die Fingernägel in die Handflächen.

»Sie haben über Ihre Anwälte einen Brief geschickt, in dem steht, dass Driftwood House Ihnen gehöre und dass Sie die Absicht hätten, es zurückzufordern.«

»Das ist zutreffend. Aber Sie wussten, dass das geschehen würde.« Als sie das Gesicht verzog, legte er den Kopf schräg und runzelte die Stirn. »Ach, Sie haben es nicht gewusst? Das ist interessant.«

»Warum finden Sie das interessant?« Rosie gelang es nicht, den Ärger in ihrer Stimme zu verbergen.

»Es ist interessant, dass Ihre Mutter Ihnen nie von ihrer Vereinbarung mit der Familie Epping erzählt hat.«

»Ich bin mir sicher, dass sie es noch vorhatte«, antwortete Rosie, die sich dazu hinreißen ließ, die unverständliche Heimlichtuerei ihrer Mutter zu verteidigen. »Haben Sie meine Mutter gekannt?«

»Nein.« Er warf einen Blick auf seine Armbanduhr, als raubte Rosie ihm seine kostbare Zeit. »Ihre Mutter war lediglich meine Mieterin. Ein Name auf einem Mietvertrag.«

»Einem ungewöhnlichen Mietvertrag, der ihr lebenslanges Wohnrecht einräumte.«

»Meine Schwester Evelyn hatte schon immer ein großes Herz.«

»Was hat Ihre Schwester damit zu tun? Hat sie meine Mutter gekannt?«

»Sie waren Freundinnen.«

Rosie schüttelte den Kopf. Charles nach zu urteilen war die Familie Epping kalt, zugeknöpft und privilegiert, und es fiel ihr schwer, sich vorzustellen, dass ihre warmherzige, unkonventionelle Mutter irgendetwas mit ihnen zu schaffen hatte. Außerdem war Charles der Eigentümer von Driftwood House. Was also hatte Evelyn damit zu tun?

»Meine Mutter hat Ihre Schwester nie erwähnt. Sind sie Freundinnen geblieben?«

Charles blinzelte und richtete den Blick auf das große

Portrait über dem Kamin. Das Ölgemälde zeigte eine junge Frau vor der weiten Moorlandschaft. Sie hatte das braune Haar zu einem Knoten aufgesteckt und die gleiche schmale römische Nase wie Charles, aber ihre grauen Augen waren freundlicher. Ein Mundwinkel war hochgezogen, als wolle sie gleich lächeln. Am Fuß des Rahmens befand sich ein Messingschild mit der Aufschrift: *Evelyn Amelia Epping: Ein Blitz in der Dunkelheit.*

»Traurigerweise ist meine Schwester vor einigen Jahren verstorben. Sie …« Gedankenverloren hielt Charles inne. Sollte Rosie ihr Beileid bekunden? Sie zögerte zu lange, und der Moment war vorbei. »Es war vor sehr langer Zeit«, fuhr er fort. »Ihre Mutter und Evelyn waren damals befreundet.«

»Dann ist meine Mutter wegen Evelyn in das Haus gezogen?«

»Ihre Mutter hat das Haus immer sehr gern gemocht, zumindest sagte das Evelyn, und sie wollte es ihrer Freundin ermöglichen, dort zu leben. Evelyn hat mich gebeten, die Vereinbarung aufzusetzen, und sie hatte bis zum Tod Ihrer Mutter Bestand.«

»Das war sehr freundlich von ihr. Aber Sie sagen, Sie wären meiner Mutter nie begegnet?«

»Das ist korrekt. Hören Sie, Ms Merchant.« Er trat an die Fenstertür, die auf einen großen Garten hinausging. »Angesichts der Tatsache, dass Sie über die Besitzverhältnisse des Hauses im Unklaren waren, sehe ich ein, dass der Zeitpunkt des Briefes von meinem Anwalt bedauerlich war, und ich entschuldige mich dafür. Meine Frau hat unserem Anwalt die entsprechenden Anweisungen erteilt und die Sache schneller in Gang gesetzt, als ich beabsichtigt hatte. Aber das Haus gehört tatsächlich meiner Familie, und soweit ich weiß, hat Ihre Mutter nach dem Tod Ihres Vaters allein dort gelebt.«

»Das ist richtig, und mir ist bewusst, dass Sie unser Zuhause zurückfordern können, aber ich wüsste gern mehr über Ihre Absichten in Bezug auf Driftwood House.« *Ihre Absichten in*

Bezug auf Driftwood House? Sie hörte sich schon genauso pompös an wie er. »Was ich meine, ist: Was haben Sie damit vor?«

Charles Epping schaute bei dieser Frage auf und hielt Rosies Blick stand. Er wirkte plötzlich alt und müde, was sie unerwartet in Verlegenheit brachte.

»Ich weiß, dass es Ihr Haus ist, und ich klinge wahrscheinlich unverschämt, wenn ich Ihnen diese Fragen stelle, aber ich habe lange Zeit in Driftwood House gelebt, und sein Schicksal liegt mir am Herzen. Im Dorf habe ich gehört, dass Sie es abreißen und an seiner Stelle ein Hotel bauen wollen.«

»Das haben Sie gehört, wie? Anscheinend ist Heaven's Cove immer noch eine Brutstätte für Klatsch und Tratsch.« Charles zog eine weiße Braue in die Höhe und presste die Lippen zu einem schmalen Strich zusammen. »Nehmen Sie doch Platz, Ms Merchant.«

Das klang mehr wie ein Befehl als wie eine Einladung, und Rosie ärgerte sich über sich selbst, als sie gehorchte. Der Stoff des Sofas fühlte sich rau an.

»Sind die Gerüchte falsch?«, fragte sie ihn, während ihr eine Sprungfeder in den Oberschenkel stach. Diese Familienerbstücke waren unbequem.

»Ärgerlicherweise sind sie vollkommen korrekt, aber unsere Pläne befinden sich noch im Frühstadium, daher bin ich überrascht und auch ziemlich beunruhigt, dass sie allgemein bekannt sind. Anscheinend gibt es in meinen Reihen einen Spion.«

»Bitte, tun Sie es nicht!«, platzte Rosie heraus, der etwaige Informationslecks bei den Eppings vollkommen gleichgültig waren und die jetzt so dicht an der Sofakante saß, dass sie Gefahr lief, zu Boden zu rutschen. Sie vermutete allerdings, dass Charles Epping in dem Fall einfach über sie hinwegsteigen und sein Tagwerk fortsetzen würde.

Er zog die Augen zusammen. »Was soll ich nicht tun? Es tut

mir leid, dass Sie entgegen Ihren Erwartungen keinen wertvollen Besitz geerbt haben, aber man hat mir gesagt, dass Ihre Mutter schon seit einiger Zeit allein dort gelebt hat, daher stehen Sie nicht ohne ein Dach über dem Kopf da.«

»Ich lebe und arbeite im Ausland, und das Geld interessiert mich nicht, wirklich nicht. Aber an dem Haus liegt mir sehr viel.«

»Warum?«

»Weil es schon seit Generationen zu Heaven's Cove gehört, dort oben auf dem Kliff. Ich bin mir sicher, dass es den Dorfbewohnern viel bedeutet, und meiner Mutter ging es genauso. Sie hat Driftwood House geliebt, und es hätte ihr das Herz gebrochen, wenn es zerstört worden wäre. Sie ist tot, und ich bin mir nicht sicher, ob ich es ertragen kann ...«

Die Worte blieben ihr im Hals stecken und schnürten ihr die Luft ab, bis sie kaum noch atmen konnte. Aber sie würde vor diesem kalten, gefühllosen Mann nicht in Tränen ausbrechen. Charles Epping kam einen Schritt auf sie zu – wollte er sie hinauswerfen? –, blieb aber stehen, als die Tür aufgerissen wurde.

»Hier bist du! Ich habe dich gesucht.« Eine spindeldürre Frau erschien im Türrahmen. Sie betrat den Raum und musterte Rosie. »Ich bitte um Verzeihung. Ich wusste nicht, dass mein Mann Gäste hat.«

»Das ist Cecilia, meine Frau«, stellte Charles sie vor.

Rosie erhob sich und streckte die Hand aus. Cecilia ging zu ihr, gefolgt von einem großen, grauhaarigen Hund, und schüttelte ihr kraftlos die Hand. Kein einziges aschblondes Haar war fehl am Platz, und ihre schrecklich geschmackvolle Kleidung – braune Cordhose, karamellfarbener Kaschmirpullover und ein Seidentuch mit Paisleymuster – bildeten einen scharfen Kontrast zu Rosies Jeans und T-Shirt. Ihr ganzes Auftreten kündete von Selbstbewusstsein und altem Geld.

»Und wer sind Sie?«, fragte sie und sah dabei Charles an.

Rosie räusperte sich. »Ich bin Rosie Merchant aus Heaven's Cove.«

»Ach tatsächlich?« Cecilia trat schnell neben Charles. Sie gaben ein erstaunliches Paar ab.

»Ich komme ursprünglich aus dem Dorf, aber ich lebe jetzt in Andalusien«, berichtete Rosie, da sie vor der selbstsicheren Frau nicht zu provinziell wirken wollte.

»Heaven's Cove *und* Andalusien. Na, herrlich.«

Charles bedachte seine Frau mit einem angespannten Lächeln. »Ms Merchant ist hier, um über Driftwood House zu sprechen.«

»Ach ja?« Die Schärfe in Cecilias Stimme war unüberhörbar.

»Ihre Mutter hat bis zu ihrem Tod dort gelebt.«

»Ich weiß.« Sie sprach nun direkt zu Rosie. »Sie dürften inzwischen den Brief von unseren Anwälten erhalten haben.«

»Ja, und das ist auch der Grund, warum ich hier bin.«

»Das hatte ich befürchtet. Aber so leid es mir tut, das Haus gehört Ihnen nicht.«

»Das ist mir klar. Ich bin nicht hergekommen, um die Eigentumsverhältnisse anzufechten, sondern um Sie zu bitten, das Haus nicht abzureißen.«

»Woher wissen Sie ...?«

»Dorfklatsch«, warf ihr Mann ein, der durchs Fenster das Moor betrachtete.

»Wissen Sie von ...« Ihre Stimme verlor sich.

»Von Ihrer Hotelidee? Ja, ich fürchte, auch das scheint Gegenstand von Klatsch und Tratsch zu sein.«

»Ich verstehe.« Cecilias funkelnde grüne Augen wurden hart. »Es ist ein rein geschäftliches Vorhaben, Ms Merchant. Driftwood House befindet sich durch seinen Blick aufs Meer in bester Lage und würde einen ausgezeichneten Standort für ein kleines, geschmackvolles Hotel abgeben.«

»Haben Sie eine Baugenehmigung beantragt?«

Cecilias Augen wurden schmal. »Nicht dass es Sie etwas anginge, aber nein, noch nicht. Die Idee ist noch sehr jung, und ich habe keine Ahnung, wie sie an die Öffentlichkeit gelangen konnte. Aber ich bin mir sicher, dass die lokalen Behörden weitere Hotelbetten begrüßen würden, um Besucher nach Heaven's Cove zu locken. Schließlich bedeuten mehr Besucher auch mehr Kunden für die Geschäfte und höhere Einnahmen.«

Mehr Geld für die Familienkasse der Eppings, dachte Rosie und betrachtete die antiken Porzellanvasen auf dem Kaminsims und die Großvateruhr in der Ecke. Die Möbel und Dekorationsstücke in diesem Raum waren wahrscheinlich mehr wert als der gesamte Inhalt von Driftwood House und ihrer Wohnung zusammen.

»Ich bin entschlossen, das Vorhaben umzusetzen«, fuhr Cecilia fort und zog die Mundwinkel zusammen, bis ihre Lippen eine Schnute bildeten. »Die Höhenlage und die Vorfreude darauf, mit einem derartigen Blick aufzuwachen, würde Besucher anziehen wie ein Magnet.«

Rosie wurde schwer ums Herz, denn sie konnte gegen Cecilias Logik nichts einwenden. Als sie am Morgen die Schlafzimmervorhänge aufgezogen hatte, hatte ihr das Bild, das sich ihr bot, den Atem geraubt: Wolkenfetzen, von der aufgehenden Sonne golden gefärbt, trieben über das mitternachtsblaue Meer, und Sorrell Head erhob sich dunkelgrün in der Ferne. Cecilia konnte eindeutig Geld damit verdienen, dass sie diese Aussicht mit anderen teilte. Hatte Rosie ihrer Mutter nicht oft genug denselben Vorschlag gemacht?

Als sie an diese Gespräche zurückdachte, nahm in ihr eine Idee Gestalt an, und ehe sie sich's versah, war sie heraus. »Warum nehmen Sie nicht Driftwood House? Es könnte zu einem wunderbaren kleinen Hotel umgebaut werden.«

»Driftwood House?« Cecilia stieß ein klirrendes Lachen aus, als hätte sie es geübt. »Wohl kaum.«

»Warum nicht?«, fragte Rosie. Sie war nun fest entschlossen, zu sagen, was sie zu sagen hatte, auch wenn sie dringend Zeit brauchte, um über alles nachzudenken. Als sie am Nachmittag mit dem verrosteten Wagen ihrer Mutter losgefahren war, hatte sie nicht die Absicht gehabt, den Eppings diesen Vorschlag zu machen. »Driftwood House verfügt über fünf Schlafzimmer, sechs, wenn man den Dachboden ausbaut, und alle haben einen fantastischen Blick auf die Küste und das Meer oder landeinwärts in Richtung Dartmoor.«

»Warum sollte ich mir die Mühe machen, ein verfallenes Haus umzubauen?«

Weil sein einzigartiger Charme und die Erinnerungen bewahrt werden sollten. Rosie holte tief Luft und antwortete ruhig: »Weil es Ihnen Geld sparen würde.« Sie war sich ganz und gar nicht sicher, ob das den Tatsachen entsprach, vermutete aber, dass ein Appell an Cecilias Geldbeutel vielleicht die wirkungsvollste Methode war, sie zu überzeugen. »Die Urlauber würden sich darum reißen, in einem so geschichtsträchtigen Haus übernachten zu dürfen.« Sie dachte an das, was Nessa am Morgen auf den Felsen gesagt hatte. »Die Leute sind ganz verrückt nach diesem Retrokram.«

»Das Gebäude ist weder besonders alt, noch hat es eine bemerkenswerte Geschichte«, sagte Cecilia naserümpfend, »es sei denn, Sie wollen behaupten, dass dort Strandräuber gehaust und auf den Felsen Laternen geschwenkt hätten, um Seeleute auf den Klippen in den Tod zu locken.«

»Nein, so alt ist das Haus nicht, aber es hat trotzdem seinen eigenen Charme, und die Ausstattung ist fast noch original erhalten. Die Leute lieben so was«, sagte Rosie.

»Warum ist es Ihnen so wichtig, was aus dem Haus wird, wenn Sie nach Andalusien gezogen sind?«

»Driftwood House ist seit Jahrzehnten fester Bestandteil von Heaven's Cove. Und meine Mutter hat das Haus geliebt und wäre am Boden zerstört, wenn es abgerissen werden würde.« Und ich auch, dachte sie kläglich.

»Ich verstehe.« Cecilia drehte ihr den Rücken zu und strich über den kunstvollen Kamin. »Ich habe gehört, was Sie zu sagen haben, und ich bedaure Ihren Verlust, aber ich fürchte, dass Sentimentalität geschäftlichen Entscheidungen nicht im Weg stehen sollte. Der Umbau von Driftwood House in ein Hotel wäre eine zu großer Aufwand.«

»Muss es denn ein Luxushotel sein? Wie wäre es mit einer Pension?«

Cecilia wandte sich mit entsetzter Miene zu Rosie um. »Eine Pension? Eine Pension am Meer?« Sie rollte die Worte voller Abscheu im Mund herum.

»Es wäre natürlich eine gehobene Pension mit einer prachtvollen Aussicht, und gleichzeitig warm und gemütlich, wenn es draußen stürmt.«

Warm und gemütlich war ein wenig übertrieben. Rosie wusste nur zu gut, wie der Wind ums Dach pfiff und die Vorhänge aufblähte, wenn er durch die undichten Fensterrahmen drang. Aber plötzlich war sie entschlossener denn je, Driftwood House vor den Eppings zu retten. *Es wird dir deine Mutter nicht zurückbringen*, sagte eine kleine Stimme in ihrem Kopf, aber sie achtete nicht darauf, und ihre Atemzüge wurden flacher, während ihre Wangen sich röteten.

Cecilia schüttelte den Kopf, aber Charles sah Rosie an. »Ich bin seit Jahren nicht am Haus gewesen. Wie ist der Zustand? Und wie viel würde es Ihrer Meinung nach kosten, Driftwood House auf Vordermann zu bringen?«, fragte er.

»Du kannst doch ihre lächerliche Idee nicht ernsthaft in Erwägung ziehen«, schnaubte Cecilia, aber Charles überging ihre Bemerkung und richtete seine ganze Aufmerksamkeit auf Rosie.

»Was die Kosten betrifft, bin ich mir nicht ganz sicher. Aber es wäre erheblich billiger, als das Haus abzureißen und ein neues Hotel zu bauen. Außerdem wäre der Transport des Baumaterials auf eine so steile Anhöhe sehr schwierig.«

»Ich bin nicht bereit, auch nur einen Penny für diese verrückte Idee auszugeben, die ohnehin nicht aufgehen würde«, fauchte Cecilia. Sie baute sich vor Rosie auf und verschränkte die Arme vor der Brust. »Das Haus ist schäbig und heruntergekommen. Du magst es seit Jahren nicht gesehen haben, Charles, aber ich statte dem Dorf gelegentlich einen Besuch ab.«

»Wie wäre es ...?«, begann Rosie. Ihre Gedanken überschlugen sich. »Wie wäre es, wenn ich selbst mit der Arbeit beginnen würde, um Ihnen zu zeigen, wie schön Driftwood als Pension sein könnte?«

Cecilias ungläubiger Gesichtsausdruck legte nahe, dass Rosie ihrer Meinung nach den Verstand verloren hatte. Aber Charles legte den Kopf schräg und stand so regungslos da, als würde er kaum atmen.

»Charles?« Cecilias Stimme war brüchig.

»Es kann doch eigentlich nicht schaden ...«

»Oh, Herrgott noch mal, das ist eine lächerliche Idee, die unser Projekt nur verzögern würde.«

»Während Sie sich über die Baugenehmigung und die anderen nötigen Schritte informieren, kann ich das Haus renovieren, um Ihnen sein Potential zu zeigen«, schlug Rosie vor und hatte das Gefühl, als würde sie oben im Raum schweben und sich selbst dieses dumme Zeug sagen hören.

Sie musste zurück nach Spanien, zurück zu Matt und in die Wirklichkeit. Sie warf einen Blick hinaus auf das trostlose Moor, das das große, einsame Haus der Eppings umgab, und den rasch grau werdenden Himmel, der sich wie eine erstickende Decke über alles legte. Erst am Morgen hatte Matt ihr ein Selfie geschickt, wie er unter einem Orangenbaum, dessen zarte weiße Blüten in der Sonne leuchteten, Kaffee trank. Sie musste zurück zu ihrem Leben, daher war es gut, dass ihre schlichtweg lächerliche Idee abgelehnt werden würde.

»Vier Wochen.« Charles trat vor seine Frau, die hörbar den

Mund zuklappte. »So lange geben wir Ihnen Zeit, um Veränderungen an Driftwood House vorzunehmen. Der Mietvertrag würde ohnehin in drei Wochen enden, daher haben Sie eine Woche mehr, die Sie nutzen können.«

»Du lässt dein Herz über deinen Verstand siegen, und du weißt, dass das keine gute Idee ist«, blaffte Cecilia, aber Charles sah Rosie fest an.

»Sie haben genau vier Wochen, um unsere Meinung zu ändern, Ms Merchant.«

Eine Stunde später bog Rosie in eine Haltebucht auf dem Gipfel des Hügels über Heaven's Cove ein, kurbelte das Fenster herunter und betrachtete das unten liegende Dorf.

Cottages drängten sich um die High Street und die Kirche, auf deren Friedhof ihre Mutter begraben lag. Das dunkelblaue Meer war von Booten gesprenkelt, die auf den Wellen auf und ab hüpften, während darüber Möwen wie weiße Punkte am Himmel kreisten. Der hübsche, altmodische Charme von Heaven's Cove zog Touristen an wie ein Magnet. Es war daher ziemlich ironisch, dass sie diesen schönen Ort, an dem sie geboren worden und aufgewachsen war, als junge Frau gar nicht schnell genug hatte verlassen können.

Warum hatte sie sich gerade bereit erklärt, den nächsten Monat hier zu verbringen und ein Haus herzurichten, das am Ende zweifellos dem Erdboden gleichgemacht werden würde?

»Was tue ich da, Mum?« Rosies Worte klangen dumpf in dem leeren Wagen. »Das Haus zu retten bringt dich nicht zurück, und je länger ich hierbleibe, umso klarer wird mir, dass ich dich nie richtig gekannt habe. Du hast mir nichts von dem Mietvertrag erzählt oder von dem geheimnisvollen J, der dich so gut gekannt hat, dass er dich Saffy nannte. Was hattest du noch für Geheimnisse vor mir?«

Rosie beendete ihr Selbstgespräch und richtete ihre

Aufmerksamkeit wieder auf die Aussicht. Von hier aus konnte man Driftwood House gerade eben erkennen, wie es über dem Dorf Wache hielt, und sie konnte sich beinahe vorstellen, dass das Haus an seinem einsamen Platz auf den Felsen atmete. Ganz gleich, wie verwirrt sie war oder wie nervös es sie machte, was sie noch alles entdecken könnte – das Schicksal des Hauses lag in ihren Händen.

ZEHN

»Liam, um wie viel Uhr ist mein Zahnarzttermin? Würdest du mich in die Stadt fahren? Ich will mich nicht verspäten.«

Liam hörte auf, den Hof zu fegen, und seufzte. Der Zustand seines Vaters verschlimmerte sich. »Wir haben doch vorhin darüber gesprochen, Dad. Dein Termin ist vor einigen Tagen abgesagt worden, du brauchst dir keine Gedanken mehr darüber zu machen. Außerdem ist es halb sechs und der Tag ist fast vorbei, du kannst also ganz entspannt sein.«

Robert Satterley, hochgewachsen wie sein Sohn und mit borstigem, stahlgrauem Haar und blassblauen Augen, zog den Reißverschluss seiner fürs Frühjahr viel zu warmen Steppjacke hoch. »Bist du sicher wegen des Termins?«

»Ganz sicher. Die Praxis hat uns einen Brief geschickt und den Termin auf nächste Woche verschoben.«

»Hast du mir den Brief gezeigt?«

»Ja, beim Mittagessen.«

»Ah, ich erinnere mich nicht.« Sein markantes Gesicht fiel in sich zusammen. »Tut mir leid.«

»Du brauchst dich nicht zu entschuldigen, Dad. Wir alle vergessen manchmal etwas, nicht wahr, Mum?«

»Wie bitte?« Seine Mutter schüttelte gerade vor der Tür die Tischdecke aus und verteilte überall Krümel.

»Dad hat vergessen, dass sein Zahnarzttermin verschoben wurde, und hatte Angst, dass er zu spät kommt.«

Seine Mutter, klein, rundlich und mit rosigen Wangen, tätschelte ihrem Mann den Arm. »Du hast mir stattdessen geholfen, das Hinterzimmer auszumisten, Bob. Wir haben die alten Ausgaben von *Farmers Weekly* weggeschmissen, die du gehortet hast. Sollen wir vor dem Tee noch eine halbe Stunde weitermachen?«

»Wenn du möchtest, Pam.«

Sie führte ihn zurück ins Haus, warf aber vorher Liam einen besorgten Blick zu, der ihr ein beruhigendes Lächeln schenkte, obwohl er genauso beunruhigt war wie sie.

Jeder vergaß mal etwas, daher hatte er sich anfangs eingeredet, dass Bobs Aussetzer des Kurzzeitgedächtnisses für einen Mann in den Siebzigern normal seien. Doch dann hatte sein Vater vor einigen Monaten auf dem Trecker gesessen, den er jahrelang gefahren hatte, und wusste nicht mehr, wie man ihn anließ. Seitdem hatte sich sein Zustand immer mehr verschlechtert. Bald würde ein weiterer Besuch beim Hausarzt fällig werden.

Liam fuhr mit dem Fegen fort und stolperte fast über Billy.

»Billy, lauf mir nicht immer zwischen die Beine, verflucht noch mal.«

Es war nicht seine Absicht gewesen, die Stimme zu erheben, aber die Woche war bisher noch anstrengender als erwartet. Als der Border Collie die Ohren anlegte und sich geduckt in eine Ecke des Hofs verkroch, schämte Liam sich plötzlich. Billy war nicht der Grund für seine schlechte Laune, warum also sollte er sie an ihm auslassen?

»Tut mir leid, alter Knabe.« Er fischte in seiner Tasche nach einem Leckerchen und kniete sich vor dem Tier auf den Boden. »Ist mir verziehen?«

Der treue Billy – was würde er nur ohne seine Kamerad-schaft anfangen? – leckte an dem Hundekeks, dann schlang er ihn schwanzwedelnd herunter. Liam klopfte ihm gerade auf den Rücken, als eine heisere Stimme in seinem Ohr ihn zusam-menfahren ließ.

»Was hast du nur angestellt, das der Vergebung bedarf? Hoffentlich nichts Unartiges.«

Liam stand auf, während Katrina lachend die Hände in die Hüften stemmte. Sie war sehr attraktiv, wenn sie lachte, mit ihren großen grauen Augen und ihren Grübchen. Verdammt, sie war immer attraktiv.

»Du hast mich erschreckt, Katrina. Ich habe dich nicht kommen hören.«

»Ich bin sehr leichtfüßig.« Ihre scharlachrot lackierten Zehennägel lugten aus Riemchensandalen hervor. Dee hatte früher ganz ähnliche Sandalen getragen, erinnerte sich Liam, bis sie einmal in einen großen Kuhfladen getreten war und darüber geklagt hatte, dass sie den Geruch nicht mehr loswurde. Schließlich hatte sie sie weggeworfen und den Punkt wahrscheinlich auf die Liste der Dinge gesetzt, die sie am Bauernhof hasste.

»Komm zurück zu mir, Liam. Du bist meilenweit weg.«

Als Katrina ihr schönes Gesicht näher an seines heran-schob, umwehte ihm ein berauschender Duft, der von Gewürzen und fernen Orten kündete. Ihre Lippen, so rot wie ihre Zehennägel, waren sehr nah. Er trat einen Schritt zurück und fuhr sich durch die Stirnfransen.

»Was kann ich für dich tun, Katrina?«

»Ich war gerade in der Gegend und dachte, ich komme auf einen Sprung vorbei, um ein halbes Dutzend Eier zu kaufen und zu schauen, wie es dir geht.«

»Es geht mir gut, danke. Ich werde dir die Eier holen.«

Als er einige Minuten später zurückkam, stand sie immer noch im Hof. Die meisten Besucher blickten zum Meer, das in der Ferne hinter den Feldern glitzerte. Aber Katrina betrachtete das Haus, das seit Generationen in seiner Familie war. Der Druck, die Farm weiterzuführen, war nicht ohne, jetzt, da seine Eltern in die Jahre kamen und sein Vater nicht mehr ganz gesund war. Seine Schwester Mel hatte kein Interesse an der Landwirtschaft und lebte glücklich mit ihrem Mann und zwei kleinen Kindern in Exeter. Sie riet ihm oft, den Hof aufzugeben, aber seine Eltern würden nirgendwo anders leben wollen. Außerdem liebte er inzwischen die Landschaft. Ihre Beständigkeit gab ihm in diesen Tagen Halt.

»Das ging aber schnell.« Katrina schaute ihn durch ihre langen, dunklen Wimpern an.

»Die Hennen haben diese Woche gut gelegt. Sind die hier in Ordnung?« Liam reichte ihr den Karton und sah zu, wie sie die braunen Eier inspizierte. Ihr Mund verzog sich zu einem Lächeln, als sie bemerkte, dass er sie beobachtete.

»Bist du dir ganz sicher, dass es dir gut geht, Liam? Es war ... es war eine schwierige Woche für dich.«

»Kann man wohl sagen. Aber zu dieser Jahreszeit gibt es auf dem Hof immer alle Hände voll zu tun. Gut, dass Tom Harbin mir hilft, Johns Sohn. Ihn schickt der Himmel.«

Katrina sah ihn erstaunt an. »Nein, ich meinte ...« Sie legte ihm die Hand auf den Arm und sah ihn mit schräggelegtem Kopf an. »Ich meinte den Jahrestag. Den Jahrestag deiner Hochzeit, die nicht stattgefunden hat«, fügte sie ergänzend hinzu. Als ob er während der letzten zwölf Wochen an irgendetwas anderes gedacht hätte.

»Es geht mir wirklich gut, Katrina. Kein Grund, sich Sorgen zu machen.«

»Aber ich mache mir nun mal Sorgen um dich, Liam. Ich denke ständig an dich, wie du dich hier in diesem großen Haus um deine Eltern kümmerst. Du weißt, dass ich da bin, um dir zu helfen, nicht wahr?«

Sie ließ die Hand aufwärts wandern und massierte ihm

sanft die Schulter. Sie würde ihn küssen, so viel war klar. Sich an ihn schmiegen, ihm die Arme um den Hals schlingen und küssen. Es würde sehr angenehm sein, da war er sich ziemlich sicher. Und wenn er seine Eltern überreden konnte, vor dem Tee einen Spaziergang zu unternehmen, würde in seinem Schlafzimmer vielleicht mehr daraus werden – wo noch Dees weiß gestrichene Möbel standen und ihre geblümte Tagesdecke auf dem Bett lag. Seit Dee hatte er keine Frau mehr geküsst, und es würde ihm guttun, etwas zu fühlen. Etwas Positives anstelle der Traurigkeit, der Demütigung, des Zorns und der Furcht, die zu den vier Reitern seiner persönlichen Apokalypse geworden waren.

Katrina rückte näher, aber ihr Blick löste sich plötzlich von seinem Gesicht und richtete sich auf den Feldweg hinter ihm.

»Tolles Timing«, murrte sie, trat zurück und ließ die Hand sinken. »Du scheinst eine neue Kundin zu haben, Liam, und ich glaube, es ist die verrückte Rosie Merchant.« Eine perfekt gezupfte Braue verschwand in ihren Ponyfransen.

Es war tatsächlich Rosie, in Jeans und blauem T-Shirt, den Korb ihrer Mutter über dem Arm. Liam atmete langsam aus und war sich nicht sicher, ob das Gefühl, das ihn gerade überwältigte, Ärger über die Störung oder Erleichterung war.

»Lange nicht gesehen. Komm rein«, drängte Katrina Rosie, die zögernd im Hoftor stehen blieb, während ihre Turnschuhe langsam im Schlamm von den Traktorreifen versanken.

»Ich möchte nicht stören.«

»Dafür ist es zu spät«, stieß Katrina leise aus, und ihr Gesicht war immer noch zu einem künstlichen Lächeln verzogen.

»Komm ruhig. Es ist in Ordnung«, ergänzte Liam in dem unbehaglichen Bewusstsein, dass sie zweifellos gesehen hatte, wie er und Katrina drauf und dran gewesen waren … »Was kann ich für dich tun?«

»Es war nicht wichtig. Ich kann später noch mal kommen.«

»Nicht nötig.« Katrina schob die Eier in die gelbe Umhängetasche, die sie über der Schulter trug. »Ich wollte sowieso gerade gehen, deshalb kannst du reinkommen. Ich verspreche auch, nicht zu beißen.« Als sie lachte, schoss Rosie die Röte ins Gesicht und verlieh ihrer goldenen Haut einen rubinroten Schimmer. Da war auch wieder diese Anspannung in ihrem Kiefer.

Liam trat vor. »Wolltest du Eier oder Gemüse kaufen, Rosie? Ich habe Kohl und Karotten in der Scheune.«

»Ja, das hört sich gut an. Danke.«

»Komm mit, dann zeige ich dir, was ich habe.«

Katrina bedachte ihn mit ihrem hübschesten Schmollmund. »Dann verabschiede ich mich jetzt von dir, Liam, aber versprich mir, dass ich dich bald wiedersehe.«

Da man sich Heaven's Cove ständig sah, war das Versprechen überflüssig, aber Liam nickte trotzdem. Katrina schien damit zufrieden zu sein, denn sie beugte sich vor und drückte ihm kurz die Lippen auf die Wange. »Bis dann«, flüsterte sie heiser, und ihr Atem wärmte sein Gesicht.

Als sie an Rosie vorbeiging, blieb sie stehen. »Wie geht es dir? Wir haben uns ja schon seit Jahren nicht mehr gesprochen. Du siehst gut aus. Hast du ein bisschen abgenommen? Glückwunsch.« Liam achtete sonst nicht auf Nuancen, aber selbst er bemerkte die Herablassung in ihrer Stimme.

»Ich bin auf Trauerdiät«, murmelte Rosie und fuhr sich über die Hüften, die in Liams Augen völlig in Ordnung waren. Sie war etwas fülliger als die spindeldürre Katrina, aber ihre sanften Rundungen standen ihr gut.

»Ja, das mit deiner Mutter habe ich natürlich gehört. Es tut mir leid, dass ich nicht zur Beerdigung kommen konnte, aber ich hatte einen Zoomanruf, den ich leider nicht absagen konnte. Apropos, ich sollte besser nach Hause und zurück an die Arbeit gehen. Hast du gehört, dass ich jetzt meine eigene Firma habe?«

»Nein, das wusste ich nicht.«

»Wirklich?« Katrina warf das glänzende braune Haar über die Schulter. »Ich biete Marketinglösungen für Unternehmen an.«

»Das klingt interessant.«

»Ist es auch. Und ziemlich lukrativ. Also, ich bin weg. Bis bald, Liam.« Mit einem letzten verheißungsvollen Blick in seine Richtung schlenderte sie über den Feldweg davon.

»Hast du Katrina auf der Beerdigung deiner Mutter erwartet?«, fragte Liam, als Rosie zu ihm trat. Der Saum ihrer Jeans war mit Schlamm bespritzt. Hoffentlich mit nichts Schlimmerem. Billy war manchmal etwas unüberlegt.

»Nein, überhaupt nicht. Sie mag mich nicht besonders, und Mum hat sie eigentlich gar nicht gekannt.«

In der Ferne dröhnte ein Wagen, während sich zwischen ihnen das Schweigen in die Länge zog. Liam brach es schließlich. »Wolltest du Gemüse haben?«

»Das wäre toll, danke.«

Sie folgte ihm in die Scheune und musterte seine frische Ernte: Wirsing, Blattkohl, Möhren und Pastinaken, an denen noch die rote Erde klebte.

»Was hättest du gern?«, erkundigte er sich, während er den vertrauten Geruch von feuchter Erde und Sägespänen einatmete.

»Ein Wirsing wäre gut. Hör zu ...«

Als Rosie sich zu ihm umdrehte, juckte es ihn in den Fingern, ihr die sonnengesträhnten Ponyfransen, die ihr immer wieder in die Augen fielen, aus dem Gesicht zu streichen. Sie sah an diesem Nachmittag müde und etwas mitgenommen aus, als sei das Leben zu viel für sie.

»Als ich dich heute früh an der Kirche gesehen habe, war ich nicht besonders mitfühlend, aber ich wusste auch nicht, dass heute für dich so ein schwieriger Tag ist. Später habe ich es dann erfahren, aber ich möchte nicht, dass du denkst, ich hätte geklatscht, denn das habe ich nicht. Nessa hat es mir erzählt, als ich unsere Begegnung erwähnt habe. Jedenfalls wollte ich nur sagen, dass ich nichts von dem Jahrestag gewusst habe, denn sonst hätte ich Rücksicht darauf genommen und wäre nicht so ... schnippisch gewesen.«

Liam war sich nicht sicher, ob er wollte, dass man Rücksicht auf ihn nahm. Er war die mitleidigen Blicke der Dorfbewohner schnell leid geworden, wenn sie ihn gefragt hatten, wie es ihm gehe, genau wie der unverhohlenen Häme im Gesicht einiger sogenannter Freunde darüber, dass er gedemütigt worden war. Aber es war nett von Rosie, dass sie betroffen war, und noch netter, dass sie gekommen und sich entschuldigt hatte.

»Mach dir deswegen keinen Kopf. Um ehrlich zu sein, ich war auch ein bisschen schlecht gelaunt.«

»Ein bisschen?« Langsam erhellte ein Lächeln Rosies Züge und ließ ihre Augen leuchten.

»Na schön, sehr schlecht gelaunt. Aber ich habe eine Ausrede dafür, dass ich mich nicht von meiner besten Seite gezeigt habe.«

»Ich auch.«

»Ja, wir geben ein ziemlich trauriges Paar ab.« Liam legte die zwei größten Wirsingköpfe in den Korb an Rosies Arm.

»Wie viel kostet das?«

»Vergiss es.«

»Nein, ich möchte bezahlen.« Rosie griff nach ihrer Geldbörse in dem Korb.

»Wenn du darauf bestehst, fünfzig Pence«, erwiderte Liam, während ihm aufging, dass Katrina für ihre Eier nicht bezahlt hatte.

Er nahm die Münze entgegen, die Rosie ihm hinhielt, und schob sie in seine Jeanstasche. »Wann gehst du nach Spanien zurück?«

»Vorerst gar nicht.« Sie hielt inne und verzog das Gesicht, als ringe sie mit einer Entscheidung. Dann berichtete sie: »Ich war bei Jackson Porter, dem Rechtsanwalt, wie du es vorgeschlagen hast. Aber er konnte mir nicht helfen. Daher ... bin ich heute aufs Dartmoor zu Charles Epping gefahren.«

Liam starrte sie an. Epping wegen des Hauses zu schreiben, war das eine, aber ihn selbst aufzusuchen? Im Dorf hatte seit Jahren niemand mehr mit dem Mann gesprochen – obwohl die Leute, die von seinen Geschäftsentscheidungen und Mieterhöhungen betroffen waren, oft genug über ihn redeten.

»Du nimmst mich auf den Arm. Du bist zu ihm nach Hause gefahren?«

»Ja. Ich habe mit ihm und seiner Frau über Driftwood House gesprochen und dass sie an der Stelle ein Hotel bauen wollen. Hast du von der Hotelidee gehört?«

Liam nickte.

»Von Belinda?«

»Von wem sonst? Und? Wie ist die Unterhaltung mit den Eppings gelaufen?«

»Zuerst ganz schlecht. Seine Frau sah aus, als wollte sie mich umbringen. Aber am Ende habe ich eine Art Deal mit ihnen geschlossen.«

Liam verschränkte die Arme vor der Brust. Seine Bewunderung für Rosies Chuzpe wurde von Unbehagen überschattet. »Was um alles in der Welt hast du mit so einem Mann vereinbart? Du hast einen Handel mit dem Teufel geschlossen.«

Rosie erbleichte. Vielleicht hatte er sich etwas zu stark ausgedrückt, aber Rosie war lange fort gewesen und kannte die Eppings nicht so gut wie er.

»Ich habe vorgeschlagen, dass Driftwood House nicht abgerissen zu werden braucht, weil man es stattdessen in eine Pension umbauen könnte, die eine echte Goldgrube werden würde.«

»Was hat dich auf diese Idee gebracht?«

»Die Idee habe ich schon lange, und als ich Nessa begegnet bin, meinte sie, dass die Gäste von der originalen Ausstattung hin und weg sein würden.«

»Das klingt ja, als hätte Nessa eine ganze Menge gesagt.«
Liam rieb sich die Augen. Er hatte in der vergangenen Nacht
kaum geschlafen, und langsam holte ihn die Müdigkeit ein.
»Dann wird Charles Epping Driftwood House jetzt also
verschonen und eine Pension daraus machen?«

»Nicht direkt. Aber er denkt darüber nach, und ich habe
vier Wochen Zeit, um Veränderungen vorzunehmen und ihn zu
überzeugen, oder vielmehr seine Frau. Sie ist sehr elegant und
kann einem ganz schön Angst machen.«

»Was sind das für Veränderungen?«

»Ich weiß noch nicht. Ein bisschen Farbe, ein paar Repara-
turen, eine gründliche Aufräumaktion.«

Es würde mehr als eine gründliche Aufräumaktion nötig
sein, um Driftwood House auf Vordermann zu bringen und
gästetauglich zu machen. Liam runzelte die Stirn.

»Ich kann etwas bewegen. Da bin ich ganz sicher.«

»Und wer wird diese Veränderungen durchführen?«

»Ich.«

»Wer bezahlt das Ganze?«

»Ich werde dafür bezahlen. Farbe und Politur werden nicht
allzu viel kosten, und ich habe ein paar Ersparnisse.«

Es war eine verrückte Idee, und sie verschwendete sowohl
ihre Zeit als auch ihr Geld. Wenn sie fertig war, würde Epping
das verdammte Haus trotzdem abreißen. Aber als Liam ihr das
sagen wollte, bemerkte er Rosies geballte Fäuste, und die Erwiderung erstarb ihm auf den Lippen. Rosie gab sich größte
Mühe, nicht die Fassung zu verlieren.

Ein gebrochenes Herz und Trauer konnten einen leicht aus
der Bahn werfen – er selbst war der Beweis dafür –, aber Arbeit
half. Nachdem er von Dee sitzen gelassen worden war, hatte er
monatelang von Sonnenaufgang bis Sonnenuntergang
geschuftet und auch die Wochenenden durchgemacht. Vielleicht war daher ein Projekt – selbst ein hoffnungsloses für

einen nichtsnutzigen Betrüger wie Charles Epping – genau das, was Rosie jetzt brauchte.

»Dann viel Glück dabei«, wünschte er ihr.

Sie nickte. »Danke. Übrigens, kennst du hier jemanden, dessen Name mit J beginnt?«

Ihre beiläufige Frage überraschte ihn, aber er zermarterte sich das Hirn. »Da wäre Jackson, den du bereits kennengelernt hast. Und Jimmy Collins aus der Field Lane. Oder Joanna Johnson.«

»Jimmy ist in den Achtzigern, nicht?«

»Eher in den Neunzigern, denke ich. Warum?«

»Irgendjemand hat Blumen auf Mums Grab gelegt und die Karte mit J unterschrieben. Ich wüsste nur gern, wer J ist. Vielleicht ist es ja wirklich Jackson.«

»Er war bei der Beerdigung, und er war sehr gerührt.«

»Das ist ein bisschen seltsam.«

Liam runzelte die Stirn. »So seltsam nun auch wieder nicht. Viele Menschen weinen bei Beerdigungen.«

»Ist Jackson verheiratet?«

»Ich denke schon. Warum?«

»Sofia!«, dröhnte es plötzlich über den Hof, und Liam wand sich innerlich, als er seinen Vater entdeckte. Er hatte das Wohnzimmerfenster geöffnet und beugte sich hinaus. »Sofia, dich habe ich ja schon lange nicht mehr gesehen«, rief er. »Wo hast du gesteckt?«

»Es tut mir leid«, flüsterte Liam Rosie zu. »Dad ist in letzter Zeit manchmal etwas verwirrt, und du hast tatsächlich große Ähnlichkeit mit deiner Mum.«

Manche Leute wären gekränkt oder würden in Tränen ausbrechen, aber Rosie schenkte ihm einfach nur ein unsicheres Lächeln. »Hallo, Mr Satterley. Ich bin Rosie, Sofias Tochter. Wie geht es Ihnen?«

»Oh, ich kann nicht klagen, obwohl ich nachher noch zum Zahnarzt muss.«

»Das klingt zwar nicht so schön, aber es ist gut, dass Sie auf Ihre Zähne achten.«

»O ja, selbst in meinem vorgerückten Alter.« Robert lachte. »Passen Sie auf sich auf, Rosie, und grüßen Sie Ihre Mutter ganz herzlich von mir.«

»Tut mir leid«, entschuldigte Liam sich noch einmal, als sein Vater das Fenster schloss, aber Rosie winkte ab.

»Es ist wirklich nicht schlimm, und es war schön, deinen Dad wiederzusehen.«

Liam lächelte sie dankbar an. »Also, wann geht es mit dem Anstreichen, Reparieren und Aufräumen los?«

»Sobald ich mit Mums Papierkram durch bin, daher mache ich mich jetzt auch am besten auf den Weg. Danke für den Wirsing.«

»Gern.«

Am Tor winkte sie ihm zum Abschied leicht zu, und er sah ihr nach, wie sie über den Feldweg in Richtung Dorf ging und ihre Turnschuhe bei jedem Schritt etwas Schlamm verloren.

Katrina irrte sich, dachte Liam, als er nach seinem Besen griff, um den Hof fertig zu fegen. Rosie Merchant war nicht verrückt. Sie war still, und ihr Entschluss, Heaven's Cove zu verlassen, war für hiesige Verhältnisse ungewöhnlich. Doch wie sich herausstellte, war sie freundlich und aufmerksam – und hatte ganz schön Mumm. Nicht viele Dorfbewohner hätten Charles Epping in seinem eigenen Haus zur Rede gestellt. Es machte ihn bizarrerweise stolz, dass sie ihm die Neuigkeit über ihre Vereinbarung zu Driftwood House anvertraut hatte, aber er befürchtete trotzdem, dass ihr Vertrauen in Epping unangebracht war. Der Mann würde seinen Teil der Abmachung nicht einhalten.

»Aber das geht mich ja nichts an«, sagte er zu Billy und kraulte den Hund unterm Kinn, so wie der es am liebsten mochte. »Sie wird ihren Fehler noch früh genug einsehen, und dann wird sie verschwinden.«

ELF

Rosie brauchte einen Augenblick, um sich daran zu erinnern, wo sie war, als sie am nächsten Morgen aufwachte. Das Bett war nicht so hart wie das in Spanien, das Licht, das durch die Vorhänge fiel, war sanfter, und es fehlte das rhythmische Schnarchen von Matt.

Sie rollte sich auf den Rücken und streckte sich, und plötzlich war sie sich der Stille bewusst. Für gewöhnlich wurde sie in Driftwood House vom Kreischen der Möwen geweckt, und wenn sie genau genug hinhörte, vernahm sie das dumpfe Krachen der Wellen, die gegen den Felsen schlugen. Aber heute Morgen war überhaupt nichts zu hören.

Sie tappte von ihrem Bett zum Fenster und zog die Vorhänge auf. Statt des sonnenbeschienenen Meeres, das sich bis zum Horizont erstreckte, sah sie nichts. Das Haus war in dichten Nebel gehüllt, der um das Gebäude waberte und jedes Geräusch verschluckte. Rosie legte die Hand flach aufs Fenster und zeichnete eine weiße Schwade nach, die sich gegen die Scheibe drückte. Es war, als würde Heaven's Cove nicht existieren. Die Welt war auf sie zusammengeschrumpft, allein im

Morgenmantel ihrer Mutter, in einem Haus, dessen Zeit abgelaufen war.

Gestern waren ihr Bedenken gekommen, ob sie sich bei
ihrer Abmachung mit den Eppings nicht zu viel vorgenommen
hatte, doch es kam nicht in Frage, sich für Trost an Matt zu
wenden. Sie war sich nicht sicher, wie er auf die Nachricht
reagieren würden, daher war es ganz gut, dass er sie am vergangenen Abend nicht angerufen hatte. Die Unterhaltung mit
Liam allerdings – einfach mit jemand anderem über die ganze
verrückte Idee zu sprechen – hatte die Rädchen in ihrem
Gehirn in Bewegung gebracht. Sie war mit dem Kopf voller
Pläne eingeschlafen, und da die Uhr für Driftwood House
tickte, musste sie heute anfangen, diese Pläne in die Tat
umzusetzen.

Rosie sprang schnell unter die Dusche und würgte eine
Scheibe Toast herunter. Sie hatte immer noch keinen Appetit.
Dann nahm sie sich ein Notizbuch und einen Stift und ging
von Raum zu Raum, während sie sich notierte, was getan
werden musste, um das Haus wieder in Schuss zu bringen.
Manches überstieg ihre Möglichkeiten – wenn das Haus
zahlende Gäste beherbergen sollte, waren neue Möbel unerläss-
lich, ebenso ein moderner Boiler für heiße Bäder und eine
moderne Küche, die die abgenutzten Schränke und zerkratzten
Arbeitsplatten ersetzte.

Aber Rosie konnte eine Menge tun, um Driftwood House
aufzuhübschen und Charles Epping dessen Potential vor
Augen zu führen. Auf Cecilias Wohlwollen zu hoffen wäre
aussichtslos, befürchtete sie. Mrs Epping hatte von Anfang an
eine Abneigung gegen Rosie und ihre Pensionsidee gehegt.

Nach einer Stunde hatte Rosie eine beachtliche Liste von
Material zusammen, das sie brauchte, um mit der Renovie-
rungsaktion zu beginnen: Putzmittel, Schleifpapier, Farbe,
Silikon für die Badewannenränder und Fugenreiniger für den
vergilbten Mörtel zwischen den Badezimmerfliesen. Die aufge-

quollene Haustür war kaum noch zu reparieren, aber Rosie war entschlossen, sie zu retten. Jedes Jahr zu Weihnachten hatte ihre Mutter einen Kranz aus Stechpalmen, Efeublättern und Treibholz vom Strand gebunden und an das verwitterte Holz genagelt. Der Kranz sollte Besucher willkommen heißen und hatte Rosie stets ein warmes, weihnachtliches Gefühl vermittelt, bis er schließlich im Wind und der salzigen Gischt zerfallen war.

Nachdem sie sich die Liste in die Tasche gesteckt hatte, verließ Rosie das Haus und blinzelte. Das Dorf lag noch im Nebel, aber höher oben, auf dem Kliff, hatte die Sonne ihn vertrieben, und Driftwood House war jetzt eine Insel in einem tief unten wallenden Nebelmeer. Es war wirklich schön hier oben, aber sie hatte keine Zeit. Sie knöpfte sich die Jacke zu und ging den Hang hinunter, wo sie sofort vom Nebel eingehüllt wurde.

Sie hatte Shelley's Eisenwarenladen fast erreicht, als Katrina in einem Leopardenfellmantel aus dem Zeitungsladen trat und ihre schöne Handtasche aus weichem italienischem Leder schloss.

Rosie duckte sich in den Eingang der Eisdiele und spähte durch die Nebelschwaden in der schmalen Gasse. Da sie bereits eine Begegnung mit Katrina gehabt hatte, war sie nicht besonders scharf auf eine weitere.

Es war dumm, nervös zu sein, denn die Schulzeit lag lange zurück, und Katrina war keine Tyrannin gewesen. Aber ihre ständigen abfälligen Bemerkungen über Rosies abwesenden Dad, das »unheimliche« Driftwood House und Rosies Unfähigkeit, dazuzugehören, hatten ihr das Gefühl vermittelt, nicht gut genug zu sein. Und Katrinas gestrigen Bemerkungen über Rosies Aussehen und der Prahlerei über ihr eigenes Leben nach zu schließen, hatte sie sich kein bisschen verändert.

Jetzt sah es so aus, als würde Katrina sich an Liam heranmachen, den begehrenswertesten Junggesellen des Dorfes. Goldjunge und Goldmädchen. Wer würde wohl wen in den Schatten stellen?, fragte Rosie sich, bevor sie zu dem Schluss kam, dass es ziemlich erbärmlich war, sich mit neunundzwanzig Jahren in der Tür einer Eisdiele zu verstecken. *Benimm dich wie eine Erwachsene,* ermahnte sie sich und trat wieder hinaus auf die Straße. Aber als Katrina auf ihre Armbanduhr schaute und sich auf den Weg zum Lebensmittelladen machte, während der Nebel ihre Schritte dämpfte, stieß Rosie doch einen Seufzer der Erleichterung aus.

Als sie Shelley's erreichte, drang die Sonne bereits durch den Nebel. In einer halben Stunde würde das Dorf in hellem Sonnenlicht gebadet sein, aber noch war es kalt und feucht, und Rosie fröstelte, als sie das Geschäft betrachtete, das schon geöffnet hatte.

Es war genauso, wie sie es in Erinnerung hatte: Eine glänzende Ladenfront aus dunklem Holz, vor der bunte Eimer und Spaten aufgestellt waren, dazu Liegestühle, Strandbälle und gestreifte Windschutzwände, die an der windigen Küste Devons das ganze Jahr über begehrt waren.

Auch das Innere des Ladens kam Rosie vertraut vor, als sie die Tür aufdrückte. Der Geruch von Leinöl und Politur hing schwer in der Luft. Die Holzregale waren mit Dübeln, Glühbirnen, Haken, Türklingeln und Farbdosen gefüllt, außerdem gab es – nicht ganz zum Sortiment passend – künstliche Blumen und eine Glasvitrine mit Armbanduhren.

»Ich schätze, die Uhren sind vom Laster gefallen«, bemerkte Nessa. Sie klappte den Roman zu, in dem sie gelesen hatte, und schob ihn unter die Theke. »Scaggy kam vor ein paar Monaten damit an, keine Ahnung, warum, denn kein Mensch kommt in einen Eisenwarenladen, um eine Armbanduhr zu kaufen, oder? Erst recht keine billigen Kopien.«

Rosie lächelte, aufrichtig erfreut, ein freundliches Gesicht zu sehen. »Ich dachte mir schon, dass du hier bist.«

»Ich bin immer hier.« Nessa zupfte an ihrer Schürze mit

dem Logo von Shelley's, als sei es ihr peinlich, darin gesehen zu werden. »Also, was führt dich in Scaggys Eisenwarenladen? Ich dachte, du würdest Driftwood House auflösen und nach Spanien zurückkehren.«

»Noch nicht. Ich brauche ein paar Sachen.«

Rosie reichte ihr die Liste über die Theke. Nessa überflog sie, dann zog sie die Nase kraus. »Ein paar Sachen? Was hast du vor? Ich dachte, du wärst bald weg?«

»Das bin ich auch, aber vorher will ich Driftwood House auf Vordermann bringen.«

»Warum das denn?« Nessa lehnte sich an die Theke und verschränkte die Arme, die, wie Rosie bemerkte, von einem dunkleren Orangeton von Sahara Chic waren als zuvor. »Ich will ja nicht unfreundlich sein, aber hat das viel Sinn, wenn der alte Nörgler Epping das Haus abreißt?«

»Wer weiß, vielleicht wird es ja doch nicht abgerissen.«

»Das sind ja ganz neue Töne.«

»Ich habe darüber nachgedacht«, sagte Rosie. Sie wollte nicht über ihre Abmachung mit den Eppings sprechen, vor allem, nachdem Liam ihr durch seine Körpersprache unmissverständlich klargemacht hatte, dass er sie für vollkommen übergeschnappt hielt. »Ich muss das einfach tun.«

Nessa zog die Unterlippe zwischen die Zähne. »Ja, kann ich verstehen. Nach Mums Tod stand ich auch leicht neben mir, ich habe allerdings getrunken und gekifft, statt das Haus zu renovieren. Aber egal, Hauptsache, es hilft.«

Sie machte sich daran, die Sachen auf Rosies Liste zusammenzustellen und auf der Theke aufzustapeln. Es war eine ganze Menge, und Rosie wünschte langsam, sie wäre mit dem Auto gekommen, obwohl das Parken in den engen Straßen im Zentrum von Heaven's Cove meistens ein Albtraum war.

»Du kommst besser her und suchst dir die Farben aus«, rief Nessa aus dem hinteren Teil des Ladens. »Was hättest du gern?

Narzissengelb? Hyazinthenblau? Epping-Ebenholz, so schwarz
wie das Herz des alten Knackers?«

Rosie grinste zum ersten Mal seit sehr langer Zeit und
nahm die Dosen in Augenschein. Sie brauchte helle, leuchtende Farben, die Driftwood House groß und freundlich
erscheinen ließen.

Die Farbauswahl bei Shelley's war nicht gerade riesig, aber
schließlich entschied Rosie sich für Weiß mit einem Hauch von
Taupe, das sie an ausgebleichtes Treibholz am Strand erinnerte.
Sie fand, es passte.

»Von der Farbe haben wir nicht genug auf Lager, aber ich
kann für dich nachbestellen«, bot Nessa an, während sie die
Dosen neben den Anlauger und Entfetter, die Spachtelmasse,
Farbpinsel und Rollen stellte. »Das ist wirklich viel Mühe für
ein Haus, das abgerissen werden soll. Tut mir leid, wenn ich ein
bisschen brutal bin, Rosie, aber das wird einen Haufen Geld
kosten.«

»Ich weiß«, antwortete Rosie und schwenkte ihre Kreditkarte mit mehr Zuversicht, als sie empfand. »Aber ich muss das
tun, für Mum und für die Erinnerungen, die an dem Haus
hängen. Die Sache ist ...«

Sie zögerte und überlegte, ob sie Nessa davon erzählen und
riskieren sollte, dass ihre Vereinbarung mit den Eppings sich bis
Mittag im ganzen Dorf herumgesprochen hatte.

»Die Sache ist was? Oh, keine Bange. Ich kann ein
Geheimnis für mich behalten. Über mich ist so oft geklatscht
worden, dass ich mich da raushalte.« Als Nessa die Achseln
zuckte, spürte Rosie die Gekränktheit hinter ihrer schnodde-
rigen Fassade und beschloss, ihr zu vertrauen. Schließlich hatte
sie es bereits Liam erzählt.

»Vielleicht kann Driftwood House doch noch gerettet
werden.«

»Wie denn?«

»Das ist zum Teil unserem Gespräch auf Sorrell Head zu verdanken. Ich habe Mr und Mrs Epping aufgesucht und ...«

»Mooo-ment!«, unterbrach Nessa sie und hielt Rosie die Handfläche vors Gesicht. »Stopp. Ich habe nicht gesagt, dass du sie besuchen sollst.«

»Das nicht, aber du warst auch der Meinung, dass Driftwood House eine fabelhafte Pension abgeben würde.«

»Ich bin mir nicht sicher, ob das Wort ›fabelhaft‹ gefallen ist, aber stimmt, das fand ich auch. Allerdings meintest du, dass das Haus den Eppings gehört.«

»Genau. Deshalb bin ich zu ihnen gefahren und habe versucht, sie davon zu überzeugen, Driftwood House zu einer Pension umzubauen statt es abzureißen.«

»Und was haben sie gesagt?«

»Sie sagten, ich hätte vier Wochen Zeit, um das Haus herzurichten, in der Hoffnung, dass sie sein Potential als Pension erkennen und darin nicht nur ein Filetgrundstück sehen werden.«

»Wow, das ist wirklich toll, Rosie, nur ein bisschen plemplem. Und wer bezahlt die Renovierung?«

»Ich, aber es ist nur Kosmetik, nichts Großes.«

»Hm. Ich kann immer noch nicht glauben, dass du wirklich bei den Eppings warst. Bist du in ihr Spukhaus im Moor gefahren?«

»Ja.«

»Das ist echt mutig. Und wie ist es da? Bestimmt total wie in *Wuthering Heights*, mit einer Verrückten auf dem Dachboden.«

War das nicht *Jane Eyre*? Rosie grinste. »Es war wirklich etwas unheimlich und abgelegen und überkandidelt, aber ich habe nur zwei Räume gesehen. Wohnen die beiden allein dort?«

»Anscheinend ja, bis auf das Personal. Sie haben keine Kinder, aber das überrascht mich nicht. Ich wette, sie hatten nie

Sex. Ich kann mir echt nicht vorstellen, dass die beiden es hemmungslos miteinander treiben.« Nessa schüttelte sich. »Wie sind sie denn so?«

»Also ...« Rosie dachte kurz nach. »Er war kalt und mürrisch und ...« Seine eisblauen Augen kamen ihr in den Sinn. »Irgendwie ein bisschen traurig.«

»Und seine Frau?«

»Der Horror in Person.«

Nessa schnaubte. »Ja, sie ist megagruselig, das stimmt. Mr Epping kommt nie nach Heaven's Cove. Ich habe ihn bis jetzt nur auf Fotos gesehen, und einmal war er in den Lokal-nachrichten, als eins seiner Geschäfte einen Preis gewonnen hat. Aber seine Frau kommt manchmal ins Dorf und kutschiert in ihrem Mercedes herum, als würde es ihr gehören, tut es ja praktisch auch. Ich bin überrascht, dass sie ihre Hotelpläne geändert hat.«

»Sie selber will sie nicht ändern, aber Charles – Mr Ep-ping – war für die Idee offen. Er war derjenige, der mir etwas Zeit verschafft hat, damit ich sie umstimmen kann.«

»Ach ja?« Nessa steckte Rosies Kreditkarte in den Apparat. »Du solltest vorsichtig sein.«

»Warum?«

»Weil sie dich über den Tisch ziehen werden. Du wirst einen Haufen Arbeit und Geld in das Haus stecken und dann werden sie es trotzdem abreißen. Die Reichen verdienen ihr Geld durch Rücksichtslosigkeit.« Als Nessa Rosies Gesichtsaus-druck sah, verzog sie das Gesicht. »Tut mir leid. Meine große Klappe mal wieder. Ich will einfach nicht, dass du ausgenutzt wirst und danach völlig fertig bist.«

»Wie ich meinem Freund gestern Morgen gesagt habe, bin ich das ohnehin schon.«

»Ganz genau. Da muss man es nicht noch schlimmer machen.« Nessa lächelte mitfühlend. »Warum willst du das Haus überhaupt retten? Ich habe zwar gesagt, dass es ein Wahrzeichen von Heaven's Cove ist und dass es schade ist, wenn es nicht mehr da ist, aber du wirst nach Spanien zurückgehen, daher verstehe ich es nicht ganz.«

»Ich weiß. Mein Verstand sagt mir immer wieder, dass ich Schadensbegrenzung betreiben und mich ins erste Flugzeug zurück nach Hause setzen sollte, aber mein Herz ... das ist eine andere Sache.«

Nessa sah Rosie einen Moment lang an, dann packte sie die Pinsel und Rollen in eine große Papiertüte.

»In dem Fall solltest du loslegen. Nimm mit, was du tragen kannst, und ich bringe dir den Rest später mit Scaggys Van vorbei, falls ich es schaffe. Oder, geniales Timing«, sie schaute zur Ladentür, die sich gerade geöffnet hatte, »wir fragen Liam, ob er nachher noch unterwegs ist und uns beiden die Mühe sparen kann.«

»Was wollt ihr mich fragen?«, hakte Liam nach und kam auf sie zu geschlendert.

Mit seiner engen Jeans, dem dunkelblauen Sweatshirt und dunklen Bartstoppeln am Kinn sah er heute besonders kernig aus. Rosies Wangen wurden heiß, und sie senkte den Kopf. Sie hatte nie zu den Mädchen gehört, die errötet waren, wenn Liam den Raum betrat, und sie hatte nicht die Absicht, sein Ego zu füttern, auch wenn er sich gestern geduldig ihren Plan zur Rettung von Driftwood House angehört hatte.

»Ich habe gerade zu Rosie gesagt, dass ich nachher vielleicht keine Zeit habe, die Sachen nach Driftwood House zu bringen, aber vielleicht könntest du das übernehmen, wenn du mit deinem Van hier bist.«

»Ich habe ziemlich viel zu tun, aber ich denke, ich könnte ...«

»Schon gut«, griff Rosie hastig ein. »Um die Jahreszeit muss auf der Farm eine Menge Arbeit anfallen, und ich kann später noch mal mit dem Wagen kommen, um den Rest abzuholen.«

Nessa beugte sich über die Theke und stützte das Kinn in

die Hände. »Du wirst viel zu sehr damit beschäftigt sein, die Wände mit Farbe vollzuklatschen, um noch mal ins Dorf zu fahren.«

»Natürlich habe ich Zeit«, widersprach Rosie und bedachte Nessa mit dem gleichen Blick, mit dem sie häufig Matt ansah, wenn er die dritte Flasche Wein öffnete.

»Nein, hast du nicht. Große Bruchbuden streichen sich nicht von allein.«

»Ich werde bestimmt eine halbe Stunde erübrigen können, um später noch einmal vorbeizuschauen.«

»Aber wenn dir Liam stattdessen hilft, kannst du dir doch die Fahrt sparen.«

Nessa sah Rosie stirnrunzelnd an. Es war offensichtlich, dass sie einfach nicht begreifen konnte, warum die Mithilfe von Liam auf solchen Widerstand stieß. Rosie verstand es auch nicht, aber es kam ihr wie eine ausgesprochen schlechte Idee vor.

Bevor sie mehr sagen konnte, schaltete Liam sich wieder ein. »Ladys, hört auf, euch wegen mir zu streiten. Ich muss später etwas aus Selderfield abholen, dann kann ich Rosies Sachen mitnehmen und in Driftwood House vorbeibringen.«

Nessa grinste. »Super, und du könntest jederzeit dableiben und Rosie helfen, das Haus zur neuen Pension der Eppings umzubauen ...« Sie brach ab und schlug sich die Hand vor den Mund. »Tschuldigung«, murmelte sie.

»Schon gut.« Rosie lächelte. »Liam kennt den Plan mit der Pension, und das ist auch gut so, denn du bist nicht gerade diskret.«

»Vielleicht nicht, aber zu meiner Verteidigung möchte ich anmerken, dass es ziemlich verräterisch ist, bei Shelley's Unmengen an Renovierungsmaterial zu kaufen. Also, wirst du Rosie beim Anstreichen helfen, wenn du schon mal da bist, Liam?«

Jetzt ging Nessa wirklich zu weit. Rosie schüttelte den

Kopf. »Ich komme sehr gut allein zurecht, danke. Und du hast sicher Besseres zu tun, Liam.«

Er erwiderte ihren Blick, als sie ihn zum ersten Mal, seit er den Laden betreten hatte, richtig ansah. »Auf der Farm ist im Moment ziemlich viel zu tun, außerdem helfe ich Mum und Dad.«

»Natürlich. Lass dich nicht von Nessa zur Arbeit abkommandieren.«

Bei der bloßen Andeutung, sie könne jemanden herumkommandieren, machte Nessa ein empörtes Gesicht, aber einer von Liams Mundwinkeln zuckte in die Höhe. »Um ehrlich zu sein, ist es sehr leicht, mich abzukommandieren.«

»Wirklich? Es fällt mir schwer, das zu glauben.«

Er zog eine Braue hoch. »Du würdest staunen. Man kann mich zu allem Möglichen abkommandieren.«

Flirtete er mit ihr? Rosie ergriff die Papiertüte mit den Malersachen und stopfte sie in ihre Schultertasche. Natürlich nicht. Liam plauderte lediglich, um sein Unbehagen zu überspielen, dass Nessa ihn in Verlegenheit gebracht hatte. Und selbst wenn er ein wenig mit ihr flirten sollte, tat er es wahrscheinlich aus reiner Gewohnheit.

»Ich kann das wirklich später abholen«, sagte sie ihm.

»Es macht keine Mühe.« Liam schob die Hände in die Jeanstaschen. »Ich bringe dir die Sachen heute Nachmittag vorbei.«

Nessa setzte ein selbstzufriedenes Grinsen auf. »Dann wäre ja alles geregelt. Ist das okay für dich, Rosie?«

»Ja, wenn du dir sicher bist, Liam. Vielen Dank.«

Er nickte und hatte sich bereits den Batterien zugewendet, deretwegen er wahrscheinlich gekommen war. Nein, er hatte definitiv nicht geflirtet. Gott sei Dank.

Rosie schwang sich die Tasche über die Schulter, winkte Nessa noch einmal kurz zu und verließ Shelley's, so schnell sie konnte.

. . .

Liam hielt Wort und brachte ihr nachmittags die Einkäufe nach Driftwood House. Rosie, die immer noch mit den Unterlagen ihrer Mutter beschäftigt war, hörte das ferne Brummen eines Motors und ging nach draußen. Sie sah zu, wie Liams weißer Van die Straße heraufgerumpelt kam. Der Wagen wirbelte bei seiner holprigen Fahrt durch die Schlaglöcher Staubwolken auf, die auf dem Lack dunkle Streifen hinterließen.

Rosie winkte, als der Wagen näherkam, und es war ihr immer noch peinlich, dass Liam zwangsverpflichtet worden war, ihr zu helfen. Er wirkte zerstreut und verstimmt, als er aus dem Van stieg und die langen Beine ausstreckte.

»Gut, dass mein Van so eine Klapperkiste ist, denn die Straße ist unter aller Sau«, bemerkte er und folgte ihr ins Haus, wo er im Wohnzimmer den ersten Arm voll Materialien abstellte. »Wenn dieses Haus zahlende Gäste aufnehmen soll, muss sie gemacht werden.«

»Die Eppings werden sie sicher in Ordnung bringen, wenn ihnen klar geworden ist, was für eine Goldgrube das Haus sein könnte. Egal, wofür sie sich am Ende entscheiden – Pension oder Hotel –, sie werden eine anständige Straße hier hinauf brauchen.«

»Auf jeden Fall.« Er drehte sich langsam um die eigene Achse und betrachtete die verblichenen Wände und die Fenster, an denen die frische Meeresbrise rüttelte. »Auf die Gefahr hin, etwas negativ zu klingen – hier ist ziemlich viel zu tun.«

»Das stimmt, aber ich brauche es ja nicht alles zu machen. Wenn ich zeigen kann, dass Driftwood House Charakter und Charme besitzt und damit Touristen anzieht, dann übernehmen die Eppings den Rest«, beteuerte Rosie mit mehr Zuversicht, als sie empfand.

Liam sah ihr direkt ins Gesicht. »Mmh.«

»Ich verpasse dem Haus nur ein Lifting. Es wird nicht lange dauern.«

Das glaubte Rosie nicht einmal selbst, daher überraschte es sie nicht, als Liam eine Braue hochzog. Aber dann brachte er wortlos auch noch die restlichen Farbeimer, die Spachtelmasse und die Pinsel herein und stellte sie zu den anderen Sachen.

»Vielen Dank, Liam«, sagte Rosie und fragte sich, wo genau sie mit dem Lifting anfangen sollte. Plötzlich kam ihr die Angelegenheit ziemlich entmutigend vor.

»Schon gut.« Er ließ die Schultern fallen, und zum ersten Mal seit seiner Ankunft lächelte er. »Ich wollte ohnehin vorbeikommen.« Er strich mit dem Zeigefinger über die abblätternde Farbe des Fensterbrettes. »Bist du dir sicher, dass du das alles allein schaffst?«

»Absolut«, beteuerte Rosie fröhlich.

»Und bist du dir sicher, dass es die Mühe wert ist?«

»Definitiv.« Rosies Ton war nun weniger fröhlich, aber sie hoffte, dass er es nicht bemerken würde.

»Na gut. Dann lass ich dich jetzt mal allein.«

Liam ging durch die Eingangshalle zur Vordertür, blieb aber auf der Schwelle noch einmal stehen. Was tat er da? Er senkte den Kopf, und sie hörte ihn leise stöhnen, bevor er sich zu ihr umdrehte. »Du wirst das niemals allein schaffen.«

»Doch, doch. Das klappt schon.«

Liam schüttelte den Kopf. »Nein, es ist unmöglich. Auf dem Hof ist zwar viel zu tun, aber ich kann morgen früh ein paar Stunden abknapsen, um dir für den Anfang zu helfen.«

»Gott, nein. Das ist wirklich nicht nötig.«

Der Gedanke, für längere Zeit mit Liam allein zu sein, bescherte ihr nervöses Magenflattern. Aber er tat ihren Einwand mit einer Handbewegung ab.

»Ich weiß, dass ich es nicht tun muss, aber ich werde es trotzdem tun.«

»Lass dich bitte nicht von dem beeinflussen, was Nessa heute Morgen gesagt hat.«

»Tue ich nicht.«

»Warum willst du mir dann helfen? Du hältst die Renovierung von vornherein für aussichtslos und für Zeitverschwendung. Driftwood House bedeutet dir nichts.«

»Aber dir.«

Er sah sie fest aus seinen hellblauen Augen an, während das Licht durch die offene Haustür fiel und der Staub um ihn tanzte. Die Standuhr in der Ecke begann die Stunde zu läuten.

»Jedenfalls«, Liam warf ihr ein flüchtiges Lächeln zu, »muss ich rüber nach Selderfield, also ...«

»Ja, natürlich.«

Rosie folgte ihm zu seinem Wagen und trat zurück, während er auf dem Gras wendete. Ihr schwirrte der Kopf. Es war sehr nett von Liam, ihr für morgen seine Hilfe anzubieten, aber worüber um alles in der Welt sollten sie sich stundenlang unterhalten? Sie hatten schon vor Jahren nichts gemeinsam gehabt, und jetzt war es noch weniger. Es würde voll peinlich sein, wie Matt es ausdrücken würde.

Liam kurbelte plötzlich das Fenster herunter und streckte den Kopf heraus. »Übrigens, Nessa hat mich gebeten, da ich schon mal hier bin, dir auszurichten, dass ein paar Bekannte von dir morgen Abend im Smugglers Haunt sein werden und dass es gut wäre, wenn du auch kommst. Ich soll dich überreden.«

»Ähm ...«

»So gegen halb acht, und sie wollten dort essen. Fred macht samstagabends ganz passable Fish and Chips, aber von den Nudeln würde ich die Finger lassen. Nessa meinte, sie hoffe wirklich sehr, dich dort zu sehen.«

Vielleicht würde sie hingehen, vielleicht auch nicht, dachte Rosie, während sie Liams Van nachsah, wie er den Feldweg wieder hinunterholperte. Aber als der staubige Wagen den

Dorfrand erreichte und nicht mehr zu sehen war, überraschte sie eine plötzliche Welle der Einsamkeit.

Sie hatte sich schon früher einsam gefühlt – in fremden europäischen Städten, bevor sie sich eingewöhnt hatte; bei der Betrachtung der endlosen namibischen Wüste, ohne dass sie diese Erfahrung mit jemandem teilen konnte; und in einer griechischen Jugendherberge, als sie eine Grippe auskurierte und nur Bettwanzen ihr Gesellschaft leisteten. Aber jene Einsamkeit war durch die Aufregung gelindert worden, an einem anderen Ort zu sein und Erinnerungen zu sammeln. Die Einsamkeit heute wurde durch die Trauer verstärkt und durch das nagende, vertraute Gefühl, nicht dazuzugehören, das sie zurück in die Vergangenheit versetzte.

Das Gespräch über das Treffen im Smugglers hatte sie durcheinandergebracht, und sie beschloss, nicht hinzugehen. Wozu auch, wenn sie bald wieder weit fort sein würde, unter der spanischen Sonne und in Matts Armen – der, wie ihr jetzt erst auffiel, sich seit gestern Morgen nicht mehr gemeldet hatte.

Sie schaute auf ihrem Handy nach. Da waren die zwei Nachrichten, die sie ihm geschickt hatte, beide mit Häkchen zum Zeichen, dass er sie gelesen hatte, aber er hatte auf keine davon geantwortet. Das war seltsam. Sein Telefon hatte tausend Meilen entfernt gerade zu klingeln begonnen, als sie es sich anders überlegte und auf das Display tippte, um den Anruf zu beenden. Hier wie dort war es jetzt mitten am Nachmittag, und er war wahrscheinlich bei der Arbeit und unterwies Carmen, sodass er zu beschäftigt zum Reden war. Vielleicht machte er auch gerade Siesta. Möglicherweise machte er Siesta mit Carmen.

Rosie schob den Gedanken beiseite. Carmen mit ihrem langen schwarzen Haar und den kohlschwarzen Augen war bezaubernd, aber Rosie vertraute Matt. Außerdem hatte sie ihm noch nicht erzählt, dass sie noch etwas länger in Heaven's Cove festsitzen würde. Das eröffnete sie Matt am besten, wenn er zu

Hause und nach dem einen oder anderen Gläschen Rosé schon leicht angetrunken war.

Sie richtete ihre Aufmerksamkeit wieder auf die Farbeimer und all das Material, das sich jetzt mitten in Driftwood House auftürmte. War es nur Zeitverschwendung? Wahrscheinlich hatte Nessa recht, und die Eppings würden sie übers Ohr hauen, aber sie konnte nicht einfach aufgeben – nicht, wenn sie die Stimme ihrer Mutter beinahe hören konnte, die sie anspornte. Was hatte ihre Mum ihr noch ständig gesagt, als sie klein war? *Du weißt erst, was du kannst, Rosie, wenn du es versuchst.*

ZWÖLF

Rosie richtete sich stöhnend auf und presste sich den Handballen in den schmerzenden Rücken.

Der Sessel, den sie gerade in die Mitte des Wohnzimmers gezerrt hatte, war schwerer, als er aussah. Die weichen Kissen waren noch eingedrückt, wo ihre Mutter stets gesessen hatte, obwohl es ganz früher immer Dads Sessel gewesen war. Er hatte sich nach der Arbeit hineinfallen lassen und sein Abendbrot vor dem Fernseher gegessen. Aber als er ausgezogen war, hatte ihre Mutter den Sessel für sich reklamiert.

Rosie war am Boden zerstört gewesen, als er nach der Affäre mit einer Kollegin aus ihrem Leben so gut wie verschwunden war. Sie war damals zehn gewesen. Obwohl sie und ihr Vater nur wenige Interessen geteilt hatten und oft aneinandergeraten waren, hatte sie ihn geliebt, und regelmäßige Telefonate und gelegentliche Treffen glichen seine Abwesenheit im Alltag nicht aus. Aber nach einer Weile hatte sie die Ruhe zu Hause zu schätzen gelernt. Es war gut gewesen, nicht länger vom Lärm lauter Stimmen und Türenschlagen aus dem Schlaf gerissen zu werden.

Sie strich über die Kissen, in die ihre Mutter sich mit angezogenen Füßen geschmiegt hatte, um sich amerikanische Krimis anzusehen. Das waren ihre Lieblingsfilme gewesen, obwohl sie der freundlichste und friedlichste Mensch gewesen war, den man sich vorstellen konnte. Rosie sah sie noch vor sich, wie sie dort saß, den Ellbogen auf der Armlehne, das Kinn in die Hände gestützt, den Blick auf den flackernden Bildschirm gerichtet.

Rosie schüttelte den Kopf, um das Bild zu vertreiben. Jetzt war nicht der richtige Zeitpunkt, sich von Trauer ablenken zu lassen; dazu wartete zu viel Arbeit auf sie. Gestern Abend hatte sie die Wände im Erdgeschoss noch von Staub und Schmutz befreit, und heute ging es mit den eigentlichen Malerarbeiten los. Sie suchte zwischen den Farbdosen und Pinseln nach den Abdeckfolien, von denen sie sich sicher war, dass sie sie gekauft hatte. Die Möbel im Raum waren zwar alt, aber massiv – ihr schmerzender Rücken bestätigte das –, und mit ein paar neuen Kissen würden sie für den Moment genügen.

Sie durchsuchte ihre Einkäufe noch einmal. Sie hatte fest vorgehabt, Planen zu kaufen. Sie war sich sicher, dass sie auf der Liste gestanden hatten, aber sie waren nicht bei den Sachen, die Liam gestern gebracht hatte.

Die Hände in die Hüften gestemmt stand Rosie mitten in dem Durcheinander. Vielleicht konnte sie Bettlaken aus dem Wäscheschrank über die zusammengeschobenen Möbel breiten, wie Dad es getan hatte. Sie erinnerte sich daran, dass ihr Bett, ihr Schminktisch und ihre Bücher von weißen Laken voller Farbspritzer verdeckt gewesen waren, als ihr Vater ihr Zimmer gestrichen hatte.

Zwanzig Jahre später waren die Wände ihres alten Kinderzimmers immer noch dunkelviolett – Hellrosa hatte ihr als Kind nie gefallen. Über dem Violett würden mindestens zwei Anstriche mit weißer Farbe notwendig sein, und die Möbel mussten auf jeden Fall vor ihren mangelnden Renovierungskünsten geschützt werden. Vielleicht waren auf dem Dachboden ja noch alte Abdeckplanen? Es konnte nicht schaden, dort einmal nachzuschauen.

Rosie erklomm die letzte Sprosse der Leiter zum Dachboden und trat zaghaft in das dort herrschende Halbdunkel. Sie war seit Jahren nicht mehr hier oben gewesen, seit sie zusammen mit ihrer Mum nach deren altem Fußbad gesucht hatte – und stattdessen auf eine riesige Spinne gestoßen war. Bei Rosies Schrei war ihre Mutter so schnell hochgefahren, dass sie sich den Kopf an der Dachschräge gestoßen hatte. Verständlicherweise war sie verärgert gewesen, und seitdem hatte Rosie den Dachboden nicht mehr betreten. Von ihrer Mum angebrüllt und von einer gewaltigen Spinne erschreckt zu werden, hatten ihr eine dauerhafte Abneigung gegen den Speicher eingepflanzt. Aber jetzt war ihre Mum verstorben, und es war an der Zeit, sich den Schrecken des Dachbodens wie eine Erwachsene zu stellen.

Der Bretterboden war gefahrlos begehbar, aber die Glühbirne, die unter dem Dachfirst hing, ließ einiges in tiefem Schatten. Es war wirklich ziemlich unheimlich hier oben, vor allem, da der Wind durch lose Dachpfannen pfiff und stöhnte.

Rosie atmete tief die staubige Luft ein – bedeutete der muffige Geruch, dass es hier Mäuse gab? –, und machte ihre Taschenlampe an, damit sie besser sehen konnte, was vor ihr lag.

Er war die reinste Rumpelkammer. Pappkartons, aus denen Bücher quollen, und durchsichtige Schutzhüllen mit alten Decken und Laken darin drängten sich neben einer Kiste alten Werkzeugs, das ihrem Dad gehört hatte, Grandmas alter Singer-Nähmaschine, einem antiken Grammophon mit Kurbel, mehreren Kartons mit Schallplatten und Rosies altem Tretroller – mit dem sie mit sieben auf den Kai gestürzt war und sich den Arm gebrochen hatte. Erinnerungen stürmten auf Rosie ein, während sie in den Überbleibseln ihres Familienlebens stand. Eines Lebens, das einst Sicherheit und Geborgenheit bedeutet hatte, in dem jetzt aber so viele Menschen fehlten. Sie schluckte und wischte eine Träne weg, die auf den schmutzigen Boden fiel. Sie musste die Abdeckplanen finden, damit sie dem Dachboden mit seinen schmerzlichen Erinnerungen den Rücken kehren konnte.

Vorsichtig setzte Rosie ihren Weg fort und ignorierte, so gut es ging, die großen Spinnweben, die wie hauchzarte Silberfäden glänzten. Sie war kein verängstigtes Kind mehr. Sie war eine Erwachsene. Eine erfahrene Reisende. Eine Waise.

Aber hier oben lag zu viel altes Zeug herum, um alles zu durchsuchen, und Planen waren nirgendwo zu sehen. Rosie hatte bereits kehrtgemacht und war auf dem Rückweg zur Dachbodenleiter, als sie auf einem Pappkarton einen Stapel alter Tischtücher entdeckte: Eine blau gepunktete Decke, an die sie sich aus ihrer Kindheit erinnerte, eine Weihnachtsdecke mit Stechpalmenzweigen und eine schlichte weiße Decke, die vom Alter gelb geworden war. Genau das Richtige, um die Möbel von Driftwood House zu schützen.

Rosie schüttelte die Decken aus, um etwaige Spinnen zu vertreiben, und klemmte sie sich unter den Arm. Erst da bemerkte sie, dass auf dem Karton darunter mit schwarzem Textmarker *Sofias Sachen* geschrieben stand.

Der Karton war mit reichlich braunem Paketklebeband verschlossen, aber dieses hatte im Laufe der Jahre seine Klebefähigkeit eingebüßt, und Rosie konnte es mühelos abziehen. In dem Karton befand sich ein Durcheinander von Kleidungsstücken – Röcke, Kleider und Strickjacke, die nach Mottenkugeln rochen. Warum hatte ihre Mutter das alles aufgehoben? Es wäre sinnvoller gewesen, es zu spenden, anstatt es hier oben jahrzehntelang vor sich hin modern zu lassen. Höchste Zeit, dass sie das nachholte.

Rosie schob den Karton über den Boden und stieß ihn, ohne lange zu zögern, durch die offene Dachbodenluke. Er polterte die Leiter hinab und blieb an deren Fuß umgekippt liegen. Sie warf das Bündel Tischdecken hinterher, stieg vorsichtig selbst hinunter und dann mit großen Schritten über die Sachen hinweg.

Schließlich setzte sie sich im Schneidersitz auf den Teppich im Flur und machte sich daran, *Sofias Sachen* auszuräumen. Keins der Kleidungsstücke aus dem Karton kam ihr bekannt vor; alle wirkten ziemlich alt. Als Rosie einen der Pullover an sich drückte und daran roch in der Hoffnung, den Duft ihrer Mutter wiederzuerkennen, konnte sie nur einen leichten Hauch von Feuchtigkeit wahrnehmen. Sie würde die Sachen waschen müssen, bevor sie sie zur Kleiderkammer brachte.

Unter der Kleidung stießen Rosies Finger auf etwas Kaltes und Hartes. Sie nahm auch ihre andere Hand zur Hilfe und zog ein Metallkästchen hervor, das im Licht kupfern glänzte. Die Seiten des Kästchens waren glatt und bis auf ein paar Dellen und Kratzer nicht weiter bemerkenswert, aber der Deckel war schön. Metallstreifen aus Kupfer, Silber und Gold waren zu einem Muster verwoben, das Rosie an den Weidenkorb erinnerte, den sie in der Grundschule geflochten hatte. Sie strich über die farbigen Streifen und versuchte, das Kästchen zu öffnen, aber es war verschlossen.

Sie starrte es einen Moment lang an, als könne sie es durch schiere Willenskraft aufspringen lassen, und als das – o, welche Überraschung – nicht geschah, schüttelte sie die Kleidungsstücke aus, um darin vielleicht den Schlüssel zu finden. Aber sie stieß nur auf ein paar abgefallene Knöpfe.

Rosie war nicht der Typ, der private Gespräche belauschte oder anderer Leute Tagebücher las. Sie hatte Menschen mit solchen Neigungen immer für Idioten gehalten, die wahrscheinlich Dinge erfahren würden, die sie besser nicht gewusst hätten. Aber ihre Mutter hatte ihr bewusst verschwiegen, dass die Eppings die Besitzer ihres Elternhauses waren, und sie hatte auch nichts über den rätselhaften J erzählt, der sie so gut gekannt haben musste. Was hatte sie noch für Geheimnisse?

Plötzlich war es das Wichtigste auf der Welt, herauszufinden, was sich in dem Kästchen befand.

Wo hätte ihre Mum den Schlüssel für eine Kupferschachtel aufbewahrt, die sie auf dem Dachboden versteckt hatte? Rosie ging mit ihrem Fund ins Wohnzimmer und durchsuchte den alten Sekretär. Er enthielt jede Menge Krimskrams – alte Rechnungen, Heizkörperschlüssel aus Messing, Anhänger für Weihnachtsgeschenke, halb verbrauchte Rollen Klebeband – aber nichts, das in das kleine Schloss hineingepasst hätte.

Das Kästchen könnte sogar leer sein, dachte Rosie. Es war nicht besonders schwer und klapperte auch nicht, als sie es schüttelte. Aber warum sollte ihre Mutter eine verschlossene leere Metallschachtel zwischen einem Wust alter Kleider auf dem Dachboden vergraben?

Rosie nahm das Kästchen wieder in die Hand und besah sich das kleine Schlüsselloch genau, dann holte sie die Werkzeugkiste unter der Treppe hervor. Viele der alten Werkzeuge darin waren verrostet, aber ein kleiner Schraubenzieher fiel ihr ins Auge. Mit dem könnte es klappen. Sie schob ihn ins Schloss und wackelte ihn hin und her. In den Fernsehkrimis sah das immer ganz einfach aus –wie schwer konnte es sein, ein Schloss zu knacken? Sehr schwer, stellte sie bald fest und tauschte den Schraubendreher gegen einen größeren aus, den sie unter den Deckel schob. Es war eine Schande, denn das Kästchen war hübsch, aber brutale Gewalt war die einzige Möglichkeit.

Also hockte sie sich auf die Fersen und machte sich daran, den Schraubenzieher ganz vorsichtig nach oben zu stemmen. Die Seitenwand des Kästchens verbog sich, bis das Schloss nach einem letzten Kraftakt aufgab und der Deckel aufsprang.

Rosie stieß den Atem aus – ihr war gar nicht bewusst gewesen, dass sie ihn angehalten hatte – und spähte hinein. Für einen verrückten Moment fragte sie sich, ob das versteckte Kästchen vielleicht voll mit gestohlenem Bargeld oder Falschgeld war. Aber es enthielt nichts weiter als einige zusammengefal-

tete Blatt Papier und einen Brief in einem aufgerissenen
Umschlag.

Der Brief war an ihre Mutter in *Cove Cottage, Smuggler's
Lane, Heaven's Cove* adressiert. Das war das kleine feuchte
Haus, in dem Sofia gelebt hatte, als sie nach Heaven's Cove
gezogen war, achtzehn Monate vor Rosies Geburt. Als Kind
hatte Rosie oft vor dem Cottage gestanden und sich vorgestellt,
wie ihre Mum als junge Frau dort gewohnt hatte – vor ihrer
Hochzeit mit Dad und bevor es sie selbst, Rosie gegeben hatte.
Aber der Gedanke, nicht auf der Welt gewesen zu sein, war für
ihren kleinen Kopf noch unbegreiflich gewesen. Jetzt war es
ihre Mutter, die nicht mehr auf der Welt war, und an manchen
Tagen hatte sie das Gefühl, dass das in ihrem Kopf als Erwachsene noch nicht angekommen war.

Rosie zog den Brief aus dem Umschlag, und obwohl sie sich
wie eine Diebin vorkam, die den Toten ihre Geheimnisse stahl,
las sie die mit schwarzer Tinte geschriebenen Zeilen auf dem
Blatt Papier:

Meine geliebte Saffy,

*du bist in meinem Herzen, solang die Welt sich dreht. Vor dir
war mein Leben leer und kalt, und deine Liebe hat mir mehr
Glück geschenkt, als ich verdiene. Der Gedanke an unsere
Hochzeit und daran, den Rest meines Lebens mit dir zu
verbringen, erfüllt mich mit Freude.*

Rosie hörte auf zu lesen. Sie hatte unbedingt wissen wollen,
was in dem Kästchen war, aber es kam ihr falsch vor, einen so
persönlichen Brief zu lesen – vor allem, da es nicht die Handschrift ihres Vaters war, die sie von den Karten her kannte, die
sie zu Weihnachten und ihrem Geburtstag von ihm bekommen
hatte. Dies war ein Liebesbrief an ihre Mutter von einem
anderen Mann, einem Mann, von dem Rosie nichts wusste.

Sie saß für eine Weile still da, den Brief auf dem Schoß, und überlegte, was sie als Nächstes tun sollte. Ihre Mutter hatte ihn aus gutem Grund versteckt, aber konnte dieses Geheimnis Sofia jetzt, da sie tot war, noch schaden? Rosie wollte es wissen ... Sie holte tief Luft, überflog den Brief noch einmal und las dann die letzten beiden Zeilen:

Du sollst wissen, dass du immer geliebt werden wirst.

J

Rosies Hände zitterten, als sie den Brief glattstrich und nach ihrem Handy griff. Sie ging die Fotos durch, bis sie das Bild der Karte gefunden hatte, die mit dem Lilienstrauß auf dem Grab ihrer Mutter niedergelegt worden war. Die Handschrift war dieselbe: Das »a« nicht geschlossen, als sei es hastig hingeschrieben worden, und die schleifenlose Unterlänge des »g«. Der rätselhafte J, der Verfasser dieser Trauerkarte, war der heimliche Verehrer ihrer Mutter, der ihr in diesem alten Brief seine unsterbliche Liebe erklärt hatte und bis zum Ende ein Teil von Sofias Leben gewesen war. Wie ging es zu, dass Rosie nicht wusste, wer er war?

Als sie den restlichen Inhalt des Kästchens auskippte, fand sie eine vergilbte Kopie des Mietvertrages für das Haus, der ein solcher Schock gewesen war, ihre eigene Geburtsurkunde und ein Paar weiße, gestrickte Babyschuhe mit rosafarbenem Rand. Es war auch ein verblasstes Babyfoto von ihr selbst dabei. Ihre Mutter lag im Bett und hielt sie im Arm, und neben ihnen stand eine ältere Frau.

Auf der Rückseite stand in der sauberen Handschrift ihrer Mutter: *Ich mit Rose Emily (geboren um 4:30 Uhr am 8. Juni 1989) und Morag MacIntyre.*

Driftwood House knarrte und ächzte, während Rosie das Foto hin und her drehte. Sie hatte es noch nie gesehen, aber es

gab ohnehin nur wenige alte Fotos im Haus. Ihre Mutter hatte
immer nach vorn geschaut und die Vergangenheit ruhen lassen.

Überwältigt von einer Sehnsucht nach Früher, nach verlorenen Kostbarkeiten, ging Rosie an den großen Eichenschrank
in der Diele, ließ sich auf die Knie nieder und begann, darin
herumzustöbern. Ganz hinten fand sie das Hochzeitsalbum
ihrer Eltern. Sie hatte es sich seit Jahren nicht mehr angesehen.

Sie schlug es auf und blätterte die wenigen Fotos durch.
Ihre Mutter hatte erzählt, sie hätten keinen richtigen Foto-
grafen engagiert, weil sie sich spontan entschlossen hätten zu
heiraten. Die einzigen Fotos waren daher Schnappschüsse von
Fremden, die sie auf der Straße angesprochen hatten, ob sie
nicht Trauzeuge sein wollten.

Als junges Mädchen hatte Rosie das herrlich romantisch
gefunden – ihre Eltern hatten einander so geliebt, dass sie es gar
nicht erwarten konnten, getraut zu werden, und aus einer
Laune heraus zum Standesamt in Exeter gefahren waren.

Sie betrachtete das erste Foto. Ihre Eltern standen Hand in
Hand auf den Stufen des Standesamtes. Ihre Mum hatte langes
blondes Haar und schaute in die Kamera, neben sich Dad.
Beide lächelten, schienen sich aber unbehaglich zu fühlen, als
wären sie nervös. Ihr Vater trug eine gute Hose, ein Hemd mit
offenem Kragen und ein dunkles Jackett, und ihre Mutter ein
fließendes grünes Maxikleid, das zu ihren Augen passte. Rosie
war sich ziemlich sicher, dass sich das Kleid noch ganz hinten
im Schrank ihrer Mutter befand.

Sie sah sich das Foto genauer an. Der Brief von J musste an
Cove Cottage geschickt worden sein, kurz bevor dieses Hoch-
zeitsfoto aufgenommen worden war. Aber niemand im Dorf
hatte erwähnt, dass Sofia vor Rosies Vater einen Verlobten
hatte, und Belinda hätte sich bei dem kleinsten Hinweis auf
eine lange geheime Liebe sofort darauf gestürzt. Selbst nach all
den Jahren würde die Geschichte ein gefundenes Fressen für
die Klatschtanten von Heaven's Cove sein.

Rosie hockte sich verwirrt auf die Fersen. Anstatt in Drift-wood House die Geheimnisse ihrer Mutter aufzudecken, kamen von Tag für Tag neue hinzu.

Sie strich über die Gesichter ihrer Eltern auf dem Foto. Hatte ihr Vater von J gewusst, als er auf dem Standesamt »Ja, ich will« gesagt hatte? Hatte er gewusst, dass Sofia vermutlich einen anderen Mann genug geliebt hatte, um diesem anderen ein Heiratsversprechen zu geben?

»Ich hoffe nicht«, sagte Rosie in dem leeren Flur, den Tränen nahe. Andererseits könnte ihr Vater durchaus von J gewusst und Sofia ihm ausgespannt haben. Rosie seufzte. Die Trauer war auch so schon schwer genug, auch ohne die Geheimnisse, die ihre Mutter hinterlassen hatte und die ihr jetzt wie Landminen im Weg lagen. Geheimnisse, die sie an der engen Beziehung zweifeln ließen, die sie mit ihrer Mutter gehabt zu haben glaubte.

»Was zum ...?«

Jemand hämmerte an die Vordertür, und der Lärm hallte durch das ganze Haus. Rosie sprang auf, und das Fotoalbum ihrer Eltern rutschte mit dem Gesicht nach unten auf die Fliesen.

DREIZEHN

Die Haustür war in einem erbärmlichen Zustand. Hier könnte jeder einbrechen, der nur etwas Entschlossenheit besaß, und Rosie war nachts allein hier oben. Aus Heaven's Cove würde zwar niemand so tief sinken, irgendwo einzubrechen, aber konnte man das von den Touristen auch sagen, die jetzt, da das Wetter besser wurde, ins Dorf strömten?

Liam stieß durch geschürzte Lippen den Atem aus und strich über das verzogene Holz. Die Sprünge in der Maserung fühlten sich wie Wunden an. Stürmisches Wetter hatte dem Haus übel mitgespielt. Es stand zwar noch, aber die Substanz war angegriffen. Er wusste, wie das war.

Gütiger Himmel, jetzt identifizierte er sich schon mit einem baufälligen alten Haus. Er musste sich wirklich zusammen-reißen und wieder ins Leben zurückkehren. *Aufstehen, Krone richten, weitermachen,* so hatte Alex es formuliert, als hätte Dee ihm nur ein Bein gestellt und nicht das Herz herausgerissen.

Es gab durchaus Interessentinnen. Erst am Morgen hatte Katrina ihm eine SMS geschickt und gefragt, ob er zu der Party im Gemeindesaal in einigen Wochen gehen wolle. Sie sei defi-

nitiv bereit für unverbindlichen Spaß, falls ihr Freund nicht
da war.

»Soll ich zu der Feier gehen, alter Junge?« Er bückte sich
und klopfte dem treuen Billy das Fell, der sich die Schnauze an
den Beinen seines Herrchens rieb. »Vielleicht hat Alex recht,
und es wird Zeit, wieder der Alte zu werden. Ich meine, es ist
über ein Jahr her ...«

Die Worte erstarben auf seinen Lippen, als die Tür mit
einem Quietschen, als ob Fingernägel über eine Tafel kratz-
ten, aufgezogen wurde und Rosie den Kopf nach draußen
streckte.

»Oh, du bist es.«

Sie schien überrascht zu sein, ihn zu sehen, und wirkte
beunruhigt. Die dunklen Augenringe hoben sich wie violette
Schatten von ihren geröteten Wangen ab.

»Hast du vergessen, dass ich versprochen habe, dir heute
Morgen zu helfen?«

»Beim Aufstehen habe ich noch daran gedacht, aber dann
wurde ich abgelenkt und habe es vergessen. Tut mir leid.
Komm rein.«

Mit einem weiteren Scharren von Holz auf Fliesen zog sie
die Tür ganz auf, und er konnte sie richtig sehen. Ihr blaues T-
Shirt hatte schmutzige Streifen, ihre verwaschene Jeans war
gerissen, und war das ein Spinnennetz in ihrem Haar? Als er
die Hand ausstreckte und ihr über den Kopf strich, trat sie
erschrocken zurück.

»Was machst du da?«

»Du hattest da was.« Er hielt die Finger hoch, die jetzt mit
klebrigen Fäden bedeckt waren. »Es sieht aus wie ein Spinnennetz.«

»Ich war oben auf dem Dachboden.« Sie rieb sich den Kopf
und drehte sich langsam im Kreis. »Bitte, sag mir, dass in dem
Netz keine Spinne war.«

Er lachte. »Ich kann keine sehen, aber als Einwohnerin

eines heißen Landes müsstest du doch an Spinnen gewöhnt sein. Gibt es in Spanien nicht Riesenspinnen?«

»Ja, da gibt es die gruseligsten Monsterviecher, aber sie wohnen nicht in meinem Haar.«

Als sie kicherte, erhaschte Liam einen Blick auf die Rosie, wie sie in Spanien sein musste, weit fort von den Sorgen von Heaven's Cove: Glücklicher, weniger verletzlich, unbeschwerter.

»Willst du immer noch, dass ich dir heute Morgen helfe?«, fragte er in der Hoffnung, dass sie ihn nicht wegschicken würde. Er hatte auf dem Weg hierher vor sich hin geknurrt, weil es auf der Farm so viel Arbeit gab, aber jetzt, nachdem er sie gesehen hatte, wollte er bleiben.

Rosie zögerte, dann trat sie beiseite und winkte ihn in die Diele. »Wenn es dir nichts ausmacht. Ich denke, ich kann jede Hilfe gebrauchen, die ich bekommen kann.«

Sie tappte barfuß über die Fliesen und bückte sich, um ein offenes Fotoalbum aufzuheben und auf einen Beistelltisch zu legen.

»Alte Fotos von Mum und Dad«, erklärte sie, bevor sie ihn ins Wohnzimmer führte.

Es musste einst ein prachtvoller Raum gewesen sein, dachte Liam, mit den Bilderleisten, dem großen Kamin und den Schiebefenstern mit Blick aufs Meer, aber jetzt war es das nicht mehr. Liams Blick wurde von den Rissen in den Stuckleisten angezogen, der verblichenen Wandfarbe und den dringend reparaturbedürftigen Fensterrahmen. Der Zustand des Raums bestätigte ihm erneut, was er gestern bereits befürchtet hatte: Dass Rosie alle Hände voll zu tun haben würde, wenn sie die hochnäsigen Eppings beeindrucken wollte. Seit seinem letzten Besuch hatte sie die Möbel in der Mitte des Raums zusammengeschoben, und der Boden war mit Papieren übersät.

»Tut mir leid«, sagte Rosie, obwohl er sich nicht sicher war, warum sie sich entschuldigte. Als sie die Papiere eingesammelt und in den Sekretär gestopft hatte, bemerkte er ein Zittern in ihren Händen. Sie war immer noch mitgenommen.

»Ist alles in Ordnung?«

»Bist du jemals hier drin gewesen – außer als du die Sachen von Shelley's gebracht hast?«, fragte sie mit einer ausholenden Geste, ohne auf seine Frage einzugehen.

»Nein, ich war nur ein paar Mal in der Küche, als ich die Post gebracht habe. Deine Mutter war zwar freundlich mit allen im Dorf, aber hier oben blieb sie für sich.«

»Also, was hältst du von dem Raum? Deine ehrliche Meinung, bitte.«

»Ich denke ... er hat Potential.«

»So schlimm?«

»Nicht wirklich.«

Rosie schüttelte den Kopf. »Früher hast du besser gelogen. Oh ...« Sie schloss die Augen. »Entschuldige, wenn das unhöflich klingt.«

Wenn das unhöflich klingt? Wie sollte es denn sonst klingen? Aber er wusste, was sie meinte. Vor nicht allzu langer Zeit war er ein Meister der kleinen Unwahrheiten gewesen. *Ich rufe dich morgen an. Du siehst toll aus in dem Kleid.*

Aber das war, bevor die einzige Frau, die er je geliebt hatte, ihn mit der größten Lüge getäuscht hatte: *Natürlich liebe ich dich.*

Rosie sah ihn an und biss sich auf die Unterlippe.

»Schon gut«, sagte er. »Also, womit willst du anfangen?«

»Ich dachte, ich streiche die Wände – abgewaschen habe ich sie schon. Mit einem neuen Anstrich müsste der Raum gleich viel heller und freundlicher wirken, meinst du nicht?«

Sie klang verzweifelt, wie sie da inmitten von zusammengeräumten Möbeln und Farbeimern stand. Sie klang wie jemand, der sich zu viel vorgenommen hatte, und das bedeutete, dass die Eppings gewinnen würden – wie immer, wenn Geld im Spiel war. Das wohlhabende Ehepaar Epping wurde noch reicher,

indem es die Mieten seiner Wohnhäuser und Geschäftsimmo-
bilien immer weiter erhöhte, bis die Leute sie nicht mehr
bezahlen konnten. Die Dorfbewohner von Heaven's Cove
waren den beiden völlig egal.

»Was soll ich als Erstes tun?«, fragte Liam und versuchte,
nicht an die Pachterhöhung für die Felder zu denken, die den
Eppings gehörten. Wenn er vor lauter Grübeln in eine Sorgen-
spirale geriet, würde er sich am Ende nur vorstellen, wie seine
Eltern Meadowsweet Farm verkaufen und verlassen mussten.

Rosie zog die Nase kraus. »Kannst du einen Zauberstab
schwingen und das Haus in eine perfekte kleine Pension
verwandeln?«

»Ich fürchte, Zauberei fällt nicht in meinen Aufgabenbe-
reich, aber wenn du Äcker hast, die bestellt werden müssen,
oder Innenhöfe, die mit dem Schlauch abgespritzt werden
müssen, bin ich dein Mann. Und ich bin mir sicher, dass ich
Farbe an die Wand klatschen kann.«

Rosies Gesicht entspannte sich zu einem Lächeln. »Und
bist du dir sicher, dass du Zeit hast?«

»Eine Stunde ist kein Problem. Tom hilft heute Morgen
aus, und er hat seinen jüngeren Bruder mitgebracht. Dad wird
vielleicht auch mit anpacken, wenn Mum ihn entbehren kann.«

»Wie geht es deinen Eltern?«

»Gut.«

»Wirklich?«

Liam stieß langsam den Atem aus. »Einigermaßen gut. Dad
wird immer vergesslicher, und das kann manchmal ... schwierig
sein.«

»Wie wird deine Mum damit fertig?«

»Sie macht sich Sorgen, genau wie ich, aber sie kommt klar.
Sie verstehen sich gut, und sie findet es schön, dass er jetzt
mehr zu Hause ist, anstatt die Zeit im Pub zu verbringen. Dad
war in jüngeren Jahren ein ziemlicher Draufgänger.«

Rosie kniff die Augen zusammen. Sie sah aus, als ob sie

etwas sagen wollte, aber stattdessen drückte sie ihm einen Pinsel in die Hand.

Aus einer Stunde, die er in Driftwood House half, wurden bald zwei. Nicht dass Liam etwas dagegen gehabt hätte. Die rhythmischen Pinselstriche waren beruhigend, und es war friedlich hier, hoch über Heaven's Cove, nur mit Rosie als Gesellschaft, obwohl sie nur wenig sprach.

Sie hatte für eine Weile die Wand gegenüber gestrichen, war aber nicht bei der Sache und legte den Pinsel immer wieder aus der Hand, um sich anderen Aufgaben zu widmen. Zweimal öffnete sie den Sekretär und betrachtete die Papiere, die sie vom Boden aufgehoben und hineingelegt hatte. Als sie es zum dritten Mal tat, hielt Liam inne und wischte sich mit dem Handrücken über den Mund. Wenn sie sich nicht konzentrieren konnte, würde sie Driftwood House nie auf Vordermann bringen.

»Etwas Interessantes?«, fragte er.

»Nein, eher nicht.« Sie drehte ein Foto um, das sie in der Hand hielt. »Hast du schon mal von einer Frau namens Morag McIntyre gehört?«

»Der Name klingt ja sehr nach Devon.«

Rosies Lächeln war halbherzig. »Ich dachte nur, dass du sie vielleicht kennst.«

»Leider nicht. Warum?«

»Ist nicht wichtig. Sie ist auf diesem Foto, das ich auf dem Dachboden gefunden habe.«

Er erhaschte einen Blick auf das Bild. »Ist das ein Baby?«

»Ja, das bin ich. Sieht man das nicht?«

Das Baby war in einen weißen Strickschal gewickelt und klammerte sich an die Brust einer Frau. »Bist du das mit deiner Mutter?«

»Ja, genau.«

»Wie klein du warst.«

»Ich bin etwa sechs Wochen zu früh zur Welt gekommen.«

»Hast du die anderen Papiere auch auf dem Dachboden gefunden?«

Er war neugierig, aber sie benahm sich auch sehr merkwürdig – starrte ins Leere, während Farbe von ihrem Pinsel auf die Dielen tropfte, oder sie hörte ganz mit dem Anstreichen auf und ging hin und her. Jetzt schaute sie ihn mit großen Augen an, denen er ansah, wie aufgewühlt sie sein musste – mit einem intensiven Blick, der ihm durch und durch ging.

»Ich habe das Foto in einem Kästchen auf dem Dachboden gefunden, mit einer Kopie der Vereinbarung über das Haus«, berichtete sie schließlich. »Der Mietvertrag, den die Eppings mir geschickt haben.«

»Lag eine Erklärung dabei? Irgendetwas, das erklären würde, warum deine Mutter es vor dir geheim gehalten hat?«

Sie schüttelte den Kopf.

»Hast du bei dem Mietvertrag und dem Foto sonst noch etwas gefunden?«

»Ein paar Kleinigkeiten – meine Geburtsurkunde und einen alten Liebesbrief an Mum.«

»Von deinem Vater?«

Ihr Gespräch wurde von dem schrillen Läuten eines Telefons unterbrochen. Rosie riss ihr Handy aus der Tasche und verzog das Gesicht, als sie aufs Display schaute.

»Hey, Matt«, sagte sie, ihre Stimme zu hoch und übertrieben munter.

»Hey, du.« Matts Stimme klang blechern, aber Liam konnte ihn so gerade eben verstehen.

»Wie geht es dir?«, fragte Rosie.

»Ich vermisse dich.«

»Ich dich auch.«

»Ja, aber ich vermisse dich wirklich sehr, Baby.«

Vielleicht irrte Liam sich, aber bei dem Wort »Baby« zuckte

Rosie leicht zurück. Es ließ Matt, wer immer er war, etwas schmierig klingen, fand Liam, und war sich seiner eigenen Scheinheiligkeit vollauf bewusst. Er war sich ziemlich sicher, dass er in der Vergangenheit einige Freundinnen »Baby« genannt hatte.

»Ich bin bald wieder da, Matt.« Rosie beugte sich über das Handy und versuchte, das Gespräch vertraulich zu halten.

»Aber wann? Die Sonne scheint, und das Interesse an unseren Immobilien wächst. Wir könnten dich im Büro gut gebrauchen«, fuhr Matts blecherne Stimme fort.

Liam hob eine Braue. Eben vermisste Matt Rosie noch, und im nächsten Augenblick jammerte er darüber, dass sie nicht bei der Arbeit war. Was für ein Charmeur!

Rosie ließ das Telefon sinken. »Ich werde draußen weiterreden. Bin gleich wieder da.« Als sie sich eine Strickjacke nahm und durch die Haustür verschwand, hörte er sie sagen: »Ach, niemand. Nur ein Mann aus dem Dorf, der mir ein bisschen zur Hand geht.«

Niemand.

Liams Pinsel traf etwas zu heftig auf die Wand auf, und Farbe spritzte auf seine Jeans. Es war nicht schlimm, da er sie nur zur Arbeit auf der Farm trug. Er tupfte die weißen Flecken mit einem Tuch ab und beobachtete Rosie durchs Fenster.

Sie stand in dem beißenden Wind, der vom Meer her wehte, zog die alte Strickjacke ihrer Mutter enger um sich und bohrte die nackten Füße ins Gras, während sie weiter ins Handy sprach. Liam war kein Experte für Körpersprache, aber ihrer gerunzelten Stirn nach zu schließen, verlief die Unterhaltung nicht gut.

Als der Anruf beendet wurde, schob sie das Handy zurück in die Jeanstasche und blieb für einen Moment stehen, das Gesicht in den Wind gedreht. Als sie wieder ins Haus kam, trat Liam vom Fenster zurück.

»Alles okay?«, fragte er beiläufig.

»Ja, das heißt, nein. Eigentlich nicht. Ich habe Matt gerade gesagt, dass ich noch ein paar Wochen hierbleiben muss. Ich habe mich vorher nicht getraut, es ihm zu sagen.«

»Ah. Wie lange seid ihr schon zusammen?«

»Ein paar Monate. Er hat einen Job bei der Immobilienagentur angenommen, für die ich arbeite, aber er will seine eigene Agentur gründen. Er sieht sich als Unternehmer.«

»Das ist schön. Er hat sich nicht spanisch angehört.«

Verdammt, damit hatte er verraten, dass er das Gespräch belauscht hatte, aber Rosie schien es nicht zu bemerken.

»Matt ist kein Spanier. Er kommt aus London, St John's Wood, aber er lebt schon seit einigen Jahren im Ausland, wie ich.«

»Schade, dass er dich nicht zur Beerdigung deiner Mutter begleiten konnte.«

Rosies Gesicht umwölkte sich. »Er hat im Moment viel zu tun. Ich werde ihn sehen, wenn ich zurückkomme.«

»Ich vermute mal, dass er nicht gerade begeistert über deinen verlängerten Aufenthalt war?«

»Nein. Er kann nicht verstehen, warum ich ein Haus retten will, das wahrscheinlich eh abgerissen wird. Manchmal stelle ich mir die gleiche Frage. Es ergibt nicht viel Sinn.«

Sie fuhr sich mit den farbverschmierten Händen durchs Haar und hinterließ einen weißen Streifen auf dem Pony. Liam legte seinen Pinsel auf dem Farbtopf ab und lehnte sich an das breite, steinerne Fenstersims.

»Dinge ergeben nicht immer einen Sinn, wenn man einen großen Schock erlebt hat. Menschen verhalten sich nicht immer logisch, wenn starke Gefühle wie Trauer im Spiel sind.«

»Was ist mit Zorn?«

»Jepp.«

»Und Schuldgefühlen?«

Liam nickte. »Die auch.«

»Ich fühle mich wegen allem so schuldig«, stieß Rosie hervor, und ihre Unterlippe zitterte.

»Deine Mutter würde dir keinen Vorwurf machen, wenn du Driftwood House nicht retten kannst.«

»Vom Verstand her ist mir klar, dass du recht hast, aber ich werde das Gefühl nicht los, dass die Schuld mich nie mehr loslassen wird, wenn dieses Haus, ihr geliebtes Heim, von den Eppings zerstört wird. Ich werde nachts heimgesucht werden.«

»Du Glückliche.«

Obwohl Rosie kurz auflachte, schien sie immer noch den Tränen nahe zu sein.

»Ich habe sie nicht so oft besucht, wie ich sollte«, murmelte sie und strich über die geborgte Strickjacke. »Ich hatte keine Lust, nach Heaven's Cove zurückzukehren. Ich fand das Dorf langweilig und ein bisschen ... unter meiner Würde.«

»Aber ihr habt euch doch sicher trotzdem nahegestanden«, antwortete Liam, der sich etwas überfordert fühlte, als eine Träne über Rosies Wange rann.

»Ich denke langsam, dass ich meine Mutter überhaupt nicht richtig gekannt habe. Ich finde ständig neue Geheimnisse über sie heraus.« Sie brach ab und biss sich fest auf die Unterlippe.

»Was für Geheimnisse?«

»Eigentlich ist es nichts. Nur der Mietvertrag«, sagte Rosie, obwohl ihr Blick zum Sekretär Liam daran zweifeln ließ, dass sie die Wahrheit sagte. »Ich wünschte nur, ich hätte mir die Zeit genommen, sie besser kennenzulernen.«

»Ich glaube nicht, dass wir einen anderen Menschen jemals wirklich kennen. Ich habe Dee nicht so gut gekannt, wie ich dachte.«

Warum in aller Welt hatte er Dee erwähnt? Weder er noch seine Freunde sprachen von ihr. Es war, als sei sie aus seinem Leben gestrichen worden.

»Was ist bei der Hochzeit passiert?«, fragte Rosie leise.

Liam sah aus dem Fenster. Graue Wolkenwellen warfen

Schatten auf das dunkle Wasser, und bunte Wiesenblumen reckten sich im Gras. Alles war unkompliziert und schön. Er strich sich Staub von der Jeans und bemühte sich um einen unbeschwerten Tonfall. »Es überrascht mich, dass du die ganze traurige Geschichte nicht von Belinda oder deiner Mutter gehört hast.«

»Ich versuche, nicht so viel Zeit mit Belinda zu verbringen, und Mum hatte es aufgegeben, mir etwas von Heaven's Cove zu erzählen. Sie hat Klatsch ohnehin gehasst. Tut mir leid, ich hätte nicht fragen sollen.«

»Nein, ist schon gut.« Normalerweise behielt Liam das Ereignis für sich – jede Einzelheit war eine schwere Last, die ihn runterzog. Aber hier, bei Rosie in Driftwood House, kam es ihm falsch vor, Geheimnisse für sich zu behalten. »Ich habe Dee vor zwei Jahren in einem Nachtclub kennengelernt, und sechs Monate später ist sie zu uns ins Bauernhaus gezogen.«

»Liam Satterley, der Schürzenjäger des Dorfes, war verliebt.«

Wollte sie ihn auf den Arm nehmen? Liams Seitenblick wurde mit einem sanften Lächeln erwidert. »Und was passierte dann?«, fragte sie und trat einen Schritt auf ihn zu.

»Am Tag der Hochzeit ist ihr klar geworden, dass sie mich doch nicht heiraten konnte. Blödes Timing, nicht?«

»Warum hat sie ihre Meinung geändert?«

»Es war die alte Leier«, sagte er, immer noch in einem heiteren, sogar scherzhaften Ton. »Sie hatte sich in einen anderen verliebt. Schwer zu glauben, nicht?«

Er stieß sein Draufgängerlachen aus, das von ihm erwartet wurde, aber es klang total falsch, weil seine Brust wie zugeschnürt war.

»Unglaublich! Ich meine, einen Besseren als dich hätte sie doch gar nicht finden können!«, rief Rosie mit einem Lächeln.

»Eben.«

»Ist sie immer noch mit ... dem anderen Mann zusammen?«

Ich bin so was von über sie hinweg, dass ich keine Ahnung habe, was sie jetzt macht. Das war es, was er hätte sagen sollen. Aber stattdessen nahm er sein Handy aus der Hosentasche, klickte auf Facebook und suchte nach Deannas Namen. Beim Anblick ihres schönen, vertrauten Gesichtes verspürte er selbst nach all den Monaten ein eigenartiges Gefühl im Magen. Er hielt Rosie das Telefon hin. »Sieh selbst.«

Rosie scrollte durch Deannas Profilseite und durch zahllose Fotos von ihr in den Armen eines anderen Mannes, dann gab sie ihm das Handy zurück. »Ich hoffe, du siehst dir nicht allzu oft ihre Facebookseite an.«

»So gut wie nie«, log er.

Als Rosie ihn anschaute, bemerkte er zum ersten Mal die Sommersprossen auf ihrer Nase.

»Deanna ist wirklich hübsch, aber ihr neuer Freund ist potthässlich.«

Liams schnaubendes Gelächter hallte durch den ausgeräumten Raum, und Rosies strahlendes Lächeln erhellte den düsteren Morgen. Sie sah aus wie gemalt, dachte Liam, wie sie da mitten im Chaos stand, das Haar zerzaust, Farbe auf der Nase und rote Erde von der Kliffkuppe zwischen den Zehen. Plötzlich traf ein Sonnenstrahl sie von der Seite, und sie glühte förmlich.

Ein klingelndes Handy – diesmal Liams – brach den Bann. Seine Mutter war am Apparat.

»Ist alles in Ordnung?«, fragte er, sobald er den Anruf entgegengenommen hatte. Sein Blick ruhte wieder auf Rosie.

»Ja, Schatz. Kein Grund zur Panik. Bist du noch oben in Driftwood House und hilfst Sofias Tochter?«

»Ja, aber ich bin bald zurück.«

»Gut. Ich wollte dich nicht hetzen. Ich rufe an, weil ich mit Rosie sprechen möchte.«

»Rosie?«

»Ja. Sei so lieb und gib sie mir.«

»Ähm ... okay.« Liam hielt ihr verwirrt das Handy hin. »Mein Mutter möchte dich kurz sprechen, wenn das in Ordnung ist.«

Rosie runzelte die Stirn, nahm aber das Telefon entgegen und schlenderte hinaus in die Diele. Einige Minuten später kam sie wieder herein und gab ihm das Telefon zurück.

»Worum ging's?«

Rosie lächelte. »Deine Mutter hat mich für morgen zum Essen eingeladen. Sie denkt, allein würde ich hier verhungern. Ich habe ihr versichert, dass sie unbesorgt sein kann, aber sie hat darauf bestanden.«

»Was du nicht sagst.« Liam steckte das Handy in seine Tasche. Er war sich nicht sicher, wie er zu Rosies Besuch stand, und wünschte, seine Mutter hätte es zuerst mit ihm geklärt, aber jetzt war es nicht mehr zu ändern. »Sie ist eine tolle Köchin, du wirst also etwas Anständiges zu essen bekommen, und wahrscheinlich wird sie dich gründlich ausfragen. Sie weiß gern über ihre Gäste Bescheid.«

»So sind Mütter nun mal.« Rosies Lächeln verschwand. »Ich glaube, ich sollte besser weiter streichen.«

»Und ich fahre besser zurück zur Farm, denn es gibt viel zu tun.«

»Natürlich. Danke, dass du mir beim Anstreichen geholfen hast. Das Zimmer sieht jetzt schon besser aus.«

Sie hatte recht. Die helle, leuchtende Farbe hatte Wunder gewirkt. Liam wischte sich Spritzer von den Händen und legte den Pinsel vorsichtig auf ein Stück Küchenpapier. »Gern. Ach, und weißt du, wer mehr Informationen über Morag Macsoundso haben könnte? Belinda.«

»Belinda, die alles über jeden in der Gegend weiß?«

»Genau die.«

»Ich habe deine Mutter nach Morag gefragt, und sie kannte sie nicht, daher könnte Belinda am ehesten etwas wissen.«

»Sie ist heute Abend vielleicht im Pub, falls du Nessas

Einladung annehmen willst.«

»Ich weiß noch nicht. Vermutlich bin ich zu erledigt, nachdem ich den ganzen Nachmittag am Haus gearbeitet habe.«

»Wenn du nicht kommst, wird Nessa wahrscheinlich hermarschiert kommen und dich in den Pub zerren.« Liam grinste. »Ich sehe dich da, falls du es schaffst, und wenn nicht, dann sehe ich dich morgen.«

»Genau, um halb zwei, und Essen war um zwei Uhr.«

Nach einem schnellen Abschied ließ Liam sie mit ihren Pinseln und Farben allein und eilte den Weg das Kliff hinunter. Er war länger in Driftwood House geblieben als geplant, und der Nachmittag würde sehr anstrengend werden.

Am Morgen hatte er sich nicht gerade darauf gefreut, mit Rosie allein zu sein, obwohl er so dumm gewesen war, ihr seine Hilfe anzubieten. Sie hatten sich in der Schule nicht besonders gut verstanden, daher fürchtete er, dass es peinlich werden würde, stundenlang mit ihr zusammen zu sein. Aber es war gut gewesen, fand er, während seine Füße kleine Steine über den Rand der Klippen kullern ließen.

In der Schule war Rosie ein Sonderling gewesen. Anders konnte man es nicht bezeichnen. Er erinnerte sich, dass sie immer eine unbeteiligte Beobachterin war, die nie mitmachen wollte. Ihre Nase steckte ständig in einem Buch, und sie ließ keinen Zweifel daran aufkommen, dass Heaven's Cove nicht gut genug für sie sei.

Sie war immer noch anders als die selbstbewussten, gewandten Frauen, an die er gewöhnt war, aber er betrachtete das nicht mehr als etwas Negatives – er hatte selbst keine Lust mehr, mit der Herde zu laufen. Als er den Dorfrand erreichte, grinste er vor sich hin. Vielleicht würden aus dem Schürzen-jäger Liam Satterley und der verschrobenen Rosie Merchant ja doch noch Freunde. Vor allem, wenn seine Mutter dabei ein Wörtchen mitzureden hatte.

VIERZEHN

Liam hatte recht. Wenn einer in Heaven's Cove etwas über Morag MacIntyre wusste, dann war es Belinda. Als Rosie durch das Fenster des Smugglers Haunt spähte, sah sie Belinda mit ihrem Mann an der Theke sitzen.

Rosie trat von der Scheibe zurück, strich sich das schlichte Baumwollkleid glatt und drückte die Tür zum Pub auf. Eine Welle von Lärm schlug ihr entgegen, und sie zögerte, unfähig, einen Fuß vor den anderen zu setzen.

»Das ist doch lächerlich«, murmelte sie nervös. Sie hatte Kontinente durchreist, um sich an fernen Orten neu zu erfinden, hatte sich mit wildfremden Menschen unterhalten und sich in Spanien ein neues Leben aufgebaut. Und trotzdem stand sie hier in ihrem Heimatdorf und hatte zu große Angst, den Menschen zu begegnen, mit denen sie aufgewachsen war. Vielleicht war es die Erkenntnis, dass ihre neue Persönlichkeit hier nichts galt.

»Reiß dich zusammen«, ermahnte sie sich schon etwas lauter, dann trat sie über die Türschwelle und setzte ein Lächeln auf.

Der Pub war gerammelt voll und durch seine niedrige Balkendecke heiß und stickig. Zum ersten Mal seit ihrer Ankunft in Heaven's Cove war es Rosie angenehm warm, und sie war froh, das Sommerkleid zu tragen, das sie auf einem spanischen Markt für einen Appel und ein Ei erstanden hatte.

Belinda warf Rosie von ihrem Barhocker aus einen Blick zu und tuschelte dann hinter vorgehaltener Hand mit ihrem Mann. Rosies Nacken kribbelte, wie immer, wenn sie den Verdacht hegte, dass über sie geredet wurde.

»Hey, Rosie!« Nessa winkte ihr von einem Ecktisch am Kamin zu. »Rosie, hier sind wir!«, rief sie wieder. »Komm und setz dich zu uns.«

Rosie winkte zurück und steuerte auf den Tisch zu. Sie war zwar hauptsächlich wegen Belinda hier, aber vielleicht würde es ihr guttun, für eine Weile unter die Leuten zu kommen.

Nessa saß in einer Gruppe, die Rosie wiedererkannte, darunter Katrina, die eine Lederjacke und große, glitzernde Diamantohrringe trug. Rosie suchte den Pub nach Liam ab, aber er war nirgendwo zu sehen.

»Du bist gekommen!«, sagte Nessa, als Rosie bei ihr war. »Das ist toll. Wir haben gerade über Larry den Lustmolch und seine wandernden Hände gelästert.«

Ihr alter Sportlehrer hatte bei den Schülern den beunruhigenden Ruf eines Grapschers genossen. In einem Frühlingshalbjahr hatte er abrupt gekündigt, und danach hatten die Lehrer nicht mehr von ihm gesprochen.

»Komm, setz dich«, lud Nessa sie ein und rutschte über die Holzbank, um Platz für sie zu machen.

Rosie setzte sich und lächelte, obwohl ihr das Herz bis zum Hals klopfte. »Hallo zusammen.«

»Gut schaust du aus, Rosie Merchant. Du bist erwachsen geworden«, sagte der Mann neben Nessa. »Tolle Bräune, und das mit deiner Mutter tut mir leid. Schade, dass du nicht da warst, als es passiert ist. Du kennst alle, nicht? Ich bin John, Nessa kennst du natürlich, und das sind Heather, Phil und Katrina.«

»Natürlich. Es ist schön, euch alle nach so langer Zeit wiederzusehen.«

Die anderen nickten, während Rosie sie betrachtete. John war fülliger, als sie ihn in Erinnerung hatte, mit einem breiteren Nacken und weniger Haar, aber davon abgesehen wirkte er noch genauso schelmisch wie in der Schule. Heather, die Rosie schüchtern anlächelte, musste ihre Glasbausteinbrille gegen Kontaktlinsen eingetauscht haben, sodass ihre schönen bernsteinfarbenen Augen jetzt zur Geltung kamen. Phils Ehering glänzte, als er sein Glas hob und einen Schluck schlürfte. Und Katrina, inzwischen ohne Jacke, saß wie eine Bienenkönigin am Kopf des Tisches und sah noch besser aus als im Hof der Farm, als sie mit Liam geflirtet hatte.

Ihr knappes Neckholder-Top, ein Nichts aus mitternachtsblauer Seide, entblößte wohlgeformte Arme und Schultern, und ihr von kastanienbraunen Strähnchen durchzogenes dunkles Haar glänzte im Schein der Lichterkette über dem Tresen. Die scharlachroten Fingernägel, mit denen sie auf den Tisch trommelte, waren entweder künstlich, oder sie hatte eine Hausangestellte, die bei ihr wohnte. Das waren keine Hände, die Hausarbeit gewohnt waren. Rosie nahm ihre eigenen von Farbspritzern übersäten Hände vom Tisch und legte sie auf den Schoß.

John gab eine Runde aus, und nachdem Rosie ein Glas Rotwein hastig und nicht eben vornehm heruntergekippt hatte, fühlte sie sich im Kreis ihrer alten Schulfreunde ein wenig wohler.

Es war interessant zu hören, wie es ihnen im Leben ergangen war, und sie brauchte nicht viel zu sagen. John und Phil hielten das Gespräch mit Geschichten in Gang, wie sie als

Jugendliche nackt am Strand gebadet hatten und in betrunkenem Zustand die Felsen hochgeklettert waren.

Aber Katrina wollte Rosie keine Entspannung gönnen.

»Was ist mit dir, Rosie? Du sitzt da wie immer, still wie eine kleine Maus.« Sie beugte sich vor und fiel Phil mitten in der Anekdote ins Wort. »Du reist sicher bald nach Spanien zurück.«

»Ja, in zwei oder drei Wochen.«

»Erst?«, fragte Katrina nach und zog eine Braue hoch. »Ich dachte, du würdest deine verblassende Bräune wieder auffrischen wollen.«

»Ich muss vorher noch ein paar Sachen im Haus erledigen.«

»Bevor es abgerissen wird, um einem Hotel Platz zu machen.« Sie verzog mit falschem Mitgefühl den Mund. »Was für eine Schande. Dann hast du nichts mehr, wohin du zurückkehren kannst.«

»Wir werden sehen.«

»Ich wusste gar nicht, dass das Haus nicht deiner Mutter gehört hat. Niemand hat es gewusst.« Katrina drehte den Diamantring an ihrer rechten Hand und schenkte Rosie ein perfektes perlweißes Lächeln. Sie hatte sich eindeutig die Zähne machen lassen. »Hast du gewusst, dass ich jetzt in Bellesfield lebe?«

»Nein.«

»Ich habe einen wunderschönen Neubau am Rand von Bellesfield Park, direkt am Fluss.«

»Das klingt toll«, antwortete Rosie ohne den geringsten Neid.

»Ist es auch. Mein Ex hat bei der Scheidung das Boot bekommen und ich das Haus. Ich habe definitiv das bessere Geschäft gemacht. Und jetzt ist Stephen eingezogen. Er ist ein sehr erfolgreicher Immobiliensachverständiger.«

»Ach, du wohnst mit deinem Freund zusammen?«

»Ja. Was ist daran so überraschend?«

Du hast neulich mit Liam geflirtet, als gäbe es kein Morgen.

Da Rosie den Schmerz miterlebt hatte, den die Affäre ihres Vaters verursacht hatte, hasste sie Fremdgehen von ganzem Herzen. Mit schlechter Laune, gelegentlichen Notlügen und sogar mangelnder Körperpflege konnte sie leben, aber bei Betrug hörte es auf. Was Katrina so trieb, ging sie jedoch nichts an.

»Nur so«, sagte Rosie. »Ich habe es nicht gewusst.«

»Ach wirklich? Wie ich neulich schon sagte, als wir uns begegnet sind, mein Geschäft läuft ebenfalls sehr gut. Alles ist großartig, wirklich großartig.«

»Ich wünschte, ich würde auch in Bellesfield leben«, warf Nessa ein und schaute auf ihr Handy. »Tut mir leid, ich muss ein Auge auf das Ding haben, falls ich gebraucht werde. Lily hatte gerade Windpocken, und ihr Schlafrhythmus ist total durcheinander.«

»Gott, du bist doch nicht etwa ansteckend, oder?« Katrina rückte ihren wohl geformten Hintern so weit von Nessa weg, wie es ging.

»Doch, wahrscheinlich schon«, sagte Nessa und zwinkerte Rosie zu. »Aber keine Sorge, Kat. Die Windpocken hinterlassen nicht viele Narben. Hey, Rosie«, fügte sie mit einem Seitenblick auf Katrina hinzu. »Wie wär's, wenn du uns von deinem tollen Leben im Ausland erzählst, damit wir alle schrecklich eifersüchtig sein können?«

Katrina rümpfte die Nase und fuhr fort, ihren Diamantring zu drehen.

»Ja, wie ist es denn so?«, fragte John.

»Es ist gut.« Rosie brach ab, aber alle warteten darauf, dass sie weitersprach. »Ich lebe in Andalusien und arbeite zurzeit in einer Frühstückspension und für eine Immobilienagentur.«

»Ich hoffe, du zockst keine Briten ab«, warf Katrina mit

einem weiteren Naserümpfen ein. »Mein Ex und ich wollten uns ein Ferienhaus in der Toskana kaufen, eine kleine Villa in den Hügeln, mit einem Infinity Pool und Garten. Aber es hat sich herausgestellt, dass die Makler Betrüger waren. Wir hätte Tausende verlieren können.«

»Das klingt furchtbar, aber ich habe nichts mit irgendwelchen Betrügereien zu tun. Unsere Immobilien sind alle echt und wirklich schön, mit Blick aufs Mittelmeer.« *Das heißt, wenn es einem nichts ausmacht, sich über die Balkonbrüstung zu lehnen.*

Katrinas Antwort ging unter, da John plötzlich brüllte und mit den Armen wedelte. »Hey, Kumpel! Wir sind hier drüben, in der Ecke.«

Obwohl Rosie mit dem Rücken zum Raum saß, wusste sie, dass John Liam zuwinkte. Katrina zog einen verführerischen Schmollmund und klopfte auf den Platz neben sich. Liam, der ein Bierglas hielt, zwängte sich in die Lücke. Katrina hatte ihm nicht viel Platz gelassen, bemerkte Rosie. Seine Oberschenkel pressten sich gegen ihre.

»Hallo, Leute«, sagte Liam und stellte sein Glas auf den Tisch. Er nickte Rosie zu. »Du hast es also geschafft.«

»Ich wollte kurz mit Belinda sprechen.«

»Gute Idee. Ich wette, sie weiß es.«

Katrina sah beide überrascht an. »Was weiß sie?«

»Es geht nur um eine Information, die ich brauche. Nichts Wichtiges.«

»Hm.« Katrina zwirbelte ihre dunklen Locken um den Mittelfinger. »Dann gibt es wohl noch keinen spanischen Ehemann, Rosie?«

»Nein. Matt, mein Freund, ist Engländer.«

»Dein Freund?«

»Genau. Ich habe auch einen Freund.«

Nessa kicherte in ihren Vodka Lime.

»Ist er mit nach Heaven's Cove gekommen, um dir dabei zu helfen, die Sachen deiner Mum durchzugehen?«

»Er musste arbeiten.«

Katrina neigte mitfühlend den Kopf und runzelte übertrieben die Stirn. »Wirklich? Was für ein Jammer, dass er nicht mitkommen und dir beistehen konnte.«

Liam wischte sich mit dem Handrücken Schaum von der Oberlippe. »Er hat Rosie angerufen und sie angefleht, nach Spanien zurückzukommen.«

»Wow, wie romantisch«, quiekte Nessa, bevor Katrina sie mit einem Blick zum Schweigen brachte. Rosie kannte den Blick aus der Schulzeit – scharf, kalt, einschüchternd.

»Dann solltest du vielleicht so schnell wie möglich zurückkehren, Rosie.«

»Das werde ich bald, keine Sorge. Ich vermisse das herrliche Wetter, und im Vergleich zu Südspanien kommt mir Heaven's Cove ziemlich langweilig vor.«

Katrina machte ein säuerliches Gesicht, und genau das hatte Rosie erreichen wollen. Aber sie bereute ihren kleinen Sieg, als sie Nessas niedergeschlagenen Blick sah. Liam starrte in sein Bierglas.

»Aber ich habe es auch vermisst«, fügte sie schnell hinzu.

»Vermisst? Was denn?«, fragte Nessa. »Den Regen, den Fischgestank und die nicht vorhandene Privatsphäre?«

»Natürlich, das versteht sich von selbst. Ich habe auch die Aussicht von Sorrell Head vermisst und den Wechsel der Jahreszeiten, und die Menschen, die mich schon lange kennen.«

Sie sagte das nur, um höflich zu sein und damit Nessa sich besser fühlte, aber es steckte ein Körnchen Wahrheit darin. In Spanien, wo Rosie von Menschen umgeben war, die sie kaum kannten, war sie ein unbeschriebenes Blatt, auf das sie alles projizieren konnte, was sie wollte. Dort war sie selbstbewusst, frech, witzig – und Matt zufolge sexy. Kurzum, ganz anders als die scheue Rosie der Schulzeit. Aber manchmal vermisste sie ihr altes Ich und das, was sie in Heaven's Cove hatte: Sicherheit, Kontinuität, Familie.

Ihre Gedanken wurden unterbrochen, als von der Theke das Klirren zersplitternden Glases herüberdrang und der ganze Pub in Jubel ausbrach – bis auf Belinda, deren geblümtes Kleid jetzt von verschüttetem Bier getränkt war.

»Ich glaube, sie wird gleich gehen«, rief Liam und deutete mit dem Kopf auf Belinda, die nach Mantel und Handtasche griff.

Rosie stand so schnell auf, dass sie beinahe Johns Bierglas umgeworfen hätte, und löste damit bei den Umsitzenden weiteren Jubel aus.

»Tut mir leid. Ich bin immer noch ein Tollpatsch. Ich muss dringend mit Belinda sprechen, und dann gehe ich zurück nach Driftwood House, weil da noch viel zu tun ist. Aber es war schön, euch wiederzusehen.«

»Bis morgen«, sagte Liam, woraufhin Katrina der Unterkiefer herunterklappte.

Rosie zwängte sich durch das Gedränge und holte Belinda draußen ein, die gerade die Arme in den Mantel steckte, den ihr Mann ihr hinhielt.

»Hallo, Jim. Belinda, wie geht es Ihnen? Ich hoffe, Sie sind da drin nicht allzu nass geworden.«

Jim! Rosie kam ein Gedanke, aber sie schüttelte den Kopf. Nur weil der Name von Belindas Ehemann mit einem J anfing, hieß das nicht, dass er der heimliche Liebhaber ihrer Mutter war.

»Wenn Fred weniger trinken und seine Gäste besser bedienen würde, gäbe es weniger Missgeschicke«, entgegnete Belinda spitz und tupfte ihr Kleid mit dem Taschentuch ab, das Jim aus seiner Tasche gezogen hatte. »Das muss in die Reinigung.« Sie hörte auf, an ihrem Kleid herumzutupfen und sah Rosie an. »Und wie kommen Sie so ganz allein in dem großen

Haus zurecht? Wie ich höre, haben Sie bei Shelley's Farbe zum Anstreichen bestellt.«

»Ich verpasse dem Haus ein kleines Lifting, bevor ich gehe.«

»Warum?«, fragte Belinda und scheuchte ihren Mann weg, als er das Bier aufwischen wollte, das vom Saum ihres Kleides aufs Pflaster tropfte.

Sollte sie lügen und Belinda sagen ... tja, was? Wie man es auch betrachtete, die Renovierung eines zum Abriss bestimmten Hauses war alles andere als eine sinnvolle Maßnahme. Wenn sie Belinda die Wahrheit sagte, würde es sich wie ein Lauffeuer im Dorf verbreiten – andererseits würden die Leute es ohnehin schnell herausfinden.

»Ich habe den Eppings gesagt, dass Driftwood House sich wunderbar als Pension eignen würde und es nicht nötig sei, ein neues Hotel zu bauen. Sie haben mir einige Wochen Zeit gegeben, um das Haus in Schuss zu bringen und ihnen seinen Potential zu zeigen.«

Belinda schnappte mit offenem Mund nach Luft. Wenn Rosie sich die Kleider vom Leib gerissen und nackt auf dem Kai getanzt hätte, hätte Belinda auch nicht überraschter dreingesehen.

»Sie haben Kontakt zu Charles und Cecilia Epping aufgenommen?«

»Ich habe mit ihnen gesprochen.«

Belindas Unterkiefer klappte noch weiter herunter. »Sie haben Charles und Cecilia Epping gesprochen? Wo?«

»In ihrem Haus im Dartmoor.«

»Waren Sie eingeladen?«

»Nein, ich bin auf gut Glück hingefahren und habe gehofft, dass sie zu Hause sein würden.«

Belinda hielt sich an dem Mäuerchen neben ihr fest, um nicht umzufallen. »Sie sind uneingeladen und unangemeldet nach High Tor House gefahren und haben verlangt, dass die beiden Driftwood House in eine Pension umbauen, anstatt es abzureißen und ein Hotel zu bauen?«

»Genau. Obwohl der Ausdruck ›verlangt‹ etwas zu stark ist. Ich habe darum gebeten.«

»Und sie sind Ihrer Bitte nachgekommen?«

»Irgendwie schon, ja. Cecilia hält nach wie vor an der Hotelidee fest, aber Charles hat mir eine Chance gegeben, ihnen das Potential von Driftwood House zu zeigen.«

»Unglaublich!« Belinda saß jetzt auf der Mauer, den schweigenden Jim an ihrer Seite. »Ich versuche seit Wochen, sie um finanzielle Unterstützung für den Gemeindesaal zu bitten, der dringend renoviert werden muss. Aber sämtliche Bemühungen – Briefe, E-Mails, Anrufe – sind ignoriert worden. Nicht dass ich je daran geglaubt hätte, dass die Eppings helfen würden. Sie lässt sich nur selten im Dorf blicken, und ich glaube nicht, dass er in den letzten Jahren einen Fuß nach Heaven's Cove gesetzt hat.«

»Trotzdem haben sie immer noch großen Einfluss.«

»Sie sind reich und besitzen hier viel Land und Immobilien, darunter auch Driftwood House, wie ich erst kürzlich erfahren habe.« Sie schnalzte mit der Zunge, als sei ihre Unwissenheit in Bezug auf die Besitzverhältnisse Rosies Schuld. »Allerdings habe ich von meiner Quelle gehört, dass sie nicht mehr so mit Geld um sich werfen wie früher. Reiche Leute können ziemlich knauserig sein, habe ich festgestellt. Denken Sie, dass sie Ihrem Plan mit der Pension zustimmen werden?«

Nicht, wenn Cecilia ihren Willen bekam. Rosie zuckte die Achseln. »Es könnte sein. Wahrscheinlich nicht, aber einen Versuch ist es wert.«

»Mir persönlich wäre Driftwood House dort oben auf dem Kliff lieber als ein Hotel. Aber der Gemeinderat, dem ich vorstehe, ist viel zu beschäftigt, um sich für ein weiteres Projekt zu engagieren. Erst recht nicht für eins, das – nichts für ungut – so wenig Aussicht auf Erfolg hat.« Dann senkte sie die Stimme und beugte sich vor. »Das haben Sie nicht von mir, aber man kann den Eppings nicht immer trauen. Sie haben hier in der Gegend einen ziemlich schlechten Ruf. Sie zeigen sehr wenig Interesse am Dorf, und als Vermieter haben sie sich als starrköpfig und unnachgiebig erwiesen.« Belinda fuhr sich mit dem Finger über den Mund. »Aber was das angeht, sind meine Lippen versiegelt.«

Das war eine Premiere. Jim begegnete Rosies Blick, und einer seiner Mundwinkel zuckte in die Höhe.

»Aber verraten Sie mir«, sagte Belinda, die ihre versiegelten Lippen schnell wieder öffnete, »warum machen Sie sich die Mühe, Driftwood House zu retten, wenn Sie bald wieder in Spanien sind? Sie haben Ihre Abneigung gegen Heaven's Cove ja unmissverständlich klargemacht.«

»Mir ist bewusst geworden, dass das Haus voller Erinnerungen steckt und mir viel bedeutet. Und nur weil ich woanders lebe, heißt das nicht, dass ich das Dorf nicht mag.«

»Hm.«

Belinda wirkte nicht überzeugt, und Rosie schämte sich plötzlich. Diese enge Gemeinschaft in einem schönen Teil Englands bedeutete den Menschen, die hier lebten, die Welt.

»Es ist nur so, schätze ich, dass ich nicht immer das Gefühl habe, zu Heaven's Cove zu gehören, das ist alles.«

Belindas säuerliche Miene wurde weicher, und sie trat näher und ergriff Rosies Hände. Ein starker Biergeruch wallte ihr entgegen. »Natürlich gehören Sie zu Heaven's Cove, Sie dummes Mädchen. Sie sind eine von uns und sind es immer gewesen.«

Rosie schluckte, und plötzlich brannten Tränen in ihren Augen. »Danke. Das ist sehr nett.«

»Ja.« Belinda ließ Rosies Hände los und trat zurück. »Jim und ich sollten jetzt besser nach Hause, damit ich aus dem nassen Kleid herauskomme.«

»Bevor Sie gehen«, sagte Rosie, der wieder eingefallen war,

warum sie Belinda überhaupt nach draußen gefolgt war. »Kennen Sie zufällig jemanden namens Morag MacIntyre?«

»Die Hebamme? Ja, natürlich. Sie wohnt in Callowfield, neben dem Lebensmittelladen, glaube ich. Natürlich arbeitet Morag jetzt nicht mehr als Hebamme. Sie muss schon weit über achtzig sein. Aber früher war sie ...« Belindas Stimme verlor sich, und ihre Augen wurden schmal. »Warum fragen Sie?«

»Nur so. Sie war auf einem Foto, das ich im Haus gefunden habe. Ihr Name stand auf der Rückseite, und ich war mir nicht sicher, wer sie war.«

»Hm.« Belinda sah immer noch nicht überzeugt aus, aber sie hatte angefangen, in der steifen Brise, die vom Meer her wehte, zu zittern, daher wehrte sie sich nicht, als Jim sie unterhakte und zu ihrem Cottage führte.

Eine Hebamme. Das würde erklären, warum Morag nach Rosies Geburt mit ihr fotografiert worden war. Aber warum hatte ihre Mutter das Foto in ihrem geheimen Kästchen aufbewahrt?

Die Brise frischte auf, raschelte in den Blättern der Eschen am Pub und jagte dunkle Wolken über den nachtblauen Himmel. Der Geruch von Regen hing in der Luft, aber Rosie ging zum Kai, setzte sich auf die kalte Hafenmauer und ließ die Beine herabbaumeln.

Eine einsame, gespenstisch weiße Möwe flog über sie hinweg, während sie mit den Fersen gegen die Mauer schlug und auf ihr Handy schaute. Matt hatte sich seit dem Telefonat am Morgen nicht mehr gemeldet. Er war also immer noch sauer auf sie, weil sie nicht sofort nach Hause kam. Sie könnte ihn jetzt anrufen, aber an einem Samstagabend um halb elf saß er wahrscheinlich in einer Bar und war nicht in Stimmung für ein Gespräch.

Rosie steckte ihr Telefon wieder in die Handtasche und lauschte auf das leise Rauschen und Schlagen der Wellen, während sie über ihren nächsten Schritt nachdachte. Die Liste

von Arbeiten, die in Driftwood House anstanden, war unglaublich lang, und ihr lief die Zeit davon. Aber sie konnte am
nächsten Morgen einige Stunden für eine Fahrt nach Callowfield erübrigen. Vielleicht konnte Morag ja etwas Licht auf die
Geheimnisse werfen, die ihre Mutter mit ins Grab genommen
hatte.

FÜNFZEHN

Es war ein sehr bescheidenes Haus, gleich neben einem kleinen Supermarkt und gegenüber einem gewundenen Bach, der von belaubten Bäumen gesäumt war. Aber der kleine Garten mit den Reihen rosafarbener und violetter Hyazinthen, der zu Morag MacIntyres Haustür führte, war makellos gepflegt.

Rosie drückte das Holztor auf und ging den Weg entlang, während sie den süßen Duft der Blumen einatmete. Der Duft war zart, ganz anders als die kräftigen Gerüche von Zitrusfrüchten und trockener Erde, die sie aus dem Ausland gewöhnt war. Es war komisch, aber diese aufdringlichen Gerüche fehlten ihr überhaupt nicht.

Rosie klopfte mit dem glänzenden Messingklopfer an die Tür und wartete. Auf dem Foto hatte Hebamme MacIntyre wie eine vom Leben gezeichnete Frau in mittleren Jahren ausgesehen, daher war sie auf die rüstige weißhaarige Frau, die die Tür öffnete, nicht vorbereitet.

»Guten Tag. Sind Sie Mrs MacIntyre?«

»Ja, die bin ich. Kann ich Ihnen helfen?«

»Das hoffe ich. Mein Name ist Rosie Merchant, und ich wohne in Driftwood House in Heaven's Cove.«

»Driftwood House, oben auf dem Kliff?« Sie sprach mit einem kaum merklichen schottischen Akzent.

»Genau. Ich glaube, Sie haben mich vor neunundzwanzig Jahren auf die Welt geholt.«

»Rosie Merchant, sagen Sie.« Sie zögerte und zog die Nase kraus, dann erhellte sich ihr Gesicht zu einem strahlenden Lächeln. »Rosie! Nach all dieser Zeit. Meine Güte, du bist ja erwachsen geworden.«

Bevor Rosie antworten konnte, wurde sie in eine Umarmung gezogen, und das war so unerwartet und tröstlich, dass sie sich entspannte und sich für einen Augenblick von der anderen Frau halten ließ.

»Wie wunderbar, dich nach all den Jahren zu sehen«, flüsterte Mrs MacIntyre ihr ins Ohr. »Ich liebe es, meine Babys kennenzulernen. Komm rein, und nenn mich bitte Morag. Wir sind ja jetzt beide erwachsen.«

Sie ließ Rosie los und bedeutete ihr mit einem Wink, einzutreten, mitten hinein in ein stickiges Wohnzimmer. Von dem Gasofen in der Ecke strömte Hitze in den Raum, obwohl der Tag bewölkt und mild war.

»Nimm doch Platz. Ich bringe dir eine Tasse Tee.«

»Das ist sehr nett von Ihnen, Mrs ... Morag. Ich war mir nicht sicher, ob Sie sich an mich erinnern würden. Ich bin wirklich die, für die ich mich ausgebe. Ich habe meinen Pass dabei, falls Sie einen Beweis brauchen.«

»Oh, ich vergesse selten ein Baby«, sagte die alte Dame und gab Rosie mit einer Handbewegung zu verstehen, dass sie ihren Pass wieder einstecken konnte. »Ich erinnere mich noch gut an deine Entbindung und auch an deine Mutter. Wie geht es ihr?«

»Sie ist leider vor Kurzem gestorben.«

»Das sind ja schreckliche Neuigkeiten! Sie kann nicht sehr alt gewesen sein.«

»Sie hatte einen Schlaganfall. Es kam sehr plötzlich.«

»Es tut mir leid, das zu hören. Ich bin vor vielen Jahren aus

Heaven's Cove weggezogen, daher bin ich nicht auf dem Laufenden, was Neuigkeiten aus dem Dorf betrifft.« Sie schob sich die Goldrandbrille ein Stück die Nase hoch und sah Rosie stirnrunzelnd an. »Also, was führt dich so kurz nach dem Tod deiner armen Mutter an meine Tür? Nein, antworte nicht! Zuerst hole ich dir eine Tasse Tee, und dann können wir uns unterhalten.«

Während Morag in der Küche verschwand, schaute Rosie sich im Wohnzimmer um. Er war ein vollgestopfter und sehr gemütlicher Raum mit einem Sofa, einem dicken Polstersessel, Beistelltischchen mit Häkeldeckchen und Porzellanfigürchen auf jeder freien Fläche. Es war kein einziges Staubkorn zu sehen.

Auf einem Schränkchen standen silbergerahmte Fotos von Morag in jüngeren Jahren, und auf jedem hielt sie einen anderen Säugling im Arm. Sie musste sie alle auf die Welt geholt haben. War Rosie unter ihnen? Sie betrachtete die Fotos, war sich aber nicht sicher, ob sie sich selbst erkennen würde. Babys sahen für sie alle gleich aus.

»So, da wären wir, meine Liebe«, sagte Morag, als sie mit einem Tablett wieder hereinkam. Sie stellte es vorsichtig auf den Couchtisch und bedeutete Rosie, sich auf das Sofa zu setzen, bevor sie selbst in dem Sessel gegenüber Platz nahm. »Sag, wohnst du immer noch in Driftwood House? Es ist ein sehr interessantes Haus und hat eine großartige Lage.«

»Im Moment wohnte ich dort, aber meistens lebe ich im Ausland.«

»Wie aufregend.« Morag gab einen Schluck Milch in eine Porzellantasse, dann fügte sie teerdunklen Tee aus einer hübschen Kanne hinzu. »Nimmst du Zucker?«

»Nein, danke.«

»Dann erzähl mir mal, warum du nach all der Zeit zu mir kommst.«

Rosie nahm die Tasse in die Hand und überlegte, wo sie anfangen sollte. Sie hatte vorgehabt, sich der Sache langsam zu nähern, über eine kleine Plauderei über die alten Zeiten und Morags Arbeit als Hebamme. Aber es schien, dass die Frau, die sie auf die Welt geholt hatte, eine direktere Herangehensweise bevorzugte.

Rosie holte tief Luft. »Seit meine Mutter gestorben ist, habe ich herausgefunden, dass sie nicht immer ganz ... ehrlich zu mir war. Ich meine nicht, dass sie gelogen hat, nur dass sie mir nicht immer alles erzählt hat. Sie hatte Geheimnisse vor mir, und ich verstehe nicht, warum.«

»Weißt du, Menschen haben oft gute Gründe, etwas geheim zu halten«, antwortete Morag mit deutlich schottischem Einschlag.

»Das ist mir klar. Aber jetzt, da meine Mum nicht mehr da ist, muss ich wissen, was passiert ist.«

Morag rührte langsam Zucker in ihren Tee. »Das kann ich verstehen. Aber wie kann ich dir helfen?«

»Ich habe ein altes Foto gefunden, das kurz nach meiner Geburt aufgenommen wurde. Darauf sind Sie, meine Mutter und ich – Ihr Name steht auf der Rückseite. Mum hat das Foto zusammen mit einem alten Brief an sie versteckt, und ich habe mich gefragt, ob Sie mir vielleicht sagen können, warum meine Mutter das getan haben könnte?«

»Über was für einen Brief reden wir?«

»Über einen Liebesbrief.«

»Von Ihrem Vater?«

Rosie zögerte, dann schüttelte sie den Kopf.

»Können Sie nicht den Mann fragen, der den Brief geschrieben hat?«

»Er ist nicht richtig unterzeichnet, daher gibt es niemanden, den ich fragen kann, außer Ihnen.«

»Ich verstehe.«

Eine Reiseuhr auf dem Kaminsims tickte laut, während Morag an ihrem Tee nippte und Rosie wartete. Morag schien es nicht eilig zu haben, ihr etwas zu erzählen. Nach dem vierten

Schluck fragte Rosie sanft: »Können Sie mir etwas über meine Geburt sagen? Sie erinnern sich wahrscheinlich nicht mehr an viele Einzelheiten, weil Sie so viele Babys auf die Welt geholt haben.«

Morag hielt inne und rührte ein weiteres Stück Zucker hinein.

»Deine Geburt werde ich nie vergessen! Ich habe mitten in einem heftigen Sturm einen Anruf von deinem Vater bekommen. Sofias Fruchtblase war geplatzt, daher bin ich bei Wind und Regen das vermaledeite Kliff hinaufgefahren, weil Sofia eine Hausgeburt wollte. Ich musste mein Auto auf halber Strecke im Schlamm stehen lassen und den Rest des Weges zu Fuß gehen. Ich war mir nicht sicher, ob ich es schaffen würde, aber ich war fest entschlossen und natürlich noch viel jünger, und meine Beine waren damals noch in Ordnung.« Sie kicherte leise und massierte sich die Knie. »Glückliche Tage.«

»Das klingt ja nach einer schlimmen Nacht.«

»Sie war unvergesslich.«

»Gab es irgendwelche Komplikationen bei meiner Geburt?«

»Das denke ich nicht. Jedenfalls nicht, soweit ich mich erinnere. Du warst ein hübsches Baby.«

»Bin ich zu früh zur Welt gekommen?«

Morag zögerte nur leicht, aber es irritierte Rosie, deren Nerven bloßlagen. »Daran erinnere ich mich nicht. Warum fragst du?«

»Mum hat mir vor Jahren erzählt, ich sei ein sehr kleines Hochzeitsnachtbaby gewesen, daher habe ich angenommen, dass ich eine Frühgeburt war. Sie und Dad haben sieben Monate vor meiner Geburt geheiratet.«

»Dann muss es so gewesen sein. Möchtest du einen Keks? Ich habe Schokoladenkekse und Cremewaffeln. Die Waffeln esse ich am liebsten.«

»Nein, danke.«

Rosie war sich sicher, dass Morag mit etwas hinterm Berg

hielt, aber was konnte sie tun? Daumenschrauben waren nicht erlaubt, und dafür war sie ohnehin nicht der Typ. Plötzlich sehnte sie sich danach, dass alles wieder so war wie früher, als ihre Mutter noch gelebt hatte und Rosie nichts von deren Geheimnissen gewusst hatte.

Rosie stützte für einen Augenblick den Kopf in die Hände, und als sie aufschaute, sah Morag sie eindringlich an.

»Manchmal ist es das Beste, Dinge ruhen zu lassen, vor allem nach einem Trauerfall, wenn alles in der Schwebe ist. Könntest du nicht mit deinem Vater darüber sprechen?«

»Meine Eltern haben sich scheiden lassen, als ich noch klein war, und er ist vor einigen Jahren gestorben. Da war er schon weggezogen, und ich habe ihn nur ab und zu gesehen.«

»Ah, ich verstehe. Hast du keine anderen Verwandten, die deine Mutter gut gekannt haben? Ich bin mir nicht sicher, ob ich die Richtige bin, um über etwas zu sprechen, was vor so langer Zeit passiert ist.«

»Es gibt sonst niemanden.«

»Überhaupt niemanden?«

Als Rosie den Kopf schüttelte, runzelte Morag die Stirn. »Das bringt mich in eine ziemlich schwierige Lage. Bist du dir sicher, dass du es wirklich erfahren möchtest, Rosie?«

»Absolut sicher«, bekräftigte sie mit mehr Überzeugung, als sie empfand.

»Na gut.« Morag stellte Tasse und Untertasse behutsam wieder aufs Tablett. »Du warst keine Frühgeburt. Wenn überhaupt, warst du ein oder zwei Wochen überfällig. Es stimmt, dass du ziemlich klein warst, aber deine Mutter war auch klein, und es gab Belastungen während der Schwangerschaft.«

»Dann bin ich also zwei Monate vor der Hochzeit meiner Eltern gezeugt worden. Na und? Es war Ende der Achtziger.«

»Allerdings. Es war längst kein Stigma mehr, Sex vor der Ehe zu haben, und das wurde auch Zeit. Bist du dir ganz sicher, dass ich dir keinen Keks holen soll?«

»Ganz sicher.« Rosie krampfte sich der Magen zusammen. Sie wandelte auf einem gefährlichen Pfad, aber jetzt gab es kein Zurück mehr. Sie sah der alten Frau fest in die Augen. »Es kommt noch mehr, Morag, nicht wahr?«

Als diese nicht antwortete, beugte Rosie sich vor und stützte die Hände auf die Knie. »Der Brief, den ich gefunden habe, ist sehr verwirrend. Ich muss die Wahrheit erfahren, und ich glaube, Sie sind die Einzige, die mir helfen kann.«

»Ach je.« Morag zupfte einen Fussel von ihrem fliederfarbenen Pullover und warf ihn in den Papierkorb neben ihrem Sessel. »Es ist so unangenehm, aber du bist erwachsen, und als Erwachsene hast du ein Recht darauf ... jeder hat ein Recht darauf ...«

Sie schluckte und legte die Hände auf den Schoß, und der schmale Ehering an ihrem Finger glänzte in dem Licht, das durchs Fenster fiel. Sie sprach langsam und gemessen, als ob sie jedes Wort abwägen würde.

»Deine Mutter kam während der Schwangerschaft zu mir, Rosie. Sofia und ihr Mann ... Donald, Daniel?«

»David.«

»Richtig, David. Sie waren gerade in Driftwood House eingezogen, und ich wohnte in der Nähe und habe als Gemeindehebamme gearbeitet. Deine Mutter war noch recht neu im Dorf und blieb gern für sich. Sie war eine Einzelgängerin, wenn man so will. Aber während der Monate, in denen sie meine Patientin war, sind wir Freundinnen geworden. Ich glaube, sie brauchte jemanden zum Reden.

Zuerst sagte Sofia mir, dass sie in den Flitterwochen schwanger geworden sei, so wie sie es dir erzählt hat. Ich hatte im Dorf gehört, dass sie und David sich getrennt und wieder versöhnt hatten und dass sie kurz darauf beschlossen, zu heiraten. Aber ich wusste, dass ihre Schwangerschaft weiter fortgeschritten war, als sie behauptete, und kurz vor deiner Geburt hat sie mir endlich gestanden ... Bist du dir sicher, Rosie, dass du das hören möchtest?«

Wie konnte sie sich sicher sein, bevor Morag es ihr erzählt hatte? Und dann würde es zu spät sein, etwas zurückzunehmen. Man konnte Wissen nicht wieder auslöschen. Rosie nickte langsam.

»Nun gut. Es tut mir schrecklich leid, dass du es von mir erfahren musst, aber deine Mutter hat mir erzählt, dass David nicht dein leiblicher Vater war.«

Wie soll ich darauf reagieren?, fragte Rosie sich, während Morags Worte bei ihr ankamen. *Kommt das schwummerige Gefühl in meiner Brust von dem Schock, oder ist es Resignation, weil ich tief im Innern schon einen Verdacht hege, seit ich den Brief und das Foto zusammen im selben Versteck gefunden habe?*

Als Rosie schwieg, sah Morag sie besorgt an. »Ist alles in Ordnung mit dir, meine Liebe?«

»Ich – ich habe meine Geburtsurkunde gesehen, und da wird David als mein Vater aufgeführt.«

Morag zuckte kaum merklich die Achseln. »Menschen verbergen die Wahrheit aus allen möglichen Gründen.«

Noch einmal breitete sich erdrückendes Schweigen in dem kleinen Raum aus. Ein unheilschwangeres Schweigen, dachte Rosie, während ein völlig unpassender Drang zu lachen in ihr aufstieg.

Es war alles so unwirklich, so ganz anders als das Leben, das sie nur wenige Wochen zuvor geführt hatte. Damals hatte sie Touristen teure Apartments verkauft, in einer Frühstückspension am Strand geholfen und nachts neben Matt gelegen und den Zikaden in den Olivenbäumen gelauscht. Sie wusste noch nicht, dass es in ihrer Familie ein Geheimnis gab.

»Es muss ein großer Schock sein«, sagte Morag mitfühlend, erhob sich aus ihrem Sessel und drückte Rosie die Schulter.

Weniger ein Schock, dachte Rosie, als eine grundlegende

Veränderung des Bildes, das sie von Kindheit an gehabt hatte. Sie hatte ihren Vater als Bösewicht der Familie dargestellt und ihm vorgeworfen, dass er sie und ihre Mutter wegen einer Affäre verlassen hatte. Aber er hatte danach Kontakt gehalten, wenn auch unregelmäßig, und er hatte sie immer als seine Tochter bezeichnet, obwohl er wusste, dass zwischen ihnen keinerlei biologische Verbindung bestand – falls er es überhaupt wusste. Ihre Mutter hatte in Rosies Fantasie die Rolle des unschuldigen Opfers übernommen, aber sie hatte ihr so viel verschwiegen – Driftwood House, den geheimnisvollen J und ihren wahren Vater. Hatte sie ihre Mutter überhaupt gekannt?

»Hat David gewusst, dass ich nicht sein Kind war?«, fragte sie.

»Ich glaube schon. Bist du dir sicher, dass es dir gutgeht?« Morags knochige Finger bohrten sich in ihr Fleisch. »Ich hätte es dir nicht erzählen sollen. Es tut mir leid.«

Rosie atmete tief die stickige Luft ein. »Nein, es war richtig, es mir zu erzählen. Ich habe Sie darum gebeten, und ich sollte die Wahrheit kennen.«

»Jetzt, da du sie kennst, hoffe ich, dass es deine Meinung über deinen Vater – über David – nicht allzu sehr verändern wird. Er war schließlich der Mann, der dich großgezogen hat.«

»Bis ich zehn war. Bis er uns verlassen hat.«

Damals war Rosie davon überzeugt gewesen, dass er auch ihretwegen gegangen war. *Nein, natürlich nicht, Rosie Posie. Dass dein Dad uns verlassen hat, hat überhaupt nichts mit dir zu tun.* Aber jetzt fürchtete sie, dass ihre Mutter auch darüber gelogen hatte.

»Trink noch etwas Tee.« Dampfkringel stiegen aus der aufgefüllten Tasse, die Morag Rosie in die Hände drückte. »Und iss einen Keks. Du musst einen Keks essen.«

Rosie nahm den Schokoladenkeks, den Morag ihr auf den Schoß gelegt hatte, und biss hinein. Der süße Geschmack explodierte auf ihrer Zunge. »Morag, ich habe noch eine Frage, bitte.«

»Ach herrje.« Morag vernichtete eine halbe Waffel mit einem Biss.

»Wissen Sie, wer mein Vater ist? Mein leiblicher Vater?«

»Nein, ich fürchte nicht.«

»Beginnt sein Name mit einem J?«

»Das weiß ich wirklich nicht, Rosie. Deine Mutter hat es mir nicht gesagt, und ich habe keine neugierigen Fragen gestellt. Es war ihre Angelegenheit.«

»Und jetzt ist es meine.«

Morag seufzte. »Deine Mutter hatte ihre Gründe, es dir nicht zu sagen. Sie wollte, dass du eine gute Beziehung zu dem Mann hattest, den du für deinen Vater gehalten hast, und da er auch nicht mit dir darüber gesprochen hat, war es ihm wahrscheinlich wichtig, dass du und auch sonst niemand davon erfuhr.«

»Aber warum hat sie mir nicht die Wahrheit gesagt, als Dad uns verlassen hat, oder als ich erwachsen war? Ich verstehe es nicht.«

»Manchmal entwickeln Geheimnisse ein Eigenleben, bis es keinen Ausweg mehr gibt.« Morag schaute ins Leere und war in Gedanken weit fort. Dann schüttelte sie kaum merklich den Kopf. »Ich bin mir sicher, dass deine Mutter es dir eines Tages erzählt hätte, aber sie ist viel früher gestorben, als sie gedacht hat.«

Das wäre ein denkwürdiges Gespräch geworden, in Driftwood House bei Karamell-Latte, den ihre Mutter so gern trank. *Ach übrigens, der Mann, den du fast dreißig Jahre lang als Dad bezeichnet hast und der uns verlassen hat und um den du getrauert hast, als er starb – das war gar nicht dein richtiger Dad.*

Rosies Gedanken kehrten wieder in den stickigen Raum zurück. »Sind Sie und meine Mutter Freundinnen geblieben, Morag?«

»Für eine Weile, ja, aber das Leben ging weiter, und ich bin weggezogen. Es hat mich überrascht, als deine Mutter sich nicht mehr gemeldet hat, aber vielleicht wollte sie keinen Kontakt mehr, weil ich zu viel wusste. Ich bin mir sicher, dass sie mich bald vergessen hat.«

»Das glaube ich nicht. Sie hat Ihr Foto fast dreißig Jahre zusammen mit dem Liebesbrief in einem Versteck aufgehoben.«

Morag lächelte. »Wie rührend. Vielleicht war es als Absicherung gedacht, falls sie nicht da sein würde, um dir im geeigneten Moment die Wahrheit zu sagen. Sie wollte, dass du das Foto findest und mich aufsuchst.«

»Schon möglich. Gibt es noch irgendetwas anderes, an das Sie sich von damals erinnern können?«

»Nichts, außer dass deine Mutter darauf bestanden hat, dich Rose zu nennen. Ich erinnere mich deshalb daran, weil es der Name meiner Schwester ist.« Morag lehnte sich wieder in ihrem Sessel zurück und griff nach einem weiteren Schokoladenkeks. »Aber jetzt haben wir genug über die Vergangenheit gesprochen. Erzähl mir mehr über dich, Rosie, und über dein Leben im Ausland. Es ist schon lange her, dass ich verreist bin, und ich würde gern an deinen Abenteuern teilhaben.«

Eine Stunde später verließ Rosie Morags behagliches Heim und spazierte bis an den Dorfrand, wo das Dartmoor begann. Vor ihr erstreckte sich die weite Landschaft bis zum Horizont, schwarz im Schatten dunkler Wolken, hob sich zu verwitterten Felsformationen an und senkte sich zu flachen Tälern ab.

Der Morgen war sehr intensiv gewesen, aber anstatt nach Morags Enthüllung schockiert oder aufgebracht zu sein, empfand Rosie eine unheimliche Gelassenheit. Es war, als hätten sich Teile eines Puzzles an ihre Plätze gefügt, und alles ergab jetzt mehr Sinn – warum ihre Mutter nie über ihre

Geburt hatte reden wollen; warum ihr Vater sie manchmal angesehen hatte, als ob er sie gar nicht kenne.

Sie und ihr Vater waren regelmäßig aneinandergeraten. Sie waren in so vieler Hinsicht verschieden gewesen: Ihre Haarfarbe, ihr Temperament und ihre Interessen. Aber er war ein guter Mann gewesen, als er das Kind eines anderen angenommen und als sein eigenes großgezogen hatte, auch wenn es ihm irgendwann zu viel geworden war.

Es war zwar fast zehn Jahre her, dass er gestorben war, aber Rosie setzte sich an den Rand des Moores und weinte noch einmal um ihren Dad.

SECHZEHN

Rosie bog in den Hof der Meadowsweet Farm ein, schaltete den Motor aus und blickte auf ihre Armbanduhr. Fünf vor zwei – sie war spät dran, aber zumindest waren ihre Augen nicht mehr allzu geschwollen und rot. Sie hatte auf dem Rückweg von Morag in Driftwood House Halt gemacht und sich kaltes Wasser ins Gesicht gespritzt, das hatte ein bisschen geholfen.

Sie drehte den Rückspiegel zu sich und verzog das Gesicht. Es war stellenweise immer noch leicht gerötet, aber es würde gehen müssen. Vielleicht würde das luftige dunkelblaue Kleid, das sie angezogen hatte, ihre Gesichtsfarbe ausgleichen. Ihre Mutter hatte immer gesagt, dass Dunkelblau eine Vielzahl von Sünden verbergen könne. Aber andererseits hatte ihre Mutter viele Dinge gesagt, und nicht alle entsprachen der Wahrheit.

Rosie fuhr sich über die hohen Wangenknochen und ihr ovales Kinn. Sie war ihrer Mutter wie aus dem Gesicht geschnitten, das sagte jeder. Aber hatte sie auch Ähnlichkeit mit ihrem leiblichen Vater, der vermutlich der Briefschreiber J war? Vielleicht hatte er herausgefunden, dass ein Kind unterwegs war, und das Weite gesucht. Und jetzt würde sie es nie erfahren, weil ihre Mutter die Geheimnisse mit ins Grab genommen hatte.

»Hallo, Rosie!« Pam Satterley, in einer grünen Schürze mit Punkten, winkte ihr von der Haustür zu. »Die Kartoffeln sind gerade aus dem Ofen gekommen, du bist also genau pünktlich.«

Du schaffst das, dachte Rosie und setzte ein Lächeln auf. *Tu so, als wäre dein Leben nicht gerade auf den Kopf gestellt worden, iss und mach höflich Konversation, bis du zurück nach Driftwood House fliehen kannst.* Sie stieg aus dem Wagen und winkte ebenfalls.

»Warst du schon mal hier im Bauernhaus?«, fragte Pam und führte sie in einen schmalen, gefliesten Flur.

»Nein, noch nie.«

»Wirklich nicht? Das überrascht mich. Hat Liam dich nicht zu den Partys eingeladen, die er veranstaltet hat, wenn sein Dad und ich meine Eltern in Irland besucht haben? Und von denen er dachte, wir wüssten nichts davon?« Pam lachte und verdrehte die Augen.

»Ich habe nie auf seiner Gästeliste gestanden.«

»Na, macht nichts, es ist schön, dich jetzt hier zu haben. Es tut mir nur leid, dass es unter so traurigen Umständen ist. Komm mit in die Küche.«

Die große Küche im hinteren Teil des Hauses war genauso, wie Rosie sie sich vorgestellt hatte. Auf einem großen Küchenofen, einem schwarzen Aga, standen dampfende Töpfe, und auf dem Tisch daneben Servierplatten mit goldenen Kartoffeln und gerösteten Pastinaken. Vier große Essteller waren bereit, gefüllt zu werden. An einer Wand hingen Regale mit einem Durcheinander von Büchern und Zeitschriften, und auf dem Fliesenboden waren schlammige Stiefelabdrücke zu sehen. Ein großer Braten wartete auf der hölzernen Arbeitsplatte darauf, angeschnitten zu werden, und Rosie knurrte der Magen, als ihr der Geruch von Rosmarin und Lammfleisch in die Nase stieg. Es war Tage her, seit sie sich etwas Anständiges gekocht hatte.

Robert Satterley saß am Tisch und schaute sie an. »Du bist doch keine von diesen Vegetariern, oder?«

»Um Himmels willen, Bob, lass das arme Mädchen doch wenigstens hereinkommen, bevor du anfängst, sie auszufragen«, tadelte Pam ihren Mann und drehte sich stirnrunzelnd zu Rosie um. »Du bist keine Vegetarierin, oder?«

»Nein, ich esse so ziemlich alles.«

»Gott sei Dank.« Pam fuhr sich durch ihr kurzes graues Haar. »Liam, würdest du mit Rosie schon mal ins Esszimmer gehen? Das Essen ist gleich fertig.«

Rosie hatte ihn gar nicht bemerkt, da er von der offenen Hintertür verdeckt wurde. Er trat vor und sah schicker aus als sonst. Er hatte sein Sweatshirt gegen ein weißes Hemd mit offenem Kragen eingetauscht und die Jeans gegen schwarze Cordhosen. Sein frisch gewaschenes dunkles Haar fiel ihm über die Stirn.

Hatte er das ihr zu Ehren getan, oder machte er sich zum Sonntagsessen immer fein? Rosie war froh, dass sie das Kleid angezogen hatte, von dem Matt sagte, es lasse sie kultiviert aussehen.

Matt! Sie hatte vorgehabt, ihn von Driftwood House aus anzurufen, aber die Zeit war ihr unter den Händen zerronnen, und auf dem Kliff war der Empfang ohnehin ziemlich schlecht. Sie nahm sich vor, ihn später anzurufen, um ihm zu erzählen, was sie herausgefunden hatte. Aber im Moment musste sie so tun, als wäre alles in Ordnung.

Rosie lächelte Liam an und folgte ihm in einen kleinen Raum mit Blick auf die Felder, die zum Meer hinunterführten. Auf einer Eichenkommode stand Glasnippes, in dem sich das einfallende Sonnenlicht brach.

»Was für ein schöner heller Raum.«

Liam bedeutete ihr, an einem blankpolierten Tisch Platz zu nehmen, der bereits mit Gläsern und Besteck gedeckt war. »Wir benutzen ihn nicht oft. Normalerweise essen wir in der

Küche, aber Mum hat heute den roten Teppich ausgerollt. Sie hält dich für sehr exotisch, weil du im Ausland lebst.« Verspottete er sie? Liam trat von einem Fuß auf den anderen. Er schien eher nervös zu sein, als sich über sie lustig zu machen. »Setz dich, ich hole dir dein Essen.«

Er kehrte einige Minuten später mit einem Teller zurück, auf dem sich Lammfleisch, Kartoffeln und Gemüse türmten.

»Danke. Das sieht toll aus, aber ich bin mir nicht sicher, ob ich so viel essen kann.«

Liam nickte verständnisvoll. »Iss, was du schaffst. Meine Mutter neigt dazu, ihre Gäste zu mästen.«

Er ging seinen eigenen Teller holen und setzte sich auf den Platz, der am weitesten von ihr entfernt war, als seine Eltern mit ihren Portionen hereinkamen.

»Minzsauce?«, fragte Pam und reichte Rosie einen kleinen Silberkrug. »Weißt du, du bist der erste Besucher, den wir sonntags zum Essen hatten seit ... nun ...«

Sie schaute zu Liam, der ihren Satz beendete. »... seit Dee.«

Das war also der Grund für seine Nervosität, dachte Rosie. Dieses Sonntagsessen musste bei ihm schlimme Erinnerungen wachrufen.

»Bist du in festen Händen?«, fragte Pam, spießte eine ihrer Röstkartoffeln mit der Gabel auf und ließ sie auf den Teller ihres Mannes fallen.

»Ja. Mein Freund heißt Matt und wohnt in Spanien bei mir in der Nähe.«

»Hat er dir diesen hübschen Ring gekauft?«

Rosie drehte den silbernen Ring an ihrem Mittelfinger. »Der Ring war ein Weihnachtsgeschenk von Mum, aber Matt hat mir dieses Kleid gekauft.«

»Und du siehst darin ganz entzückend aus. Findest du nicht auch, Liam?«

Zu Rosies großer Erleichterung schaltete Robert sich ein, bevor sein Sohn Gelegenheit hatte zu antworten.

»Warum ist dein junger Mann nicht hier?«, fragte er und brachte den Tisch zum Wackeln, als er sein Fleisch schnitt. »Ein junges Mädchen wie du könnte etwas Unterstützung gebrauchen.«

»Vor allem bei der vielen Arbeit, die dir Driftwood House macht«, fügte Pam hinzu. »Ich weiß, dass Liam dir geholfen hat, aber das ist nicht dasselbe, nicht wahr?«

»Matt wäre gern hier, aber ich fürchte, da ist ihm die Arbeit in die Quere gekommen. Er unterstützt mich mit seinen Anrufen und Textnachrichten.«

Rosie fiel auf, dass sie viel Zeit damit verbrachte, die Abwesenheit ihres Freundes zu rechtfertigen. Bei ihren Telefonaten hörte es sich nicht so an, als ob in der Agentur viel los sei, und langsam fragte sie sich, ob er nicht kurz nach Heaven's Cove hätte kommen können, wenn er es wirklich gewollt hätte.

»Wie läuft es auf der Farm?«, fragte sie, um das Gespräch von abwesenden Freunden wegzulenken.

»Liam macht das ganz großartig.« Pam schenkte ihrem Sohn ein warmes Lächeln. »Wir wissen nicht, was wir ohne ihn tun würden, vor allem jetzt, wo Bob nicht mehr so kann. Aber es ist harte Arbeit, und wir werden niemals reich sein. Was ist mit deinem aufregenden Leben in Spanien? Wie ist das so?«

»Meistens ist es heiß, es gibt viel zu tun, und es macht Spaß.«

»Ich war schon seit Jahren nicht mehr in Spanien, aber ich erinnere mich, dass es sehr schön dort ist.«

»Ich wohne in der Stadt, aber auf dem Land ist es herrlich.«

»Das kann ich mir vorstellen. Aber bestimmt nicht so malerisch wie Heaven's Cove, oder?«

»Es ist eine andere Art von Schönheit – eher beeindruckend als hübsch. Ich habe vor, nach Spanien zurückzukehren, sobald ich weiß, wie es mit Driftwood House weitergeht.«

»Warum bleibst du nicht hier?«, fragte Robert. »Du könntest oben auf dem Kliff bei deiner Mutter wohnen.«

Entschuldigung, formte Pam mit den Lippen und tätschelte ihrem Mann die Hand. »Erinnerst du dich an das, was ich dir über Sofia erzählt habe, Bob?«

»Ist schon gut. Ich lebe nicht mehr hier, Mr Satterley. Mein Partner und meine Freunde sind in Spanien.«

Liam schaute von seinem Teller auf und begegnete Rosies Blick. »Hier hast du auch Freunde – Nessa, Katrina, mich.«

Nessa war eindeutig eine Freundin, Katrina eindeutig keine, und was Liam betraf ... nun, er hatte ihr beim Anstreichen geholfen, und sie saß an seinem Esstisch. Sie und Liam Satterley waren Freunde! Ihr unbeholfenes Teenager-Ich hätte das nie für möglich gehalten.

Sie lächelte ihn an, während Pam ihr noch mehr Kartoffeln auf den Teller lud.

Zu Rosies eigener Überraschung schaffte sie es, alles aufzuessen, und dazu eine Schale selbstgemachten Apfelcrumble mit Vanillesauce. Das restliche Gespräch verlief ungezwungen – ohne dass ihre Mutter, Driftwood House oder die Eppings erwähnt wurden –, und nach den Enthüllungen des Morgens entspannte Rosie sich und genoss es, für kurze Zeit Teil einer richtigen Familie zu sein. Auch Liam wirkte entspannter, und alle Gedanken an fehlende Väter und geheimnisvolle Liebhaber verschwanden aus Rosies Kopf.

»Das war ganz köstlich, Pam. Ich kann einfach nicht glauben, wie viel ich gegessen habe!«

Rosie lehnte sich auf ihrem Stuhl zurück und klopfte sich den Bauch, der dicker geworden zu sein schien. »Vielen Dank für die Einladung. Darf ich Ihnen beim Spülen helfen?«

Aber als sie aufstand, nahm Pam ihr die schmutzige Schüssel aus der Hand und scheuchte sie zur Tür. »Bob und ich werden den Abwasch erledigen, und Liam kann mit dir einen Rundgang über den Besitz machen.«

»Besitz?« Liam lachte. »Es ist eine kleine Farm, und Rosie hat sie schon gesehen. Aber ich kann dich trotzdem herumführen, wenn du möchtest.« Er betrachtete stirnrunzelnd ihre Riemchensandalen. »Mums Gummistiefel müssten dir eigentlich passen.«

Liam ging mit großen Schritten über die Felder, und Rosie stapfte in viel zu großen Gummistiefeln neben ihm her. Er erzählte ihr von der Ernte, die er gerade eingefahren hatte, und von der finanziellen Herausforderung, die das Bewirtschaften des Hofs darstellte. Es war alles viel interessanter, als sie es sich je vorgestellt hatte.

Nach einer Weile blieb er vor einem Weidetor stehen und überzeugte sich davon, dass es verschlossen war.

»Hier sitze ich gern und betrachte meinen Besitz.« Er grinste, stieg auf das Tor und setzte sich darauf. »Möchtest du dich dazusetzen?« Er hielt ihr die Hand hin. »Geht das in dem Kleid?«

Rosie zögerte kurz, dann ergriff sie seine Hand, kletterte hinauf und setzte sich neben ihn. »Bisschen wackelig hier oben.«

»Wenn man sich daran gewöhnt hat, geht's. Ich wollte beim Essen nicht fragen, aber jetzt, da wir unter uns sind ... konntest du die unauffindbare Morag MacIntyre aufspüren?«

»Ja, dank Belinda. Ich habe sie heute Morgen besucht, bevor ich hergekommen bin.«

»Was genau wolltest du von ihr?«

»Ich wollte mehr über meine Mutter erfahren, als sie jung und ich noch ein Baby war.«

»Hat es dir weitergeholfen?«

»Irgendwie schon, ja.«

Liam ermutigte sie mit einem Nicken, weiterzusprechen.

Rosie kaute auf der Unterlippe. Sollte sie es ihm sagen, oder bestand dann Gefahr, dass Katrina davon erfuhr und es hämisch zur Kenntnis nehmen würde, dass Rosie nicht wusste, wer ihr Vater war?

»Morag hat nicht viel gewusst«, entschied sie schnell. »Aber wir haben ein schönes Gespräch über Mum in jungen Jahren geführt.«

»Bist du froh, dass du sie besucht hast?«

»Ja. Sie ist eine sehr nette Frau.«

»Das ist gut. Wie laufen die Renovierungsarbeiten in Driftwood House?«

»Das Wohnzimmer sieht schon viel besser aus, und ich habe jeden Fensterrahmen im Haus gespachtelt und abgeschliffen, sodass sie jetzt gestrichen werden können. Mein Leben ist voller Glamour und Aufregung.«

Liam grinste. »Hört sich ganz so an. Meinst du, dass diese kosmetischen Veränderungen ihren Zweck erfüllen werden?«

»Vielleicht. Ich hoffe, dass sie ausreichen, um den Eppings zu zeigen, was für eine wunderbare Pension Driftwood House sein könnte.«

»Hm. Ich könnte diese Woche auf einen Sprung vorbeikommen und deine Haustür in Ordnung bringen.«

»Das brauchst du wirklich nicht.«

»Ich weiß, aber sie ist nicht besonders sicher, und sie wird keinen guten ersten Eindruck von dem Haus vermitteln, wenn die Eppings kommen. Morgen habe ich zu tun, aber Dienstagmorgen ginge. Haben wir ein Date?« Er hielt inne. »Ich meine ...«

»Ich weiß, was du meinst.«

Liam nickte und deutete auf das Land, das zum Strand hin abfiel. »Da drüben liegen die Felder, die wir zu einem Wucherpreis von Charles Epping pachten. Ich hoffe, dass sie uns in diesem Jahr eine gute Ernte einbringen werden. Das wird viel ausmachen.«

»Dann hoffe ich das auch.«

Rosie hielt sich am Tor fest, und der Saum ihres Kleides wehte im Wind. Eine Feldlerche schoss herab und trällerte über Rosies Kopf, und in der Ferne war das schwache Plätschern von Wellen gegen die Felsen zu hören. Alles war vollkommen friedlich.

»Ich dachte immer, dass es langweilig sei, in Heaven's Cove zu bleiben und Landwirt zu werden, aber jetzt sehe ich den Reiz«, bemerkte sie leise.

»Inzwischen tue ich es auch. Als ich jünger war und meine Zukunft hier schon in Stein gemeißelt vor mir sah, habe ich die Farm gehasst. Ich habe dich beneidet.«

»Du hast mich beneidet?« Als Rosie gefährlich schwankte, streckte Liam die Hand aus, um ihr Halt zu geben.

»Ja. Du hattest große Träume, die wahr werden konnten. Du hattest keine Verpflichtungen wie ich.«

»Ich dachte, es hätte dir nichts ausgemacht, und ich habe dich beneidet, weil du im Gegensatz zu mir beliebt und unbefangen warst.«

»Du warst zwar anders als die anderen Mädchen, Rosie, aber das ist nicht zwangsläufig etwa Schlechtes.«

»Katrinas Meinung nach schon.«

»Katrina richtet ihre Meinung nach dem Wind.« Er drehte sich vorsichtig auf dem Tor um, bis er sie direkt ansah, und sein weißes Hemd betonte das Kornblumenblau seiner Augen. »Ich bewundere dich dafür, dass du dein eigenes Ding gemacht hast und aus Heaven's Cove weggezogen bist.«

»Und ich bewundere dich dafür, dass du geblieben bist.«

Sie lächelte und sah ihm tief in die Augen, und eine gefühlte Ewigkeit bewegte sich keiner von ihnen.

Plötzlich schaute Liam weg und sprang vom Tor. »Ich bringe dich besser zurück zum Haus. Mum wird dich wahrscheinlich noch mit Kuchen vollstopfen wollen, bevor du gehst.«

»Kuchen? Ich könnte keinen Bissen mehr runterbringen.«

Rosie stolperte, als sie vom Tor sprang, und Liam fing sie

auf. Ihre Wange ruhte auf der weichen Baumwolle seines Hemdes.

»Vorsicht«, murmelte er. Als sie wieder aufrecht stand, trat er zurück. »Pass auf, dass das Kleid nicht schmutzig wird. Das würde Matt gar nicht gefallen.«

Die Atmosphäre hatte sich verändert, und sie gingen fast schweigend über die Felder zurück zum Haus.

SIEBZEHN

Liam hatte nicht die Absicht gehabt, herumzuspionieren. Er hatte in der Vergangenheit einige fragwürdige Dinge getan – geflunkert, Leute im Stich gelassen, war achtlos mit den Herzen anderer Menschen umgegangen. Dinge, bei denen ihm abwechselnd heiß und kalt wurde, wenn er heute daran dachte. Aber er war nie ein Schnüffler gewesen.

Doch es war schwer, die Liste zu übersehen, die auf der Arbeitsplatte in der Küche von Driftwood House lag: Eine Liste von Männern, von denen er viele kannte.

- *Jackson Porter*
- *Jim Kellscroft*
- *Jason Fulton*
- *James Garraway*
- *Jeremy Brockman*
- *Jacob Dawe*
- *Justin Maunder*

Der gemeinsame Nenner war ein mit J beginnender

Vorname. Rosie schien fest entschlossen zu sein, den rätselhaften Blumenschenker ihrer Mutter aufzuspüren, obwohl Liam keine Ahnung hatte, warum sie sich die Mühe machte. Ihre Mutter war tot, und sie selbst würde in wenigen Wochen nach Spanien zurückkehren.

»Liam, bist du das?«, rief Rosie von oben.

»Jepp«, antwortete er und trat schuldbewusst von der Liste weg. »Ich bin gleich oben.«

Vorher stellte er eine selbstgemachte Schinkenpastete in den Kühlschrank und legte eine Handvoll Karotten in den Gemüsekorb. Seine Mutter bestand darauf, Nahrungsmittelhilfe zu leisten, weil sie davon überzeugt war, dass Rosie kurz vorm Verhungern stand. Dem leeren Kühlschrank nach zu urteilen stimmte das wahrscheinlich auch. Das hatte man davon, wenn man jeden wachen Moment damit verbrachte, Driftwood House für die Eppings aufzuhübschen.

Die Vorstellung, dass die beiden durch das Haus gingen, als gehöre es ihnen – obwohl das der Fall war –, ließ ihn schaudern. Er hoffte nur, dass sie die harte Arbeit zu würdigen wussten, die Rosie in den vergangenen zweieinhalb Wochen geleistet hatte, um das Haus zu verschönern. Selbst er stellte sich Driftwood House inzwischen trotz anfänglicher Bedenken als gemütlichen Ort für kleine Fluchten vor.

Vor allem die Küche sah jetzt wesentlich besser aus, nachdem Rosie und er die Wände und die Hintertür gestrichen, alle Oberflächen poliert und den Tisch abgeschrubbt hatten. Das Wohnzimmer hatte sich mit online erstandenen gelben Kissen, die die Sonne direkt ins Haus zu holen schienen, von einem düsteren, schäbigen Raum in einen hellen, freundlichen Salon verwandelt.

»Ich bin im Badezimmer«, rief Rosie. Liam hörte sie fluchen, als etwas Schweres mit einem dumpfen Aufprall auf den Boden fiel. »Ich bin mir nicht sicher, was ich hier tue.«

Liam grinste und ging die Treppe zum Bad hinauf, das gegenüber von Sofias ehemaligem Schlafzimmer lag, in dem jetzt Rosie schlief.

»Da bist du ja.« Sie hockte barfuß in der Badewanne und erhob sich lächelnd, als er hereinkam. »Ich habe die Hintertür offen gelassen für den Fall, dass ich dich nicht höre. Was hältst du davon?« Sie wedelte mit der Zahnbürste, mit der sie die verfärbten Fugen geschrubbt hatte. »Es sieht langsam besser aus, nicht?«

»Auf jeden Fall.«

Sie drehte sich um und begutachtete ihr Werk. »Das Haus wird im Handumdrehen wie neu aussehen.«

Rosie sah nicht wie neu aus. Ihre alte Jeans war mit Farbe verschmiert, und auf dem großen weißen Hemd, das wahrscheinlich ihrer Mutter gehört hatte und das sie an der Taille verknotet hatte, prangten dicke Spritzer. Ihr Haar hatte sich aus dem Haarband gelöst, und sie war ungeschminkt. Katrina wäre entsetzt gewesen über Rosies Mangel an Glamour, aber sie sah toll aus: gesund, natürlich, strahlend.

»O nein. Habe ich wieder Farbe im Gesicht?«

Sie begann an ihren Wangen zu reiben, bis sie rosa wurden.

»Soweit ich sehen kann nicht, nein.«

»Gut. Ich dachte, du starrst mich an.«

»Ich habe deine weißen Fugen bewundert. Mum hat mir übrigens noch mehr zu essen für dich mitgegeben.«

»Meine Güte, ich werde noch dick und rund. Aber es ist lieb von ihr. Kannst du ihr von mir Danke sagen? Und hast du Lust auf eine Tasse Tee? Ich wollte gerade eine Pause machen.«

»Ich habe nur zwei Stunden frei, um dir zu helfen.«

»Auf fünf Minuten Teepause kommt es nicht an.«

Sie stieg aus der Badewanne und tappte nach unten. Liam folgte ihr.

Er hatte ursprünglich nur vorgehabt, die Haustür zu richten, damit sie nicht mehr so einen Lärm machte, wenn sie über die Fliesen schleifte, und sie mit einem schützenden Anstrich zu versehen. Aber im Haus war so viel zu tun gewesen, dass er Rosie nach der Reparatur der Tür nicht hatte im Stich lassen wollen. Daher hatte er sich angewöhnt, immer mal auf einen Sprung vorbeizuschauen, wenn er ein oder zwei Stunden erübrigen konnte.

Jetzt kam er seit zwei Wochen regelmäßig her, und die anfängliche Verlegenheit war einer stillen Kameradschaft gewichen. Rosie wirkte oft abgelenkt, trauerte um ihre Mutter und vermisste ihr Leben in Spanien, daher sprachen sie nicht viel. Wenn sie sich doch einmal unterhielten, ging es immer um das Haus oder die Farm oder Rosies Arbeit in Spanien. Und wenn ihr Freund anrief, erwähnte sie nicht, dass Liam da war.

In der Küche füllte Rosie den Wasserkocher am Waschbecken und schaltete ihn ein. »Nessa ist gestern nach der Arbeit vorbeigekommen und hat mir geholfen, den Wintergarten zu streichen. Das war ...« Sie entdeckte die Liste auf der Arbeitsplatte neben dem Kühlschrank und drehte sie um. »Das war nett von ihr.«

Sie blieb kurz mit dem Rücken zu Liam stehen, dann drehte sie sich mit der Liste in der Hand zu ihm um. »Hast du das hier gelesen, als du hereingekommen bist?«

»Nicht mit Absicht, aber es war nicht zu übersehen. Mir war gar nicht klar, dass du immer noch versuchst, den geheimnisvollen J aufzuspüren.«

»Ich möchte wissen, wer er ist, daher bin ich Mums Adressbuch durchgegangen und habe alle Kontakte rausgeschrieben, deren Vornamen mit J beginnen. Außerdem habe ich angefangen, das Internet nach aktuellen Erwähnungen von Leuten aus der Gegend zu durchforsten.«

»Das scheint mir ein großer Aufwand zu sein, um jemanden zu finden, der bei einer Beerdigung Blumen mitgebracht hat.«

»Hmmm.« Rosie starrte ins Leere. »Wie gut verstehst du dich mit deinem Dad?«

»Mit meinem Dad?« Das kam etwas unerwartet, aber Rosie nickte mit dem gleichen ängstlichen Gesichtsausdruck, an den Liam sich aus der Schulzeit erinnerte. »Ich schätze, wir kommen gut miteinander aus, wenn man bedenkt, dass er viel älter ist als ich. Er war schon über vierzig, als er Mum geheiratet hat. Vorher muss er ein ziemlicher Schürzenjäger gewesen sein.«

»Der Apfel fällt nicht weit vom Stamm.« Rosies Wangen färbten sich rosa. »Entschuldige. Ich meinte nur ...«

»Ich weiß, was du gemeint hast.« Liam zuckte die Schultern. Er hatte resigniert, was seinen Ruf und die Tatsache betraf, dass man sich in Heaven's Cove nicht ändern durfte – selbst wenn man an Liebeskummer zerbrach und nicht mehr derselbe war, wenn man diesen Kummer endlich überwunden hatte.

»Kannst du ein Geheimnis für dich behalten und es niemandem erzählen, vor allem nicht Belinda?« Rosies Augen wirkten riesengroß, und als Liam nickte, sah sie ihn weiter an, als versuche sie, seine Gedanken zu lesen. »Okay«, sagte sie schließlich und achtete nicht auf den Wasserkocher, der dem Dampf zur Decke ausstieß. »Es macht mich verrückt, es für mich zu behalten. Als ich vor zwei Wochen bei Morag war, der Hebamme, die mich auf die Welt geholt hat, hat sie mir erzählt, dass meine Mutter ihr gesagt hat, dass ...«, sie schluckte, bevor sie damit herausplatzte, »dass mein Dad, der mich großgezogen hat, nicht mein echter Dad war.«

Das war nicht das Geheimnis, das Liam erwartet hatte, ganz und gar nicht. Er hatte an einen Haufen Bargeld auf dem Dachboden gedacht, einen praktischen Glücksfall, der Rosies Leben als Weltenbummlerin finanzieren würde, nicht an einem geheimen, verschollenen Vater.

»Weißt du, wer er ist?«

Rosie schüttelte den Kopf. »Morag wusste es nicht, und Mum hat es mir nicht gesagt. Anscheinend hat sie mir gar nichts gesagt.« Sie zog die Teekanne zu sich heran und löffelte Teeblätter hinein. »Das macht mich so wütend auf sie. Ist es in Ordnung, wütend auf jemanden zu sein, den man liebt? Auf jemanden, der gestorben ist?«

»Ich wäre stocksauer.«

Sie hielt in ihrem Tun inne. »Ehrlich?«

»Ja. Ich würde mich im Stich gelassen und irgendwie betrogen fühlen.«

»Genauso ist es.«

»Aber deine Mutter war ein guter Mensch und muss ihre Gründe dafür gehabt haben, dich im Dunkeln zu lassen. Willst du deinen Vater finden? Hast du deshalb die Liste gemacht?«

»Ich denke, ja, obwohl es mir meinem Dad gegenüber treulos vorkommt – dem Mann, den ich immer Dad genannt habe, obwohl er uns verlassen hat.«

»Er hat dich aufgezogen, er *war* dein Dad. Aber er ist nicht mehr da, und deshalb kannst du ihm nicht wehtun.«

»Ich weiß.« Rosie schluckte, den Tränen nahe.

»Was sagt Matt dazu?«

»Er versucht, mich zu unterstützen, aber es interessiert ihn nicht besonders. Er meint, ich soll keine schlafenden Hunde wecken und nach Spanien zurückkommen.«

»Da könnte er recht haben«, entgegnete Liam, obwohl er ihrem Freund nur widerwillig zustimmte.

»Wahrscheinlich schon, aber ich möchte wissen, woher ich komme und warum Mum so ein Geheimnis daraus gemacht hat. Kannst du dir vorstellen, wie es ist zu erfahren, dass alles, was du über deine Eltern gedacht hast, auf einer Lüge beruht?«

Er konnte es nicht. Seine Mum und sein Dad trieben ihn zwar manchmal in den Wahnsinn – mit dreißig im selben Haus zu wohnen wie die Eltern, war immer eine Herausforderung –, aber er hatte keinen Zweifel daran, dass sie ihm die Wahrheit sagten.

Liam schüttelte den Kopf. »Wieso glaubst du, dass der rätselhafte J, der Blumen auf das Grab deiner Mutter gelegt hat, dein echter Vater sein könnte?«

»Es passt alles zusammen. Warte kurz.«

Rosie verschwand ins Wohnzimmer, während Liam den Berg von Teeblättern aus der Kanne kippte und nur die erforderliche Menge wieder hineingab. Sie würden jetzt beide eine Tasse brauchen. Als Rosie zurückkam, drückte sie ihm einen Brief in die Hand. »Lies das. Es ist ein Brief an meine Mum, den ich in einem verschlossenen Kasten auf dem Dachboden gefunden habe.«

Es war ein bemerkenswerter Brief. Liam überflog ihn und las ihn dann noch einmal langsamer durch. Bei Liebesbriefen wie diesem hätte Alex sich einen Finger in den Hals gesteckt und gewürgt. Liam hätte früher genauso reagiert, bevor er richtig verliebt gewesen war. Aber jetzt fand er, dass der Brief trotz seiner blumigen Sprache von Herzen kam, und er war traurig, dass J Sofia nicht hatte heiraten können. Vielleicht hatte sie ihn auch vor dem Altar stehen lassen. Armer Kerl.

»Was denkst du?«, fragte Rosie, trat näher und blickte über seine Schulter.

»Ich denke, dass das ein tief empfundener Liebesbrief ist.«

»Und J lebt immer noch hier und hat Mum so sehr geliebt, dass er ihr Blumen und eine anonyme Nachricht auf dem Grab hinterlassen hat.«

»War der Brief zusammen mit dem Foto von dir und Morag versteckt?«

»Es lag beides in dem verschlossenen Kästchen.«

»Wie eine Absicherung für den Fall, dass deiner Mum etwas zustoßen sollte, bevor sie Gelegenheit hatte, dir von deinem Vater zu erzählen.«

»Das hat Morag auch vermutet. Sie meinte, das Foto sei wie

eine Brotkrume, die mich zu ihr geführt hat, damit ich entscheiden könne, ob ich die Wahrheit herausfinden will oder nicht.«

»Wirst du mit den Männern auf deiner Liste sprechen?«

»Und was soll ich ihnen sagen? ›Hatten Sie vor dreißig Jahren eine Affäre mit meiner Mutter, weil ich vielleicht Ihre Tochter bin?‹ Das würde sich blitzschnell im Dorf herumsprechen, und Belinda würde sich gar nicht mehr einkriegen.«

»Das würde sie wirklich nicht, vor allem, wenn sich herausstellte, dass ihr Mann dein Vater ist.«

»Keine Ahnung, warum ich ihn auf die Liste gesetzt habe. Ich weiß, dass er es nicht ist.«

»Aber meinst du, dass Belinda weiß, wen deine Mutter heiraten wollte, bevor sie David geheiratet hat?«

»Das halte ich für ausgeschlossen. Sie hätte es all die Jahre niemals für sich behalten.«

»Das stimmt. Vielleicht war es eine heimliche Affäre, und deine Mum und J wollten durchbrennen.«

»Wer weiß? Genau darum geht es, ich weiß es nicht, und ich muss es wissen, Liam. Also werde ich erst einmal weiter unauffällig Informationen über die Männer auf meiner Liste sammeln und schauen, was sich ergibt.« Sie nahm ihm den Brief aus der Hand und faltete ihn zusammen. »Es macht mich traurig, darüber zu sprechen. Lass uns Tee trinken und dann weiter renovieren. Du wirst es doch niemandem verraten, oder?«

»Natürlich nicht«, sagte Liam und war enttäuscht darüber, dass sie es für nötig hielt, zu fragen.

»Danke. Du bist ein guter Freund.«

Als sie ihn mit tränenglänzenden Augen anlächelte, ging er schnell zur Tür. Der Raum kam ihm plötzlich heiß und stickig vor, und es fiel ihm schwer zu atmen. »Ich werde mit den Fugen weitermachen, wenn du mir den Tee raufbringst.«

Er nahm die Treppe mit großen Schritten, immer zwei

Stufen auf einmal, als laufe er vor Rosie davon. Liam war noch nie vor einer Frau davongelaufen. Normalerweise liefen sie auf ihn zu. Aber die ernste, aufgelöste Rosie ließ sein verschlossenes Herz unruhig schlagen, und das war ein Gefühl, das er sich aus zwei guten Gründen nicht leisten konnte: Erstens hatte sie bereits einen Freund, und zweitens würde sie bald für immer aus seinem Leben verschwinden.

ACHTZEHN

Liam legte den letzten Wirsing auf den Stapel und trat zurück, um sich zu vergewissern, dass er nicht umkippte. Er schien stabil zu sein. Er lächelte beim Anblick der bunten Auslage seines Marktstandes – Möhren, Pastinaken, Blattkohl und Spinat, und überall klebte noch fette, rote Erde aus Devon dran.

Ringsum bauten andere Händler ihre Buden auf, um Obst und Gemüse an Touristen und Einheimische zu verkaufen, die zu dem monatlichen Bauernmarkt in Heaven's Cove strömten. Wobei ›Bauer‹ mittlerweile ein weit gefasster Begriff war. Marktstände, die Gesichtscremes und Massageöle anboten, standen dicht an dicht mit Töpfern und Schmuckherstellern.

»Morgen, Liam. Schöner Tag heute.« Peter tippte sich an den Hut und ging weiter zum Meer. Er würde stundenlang Touristen durch die Bucht fahren – am Markttag war immer viel los, vor allem, wenn das Meer so ruhig war wie ein Enten-teich. An diesem Mittwochmorgen regte sich kein Lüftchen, um die Wellen zu kräuseln.

»Meine Güte. Das sieht aber gut aus, Liam.« Belinda blieb stehen und strich über die Auslage der Wirsingköpfe, die daraufhin bedenklich ins Wanken gerieten. »Wir haben Glück mit dem Wetter, also beten wir für reichlich Kundschaft. Was hältst du von der Schärpe?«

Sie drehte sich langsam im Kreis, damit Liam die glänzende blaue Schärpe besser sehen konnte, die quer über ihren Oberkörper verlief. *Unterstützt euren Gemeindesaal!,* stand in großen Goldbuchstaben darauf. An Belindas Arm baumelte eine Spendendose. »Wir sammeln für einen neuen Warmwasserboiler für die Küche.«

»Die Schärpe sieht toll aus. Ich bin mir sicher, dass viele Leute spenden werden.«

»Mir entkommt keiner«, murmelte Belinda in einem Ton, der in Liam die Vermutung weckte, dass sie wahrscheinlich recht hatte. Sie trat näher und ließ die Schultern sinken. O nein, gleich würde sie die Nummer mit dem Kopf-Schieflegen abziehen. Liam trat schnell hinter seinen Stand, als sich Belindas Kopf zur Seite neigte.

»Und wie geht es dir jetzt, nachdem du den ersten Jahrestag hinter dich gebracht hast, Liam? Sei ehrlich.«

Ehrlich? Immer noch einsam und gedemütigt, und sein Herz war immer noch gebrochen. Er war Frauen gegenüber stets selbstbewusst aufgetreten, wenn nicht sogar ein wenig großspurig, daher hatte er es vielleicht verdient. Aber niemand hier würde ihn je vergessen lassen, was passiert war. Er hatte gehofft, dass die Mitleidstruppe inzwischen zu anderen armen Tröpfen weitergezogen sein würde, aber der Jahrestag schien sie wieder auf den Plan gerufen zu haben.

»Es geht mir blendend, vielen Dank, Belinda. Es gibt keinen Grund zur Sorge.« Liam schenkte ihr sein sonnigstes Lächeln, bei dem Deannas Herz früher einen Schlag ausgesetzt hatte. Zumindest hatte sie das behauptet.

»Wie du meinst. Hilft Tom dir heute nicht?«

»Er hat auf der Farm zu tun. Wir haben jede Menge Arbeit und hinken ziemlich hinterher.«

»Dann lass ich dich jetzt besser weitermachen, bevor die Horden einfallen.«

Zu Liams großer Erleichterung schlenderte sie davon, um einen anderen Verkäufer zu nerven. Ohne Toms Hilfe würde er wirklich alle Hände voll zu tun haben, aber das bedeutete zumindest, das die Dorfbewohner nicht für ein freundliches Gespräch mit schräg gelegtem Kopf am Stand stehen bleiben konnten.

Zwei Stunden später sehnte Liam sich nach einem Kaffee. Ein kräftiger, aromatischer Duft zog vom Kaffeestand am Kai über den Markt und trieb ihn in den Wahnsinn. Aber bei dem Betrieb konnte er den Stand unmöglich verlassen, da er auf die Einnahmen angewiesen war.

»Ich sollte deine Möhren aufkaufen, um mich für deine Hilfe in Driftwood House zu bedanken.«

Als er aufsah, stand Rosie vor ihm. Sie trug Jeans und einen ausgebeulten Pullover, obwohl die Sonne vom Himmel brannte und er sich schon vor einer Stunde bis aufs T-Shirt ausgezogen hatte. Sie sah müde aus, weil sie jetzt schon seit fast vier Wochen rund um die Uhr am Haus arbeitete. Die Eppings sollten in zwei Tagen kommen und ihr Urteil fällen.

Liam hatte ihr weiterhin geholfen, wann immer er konnte, und durch die gemeinsamen Stunden hatte er ihre Gesellschaft noch mehr zu schätzen gelernt. Sie war eine ruhige Gefährtin, die barfuß in Jeans mit frischem Gesicht die Wände strich, und erwies sich als wesentlich anspruchsloser als die meisten Frauen, die er kannte. Er hatte ihr sogar etwas mehr über seine Beziehung mit Dee erzählt, und sie hatte ihm anvertraut, wie fehl am Platz sie sich oft in Heaven's Cove gefühlt hatte. Das machte ihn traurig. Sein Herz schlug bisweilen immer noch unsicher, wenn sie ihm ihr träges Lächeln schenkte oder kicherte, aber er hatte sich selbst ins Gebet genommen und sich zusammengerissen. Sie waren einfach nur Freunde.

Hinter Rosie drängten sich Touristen, und mehrere von

ihnen zogen ihr Portemonnaie hervor. Obst und Gemüse würde heute reißenden Absatz finden. Das war toll, aber er brauchte eine Pause. Als sie wieder lächelte, band er die Schürze ab, die er trug.

»Du könntest Möhren kaufen, du könntest mir aber auch einen Gefallen tun und fünf Minuten auf den Stand aufpassen, während ich mir einen Kaffee hole. Was hältst du davon?«

»In Ordnung.« Überrascht, aber erfreut, schob sie sich die Sonnenbrille ins Haar. »Was muss ich tun?«

»Es ist ganze einfach. Hier ist die Waage, die Preise stehen dran, und die Geldkassette ist hier. Danke. Ich bin so schnell zurück, wie ich kann.«

Als er zehn Minuten später vom Kaffee belebt zurückeilte, war der Stand umlagert. Er hatte schneller wieder da sein wollen, aber der Markt war proppenvoll, und er hatte sich nur langsam durch die Menge schieben können. Hoffentlich war es nicht zu viel für Rosie gewesen. Aber sie schien bestens zurechtzukommen.

Er blieb an dem Stand mit Bio-Kräutern stehen und beobachtete, wie sie Pastinaken in eine braune Papiertüte schaufelte und einem Touristen sein Wechselgeld gab. Sie hatte die Schürze angezogen und sich das Haar zu einem Pferdeschwanz gebunden. Die Frisur stand ihr gut, und sie wirkte entspannt und glücklich, während sie mit den Kunden plauderte.

Sie bemerkte ihn, als er sich seinen Weg zum Stand bahnte, und winkte ihm zu.

»Danke, und entschuldige, dass es so lange gedauert hat. Am Kaffeestand war eine wahnsinnige Schlange. Hier. Ich habe dir als Dankeschön einen Becher mitgebracht.«

»Danke. Es ist jetzt etwas ruhiger geworden, aber es war wirklich viel los. Das kann man eigentlich nur zu zweit schaffen.«

»Normalerweise hilft mir Tom am Markttag, aber auf der Farm wird im Moment jede Hand gebraucht.«

Rosie nippte an ihrem Pappbecher, kniff die Augen zusammen und sah Liam durch den Dampf an. »Ihr braucht deshalb jede Hand, weil du dir immer wieder Zeit genommen hast, um mir zu helfen. Ich würde den Gefallen jetzt gern erwidern und zur Abwechslung diejenige sein, die dir hilft.«

Liam zögerte. »Das ist nicht nötig. Es hat mir Spaß gemacht, dir im Haus zu helfen.«

»Und mir macht es Spaß, dir zu helfen. Ich habe morgen noch Zeit, um letzte Kleinigkeiten in Driftwood House zu erledigen, bevor die Eppings kommen, und es wäre ehrlich gesagt schön, ein paar Leute zu sehen. Manchmal fühle ich mich doch etwas einsam dort oben.«

Liam nickte, denn mit Einsamkeit kannte er sich aus. »Wie läuft die Suche nach J?«

Rosies Lächeln erstarb. »Ich habe mich unauffällig noch etwas umgehört und ein paar Männer von der Liste gestrichen. Sie sind entweder zu jung, zu alt oder erst vor Kurzem nach Heaven's Cove gezogen. Um ehrlich zu sein, die übrigen sehen nicht besonders vielversprechend aus, aber ich habe im Moment keine Zeit, um dem weiter nachzugehen.«

»Ich habe selbst diskret Erkundigungen eingezogen, aber könnte Matt dir nicht helfen? Er könnte online suchen.«

»Am Telefon ist er hilfsbereit, aber er hat viel zu viel um die Ohren, um sich um meine Angelegenheiten zu kümmern.«

Matt war ein egozentrischer Idiot, fand Liam und bemühte sich um einen neutralen Gesichtsausdruck. Wenn Deanna so verstört gewesen wäre und Beistand gebraucht hätte, hätte er Himmel und Hölle in Bewegung gesetzt, um bei ihr zu sein, anstatt aus tausend Meilen Entfernung zu jammern.

»Aber egal.« Rosie lächelte. »Soll ich hierbleiben und dir ein bisschen helfen?«

Sie hatte bereits angefangen, Winterbrokkoli für einen neuen Kunden einzupacken, daher wäre es unhöflich gewesen, ihr Angebot abzulehnen.

Liam nickte. »Das wäre schön. Danke.«

Zuerst war es ungewohnt, Rosie neben sich hinter dem Stand zu haben. Es war nicht viel Platz, und sie vollführten einen seltsamen Tanz, um nicht aneinanderzustoßen. Aber nach einer Weile schien Rosie sich zu entspannen – so wie er auch –, und sagte nichts, wenn ihre Arme sich bei beim Bedienen von Kunden berührten.

Als die Sonne am Himmel höher stieg, wurde es wärmer, und auch Rosie zog den Pullover aus, während der Strom der Kauflustigen nicht abriss.

»Puh, ganz schöner Betrieb, nicht?«, bemerkte Rosie während einer kurzen Atempause.

»Es ist nicht immer so voll. Das schöne Wetter hat alle nach draußen gelockt, daher ist es gut, dass du da bist.«

»Mir tut es auch gut, für eine Weile an etwas anderes zu denken.«

»An etwas anderes als das Haus und deine Mutter.«

»Ja, und meinen Dad. Den Mann, den ich immer für meinen Dad gehalten habe. Ich habe in den letzten Tagen viel über ihn nachgedacht. Ich wünschte, ich hätte die Wahrheit gekannt, damit ich ihm dafür hätte danken können, dass er mich mehr oder weniger adoptiert hat. Nachdem er Mum betrogen und uns verlassen hatte, war ich wütend und nicht sehr nett zu ihm, aber selbst da hat er nichts davon gesagt, dass ich nicht sein Kind war.«

Als Rosie sich das Haar aus den Augen strich, bemerkte Liam dunkle Schatten an der Unterseite ihres Armes.

»Was ist das?«

Er nahm ihre Hand und drehte sie um. Hässliche Bluter-güsse zogen sich von ihrer Armbeuge bis fast hinauf zur Schulter.

»Es ist nichts.« Sie versuchte, Liam die Hand zu entreißen, aber er hielt sie fest. »Ich bin gestern von der Leiter gefallen, als ich die Deckenleiste im Flur gestrichen habe.«

»Verdammt, Rosie, du musst vorsichtig sein. Das tut bestimmt weh.«

»Gar nicht, es hat nur ein bisschen gebrannt.«

Sie versuchte, fröhlich zu klingen, aber ihre Stimme brach, und Liam zog sich das Herz zusammen. Rosie schaute auf seine Hand, während er sanft über ihre weiche, verfärbte Haut strich. Und als sie ihm ins Gesicht sah, bemerkte Liam in ihren Augen eine Verletzlichkeit, die er vorher nicht wahrgenommen hatte. Der Lärm des Marktes, das Rauschen der Wellen und das Kreischen der Möwen – all das nahm er wie aus weiter Ferne wahr, als seine Finger auf ihrer Haut ruhten.

»Ich hoffe doch, ich störe nicht.«

Liam ließ die Hand fallen. Katrina sah ihn an, eine perfekt gewölbte Braue erhoben. Dann griff sie nach einem Kohlkopf und hielt ihn über den Stand. »Die sehen schön aus, Liam. Außerdem nehme ich noch etwas Spinat. Ich stehe im Moment total auf Smoothies. Sie wirken Wunder für meinen Teint. Apropos, Rosie, sieh dir nur deine Sommersprossen an! Du musst dich unbedingt eincremen, sonst hast du mit vierzig eine Haut wie Leder.«

Liam wusste, dass er unterschwellige Bedeutungen oft nicht wahrnahm. In der Vergangenheit hatte er sich nicht dafür interessiert. Er war ein offener, direkter Mensch. Aber nur ein Idiot hätte nicht mitbekommen, dass Katrina unfreundlich war, und Rosie war sich des Gewichts von Katarinas Worten ganz klar bewusst.

Als sie ihren Pferdeschwanz löste und das Haar vors Gesicht fallen ließ, stieg Ärger in Liam auf. Katrina war eine schöne und – dank ihrer Scheidungsabfindung – wohlhabende Frau, und ihren Flirts nach zu urteilen stand sie auf ihn. Aber manchmal konnte sie zickig sein.

»Ich sollte besser gehen«, sagte Rosie, zog die Schürze aus, faltete sie zusammen und gab sie ihm zurück.

»Hast du nicht genug Mitarbeiter, Liam?« Katrina beugte

sich mit ihrem tief ausgeschnittenen Top über das Gemüse.

»Keine Sorge, ich helfe dir für eine Weile aus.«

»Danke, das ist nicht nötig. Es ist nicht mehr so viel los.«

»Unfug. Es macht überhaupt keine Mühe, und ich hatte so viel zu tun, dass ich mich schon ewig nicht mehr richtig mit dir unterhalten habe.«

Meine Güte, die ging aber ran. Rosie konnte gar nicht so schnell verschwinden, da hatte Katrina sich schon hinter den Stand geschlängelt. Sie drückte sich an Liam, während Rosie sich an ihnen vorbeizwängte. In Heaven's Cove gab es viele Männer, die nichts dagegen hätten, dass Katrina sich mit ihren prallen Kurven an sie drückte, und Liam war überrascht, dass er nichts anderes als leichten Ärger empfand.

»Rosie!« Belindas panische Stimme übertönte den Trubel des Marktes. »Rosie, wo bist du?«

»Sie ist hier«, rief Liam und wedelte mit dem Arm, um Belindas Aufmerksamkeit zu erregen. Sie drängte sich durch die Menge und blieb keuchend vor ihnen stehen.

»Was ist denn los?«

»Ratet mal, wen ich gerade im Auto auf der High Street gesehen habe?«, stieß sie atemlos hervor, bevor sie eine erwartungsvolle Pause einlegte. Sollten sie wirklich raten?

»Lady Gaga?«, fragte Katrina gelangweilt.

»Lady wer?«

»Gaga. Sie ist Sängerin und ... ach, vergiss es.« Katrina ließ sich schwer auf den Hocker hinter der Geldkassette fallen.

»Es waren Charles und Cecilia Epping«, verkündete Belinda. »Sie sind mitten durch Heaven's Cove gefahren, am helllichten Tag, obwohl ich schwöre, dass dieser Mann seit zehn Jahren keinen Fuß mehr ins Dorf gesetzt hat. Ach herrje. Ich hätte mich mit meiner Schärpe vor ihren Wagen werfen sollen. Vielleicht hätten sie dann etwas für das Gemeindehaus gespendet, obwohl ich es bezweifele.«

»In welche Richtung sind sie gefahren?«, fragte Rosie.

»Natürlich Richtung Driftwood House! Deshalb musste ich es Ihnen doch sagen. Ich denke, Charles und Cecilia Epping sind auf dem Weg zu Ihrem Haus – ich meine, ihrem Haus.«

»Aber das geht nicht. Sie sollten erst am Freitag kommen.«

Belinda hob die Handflächen dem sattblauen Himmel entgegen. »Was habe ich Ihnen gesagt? Die Eppings machen ihre eigenen Regeln.«

Ohne ein weiteres Wort drehte Rosie sich um und bahnte sich einen Weg durch die Menge.

»Soll ich mitkommen? Es würde mir nichts ausmachen«, rief Belinda hinter ihr her, aber Rosie war bereits außer Hörweite.

Katrina stand auf und sah Rosie nach. »Warum hat sie denn solche Panik? Und was hat sie damit gemeint, das Haus sei für sie noch nicht bereit? Sag es mir, Liam.«

Aber Liam war zu sehr in seine Gedanken vertieft, um zu antworten, obwohl Katrina ihn mit ihrem hübschesten Schmollmund ansah und mit den Wimpern über ihren großen grauen Augen klimperte.

»Hast du es noch nicht gehört?«, fragte Belinda. »Rosie will die Eppings dazu überreden, Driftwood House zu einer Pension umzubauen.«

»Eine Pension? Ist das der Grund für die Farbe in ihrem Haar? Und woher zum Teufel kennt überhaupt jemand wie Rosie Charles und Cecilia Epping?«

Die beiden Frauen steckten die Köpfe zusammen und tratschten weiter, während Liam die Schürze, die Rosie ihm gerade gegeben hatte, knetete. Belinda hatte recht damit, dass die Eppings taten, was sie wollten und wann sie es wollten. Es würde ihnen gleichgültig sein, wie viel Arbeit Rosie in das Haus gesteckt hatte. Er hatte sie gewarnt: Sie hatte einen Pakt mit dem Teufel geschlossen.

NEUNZEHN

Rosie schob sich durch das Gedränge und stöhnte im Stillen über die Touristen, die ausgerechnet heute in Heaven's Cove einfallen mussten – an dem Tag, an dem Charles und Cecilia Epping beschlossen hatten, Driftwood House einen vorzeitigen Besuch abzustatten, bevor es richtig fertig war. Jetzt würde Cecilia dem Plan mit der Pension niemals zustimmen.

Rosie eilte weiter, an Colins Fischstand vorbei, wo sie eigentlich eine silberglänzende Makrele fürs Abendessen hatte kaufen wollen. Fisch war gut für die Haut, nicht? Sie hätte sich treten können dafür, dass Katrinas Bemerkung sie so getroffen und in ihre Schulzeit zurückversetzt hatte.

Und was war das gewesen, als Liam ihren Arm berührt hatte? Sie waren sich in den letzten Wochen zwar nähergekommen, aber seine Freundlichkeit und seine Fürsorge verwirrten sie. Nessas Ermahnung auf Sorrell Head kam ihr plötzlich wieder in den Sinn: *Du beurteilst uns alle danach, wie wir waren, bevor du nach Spanien abgehauen bist.* Nessa hatte recht – sie alle hatten sich verändert, und vielleicht empfand Liam inzwischen sogar mehr als Freundschaft für sie.

Rosie sprang über eine leere Kiste hinter einem Stand und

beschimpfte sich selbst als Idiotin. Liam würde sich wohl kaum für sie interessieren, wenn Katrina da war. So sehr er sich verändert oder auch nicht verändert haben mochte, Katrina war ganz sicher eher sein Typ – mutig, selbstbewusst, schön, und sie lebte nur ein paar Straßenecken und nicht tausend Meilen entfernt.

Während ihr alle möglichen Gedanken durch den Kopf schossen, rannte Rosie weiter, die High Street entlang bis zum Ende des Dorfes. *Vielleicht hat Belinda ja alles falsch verstanden,* redete sie sich ein, während sie das Kliff hinaufkeuchte. *Wahrscheinlich waren es gar nicht die Eppings, die sie gesehen hat.*

Aber als sie oben ankam, sah sie in der Ferne einen silberfarbenen Range Rover vor Driftwood House und zwei Gestalten am Rand der Steilküste stehen.

Sie drehten sich nicht um, als Rosie das Haus erreichte, daher schloss sie die Tür auf und warf den Pullover in den Schrank unter der Treppe. Die Küche war dank der Spülmaschine im Nu aufgeräumt, und das Wohnzimmer mit seinen frisch gestrichenen Wänden sah ordentlich aus. Die cremefarbenen Vorhänge waren gewaschen, auf dem Fensterbrett stand eine Vase mit Wiesenblumen, die sie am Morgen gepflückt hatte, und es roch nach Möbelpolitur.

Der verblichene Teppich musste noch gründlich gestaubsaugt werden, und die hohe Fußleiste musste abgewaschen werden. Beides stand auf Rosies To-do-Liste der Kleinigkeiten, die dem Haus den letzten Schliff verleihen sollten. Aber die vorzeitige Ankunft der Eppings bedeutete, dass es auch so gehen musste.

Rosie schaute aus dem Fenster. Die Eppings hatten sich am Meer sattgesehen und kamen zurück zum Haus, wobei Cecilia für jeden der weit ausholenden Schritte ihres Mannes zwei machen musste. Nach einem letzten Blick in den sonnigen Raum trat Rosie nach draußen ins Gras.

Es war, als würde man auf den Besuch der königlichen

Familie warten, fand Rosie, als das Paar näherkam – Cecilia in einer schwarzen Hose und einer beigen Seidenbluse, während Charles ein dunkelblaues Leinenjackett mit einem dünnen blauen Halstuch trug. Sie zitterte, obwohl die Sonne warm auf ihre Schultern schien, und widerstand dem plötzlichen Drang zu knicksen, als die beiden sie erreichten.

»Guten Tag, Miss Merchant. Sie sind also doch zu Hause, wie ich sehe«, sagte Cecilia und schürzte die Lippen. »Wir haben an die Tür geklopft, aber es hat niemand aufgemacht.«

»Ich war im Dorf. Ich habe Sie erst am Freitag erwartet.«

»Wir waren in der Nähe unterwegs, da erschien es uns sinnvoll, einen Abstecher zu machen. Dann müssen wir später in der Woche nicht noch einmal fahren.« Sie warf einen Blick zu Charles, der die Augen mit der Hand beschirmte und das Dach inspizierte. »Also«, sagte sie energisch, »endlich bekomme ich das berüchtigte Driftwood House einmal zu Gesicht.«

»Haben Sie es noch nie gesehen?«

»Nur aus der Ferne. Diese Holperstrecke hat mich bisher abgeschreckt.«

»Der Weg hat ein paar Schlaglöcher, aber ich bin mir sicher, dass sich das mühelos beheben lässt«, antwortete Rosie und unterdrückte ihren Ärger darüber, dass Cecilia ihr Elternhaus für abbruchreif erklärte, ohne es jemals richtig in Augenschein genommen zu haben.

»Vielleicht.« Sie inspizierte ihre lackierten Fingernägel. »Können Sie uns herumführen? Wir müssen noch zu einem anderen Termin und haben nur zehn Minuten Zeit.«

Nur zehn Minuten, um Driftwood House vor der Abrissbirne zu retten. Weder die streitlustige Cecilia noch ihr wortkarger Ehemann würden es ihr leicht machen.

»Ich hatte nicht viel Zeit, um Veränderungen vorzunehmen, daher sind sie nur kosmetischer Natur, aber ich hoffe, dass Sie trotzdem das Potential von Driftwood House als Pension erkennen können.«

»Sie hatten Zeit genug. Komm«, blaffte Cecilia ihren Ehemann an, der das Haus mit einem entrückten Blick ansah. Er konzentrierte sich nicht einmal, dachte Rosie enttäuscht. Vielleicht hatte Liam recht, und sie hatte wirklich einen Pakt mit dem Teufel geschlossen – aber sie würde das Haus nicht kampflos aufgeben.

»Wie Sie sehen können, verfügt das Gebäude über eine solide Bausubstanz und bewahrt noch einen großen Teil seiner schönen, ursprünglichen Ausstattung, die typisch für Devon ist. Die Patina erhöht noch seinen Reiz.« Das war übertrieben, aber Driftwood House hatte wesentlich mehr Charakter als ein nagelneues Hotel. »Bitte, treten Sie ein.«

Dass Cecilia nach Luft schnappte, als die Haustür im Wind hinter ihnen zuschlug, war nicht gerade der beste Anfang. Als Rosie ihr das Wohnzimmer mit der herrlichen Aussicht aufs Meer zeigte und darauf hinwies, wie gemütlich es mit seinen dicken Mauern und dem lodernden Kaminofen im Winter für die Gäste sein würde, lautete ihr einziger Kommentar: »Ziemlich klein.«

In der Küche rümpfte sie die Nase, als Rosie davon sprach, wie geräumig sie sei, und weder das große originale Spülbecken noch der schwarze Aga, den Rosie glücklicherweise am Tag zuvor auf Hochglanz poliert hatte, beeindruckten sie im Mindesten.

Während Cecilia in der Küche herumging und auf die Arbeitsflächen klopfte, wie um ihre Bruchfestigkeit zu prüfen, strich Charles über den großen Eichentisch. »Hat Ihre Mutter oft hier gekocht?« Es waren die ersten Worte, die er seit Betreten des Hauses gesprochen hatte.

»Meine Mutter fand es langweilig, täglich zu kochen, aber sie hat gern Kuchen gebacken. Ihre Spezialität war ein dreischichtiger Victoria Sponge Cake mit frischer Schlagsahne und Erdbeeren obendrauf. Als ich klein war, hat sie ihn mir immer zum Geburtstag gebacken.«

Zu viele Informationen. Rosie verstummte und war sich deutlich bewusst, dass es niemanden interessierte.

Aber Charles lächelte. »Sofia hatte immer eine Vorliebe für Süßes, zumindest hat Evelyn uns das erzählt.«

»Wir haben keine Zeit zum Plaudern. Komm, weiter«, blaffte Cecilia ihn an. Sie warf durchs Fenster einen flüchtigen Blick in den Gemüsegarten, dann marschierte sie in den Flur und die Treppe hinauf. Charles folgte ihr.

Verdammt, Rosie hatte nicht in die Schlafzimmer gesehen. Die Decke auf ihrem Bett war zurückgeschlagen, und sehr wahrscheinlich lag ihr Schlüpfer von gestern im Badezimmer auf dem Boden. Sie nahm die Treppe mit großen Schritten, während Cecilia oben im Flur ihre Ungeduld dadurch kundtat, dass sie mit ihren langen Fingernägeln auf das Geländer klopfte.

Klopf – klopf – klopf. Sie konnte es offenbar gar nicht erwarten, von hier wegzukommen. Der Takt ihrer Ungeduld hallte durchs Haus und machte Rosie nicht nur nervös, sondern auch sauer.

Oben an der Treppe stürzte Rosie an den Eppings vorbei ins Bad und beförderte ihre Unterwäsche mit einem Tritt hinter das Becken, bevor die beiden ihr folgten.

»Wenigstens hat der Raum eine anständige Größe«, urteilte Cecilia und betrachtete stirnrunzelnd den Fleck auf dem Emaille der Badewanne, der nicht abgehen wollte, wie sehr Rosie auch daran herumgeschrubbt hatte. Sie strich über den Duschvorhang und zog dann die Hand weg, als hätte sie sich verbrannt. »Ist das etwa Schimmel?«

Es war ein schwarzer Schimmelfleck von der Größe eines Fünf-Pence-Stückes, wo der Vorhang am Wannenrand lag. Rosie zwang sich zu einem Lächeln.

»Dieses Bad müsste neu gemacht werden und eine richtige Duschkabine bekommen, aber die ließe sich ziemlich kosten-günstig installieren. Worauf es ankommt, ist, dass der Raum eine gute Größe hat und ein wunderbares Badezimmer für das große Schlafzimmer abgeben würde, das aufs Meer hinausgeht. Für eine solche Suite könnten Sie einen Zuschlag berechnen.«

»Und wo befindet sich dieses Schlafzimmer?«, fragte Cecilia, bereits gelangweilt von dem Bad und Rosies Ideen.

Das Schlafzimmer interessierte sie schon etwas mehr, und sie sah sich einige Minuten darin um, bevor sie durch den Flur schlenderte und die anderen Zimmer allein erkundete. Charles blieb, wo er war, und schaute durch das Fenster über die Felsen aufs Meer. Wind war aufgekommen und peitschte die Wellen zu weißen Schaumkämmen auf, so weit das Auge reichte.

»Der Blick aus diesem Zimmer ist wirklich prachtvoll«, bemerkte er nach einem Augenblick.

»Ja, das ist er«, schwärmte Rosie. »Egal bei welchem Wetter, ob bei Sonne oder Wolken. Es ist unglaublich, zu beobachten, wie ein Sturm übers Meer heranrollt.«

»Das kann ich mir vorstellen.« Er fuhr sich durch sein schneeweißes Haar. »Ich kann mir auch vorstellen, dass Ihre Mutter gern hier gelebt hat.«

»Sie hat das Haus geliebt.«

»Aber Sie nicht.« Es war eine Feststellung, keine Frage.

»Nur weil ich anderswo lebe, heißt das nicht, dass ich dieses Haus nicht liebe.«

Charles zog eine Braue hoch. »Nein, wahrscheinlich nicht, denn warum würden Sie sich sonst so viel Mühe geben, es zu retten?« Er nahm ein silbergerahmtes Foto von Rosie von der Kommode und betrachtete es. »War das hier das Schlafzimmer Ihrer Mutter?«

»Warum?«

Das klang unhöflich, aber Rosie verlor langsam die Geduld mit ihren Besuchern, die früher aufgetaucht waren als vereinbart. Das Haus gehörte ihnen zwar, aber für die nächsten Tage war es immer noch Rosies Heim. Sie nahm Charles das Foto aus der Hand und stellte es behutsam wieder an seinen Platz.

»Mich hat nur interessiert, was nach Evelyns Tod aus Ihrer Mutter geworden ist.«

»Haben Sie nie versucht, mit ihr Kontakt aufzunehmen?«

Charles sah Rosie einen Moment lang an, bevor er seine Aufmerksamkeit wieder dem ruhelosen Wasser zuwandte. »Ich pflege keinen direkten Umgang mit meinen Mietern.«

»Nicht einmal mit einer Mieterin, die eine gute Freundin Ihrer Schwester war? Einer Mieterin, von der Sie noch wissen, dass sie gern Süßes aß?«

Charles lief rot an und er öffnete den Mund zu einer Erwiderung, aber seine Frau kam ihm zuvor.

»Worüber tuschelt ihr zwei hier drin?«, rief sie von der Tür. Als keiner von beiden antwortete, marschierte sie zu ihrem Mann und hakte ihn unter. Sie wirkte blass unter ihrem sorgfältig aufgetragenen Make-up und nervös, als hätte sie einen Geist gesehen.

Rosies Abneigung gegen die unterkühlte Frau ließ ein wenig nach. Es musste ziemlich einsam sein, mitten in Dartmoor zu leben, wo im Winter hoher Schnee lag, ganz gleich, wie viel Geld man hatte.

»Darf ich Ihnen eine Tasse Tee anbieten?«, fragte sie. Cecilia zögerte. Argwohn stand ihr ins Gesicht geschrieben. »Es ist auch kein Bestechungsversuch, um das Haus zu retten, Ehrenwort. Da müsste ich schon mehr auffahren als eine Tasse Earl Grey. Sie sehen so aus, als könnten Sie eine kleine Pause gebrauchen.«

»Dafür haben wir keine Zeit.« Cecilia überlegte kurz, und ihre Stimme war sanfter, als sie hinzufügte: »Aber danke.« Mit Blick zu ihrem Mann sagte sie: »Vielleicht wären Sie so nett, uns die anderen Zimmer zu zeigen, und dann lassen wir Sie in Ruhe.«

Nachdem Rosie ihnen die Räume gezeigt und darauf hingewiesen hatte, dass man den Dachboden kostengünstig zu einem weiteren Schlafzimmer mit Bad umbauen könnte, erklärte Cecilia, dass sie genug gesehen habe.

»Wie lautet Ihr Urteil über Driftwood House?«, fragte Rosie nervös, als das Paar an der offenen Haustür stand. Das Wetter war umgeschlagen. Über dem Meer ballten sich Wolken zusammen, die zur Teezeit Regen verhießen.

»Mein Mann und ich werden darüber sprechen und uns bei Ihnen melden. Danke für Ihre Zeit.«

Rosie war nicht dumm. Es war klar, dass Cecilia Driftwood House hasste und auf einen Abriss drängen würde. Und so gleichgültig, wie Charles sich dem Haus gegenüber gezeigt hatte, würde er sich damit einverstanden erklären. Er hatte seit dem angespannten Wortwechsel im Schlafzimmer kaum ein Wort gesprochen.

Cecilia ging zu dem Range Rover, aber Charles blieb zögernd in der Tür stehen. »War Ihre Mutter glücklich hier in Driftwood House?«

Rosie runzelte die Stirn, überrumpelt von einer so unerwarteten Frage. »Ja, ich denke schon.«

»Wie ich höre, war sie geschieden.«

»Das stimmt.«

»Lebt Ihr Vater noch?«

»Er ist vor einigen Jahren gestorben.«

»Ich verstehe. Das tut mir leid.« Er hielt inne. »Wie unsere Entscheidung auch ausfallen mag, es bleibt hier im Haus natürlich noch manches zu tun. Zunächst einmal wird die Habe Ihrer Mutter woanders untergebracht werden müssen. Sie können daher den angesetzten Räumungstermin ignorieren und bis zu Ihrem Rückflug nach Spanien bleiben, solange es sich nur um einige wenige zusätzliche Tage handelt.«

»Das würde mir sehr helfen. Danke.« Die Anspannung in Rosies Schultern löste sich ein wenig, denn sie würde zumindest nicht obdachlos sein, bevor sie zurück nach Málaga flog.

Plötzlich beugte Cecilia sich aus dem Autofenster. »Herrgott noch mal, Jay, beeil dich, sonst kommen wir noch zu spät.«

Rosie stockte der Atem, als Charles sich an den Hals fasste. »Ich glaube, ich habe meinen Schal oben vergessen. Darf ich noch mal schnell rauf?«

Rosie trat wortlos zurück, um ihn wieder ins Haus zu lassen, und sobald er den Fuß auf die Treppe gesetzt hatte, eilte sie zum Wagen.

»Ja?«, sagte Cecilia, die sich nicht die Mühe machte, ihren Ärger zu verbergen.

»Wann werden Sie eine Entscheidung über Driftwood House fällen?«

»Wie ich gesagt habe: Mein Mann und ich werden über die Situation sprechen.«

»Danke.« Rosie warf einen Blick durch die offene Haustür. Charles kam gerade mit dem Tuch um den Hals die Treppe herunter, daher hieß es jetzt oder nie. »Entschuldigen Sie die Frage, aber haben Sie Ihren Mann gerade Jay genannt? Ich dachte, sein Name sei Charles.«

Cecilia runzelte die Stirn. Sie musste Rosie für verrückt halten. »Ich wüsste zwar nicht, was Sie das angeht, aber der zweite Vorname meines Mannes lautet James, und enge Freunde und Verwandte nennen ihn oft Jay. Sind Sie damit zufrieden?«

»Ja, selbstverständlich. Vielen Dank«, antwortete Rosie munter, als Charles den Wagen erreichte und sich auf den Fahrersitz gleiten ließ. »Danke, dass Sie gekommen sind. Ich wünsche Ihnen noch einen schönen Tag und hoffe, dass Sie sich zu Ihrem Termin nicht verspäten.«

Rosie ließ sich schwer ins Gras fallen und sah dem Wagen nach, wie er sich holpernd seinen Weg die Schlaglochpiste hinunter bahnte. Am Ende hatte sie nur noch vor sich hingeplappert und wusste nicht einmal mehr, was sie gesagt hatte.

Cecilia würde an ihrem Plan festhalten, Driftwood House

abreißen zu lassen, daran bestand kein Zweifel. Was Rosie jedoch vor allem beschäftigte, war die Tatsache, dass Charles Epping in seinem engeren Kreis als Jay bekannt war. Er behauptete zwar, ihre Mutter nicht gekannt zu haben, aber Menschen logen manchmal – wenn der letzte Monat sie eines gelehrt hat, dann das. Konnte er der Verfasser des versteckten Liebesbriefes sein?

Der kalte, gefühllose Charles Epping und ihre warmherzige, vor Lebendigkeit sprühende Mutter. Es war schon schwer genug, sich die beiden als Paar vorzustellen, aber der nächste Gedanke haute sie fast um. Wenn er Saffys lange verlorener Geliebter war, konnte er dann auch ihr Vater sein?

ZWANZIG

Das ist keine gute Idee, beharrte Rosies innere Stimme, als sie
die Tür zum Café aufdrückte. Aber sie hörte wie üblich nicht
darauf, setzte sich mit ihrem Laptop an einen Fenstertisch und
loggte sich in das kostenlose W-LAN ein. Das Internet war hier
wesentlich zuverlässiger als in Driftwood House und bestens
geeignet, um die Eppings auszuspionieren.

Ihre Mutter war der Ansicht gewesen, dass es oft am besten
sei, die Vergangenheit ruhen zu lassen. Warum sonst hätte sie
ihre Geheimnisse so sorgfältig gehütet? Aber dann war sie
gestorben, und jetzt kamen ihre Geheimnisse ans Licht wie
Treibgut am Strand nach einem Sturm. Rosie fühlte sich selbst
ziemlich sturmgebeutelt.

Die Trauer hatte sich wie eine Decke, unter der sie kaum
atmen konnte, über sie gelegt, hatte ihr die Energie geraubt und
ihre Gedanken vernebelt. Aber dieser jüngste Schock war
anders. Er putschte sie auf und ließ ihre Finger kribbeln. Sie
hatte in der vergangenen Nacht kaum ein Auge zugetan, und
als sie dann doch endlich erschöpft eingeschlafen war, träumte
sie davon, wie ihre Mutter Charles Epping in einem Hotel oben
auf der Küste umarmte, während Belinda sich Notizen machte.

Rosie schaute aus dem Fenster, vorbei an den gestreiften Wimpeln, den Geschäften und den alten, weiß getünchten Häusern, die die gepflasterte High Street säumten. Die Haustüren mit ihren ausgetretenen Schwellen führten direkt auf die Straße, und nicht weit davon glitzerte das blaue Meer. Die Dorfbewohner hatten jahrhundertelang die gleiche Aussicht genossen. Alles in Heaven's Cove war massiv und dauerhaft. Aber ihre eigene Geschichte, ihre Wurzeln, das alles war unsicher und unklar.

»Darf ich Ihnen etwas bringen?« Pauline, seit einer halben Ewigkeit die Besitzerin des Heavenly Tea Shop, war an ihren Tisch getreten. Sie trug eine hübsche, geblümte Schürze und roch nach Vanille und Kaffeebohnen. »Wie schön, Sie hier zu sehen. Wie geht es Ihnen nach der Sache mit Ihrer Mutter? Was für eine schreckliche Tragödie.«

Pauline hatte eine Stimme wie ein Nebelhorn, und zwei Touristen am Nebentisch schenkten Rosie ein mitfühlendes Lächeln.

»Es geht mir gut, danke, Pauline.«

»Was wird denn nun aus Driftwood House?«

»Ich bin mir noch nicht sicher.«

»Diese Eppings sind ein Albtraum.« Pauline warf einen nervösen Blick über die Schulter und senkte die Stimme zu einem lauten Flüstern. »Keiner von uns hier kann sie ausstehen. Sie sind stinkreich, aber ich wette, dass sie nicht für den Gemeindesaal spenden. Sie interessieren sich nicht die Bohne für Heaven's Cove.« Sie richtete sich auf und zog einen kleinen Spiralblock aus der Tasche. »Aber genug von den beiden. Was darf ich Ihnen bringen?«

»Ich hätte gern einen Kaffee, einen Espresso.«

»Mehr nicht? Ich habe Karottenkuchen und Eclairs und selbstgebackene Scones. Wie wär's mit einem leckeren Cream Tea? Den mochte Ihre Mutter immer sehr.«

»Ich habe im Moment keinen großen Hunger, deshalb bitte nur einen Kaffee.«

Pauline klappte das Notizbuch zu. »Kommt sofort.«

Rosie schaute wieder auf ihren Laptop und tippte *Charles Epping, Dartmoor* in die Sucheingabe ein. Dutzende von Einträgen erschienen auf dem Bildschirm, darunter ein Link zur Wikipedia. Sie klickte ihn an und begann zu lesen.

Charles Epping ist ein Geschäftsmann und Grundbesitzer. Sein Vorfahr George Epping wurde von König Heinrich VII. für seine Unterstützung während der Rosenkriege zum Ritter geschlagen und erhielt mehrere Hundert Hektar Land im County Devon.

Seine Familie hatte das Land geschenkt bekommen und keinen Finger dafür rühren müssen. Rosie runzelte die Stirn und las den kurzen Eintrag weiter. Der Familienstammbaum der Eppings reichte bis zu Wilhelm dem Eroberer zurück.

High Tor House hatte seinen eigenen Abschnitt, dem sie entnahm, dass es Ende des fünfzehnten Jahrhunderts erbaut und in den folgenden Jahrhunderten erweitert worden war. Angeblich spukte dort das Gespenst einer weißen Frau. Rosie fröstelte und dachte an den kalten Schauer, den sie im Flur des Hauses verspürt hatte.

Sie scrollte zum Ende des Artikels, um den Eintrag zum Privatleben zu lesen. Charles und Cecilia hatten am 5. Mai 1989 in London geheiratet, einen Monat vor Rosies Geburt. Kinder wurden nicht erwähnt, und eine weitere Google-Suche ergab nichts Relevantes. Was hatte Rosie erwartet? Einen Eintrag über sein verschwundenes uneheliches Kind?

»So, bitte sehr.« Pauline stellte einen Espresso auf den Tisch und daneben einen Teller. »Sie haben zwar gesagt, Sie hätten keinen Hunger, aber Sie sehen ein bisschen abgemagert aus, daher geht das hier aufs Haus. Da Sie ja in Spanien leben, habe ich das Exotischste, Kontinentalste genommen, was wir auf der Karte haben.«

Sie deutete mit dem Kopf auf das goldene Pain auf Chocolat auf dem Teller, und Rosie knurrte der Magen, als der süße Duft ihr in die Nase stieg. Nach der unruhigen Nacht hatte sie nichts frühstücken können, aber sie war hungriger, als sie gedacht hatte.

»Vielen Dank, Pauline, das ist wirklich nett von Ihnen.«

»Gern. Versuchen Sie immer noch, die Eppings zu überreden, Driftwood House nicht abzureißen?«

Rosie verschob beiläufig den Laptop, sodass Pauline den Bildschirm nicht sehen konnte. »Ja. Ich habe es ein bisschen renoviert, in der Hoffnung, dass Mr Epping sich die Sache mit dem Hotel noch einmal überlegt.«

»Hm. Er wirkt nicht wie ein Mann, der seine Meinung ändert, und seine Frau ist nach allem, was man so hört, ein ziemliches Miststück. Sie lassen sich durch nichts aufhalten – was die Eppings wollen, bekommen sie auch.« Pauline rümpfte die Nase. »Aber ich wünsche Ihnen viel Glück.«

Pauline war wirklich kein Fan der Eppings. Niemand in Heaven's Cove schien sie zu mögen. Was würden die Leute von Rosie halten, wenn sich herausstellte, dass sie und Charles Epping Vater und Tochter waren? Rosie schüttelte den Kopf. Es war eine verrückte Vorstellung. Ihre Mutter hätte sich bestimmt nicht mit so einem kalten Fisch eingelassen.

Als Pauline an den Tisch einer jungen Frau ging, die gerade mit ihrem Baby hereingekommen war, wandte Rosie sich wieder ihrem Bildschirm zu. Sie biss in den zarten Blätterteig und scrollte durch weitere Informationen über Charles Eppings Leben. Als sie zu seiner Schwester kam, hielt sie inne.

Evelyn Amelia Epping, Charles' jüngere Schwester, starb im August 1988 im Alter von siebenundzwanzig Jahren bei einem Verkehrsunfall in der Nähe von Bayeux in der

Normandie. Sie war mit Viscount Pelham verlobt und wollte
ihn vor Jahresende heiraten. Sie war Schirmherrin mehrerer
Wohltätigkeitsorganisationen in Devon.

Was für eine schreckliche Tragödie für Charles und seine
Familie. Es zeigte, dass der Tod seinen Schatten auch über
reiche und bedeutende Familien warf. Plötzlich empfand Rosie
Mitgefühl für den kalten, strengen Charles Epping in seinem
Spukhaus im wilden Moor.

Sie wollte gerade den Laptop schließen, als ihr ein Link
zum Familienwappen der Eppings ins Auge sprang. Sie machte
einen Doppelklick und beugte sich näher an den Bildschirm.
Unter kunstvollen grünen und blauen Schnörkeln standen zwei
goldene Löwen, die einen großen Schild hielten. In der Mitte
des Schildes befand sich eine leuchtend rote Blume, die das
Wappen dominierte – eine Rose.

Was hatte Morag noch gleich gesagt? *Deine Mutter hat*
darauf bestanden, dich Rose zu nennen.

Rosie klappte lautstark den Deckel des Laptops zu und
lächelte unsicher das Touristenpaar an, das erschrocken
aufblickte. Es musste ein Zufall sein. Ihre Mutter hatte ihr Kind
Rose genannt, weil ihr der Name gefiel, das war alles, nicht, um
eine weitere Brotkrume auszulegen, die dieses Kind eines Tages
zu seinem Vater führen würde.

»Ist alles in Ordnung, Rosie?«, rief Pauline quer durch das
Café. »Sie sind ganz schön blass geworden unter Ihrer Bräune.«

»Ja, danke, Pauline. Ich habe das Geld unter die Tasse
gelegt.«

Dann schob sie ihren Laptop in die Tasche und verließ
fluchtartig das Café, während das angebissene Teilchen auf
dem Tisch liegen blieb.

»Geh ran, geh ran«, flehte Rosie, während sie über die High Street nach Hause eilte, das Handy ans Ohr gepresst.

Matt und sein Telefon waren unzertrennlich. Es war ihm buchstäblich an die Hand geschweißt – er nahm es sogar mit auf die Toilette. Aber ihn dazu zu bringen, einen Anruf entgegenzunehmen, war eine Herausforderung. Als sie ihn am vergangenen Abend angerufen hatte, hatte er nicht reagiert, obwohl er ihr später eine Nachricht geschickt und erklärt hatte, er müsse Überstunden machen.

Als ihr Anruf erneut auf Matts Mailbox umgeleitet wurde, drückte sie zum dritten Mal auf die Wiederwahltaste, denn sie musste jetzt wirklich mit ihm sprechen.

Ihre Atmung war zu flach, und in ihren Fingern kribbelte es, als würden Ameisen darüber laufen. Rosie zwang sich, langsamer zu machen, ging aber weiter, während Matts Handy klingelte und klingelte. Endlich nahm er ab.

»Kann nicht sprechen. Für einen Donnerstag ist es das reinste Tollhaus hier. Ich ruf dich später zurück, Baby.«

»Nein, bleib bitte dran, Matt. Ich muss wirklich mit dir reden.«

»Kann das nicht warten?« Er senkte die Stimme. »Ein Ehepaar aus Manchester ist kurz davor, für diese schäbige Bude an der Autowaschanlage zu unterschreiben. Die mit der kaputten Klimaanlage.«

Sie hielt verwirrt inne. »Ich dachte, wir wären uns einig gewesen, dass sie nicht auf den Markt kommen soll.«

»Was soll ich sagen?« Er sprach wieder lauter. »Mr Jimson liebt die Wohnung, nicht wahr, Sir?«

»Hast du zwei Minuten für mich Zeit? Ich muss reden, denn ich glaube«, Rosie schaute sich um – nicht dass Belinda aus einer Nebenstraße gesprungen kam –, »ich glaube, dass Charles Epping mein leiblicher Vater sein könnte.«

»Was, der Kerl, dem dein altes Haus gehört?«

»Genau der.«

»Und du hältst ihn für deinen Vater, weil ...?«

»Ich habe gestern erfahren, dass er privat Jay genannt wird. Erinnerst du dich an den Liebesbrief an Mum, von dem ich dir erzählt habe?«

»Natürlich erinnere ich mich. Du redest ja von gar nichts anderem mehr als dem Brief und dem Haus.«

»Der Brief war mit J unterzeichnet, daher könnte er ihn geschrieben haben.« Sie machte eine Pause, aber Matt sagte nichts. »Bist du noch dran?«

»Ja, ich denke nach. Warum hast du nicht angerufen und mir davon erzählt?«

»Ich habe es versucht, aber du bist nicht rangegangen, und ich wollte es nicht per SMS erklären.«

»Du hättest es mir sofort sagen sollen.«

»Du hättest ans Handy gehen sollen.«

»Ich bin ein vielbeschäftigter Mann, Rosie.«

Argh, das war nicht der richtige Zeitpunkt, um einen alten Streit wiederaufzuwärmen. Rosie fuhr fort.

»Also, seine Familie nennt ihn Jay, und er hat meiner Mum jahrelang erlaubt, in Driftwood House zu wohnen. Er behauptet, es war, weil sie mit seiner Schwester befreundet gewesen sei, aber sie ist schon vor Ewigkeiten gestorben, und er scheint mir nicht der Typ Mann zu sein, der sich an eine alte Vereinbarung hält. Außerdem hat Mum darauf bestanden, mich Rose zu nennen, und ich habe gerade herausgefunden, dass sein Familienwappen eine Rose in der Mitte hat. Er und Mum müssen sich gestritten haben, und sie hat mir deshalb nie von ihm erzählt, weil er hier so verhasst ist. Es ergibt alles einen Sinn.«

Vielmehr hatte es das, bis sie es laut ausgesprochen hatte. Matts Schweigen am anderen Ende der Leitung sprach Bände. Es waren alles Indizienbeweise, die wie in den Dokus über Polizeiarbeit, die ihre Mutter so gern gesehen hatte, keinen Bestand haben würden.

»Tut mir leid, Matt, ich ziehe voreilige Schlüsse.«

»Vielleicht, aber vielleicht auch nicht. Warte, ich gehe nach draußen.«

Rosie hörte gedämpfte Stimmen, das Schließen einer Tür und dann lauten Verkehrslärm. Sie sah die belebte Straße vor sich, die Palmen rechts und links und Matt, der geschützt im Schatten stand.

»Denkst du wirklich, dieser Epping könnte dein Vater sein?«

»Kann sein, vielleicht, wahrscheinlich ja. Ich weiß es nicht.«

»Hast du ihn darauf angesprochen?«

»Gott, nein, und das habe ich auch nicht vor. Du solltest ihn mal sehen, Matt. Er ist kalt und gefühllos, und ich bin mir auch nicht sicher, ob ich möchte, dass er mein Vater ist. Ich hatte bereits einen Dad.«

»Der dich und deine Mutter verlassen hat, als du noch klein warst.«

»Daran brauchst du mich nicht zu erinnern.«

»Entschuldige, ich wollte nicht so direkt sein. Es ist einfach nur viel auf einmal.«

»Ich weiß. Als wäre es nicht so schon schwer genug.«

Was Rosie jetzt brauchte, war ein Gespräch mit ihrer Mum. Sie hätte sie in den Arm genommen und alles erklärt und wiedergutgemacht. Aber das war unmöglich. Nichts würde je wieder so sein wie früher.

»Ich will nach Spanien zurück.« Rosie weinte jetzt, als sie den steilen Weg hoch zu den Klippen von Driftwood House erreichte. »Du hattest recht, Matt. Es war dumm von mir, hierzubleiben und zu versuchen, Driftwood House zu retten. Es spielt keine Rolle. Nichts spielt mehr eine Rolle. Mum ist tot.«

»Hm, ja, aber du hast es für deine Mum getan. Das ist verständlich.«

»Verständlich, aber trotzdem verrückt. Charles Epping und seine grässliche Frau werden genau das tun, was sie von Anfang

an vorhatten. Es ist hoffnungslos. Ich werde den ersten Flug
zurück nach Málaga nehmen.«

»Du solltest nichts überstürzen. Es bringt doch nichts, jetzt
übereilt zurückzukommen, solang du nicht klar denken kannst.
Nimm dir einen oder zwei Tage Zeit, um dich zu sammeln und
die Sachen im Haus einzupacken, und ich werde auf dich
warten, wenn du zurückkommst. Ich muss jetzt wieder rein zu
den Jimsons, bevor sie es sich anders überlegen, aber versprich
mir, dass du dir die Zeit nehmen wirst, einen klaren Kopf zu
bekommen, bevor du irgendetwas anderes tust.«

Rosie blieb stehen und hielt ihr heißes Gesicht in den
kalten Wind. Sie sah ein, dass eine Flucht aus Heaven's Cove
neue Probleme schaffen würde. Das Haus war immer noch voll
mit den Sachen ihrer Mum, die in Kartons gepackt werden
mussten. »Okay, ich verspreche es, obwohl ich es gar nicht
erwarten kann, zurückzukommen. Du fehlst mir, Matt.«

»Du mir auch, Baby. Ich muss Schluss machen.«

Rosie ließ das Handy in ihre Jackentasche fallen und
blickte auf Heaven's Cove. Von hier oben sah das Dorf wunderschön aus. Aus seiner Mitte erhob sich der Kirchturm über
geduckten Cottages und schmalen Straßen. Boote dümpelten
am Kai, und neben dem hellen Sandstreifen der Bucht sah sie
die Felder von Meadowsweet Farm. Liam würde jetzt dort sein
und sich abschuften und Pacht für seine Felder an einen Mann
zahlen, den er nicht ausstehen konnte – den Mann, der vielleicht ihr Vater war.

Als Liam sie am vergangenen Tag angerufen hatte, um sich
nach dem Besuch der Eppings zu erkundigen, hatte sie nicht
erzählt, dass Charles auch Jay genannt wurde. Sie wollte damit
warten, bis sie mehr wusste. Das hatte sie sich jedenfalls eingeredet. Aber in Wirklichkeit wollte sie nicht, dass Liam schlecht
von ihr dachte, was er sicher tun würde, wenn sich herausstellte, dass sie selbst eine Epping war.

Mit einem tiefen Seufzer trottete Rosie weiter. Nach dem

Gespräch mit Matt hatte sie Kopfschmerzen bekommen, und Driftwood House schien ihr muffig und voller alter Geheimnisse zu sein, als die Haustür sich mit einem Knall hinter ihr schloss. Sie ging ruhelos von Raum zu Raum und verbrachte den Rest des Tages damit, kostbare Habseligkeiten ihrer Mum einzupacken, die sie behalten wollte. Es folgte eine weitere unruhige Nacht mit Träumen von perfekten roten Rosen, die in ihren Händen zu Asche wurden.

EINUNDZWANZIG

Liam ließ die Axt fallen und zog das T-Shirt hoch, um sich das Gesicht abzutupfen.

Dee hatte ihm gern beim Holzhacken zugeschaut, weil sie fand, er sehe sexy aus. Heute allerdings sah er nur erhitzt und unglücklich aus, und Billy, sein einziger Zuschauer, schaute ihn mit gelangweilter Miene an.

»Hast du auch die Nase voll? Willst du einen Spaziergang machen, Billy?« Das aufgeregte Gebell des Hundes bei der Erwähnung des »S«-Worts reichte ihm als Antwort. »Dann komm. Ein schneller Strandlauf wird uns beiden guttun.«

Redete er zu viel mit seinem Hund? Wahrscheinlich, aber Billy war eine gute Gesellschaft und gab viel mehr, als er als Gegenleistung erwartete. Am Abend zuvor war Liam mit Alex im Pub gewesen, aber Biertrinken und mit jeder Frau in Reichweite zu flirten hatte seinen Reiz verloren. Bei Billy brauchte er zumindest nicht so zu tun, als wäre er noch der Mann, der er nicht mehr zu sein schien.

Liam schloss das Hoftor hinter sich und setzte sich in Richtung Strand in Bewegung, während Billy brav hinter ihm hertrottete. Auf der kleinen Straße war heute Nachmittag niemand unterwegs, und die einzigen Geräusche waren das Tschilpen der Vögel, die in den hohen Hecken an der Straße nisteten, und das dumpfe Dröhnen der Wellen, die an die Küste krachten.

Die Sonne auf seinem Gesicht hob seine Stimmung und beruhigte ihn. Er hatte an diesem Morgen schon viel geschafft, aber wie hart er auch arbeitete, das Einkommen, das die Farm abwarf, war begrenzt. Er machte sich auch immer noch Sorgen wegen der Erhöhung der Pacht für seine Felder. Charles Epping hatte wirklich keine Ahnung, wie normale, nichtreiche Menschen lebten. Und Driftwood House würde ihm scheißegal sein. Liam fragte sich erneut, wie der Besuch der Eppings in Driftwood House vor zwei Tagen gelaufen war. Rosie war distanziert und wortkarg gewesen, als er sie angerufen hatte, um Näheres zu erfahren, daher hatte er nicht noch einmal angerufen.

»Es kommen keine Autos, dann darfst du ohne Leine laufen, Billy.« Liam machte ihn los, aber der Hund blieb an seiner Seite.

Vor ihm hatte gerade eine Frau in einem leichten, fliederfarbenen Sommerkleid den Strand erreicht. Eine große Stofftasche hing ihr über der Schulter, und ihr Haar schimmerte golden in der Sonne. Erst als sie stehen blieb und sich bückte, um die Sandalen auszuziehen, erkannte er, dass es Rosie war.

Liams erster Instinkt war es, kehrtzumachen und wieder zur Farm zurückzugehen. Nicht, weil er sie nicht sehen wollte – im Gegenteil, aber das war das Problem. Mit jeder Begegnung fühlte er sich ihr näher, und das ging einfach nicht. Welchen Sinn hatte es, ihr näherzukommen, wenn es bedeutete, dass er sie nur umso mehr vermissen würde, wenn sie fort war?

Er blieb stehen, bereit, umzukehren, aber der dumme Hund ruinierte alles, indem er plötzlich vorausrannte. Sein Gebell schreckte einen Schwarm Vögel aus der Hecke auf.

Rosie schirmte ihre Augen mit der Hand ab, um zu sehen,

woher der Lärm kam, und richtete sich langsam mit ihren Sandalen in den Händen auf.

»Hey«, begrüßte Liam sie, als er sie erreichte. »Wie geht es dir?«

»Gut, danke. Und dir?«

»Ganz okay.«

»Schön.«

Rosie bohrte die Zehen in den Sand, während Liam versuchte, nicht an ihre letzte Begegnung zu denken, als er ihr über den weichen Arm gestrichen hatte.

»Hattest du heute viel zu tun?«, fragte sie.

»Ja, sehr.«

»Der Frühling muss eine arbeitsreiche Jahreszeit sein.«

»Stimmt.«

»Wie geht es deinen Eltern?«

»Gut.«

Also ehrlich. Im Laufe der Jahre hatte er zahllose Frauen-arme gestreichelt, ohne sich in einen einsilbigen Idioten zu verwandeln. Alex würde ihm sagen, er solle sich zusam-menreißen.

Liam fasste sich und schenkte Rosie sein schönstes strah-lendes Lächeln. »Ich wollte gerade mit Billy am Strand spazieren gehen. Möchtest du mitkommen?«

»Warum nicht ...« Rosie schaute aufs Meer hinaus und lächelte. »Wow, der Strand sieht heute gut aus. Ich wollte an die frische Luft und wusste, dass es mich aufmuntern würde.«

Sie stemmte die Hände in die Hüften und drehte das Gesicht zur Sonne, während Liam sich bückte und Billy die Flanke klopfte.

»Na los, ab mit dir. Viel Spaß.«

Eine weitere Ermutigung brauchte der Hund nicht. Er schoss davon und lief glücklich bellend zwischen den Touristen hindurch, die auf dem warmen Sand ihre Handtücher ausge-breitet hatten.

Liam richtete sich auf. »In Spanien gibt es bestimmt gute Strände.«

»Wir haben tolle Strände, aber an denen in meiner Nähe ist mehr los. Im Sommer stehen die Sonnenliegen dicht an dicht. Der Strand hier ist sehr ... unberührt.«

Liam kam fast täglich an den Strand. Er kannte jeden Zentimeter, aber jetzt betrachtete er ihn mit neuen Augen. Er war tatsächlich unberührt und schön. Die Sonne schien an einem wolkenlosen Himmel – der erste wirklich warme Tag des Jahres –, und Kinder in Schwimmsachen liefen ins sich zurückziehende Wasser und wieder heraus und planschten in den Pfützen zwischen den Felsen. Der nasse Sand glitzerte wie mit Diamanten übersät, und große Felsbrocken, die sich von den Steilhängen gelöst hatten, spendeten weiter hinten am Strand willkommenen Schatten.

»Wollen wir?«, fragte Rosie und schwenkte ihre Riemchensandalen. »Willst du die Stiefel nicht ausziehen?«

Bei einem schnellen Spaziergang mit Billy machte er sich sonst nicht die Mühe, aber nun löste er die Schnürsenkel seiner Stiefel, zog die Socken aus und versenkte die Zehen im warmen Sand. Es fühlte sich gut an.

Gemeinsam gingen sie los, am Spülsaum auf dem kühleren, festeren Sand entlang, während Billy durchs Wasser sprang.

»Gibt es etwas Neues von den Eppings?«

Rosie versteifte sich neben ihm. »Noch nichts, nein.«

»Wie waren sie so, als sie Driftwood House besucht haben? Du hast nicht viel erzählt.«

»Sie waren ... seltsam. Das Haus schien keinem von beiden zu gefallen, und Cecilia hasst mich.«

»Bist du dir sicher?« Er lachte. »Niemand könnte dich hassen, Rosie.«

»Du würdest staunen.«

Als sie grinste und sich zu ihm umwandte, bemerkte er die Sommersprossen auf ihrer Nase und das Leuchten ihrer nackten, gebräunten Haut. Er schlug schnell die Augen nieder und richtete den Blick dann über die Wellen auf ein gelbes Boot am Horizont.

»Und wann werden sie dir mitteilen, wie sie sich in Bezug auf das Haus entschieden haben?«

»Das spielt keine Rolle, denn sie werden sich ohnehin nicht auf die Idee mit der Pension einlassen.«

»Bist du dir sicher?«

Als sie einer Welle auswich, streifte ihre Hand seine. »Hundert Prozent sicher. Cecilia foltert mich nur ein wenig, indem sie die Sache in die Länge zieht.«

»Ich verstehe. Was für ein Jammer. Driftwood House wird verschwinden, und die Eppings werden wieder einmal gewinnen.«

»Das tun sie immer, nicht?«

»Sieht so aus.«

Rosie blieb stehen und blinzelte in die Sonne. »Du magst sie nicht, stimmt's?«

»Warum sollte ich sie mögen? Sie interessieren sich für niemanden außer sich selbst und schon gar nicht für Heaven's Cove. Also, was hast du jetzt vor?«

»Ich packe den Rest von Mums Sachen zusammen und fliege in ein paar Tagen nach Spanien zurück. Es gibt nichts mehr, was mich in Heaven's Cove hält.«

»Nicht einmal der Regen oder die Cream Teas oder die fabelhaften Menschen?« *Fabelhafte Menschen?* Warum hatte er das gesagt? Er klang wie der eingebildete Kerl, der er in der Schule gewesen war. Rosie sah ihm ins Gesicht. »Und was ist mit der Suche nach deinem Dad?«, fragte er schnell.

»Die habe ich aufgegeben.«

»Warum?«

Sie verscheuchte eine Fliege von ihrer nackten Schulter. »Der einzige Vater, den ich je gekannt habe, ist tot, und damit ist der Fall erledigt. Ich brauche keinen anderen.«

Da war noch etwas. Sie verriet sich, als sie auf ihre Unterlippe biss, aber bevor Liam nachhaken konnte, kam Billy aus den Wellen herbeigelaufen und sprang um sie herum. Er bellte laut und kriegte sich überhaupt nicht mehr ein. O nein, nur das nicht. Nicht schon wieder.

»Billy, nein! Oh, verf...«

Wassertröpfchen flogen durch die Luft und brachen das Licht zu Miniregenbögen, als der wirklich, *wirklich* dumme Hund beschloss, sich zu schütteln. Meine Güte, war das Wasser kalt. Als Rosie kreischte, schob Liam sie hinter sich, um sie vor dem Schlimmsten zu retten, sodass er die volle Ladung abbekam.

»Ich kann mich nur entschuldigen. Schon wieder.« Liam leckte sich die feuchten Lippen und schmeckte Salz. »Ich weiß nicht, was mit dem blöden Hund los ist. Normalerweise benimmt er sich nie so daneben. Das macht er nur bei dir.«

»Ist schon gut.« Rosie betrachtete Liams nasses T-Shirt und begann zu lachen. Er hatte sie noch nie richtig lachen hören, und es hob seine Stimmung. »Du legst dich besser zum Trocknen auf den Sand. Du bist klatschnass.«

Liam ließ sich auf den warmen Sand sinken und stützte sich nach hinten auf die Ellbogen. Rosie setzte sich neben ihn, zog die Knie an und schlang die Arme darum. »Billy ist eine Nummer für sich.«

»Und was für eine«, sagte Liam, schaute seinen lächerlichen Hund an und schnalzte missbilligend mit der Zunge. Jetzt wälzte Billy sich auf dem Boden, und sein Fell war steif vor lauter Sand. »Wenn ich zurück bin, werde ich ihn im Hof mit Schlauch abspritzen.«

»Das wird ihm nicht gefallen.«

»Nein, wahrscheinlich nicht.«

Rosie legte die Wange aufs Knie, das Gesicht dem Meer zugewandt. Liam beobachtete für einen Moment, wie ihr Haar im Wind tanzte. Sie wirkte so erschöpft, so niedergedrückt vom Leben und seinen Geheimnissen.

»Dann bist du morgen also noch hier«, sagte er.

»Ja. Warum?«

»Morgen Abend findet im Gemeindesaal eine Achtziger-Jahre-Disko statt. Belinda und ihr Komitee veranstalten dort regelmäßig Partys. Hättest du Lust, mitzukommen und für ein paar Stunden abzuschalten?«

Rosie hob den Kopf. »Gehst du hin?«

»Immer.« Das war eine Lüge. Er war seit einer Ewigkeit nicht mehr da gewesen.

»Ich wette, dass du heimlich ein guter Tänzer bist.«

»Du hast mich auf den Schulfeiern tanzen sehen, du weißt ganz genau, dass *Let's Dance* mir nicht das Wasser reichen kann.«

Als Rosie ihm das Gesicht zuwandte, wurde ihm bewusst, wie nah sein Mund an ihrem war. Sie hatte wirklich wunderschöne Haut, und ihre Zähne hoben sich weiß von ihrer goldenen Sommerbräune ab. Eine blonde Locke war ihr auf die Schulter gefallen, und ohne richtig darüber nachzudenken, schob er sie ihr hinters Ohr und strich dabei mit der Hand über ihre Wange.

Rosie sah ihn an, ihre Augen von der Farbe der Blätter, die im Herbst über seinen Hof wehten. Keiner von beiden bewegte sich, während Möwen über ihnen kreisten und Kinder an ihnen vorbei ans Wasser liefen.

Liam, der Schürzenjäger, hätte ihr die Hand in den Nacken gelegt und sie sanft zu sich herangezogen, bis ihre Lippen sich trafen. Aber dieser Mann war er nicht mehr. Rosie, die Globetrotterin, hatte bereits einen Freund und interessierte sich ohnehin nicht für einen erfolglosen Bauern aus Heaven's Cove.

Er hatte gerade die Hand sinken lassen, als ein langer, dunkler Schatten über ihnen aufragte. Liam beschirmte die Augen und blicke gegen die Sonne.

»Oh!« Rosie kam hastig auf die Füße und bespritzte ihn mit Sand. »Du bist doch gekommen! Das hast du gar nicht gesagt.«

Sie schlang die Arme um den Hals des Mannes, der vor ihnen stand, während Liam sich erhob und sich den Sand von seinem feuchten T-Shirt wischte.

»Waren Sie schwimmen?«, fragte der Mann und sah Liam über Rosies Schulter hinweg an. Er trug einen gepflegten Schnurrbart und ein Ziegenbärtchen, und sein Arm um Rosies Taille hatte die gleiche Farbe wie Rosies Haut.

»Wir waren spazieren, und Billy, Liams Hund, hat uns mit Wasser bespritzt.« Rosie grinste. »Ich kann nicht glauben, dass du da bist, Matt.«

»Du hast doch wohl nicht gedacht, dass ich dich mit dem ganzen Kram alleinlasse, oder?«

Matt drückte Rosie eng an sich, während Liam eine Braue hob. Ihm schien, dass Matt bisher durchaus bereit gewesen war, Rosie mit »dem ganzen Kram« allein fertigwerden zu lassen.

»Komm, ich möchte euch richtig miteinander bekannt machen.« Rosie befreite sich aus der Umarmung. »Das ist Liam, den ich schon ewig kenne. Er ist der, der mir beim Anstreichen geholfen hat.«

»Ich bin Matt, Rosies Freund. Nett von dir, dass du Rosie geholfen hast, Liam.« Matts Knopfaugen bohrten sich in Liams. Er lächelte nicht.

»Kein Problem.«

»Also, woher kennt ihr euch?«

»Wir sind zusammen zur Schule gegangen.«

»Wirklich? Rosie hat dich noch nie erwähnt. Sie spricht ohnehin selten von Heaven's Cove. Dazu ist sie in Spanien viel zu beschäftigt.« Er griff nach ihrer Hand und schob seine Finger zwischen ihre.

Sie schloss ihre Hand über seiner. »Wie kommt es, dass du in Heaven's Cove bist, Matt, und woher hast du gewusst, dass ich am Strand bin?«

»Ich habe mir Sorgen um dich gemacht, also habe ich beschlossen, Arbeit Arbeit sein zu lassen und den nächsten Flieger zu nehmen. Juan meinte, er und Carmen kommen klar, bis wir wieder zurück sind. Dieses Nest hier liegt wirklich am Arsch der Welt. Ich habe ewig gebraucht, um vom Flughafen herzukommen, und dann hat eine komische Frau namens Linda oder so meinen Koffer gesehen und angefangen, mich zuzutexten. Sie sagte, sie würde dich kennen und hätte gesehen, dass du an den Strand gegangen bist. Also bin ich da hin und habe dich hier entdeckt. Euch.«

»Ich bin spazieren gegangen und Liam über den Weg gelaufen – er hat hier in der Nähe eine Farm.«

»Ach, du bist Bauer, Liam?«

»Mhm.« Jedes Mal, wenn Matt seinen Namen sagte, sträubten sich Liam die Nackenhaare.

Matt fuhr sich durch sein eigenes, kurzes braunes Haar und lächelte. Seine Zähne waren strahlend weiß wie in einer Zahnpastareklame. »Dafür bin ich dir sehr dankbar. Die Welt braucht mehr Bauern. Bauern sind klasse, aber für mich wäre das nichts – jahrein, jahraus an einem Ort zu kleben. Ich brauche das Abenteuer. Deshalb haben Rosie und ich uns auch auf Anhieb gut verstanden und sind Seelengefährten geworden. Wir sind füreinander geschaffen, nicht wahr, Baby?«

Täuschte Liam sich oder zuckte Rosie leicht zusammen?

Sie hakte Matt unter. »Komm, ich bringe dich besser nach Driftwood House, damit du auspacken kannst. Ich kann immer noch nicht glauben, dass du da bist. Liam, danke für den Spaziergang. Wir sehen uns sicher bald wieder.«

»Klar. Lass deinen Freund erst einmal ankommen, und Billy und ich beenden unseren Spaziergang.«

»War schön, dich kennenzulernen, Liam.«

Es war klar, dass er es nicht ehrlich meinte, und Liam spürte, wie Ärger in ihm aufstieg. »Ja, ganz meinerseits.«

Matt nahm seinen glänzenden schwarzen Koffer in die

Hand und legte den anderen Arm Rosie um die Taille. Gemeinsam gingen die beiden über den Sand davon.

»Und, Billy, was hältst du von Matt?« Liam bückte sich und strich durch das verfilzte Fell des Hundes. »Was hast du gesagt? *Matt ist ein totales Arschloch?* Ja, das war auch mein erster Eindruck.«

ZWEIUNDZWANZIG

»Von Bergsteigen hattest du aber nichts gesagt«, keuchte Matt und zerrte seinen Koffer über das letzte Stück des Feldwegs. Dort ließ er ihn fallen, sodass eine Staubwolke aufwirbelte, stemmte die Hände in die Hüften und richtete den Blick auf Driftwood House.

»Wie findest du es?«

Rosie war sich nicht sicher, warum sie nervös war. Es spielte keine große Rolle, was Matt von ihrem Elternhaus hielt. Es würde ohnehin bald nur noch ein Schutthaufen sein. Aber es freute sie trotzdem, dass er es von seiner besten Seite sah. Das Sonnenlicht spiegelte sich in den Fenstern, die der mit bunten Frühlingsblumen übersäten Küste zugewandt waren. Das Brummen eines Leichtflugzeugs mischte sich in das schwache rhythmische Geräusch der Wellen, die gegen die Felsen schlugen.

»Du hast keine Witze gemacht, als du gesagt hast, es müsse einiges gemacht werden.« Matt stieß einen leisen Pfiff aus. »Was für eine Bruchbude.«

»Das nun nicht gerade. Es braucht nur etwas liebevolle Zuwendung.«

»So wie du, Baby.«

Matt nahm sie in die Arme, und Rosie entspannte sich an seiner Brust. Es war gut, dass er da war, um ihr beizustehen und ihr beim Packen der letzten Kartons zu helfen.

»Hast du mich vermisst?«, flüsterte er ihr ins Ohr.

»Natürlich.« Und wie. Sie hätte ihn sogar noch mehr vermisst, wenn ihre Trauer, die Rettung des Hauses und das Lüften der Geheimnisse sie nicht so vereinnahmt hätten. Sie umarmte ihn fest. »Danke, dass du gekommen bist. Hast du dich in Spanien ohne mich einsam gefühlt?«

»Einsam und überarbeitet, obwohl Carmen sehr vielversprechend ist. Wir machen alle Überstunden, seit du uns ohne Vorwarnung verlassen hast.«

Rosie versteifte sich in seinen Armen. »Ich hatte keine große Wahl. Meine Mutter ist gestorben.«

»Ich weiß«, murmelte Matt und strich ihr übers Haar. »Das verstehen wir, und du musst bleiben, bis alles geregelt ist. Das mit deinem Dad ist ja der Hammer.«

»Auf jeden Fall.« Rosie löste sich von ihm. Sie wollte so kurz nach Matts Ankunft noch nicht darüber sprechen. Sie hob seinen Koffer hoch. Was hatte er bloß alles eingepackt? Das Ding wog eine Tonne. »Komm mit ins Haus, dann führe ich dich herum.«

Matt schlug die Tür hinter sich zu und sah sich mit zusammengekniffenen Augen in dem Halbdunkel um.

»Das Haus könnte eine neue Vordertür brauchen, aber der Eingangsbereich hat eine anständige Größe, und die Käufer würden voll auf die Originalfliesen und die Deckenleisten abfahren. Ist das Feuchtigkeit?«

»Ich fürchte, ja. Die Wände sind an manchen Stellen etwas porös, aber Liam sagt, dass man sie dort, wo Wasser eindringt, leicht reparieren kann.«

Rosie musste plötzlich an Liams sanfte Berührung denken, als er ihr das Haar hinters Ohr gestrichen hatte. Einen Moment lang hatte sie gedacht, er mache Annäherungsversuche, wie der Liam von früher, vor allem nach dem seltsamen Augenblick am Markttag. Die junge Rosie wäre entsetzt und ein bisschen aufgeregt gewesen. Aber dann hatte er die Hand natürlich sinken lassen. Und Matt war gekommen – ein Mann, der sie wirklich um ihrer selbst willen wollte.

»Ich bin so froh, dass du da bist, Matt«, sagte sie und warf sich ihm in die Arme. »Jetzt habe ich das Gefühl, dass alles richtig ist.«

»Natürlich ist es das, Baby. Natürlich ist es das«, murmelte er. »Los, komm. Du kannst mir später eine Führung durch Driftwood House geben. Wie wär's, wenn du mir zuerst das Schlafzimmer zeigst?«

Eine Stunde später lag Rosie mit dem Kopf auf Matts Brust, während er leise schnarchte. Das blasse Licht in ihrem alten Kinderzimmer fiel auf den Staub in den Ecken und Matts graue Unterhose auf dem Boden. Rosie hatte das Zimmer nach ihrer Rückkehr nach Driftwood House nicht benutzt, aber es wäre ihr falsch vorgekommen, Matt im Bett ihrer Mutter schlafen zu lassen.

Sie stand leise auf, schlüpfte in ihren Morgenrock und setzte sich an das offene Fenster. Eine sanfte Brise blähte die Gardinen, während sie Matt betrachtete, der mit von sich gestreckten Gliedern unter der Decke lag.

Unten hatte sie ihm gesagt, dass ihr alles richtig erschien, weil er hier war, aber im Moment fühlte sie sich verunsicherter denn je. Es war wunderbar, dass Matt die Reise doch noch auf sich genommen hatte, um ihr beizustehen, aber er wirkte in Heaven's Cove so fehl am Platz, als sei er aus Versehen im schläfrigen Devon an Land gespült worden.

Irgendwo im Haus schlug eine Tür zu, weil es durch ein Fenster zog. Was tat sie hier, wenn ihr Leben sich jetzt über tausend Meilen entfernt abspielte? Sie war dort angekommen. Sie hatte eine Wohnung, einen Freund, zwei Jobs, Freunde, mit denen sie in der Bar um die Ecke einen trinken ging, und das Wetter war fantastisch. Rosie blickte durch das Fenster auf die dunklen Wolken, die sich am Horizont zusammen-ballten.

Aber manchmal fehlten ihr der Wechsel der Jahreszeiten, das unberechenbare Wetter und das Gefühl, am Ort verwurzelt zu sein. Sie und Heaven's Cove waren nicht immer einer Meinung gewesen, aber dieses Dorf, diese Aussicht, hatten ihr jüngst im Wirbel der Trauer und der Geheimnisse Halt gege-ben. Vor allem aber fehlte ihr ihre Mutter, deren Anwesenheit in diesen Mauern immer noch spürbar war.

»Alles okay, Baby?« Matt gähnte und streckte die Arme über den Kopf.

»Ja, danke. Ich brauchte nur etwas frische Luft.«

»Woran denkst du gerade?«

Rose verkrampfte sich. Sie hasste diese Frage. »An dies und das. Vor allem habe ich über Heaven's Cove und Mum nach-gedacht.«

»Das mit deiner Mum tut mir leid.« Er stemmte sich auf einen Ellbogen. »Sie war eine ziemliche Geheimniskrämerin, nicht? Über das Haus zu lügen *und* kein Wort über deinen geheimnisvollen Vater zu sagen. Was für eine Frau! Denkst du wirklich, dass dieser Epping dein Vater ist?«

»Keine Ahnung. Ich halte es für wahrscheinlich, aber ich habe keinen Beweis.«

»Den könntest du dir beschaffen.« Als Matt sich aufrich-tete, rutschte die Decke an seiner behaarten Brust hinab. »Du könntest ihn zu einem DNA-Test zwingen.«

»Ich denke nicht, dass man Charles Epping zu irgendetwas zwingen könnte.«

»Doch, ich glaube schon. Es muss eine rechtliche Möglich-keit geben, es zu erzwingen.«

»Ich möchte nichts erzwingen, und Mum wollte nicht, dass ich von ihm erfahre.«

»Ja, aber deine Mum ist tot.«

Wow, das war direkt. Rosie zuckte zusammen, aber Matt, der inzwischen aus dem Bett gestiegen war und gerade in Shorts und Hose schlüpfte, bekam es nicht mit. »Ich verstehe nicht, warum du es nicht weiterverfolgen willst.«

»Ich weiß auch nicht. Die Eppings sind in Heaven's Cove bei allen verhasst, daher wäre es meiner Beliebtheit nicht gerade förderlich, wenn wir als Verwandte gelten.«

»Aber das kann dir doch egal sein! In ein paar Tagen bist du wieder in Spanien. Hast du mit ihm darüber gesprochen?«

Einen Moment lang dachte Rosie, er meinte Liam, bevor ihr klar wurde, dass Matt von Charles sprach. Sie schüttelte den Kopf.

»Du musst ihm sagen, dass du vielleicht seine Tochter bist.«

»Warum?«

Weil er es möglicherweise wissen will, wenn er wirklich dein Vater ist, Rosie. Weil es dein gutes Recht ist zu erfahren, wer dein richtiger Vater ist. Weil du eine Millionen Fragen haben musst, wie er und deine Mutter sich gefunden und warum sie sich wieder getrennt haben.

Bitte, sag etwas in der Art. Rosie sah Matt an und flehte stumm, dass er das Richtige sagen möge.

Matt stieß die Arme in sein T-Shirt mit der Aufschrift *I love Málaga*. »Weil du - wenn er so reich ist, wie du sagst - dafür sorgen musst, dass du in seinem Testament bedacht wirst. Bis dahin kann er dir das Haus als Schenkung überlassen, damit du es an einen Bauträger verkaufen und ein hübsches Sümmchen rausschlagen kannst. Das ist er dir schuldig.«

Kalte Enttäuschung machte sich in Rosie breit. Verstand Matt sie überhaupt? Als sie schwieg, kam er barfuß herüber und legte die Arme um sie. »Mir ist klar, wie schwer das alles ist,

Rosie, und du sollst wissen, dass ich immer für dich da bin. Oh, da gehe ich besser ran.«

Matt nahm sein klingelndes Handy aus der Hosentasche und warf einen Blick auf das Display. »Es ist die Arbeit. Wir reden gleich weiter.«

In der Tür blieb er stehen und warf ihr eine Kusshand zu, dann tappte er durch den Flur und die Stufen hinunter.

Rosie hüllt sich fester in ihren Morgenmantel und legte die Füße auf das breite Fenstersims. Hier hatte sie als Kind gesessen und sich die Ohren zugehalten, wenn ihre Mum und ihr Dad unten gestritten hatten. Der Mann, den sie für ihren Dad gehalten hatte.

Rosie blinzelte, um die Tränen zu vertreiben, die ihr die Sicht auf das Meer und den Himmel nahmen. Sie wusste genau, warum sie zögerte, mit Charles Epping über ihren Verdacht zu sprechen. Sein schlechter Ruf in Heaven's Cove spielte dabei zwar eine Rolle, aber vor allem hatte sie Angst – Angst, dass ihr mit fast dreißig das Gleiche geschah wie mit zehn und sie von ihrem Vater zurückgewiesen wurde.

Viele Menschen verlieren einen Vater, sagte die kleine Stimme in ihrem Kopf. *Aber zwei? Was sagt das über dich, Rosie?*

DREIUNDZWANZIG

Matt stand reglos wie eine Statue auf dem Kai und blickte angestrengt übers Wasser.

»Was hast du noch gesagt, wo es ist?«, fragte er.

»Da drüben auf der rechten Seite.«

»Ich kann nichts sehen. Allerdings kann ich bei dem Wetter eh nicht viel erkennen.«

»Es ist eine herzförmige Felsnase, die ins Meer ragt. Deshalb nennt man sie hier die Liebesinsel.« Rosie ließ die Hand sinken, mit der sie darauf gezeigt hatte. »Sie ist wirklich hübsch«, fügte sie erklärend hinzu, denn Matt würde die Halbinsel durch den Nebel über den Wellen wirklich nicht sehen können. »Es ist ein erstklassiger, unerschlossener Standort, den man für ein Vermögen an einen Bauträger verkaufen könnte.«

Bei diesen Worten merkte Matt auf, wie Rosie es erwartet hatte, und spähte mit zusammengekniffenen Augen und einer tiefen Falte zwischen den Brauen in die Ferne.

Verdammt. Rosie wollte ihm Heaven's Cove von seiner besten Seite zeigen: malerische weißgetünchte Cottages, die sich hübsch von dem sattblauen Himmel abhoben, schmale

Gässchen mit glücklichen Menschen in Shorts und Kinder, die aufgeregt mit Eimer und Schäufelchen an den Strand liefen.

Stattdessen rollte vom Meer dichter Nebel heran, der Himmel war stahlgrau, und alle Touristen, die so dumm waren, dem Dorf heute einen Besuch abzustatten, sahen todunglücklich aus.

»Nein, ich kann sie wirklich nicht erkennen.« Matt drehte sich fröstelnd zu ihr um. »Ist es hier immer so saukalt? Kein Wunder, dass du dich darauf freust, wieder nach Hause zu kommen.« Er zog Rosie in eine Umarmung. »Also, was wolltest du mir noch zeigen, bevor wir in die relative Wärme deines zugigen Elternhauses zurückkehren?«

»Die Kirche vielleicht?«

»Die Kirche?« Seinem Gesicht nach zu schließen, hätte sie genauso gut einen Besuch im Schlachthaus vorschlagen können.

»Es ist eine hübsche kleine Kirche aus dem fünfzehnten Jahrhundert mit schönen Glasmalereien und ... Strebepfeilern.«

Hatte die Kirche Strebepfeiler? Rosie war sich nicht ganz sicher, was das war, aber an alten Kirchen gab es wahrscheinlich welche.

»Das klingt total faszinierend, Baby.«

Sein Sarkasmus gefiel Rosie nicht. »Komm, es wird nicht lange dauern, und ich kann dir zeigen, wo Mum begraben liegt.«

»Na schön, dann also zur Kirche«, schnaubte Matt und gab Rosie das Gefühl, dass sie ihre Mutter als Trumpfkarte benutzte.

Es war wirklich hoffnungslos, Matt für Heaven's Cove begeistern zu wollen, und sie war sich nicht einmal sicher, warum sie sich überhaupt die Mühe machte. Sie hatte oft genug über das Dorf geklagt, aber die letzten Wochen hatten ihr die Augen für seine Schönheit geöffnet. Wie lautete noch das alte Sprichwort? *Man weiß erst, was man hatte, wenn man es verloren hat.* Bald würden Driftwood House und sie nicht mehr da sein, und sie würde keinen Grund haben, nach Heaven's Cove zurückzukehren.

»Ich glaube, ich habe Frostbeulen an den Zehen«, stöhnte Matt und stapfte auf den hellen, breiten Steinplatten des Kais mit den Füßen auf. Er jammerte nicht oft, aber Rosie wusste, wann sie geschlagen war.

»Wie wäre es, wenn wir uns die Kirche schenken und uns stattdessen eine heiße Schokolade gönnen? Ich kenne ein hübsches kleines Café an der High Street.«

»Das ist doch endlich mal ein Wort.« Matt roch nach Menthol, als er sich vorbeugte und sie auf die Nase küsste. »Nichts wie hin.«

The Heavenly Tea Shop war brechend voll, und Pauline warf ihr und Matt nur einen kurzen Blick zu, als sie eintraten.

»Sucht euch einen Tisch«, rief sie von der Theke und fuhr sich mit ihrem stämmigen Arm über ihr erhitztes, rotes Gesicht. »Falls ihr einen findet.«

»Hier ist ja ganz Heaven's Cove versammelt«, knurrte Matt, als er sich an einem Kinderwagen vorbeizwängte und auf einen kleinen Tisch ganz hinten im Café zusteuerte.

»Die meisten Gäste sind Touristen«, antwortete Rosie. Sie war enttäuscht, dass der Tisch zu weit vom Fenster entfernt war, um den schönen Blick auf die High Street und das Meer zu genießen, obwohl heute wegen der beschlagenen Scheibe nicht viel zu sehen war.

Matt griff nach der Speisekarte. »Na dann mal her mit der heißen Schokolade.« Er ließ den Blick durchs Café schweifen. »Ist das nicht die Frau, die mich abgefangen hat, als ich in dieses gottverlassene Dorf gekommen bin?«

»Wo?«

Als Rosie sich auf ihrem Stuhl umgedreht hatte, stand Belinda bereits vor ihnen, den üppigen Busen mit Kuchenkrümeln übersät.

»Was für ein Glück! Ich bin ja so froh, dass ich Sie und Ihren jungen Mann hier antreffe. Wir trinken nur kurz ein Tässchen Tee, bevor wir den Gemeindesaal für heute Abend herrichten.«

Rosie winkte Jim zu, der ihr ein klägliches Lächeln schenkte.

»Also, Rosie«, fuhr Belinda fort und runzelte die Stirn, als ein Kind hinter ihr zu weinen begann. »Ich brenne darauf zu erfahren, wie es neulich mit den Eppings gelaufen ist.«

»Ich weiß selbst nichts Genaues, Belinda. Sie haben sich in Driftwood House umgesehen und sind dann wieder gefahren.«

»Haben sie eine Entscheidung über die Zukunft des Hauses getroffen?«

»Nichts Offizielles, aber ich mache mir ehrlich gesagt keine großen Hoffnungen.«

»Was für ein Jammer. Haben Sie sich seit ihrem Besuch mal bei ihnen gemeldet?«

»Noch nicht.«

»Sagen Sie es nicht weiter, aber ich hatte anscheinend recht mit meinem Verdacht, dass sie nicht mehr ganz so reich sind wie früher. Ein paar falsche geschäftliche Entscheidungen, sagt mein Maulwurf.« Sie verzog das Gesicht, als das Schreien des Kindes seinen Höhepunkt erreichte. »Ich bin ehrlich erstaunt, dass es Ihnen überhaupt gelungen ist, den Kontakt zu den Eppings herzustellen. Das ist sehr überraschend.«

»Nicht wirklich«, unterbrach Matt. »Rosie und Charles Epping verbindet wahrscheinlich mehr, als Ihnen klar ist.«

Rosie trat Matt unter dem Tisch gegen das Schienbein. Hatte er etwa vor, in einem überfüllten Café ausgerechnet Belinda ihr Geheimnis zu verraten?

»Ach ja?« In Belindas Augen funkelte es gierig. Sie leckte sich ein paar Krümel Zuckerguss von den Lippen. »Erzählen Sie mir mehr.«

»Da gibt es nichts zu erzählen«, sagte Rosie laut und

versetzte Matt sicherheitshalber einen weiteren Tritt. »Was uns verbindet, ist Driftwood House, aber dessen Schicksal liegt in den Händen von Charles und Cecilia Epping. Es war schön, Sie zu sehen, Belinda, aber wir wollen Sie nicht von Ihrer Arbeit im Gemeindesaal abhalten.«

Belinda schaute mit schmalen Augen zwischen Rosie und Matt hin und her. »Da ist sehr viel zu tun. Dann will ich mal nicht weiter stören, aber vielleicht sehe ich Sie heute Abend bei der Tanzveranstaltung?«

»Vielleicht«, antwortete Rosie und fuhr mit dem Finger die Speisekarte entlang. »Ich denke, ich werde einen Cream Tea nehmen, Matt. Und du?« Als Belinda zurück zu dem leidgeprüften Jim eilte, legte sie die Speisekarte hin und beugte sich über den Tisch. »Was zum Teufel hast du dir dabei gedacht?«

»Wovon redest du?«

»Tu nicht so unschuldig, Matt. Du hast ganz klar auf mich und Charles Epping angespielt. Deshalb musste ich sie loswerden. Belinda ist das größte Klatschmaul der Stadt. Wenn sie auch nur den leisesten Wind von meinem Verdacht bekommt, wird es sie umhauen – und dann wird es wie der Blitz im Dorf einschlagen.«

»Wäre das denn so schlimm?«

»Natürlich! Alle würden wissen, dass ... er vielleicht ...« Sie konnte es nicht laut aussprechen. Nicht hier.

»Genau«, sagte Matt süffisant, »und das würde Charles Epping in Zugzwang bringen. Das wäre doch gut.«

»Nein, wäre es nicht. Es wäre schlecht, sehr schlecht. Und wozu sollte es ihn zwingen? Ich habe ja noch gar nicht mit ihm gesprochen.«

»Genau. Aber wenn ihm die Gerüchte zu Ohren kämen, müsste er mit dir darüber reden und sich seiner Vergangenheit stellen.«

»Meinetwegen kann er sich damit ruhig Zeit lassen.«

»Ja, aber ich verstehe nicht, warum, wenn er Wiedergutma-chung für das leisten soll, was er getan hat.«

Weil ich Angst davor habe, in ein weiteres Wespennest zu stechen. Weil mein normales Leben in einem Strudel von Geheimnissen verschwunden ist. Weil meine Mum einen guten Grund dafür gehabt haben muss, mich so lange zu belügen.

Warum konnte sie das dem Mann nicht sagen, den sie angeblich liebte? Rosie seufzte. »Es ist mein Geheimnis, und das bedeutet, dass ich darüber entscheide, ob ich es für mich behalten will oder nicht. Bitte, Matt.«

Er sah sie für einen Augenblick durch den warmen Mief des Cafés an, bevor er sich mit einem knappen Nicken wieder der Speisekarte zuwandte.

Einen Cream Tea später hatte Matts Laune sich deutlich gebessert. Er begann sogar, vor sich hin zu summen, als sie Arm in Arm auf die Kirche zuschlenderten.

Das ist schön, dachte Rosie, als die Sonne schließlich durch den Nebel brach und die alten Gebäude ringsum in ihrem Licht erstrahlen ließ. Jetzt war alles so, wie sie es sich erhofft hatte, als Matt aus heiterem Himmel aufgetaucht war – sie waren zusammen und genossen die gemeinsame Zeit. Er hatte ihr gefehlt.

»Noch mal danke, dass du hergeflogen bist, um mich zu unterstützen.«

»Schon okay. Weißt du, ich ...« Matt hielt inne, abgelenkt von seinem Handy, das seit seiner Ankunft in Heaven's Cove fast ununterbrochen geklingelt hatte. Und für gewöhnlich – jepp, Rosie warf einen Blick auf das Display, bevor er den Anruf entgegennahm – war Carmen am Telefon.

»Musst du da rangehen? Carmen kann doch bestimmt jemand anderen im Büro um Rat fragen.«

»Ich weiß, Baby, aber sie betrachtet mich als Mentor.« Er

zuckte die Achseln, als wolle er sagen: *Ich kann nichts dafür, dass ich so toll bin.* »Außerdem hat sie heute Geburtstag, da kann ich sie nicht einfach abwimmeln.«

»He, Rosie. Bleib mal stehen!«

Aus dem Augenwinkel sah Rosie etwas Pinkfarbenes aufblitzen und erblickte Nessa, die in einem magentafarbenen T-Shirtkleid auf sie zukam und Lily an der Hand hielt.

Matt hatte Nessa ebenfalls bemerkt und bedeutete Rosie, dass er seinen Anruf anderswo entgegennehmen würde, bevor er sich in den Eingang von Maria's Bonbonladen zurückzog, wo man neben gestreiften, klebrigen Zuckerstangen jede erdenkliche Süßigkeit bekam.

»Ist das dein Freund?«, fragte Nessa, als sie schnaufend vor Rosie stehen blieb. »Sehr nett.«

»Er ist gleich wieder da. Er telefoniert mit dem Büro.«

»Sieht gut aus, fliegt über den ganzen Kontinent, um dir beizustehen, und ist ein gefragter Mann. Klingt für mich nach einer sehr sexy Kombination.«

»Benimm dich! Hey, Lily, wo hast du denn heute dein Fahrrad gelassen?«

Rosie grinste das kleine Mädchen an, das am Daumen lutschte und sie misstrauisch beäugte.

»Eigentlich hätte Jake sie heute Morgen abholen sollen, um mit ihr Mittag essen zu gehen, aber er hat in der letzten Minute einen Rückzieher gemacht, und jetzt ist Lily ganz enttäuscht, nicht wahr, Süße? Wir sind auf dem Weg zu Maria's Bonbonladen, um sie wieder aufzumuntern. Nach einem kandierten Ananaswürfel sieht die Welt gleich ganz anders aus, und ich spreche aus Erfahrung.«

»Das werde ich mir merken. Solltest du nicht bei der Arbeit sein?«

»Scaggy hat mir wundersamerweise den ganzen Samstag freigegeben. Er wird es gegen mich verwenden und mich im Sommer jeden einzelnen Sonntag antanzen lassen, aber egal. Ich hatte eigentlich vor, mich heute selbst zu verwöhnen und mich für den Tanz heute Abend schön zu machen, aber Lily kann mir helfen, mich aufzudonnern. Vielleicht schaffen wir es sogar, an den Strand zu gehen, wenn die Sonne richtig rauskommt. Was ist mit dir?«

Rosie antwortete nicht, weil ihr gerade ein Gedanke gekommen war. Wenn heute Carmens Geburtstag war, dann war sie wahrscheinlich nicht bei der Arbeit. Es war ihr fünfundzwanzigster – sie redete schon seit Monaten darüber, dass sie »alt« wurde –, und sie hatte jedem, der es hören wollte, von dem fabelhaften Tag erzählt, den sie mit Freunden in einem Wasserpark verbringen wollte. Rosie warf einen Blick zu ihrem Freund, der in sein Handy lachte und lebhafter wirkte als den ganzen Morgen über.

»Erde an Rosie! Ist jemand zu Hause?«

»Entschuldige, Nessa. Was hast du gesagt?«

»Ich habe gefragt, wie der Besuch von den Eppings gelaufen ist. Von Belinda habe ich gehört, dass sie unangemeldet aufgetaucht sind. Das ist typisch für sie – zu früh kommen und ihre Beute überrumpeln.«

»Als Beute würde ich mich nicht gerade bezeichnen, aber ich war überrumpelt, allerdings.«

»Und, wie ist es gelaufen?«

»Nicht besonders gut, und ich bin mir sicher, dass das Haus abgerissen wird.« Rosie schaute wieder zu Matt hinüber, der sich abgewandt hatte, sodass sie nur seinen Rücken sah. »Charles Epping hat fast gar nichts gesagt, und Cecilia Epping hasst mich.«

»Nach dem, was man so hört, hasst sie jeden. Sie ist ein richtiges sauertöpfisches Mi…« Nessa sah Lilys aufmerksames Gesicht und presste die Lippen fest aufeinander. »Und was heißt das für dich?«

»Ich werde nächsten Mittwoch zurück nach Spanien fliegen. Ich kann mir nicht unbegrenzt unbezahlten Urlaub von meinen Jobs nehmen, ohne sie beide zu verlieren.«

»Wie schade. Es war schön, dich wieder hier zu haben. Ich, Katrina, Belinda und Liam ... wir werden dich alle vermissen.«

»Ich glaube nicht, dass Katrina es überhaupt bemerken wird, wenn ich fort bin.«

Nessa grinste sie an. »Gut, Katrina vielleicht nicht ... oh, sieht so aus, als hätte dein Freund sein Gespräch beendet. Hi, ich bin Nessa.«

Matt kam herbeigeschlendert und schüttelte Nessa die Hand.

»Rosie meinte, das wäre ein Arbeitsanruf gewesen. Man kann dem Büro nicht entfliehen, nicht einmal im tiefsten Devon.«

»Manchmal denke ich, dass im Büro ohne mich alles zusammenbrechen würde«, lachte Matt.

»Du hast gesagt, heute sei Carmens Geburtstag«, unterbrach Rosie ihn.

Er zögerte. »Das stimmt.«

»Ich dachte, sie wollte zur Feier ihres Fünfundzwanzigsten mit Freunden in den Wasserpark gehen.«

»Da ist sie jetzt auch, aber sie hat morgen einen heiklen Besichtigungstermin und brauchte einen Rat.«

»An ihrem freien Tag?«

»Ja.«

»An ihrem Geburtstag?«

»Sie ist ehrgeizig und will weiterkommen. Carmen möchte gute Arbeit leisten und weiß, dass ich ihr dabei helfen kann.«

Ging er auf Abwehr, oder reagierte Rosie übertrieben? Wahrscheinlich Letzteres. Die jüngsten Ereignisse hatten sie in ein Nervenbündel verwandelt. Und Matt wollte bei ihr sein, sonst wäre er nicht über tausend Meilen geflogen, um ihr mit Driftwood House zu helfen. Sie drückte seinen Arm. »Dann kann sie sich glücklich schätzen, einen Mentor wie dich zu haben.«

»Kommt ihr nachher zur Party?«, fragte Nessa, während Lily sie zu dem Süßigkeitenladen zog.

»Was hat es mit dieser Party auf sich, von der alle sprechen?«

»Warte, Lily! Heute Abend findet im Gemeindesaal eine Achtziger-Jahre-Disko statt. Ihr solltet wirklich kommen. Das wird lustig«, rief sie, bevor Lily sie durch die Ladentür zerrte.

»Kennst du eigentlich jeden hier?«, fragte Matt, als die Tür sich hinter Nessa und Lily schloss.

»So ziemlich.«

»Woher kennst du Nessa?«

»Wir sind zusammen zur Schule gegangen.«

»Wie der Bauer vom Strand. Ich schätze, dass wir dem als Nächstes über den Weg laufen werden.«

»Das bezweifele ich. Liam wird auf seinem Hof alle Hände voll zu tun haben.«

»Ich weiß nicht, wie er es aushält, hierzubleiben und einen Bauernhof zu betreiben. Das ist langweilig und unambitioniert, wenn du mich fragst.«

»Es ist nichts dergleichen. Liam kümmert sich um das Land, wie seine Familie es seit Generationen tut. Er schafft neues Leben.«

»Schafft neues Leben? Es ist nicht nötig, biblisch zu werden, wenn er nichts weiter tut als ein paar Karotten anzubauen.« Matt rümpfte die Nase. »Also, was ist mit der Party? Hast du Lust?«

»Vielleicht. Ich bin mir nicht sicher.«

»Eigentlich könnten wir hingehen. Etwas anderes kann man hier ja nicht machen.«

»Nein, außer dass man in der Bucht Delfine beobachten, oben auf den Felsen die tolle Aussicht genießen, durch die schöne Landschaft wandern und sich in gemütlichen Cafés einen Cream Tea gönnen kann.«

»Aber es ist trotzdem nicht Málaga, oder? Was hast du noch gesagt, wo diese alte Kirche ist?«

Er schlenderte davon und trat gegen eine leere Getränkedose, die jemand auf die Straße geworfen hatte.

Rosie sah ihm nach, wie er mit den Händen in den Taschen davonspazierte. Heaven's Cove war sicher nicht Südspanien mit seiner lebendigen Kultur und den endlosen heißen Sandstränden. Aber dieses Dorf besaß seinen eigenen Charme, und seit sie Matt dessen Vorzüge anpries, erkannte und schätzte sie dies immer mehr.

VIERUNDZWANZIG

Liam stöhnte, während die Musik durch seinen Schädel wummerte und den Kopfschmerz verstärkte, der sich den ganzen Nachmittag über angekündigt hatte. Jetzt wusste er wieder, warum er nicht mehr zu den Dorfpartys ging. Er hatte im vergangenen Jahr gleich mehrere solcher Veranstaltungen sausen lassen und war Alex zufolge auf dem besten Weg, ein alter Sack zu werden.

Nach einem Schluck von seinem warmen Bier trat er zurück, doch zuvor trat Michaela ihm mit ihren silbernen Stiefeletten kräftig auf die Zehen. Für jemanden, der hier im Gemeindesaal einen wöchentlichen Fitnesskurs gab, war sie erstaunlich stämmig.

»Tschuldigung«, brüllte sie, bevor ihr Mann sie zu einem Klassiker aus den Achtzigern davonwirbelte, dessen Titel Liam nicht mehr einfiel. Belinda hatte die Anlage gemietet und wahrscheinlich auch die Musikauswahl bestimmt.

Der Abend versetzte einen in die Vergangenheit zurück, genau wie Heaven's Cove, das mit seinen historischen Gebäuden und den Fischern, die seit Jahrhunderten vom Kai ablegten, oft wie ein lebendiges Museum wirkte.

Liam dachte über seine Hassliebe zu dem Dorf nach, während die Musik schneller wurde und die Tänze wilder. Er war nicht mehr glücklich in Heaven's Cove, aber es gab auch keinen Ort, an dem er lieber gewesen wäre. Es war eine ziemliche Zwickmühle.

Er stellte sich auf die Zehenspitzen und ließ den Blick über die im Stroboskoplicht auf und ab hüpfende Menge wandern. Alex baggerte Ella an, Corals Tochter, und Nessa bewegte sich am Rand der Tanzfläche zur Musik. Aber Rosie war nicht hier.

»Du hast es also doch geschafft.« Als Liam sich umdrehte, stand Katrina dicht hinter ihm. Ihr glänzendes dunkles Haar streifte seine Schulter, als sie den Kopf neigte. »Ein kleines Vögelchen hat mir verraten, dass du dich zu Belindas Party trauen würdest.«

»Und wer war dieses Vögelchen?«

»Morris, als ich ihm in der Bäckerei über den Weg gelaufen bin.«

»Ah.« Liam erinnerte sich vage daran, Morris gegenüber erwähnt zu haben, dass er vielleicht hingehen würde. In Heaven's Cove blieb nichts lange geheim - obwohl Rosies schockierende Erkenntnis, dass ihr Dad vielleicht nicht ihr leiblicher Vater war, den Leuten bisher entgangen war.

Es war ein unglaubliches Geheimnis, das Rosie so kurz nach dem Verlust ihrer Mutter entdeckt hatte. Und sie hatte es ihm anvertraut. Für einen Moment nahm er den stampfenden Rhythmus wie aus weiter Ferne wahr. Er war wieder am Strand und strich ihr über die weiche Wange.

»Liam, ich glaube, du hörst mir gar nicht zu«, schimpfte Katrina und rückte noch näher. »Ich sagte, dass ich Angst hatte, dass du diese Tanzveranstaltungen völlig aufgegeben hast.«

»Man kann hier an einem Samstagabend sonst nicht viel unternehmen.«

»Da würde mir schon etwas einfallen. Habe ich erwähnt, dass Stephen bei einer langweiligen Konferenz in New York ist? Er kommt erst am Montag zurück, daher habe ich das ganze Wochenende für mich allein. Was hältst du davon?«

Die Berührung auf Liams Arm war leicht, aber sie verhieß heiße Küsse und Gesellschaft. Sie könnten zu ihr gehen und auf dem sündhaft teuren Designerteppich rummachen, von dem sie allen erzählt hatte. Sie sah toll aus in dem engen blauen Glitzerkleid und würde ohne zweifellos noch toller aussehen.

»Ach, guck mal, wer da ist.« Katrina reckte den perfekten, langen Hals zur Tür. »Und sie hat einen attraktiven Mann mitgebracht. Wunder über Wunder. Hey, Rosie«, rief sie und winkte. »Hier sind wir.«

Rosie bahnte sich einen Weg durch die Tänzer, und ihr blondes Haar fiel ihr offen über die Schultern. Sie lächelte Katrina an, mied aber Liams Blick.

»Wen hast du mitgebracht, Rosie?«

»Das ist Matt, mein Freund.«

»Meine Güte, sie hat dich aber gut versteckt.«

Matt, in engen Jeans und schwarzem T-Shirt, wirkte ziemlich verblüfft über Katrinas schillernde Erscheinung. Er nahm ihre Hand, hob sie an den Mund und streifte sie mit den Lippen, obwohl Rosie neben ihm stand. Gott, was für ein Widerling.

»Ich lebe mit Rosie in Spanien«, schrie Matt über die Musik, die immer lauter zu werden schien. »Wir wohnen aber nicht zusammen.«

Das vielleicht nicht, aber sie schliefen definitiv miteinander. Nicht dass es Liam etwas anging. Er nahm einen großen Schluck von seinem warmen Bier und wünschte, er wäre zu Hause bei Billy geblieben.

»Was für eine Party ist das denn?«, lachte Matt und beäugte die Einheimischen, die zeigten, was sie draufhatten.

»Matt war noch nie auf einem Dorffest«, erklärte Rosie und strich sich die Bluse glatt, die sich schneeweiß von ihrer goldenen Haut abhob. »Er ist in London aufgewachsen.«

»Ein echter Kosmopolit«, schnurrte Katrina.

Matt beugte sich zu Rosie, als die ersten Klänge von »Thriller« ertönten. »Sollen wir es wagen?«

»Ich weiß nicht. Es ist seltsam, so kurz nach Mums Tod hier zu sein.«

»Ich weiß, Baby. Aber sie würde nicht wollen, dass du unglücklich bist, oder? Komm.«

Bevor Rosie noch etwas sagen konnte, legte Matt ihr die Hand auf den Rücken und schob sie in die tanzende Menge. Er fasste sie um die Taille und wirbelte sie über die Tanzfläche, wo sie beinahe mit Nessa zusammenprallte.

»Wer hätte gedacht, dass die kleine Maus Rosie einen so heißen Freund an Land ziehen würde?« Katrina schaute Liam durch die langen schwarzen Wimpern an. »Wollen Sie mich nicht zum Tanz auffordern, Mr Satterley?«

»Ja, klar.« Liam hielt ihr die Hand hin. Da er nun schon mal hier war, gab es keinen Grund, sich wie ein ungehobelter Idiot zu benehmen.

Anderthalb Stunden später lehnte Liam an der Bar und warf einen verstohlenen Blick auf seine Armbanduhr. Er würde bald nach Hause gehen, und Katrina würde die Einzige sein, die sein Verschwinden bemerkte.

Plötzlich mischte sich Rosies Parfum, der zarte Duft eines englischen Gartens auf dem Land, in den Geruch von Bier und Schweiß im Saal. Sie stand hinter ihm. Er rückte zur Seite, um an der Theke Platz für sie zu machen.

»Hi, Liam.« Ihr schmaler goldener Armreif glitzerte im Licht, als sie die Hand hob und versuchte, die Aufmerksamkeit von Jim auf sich zu lenken, der als Barkeeper fungierte. Belinda hatte keine Hemmungen, ihren Mann für die verschiedensten Aufgaben einzusetzen.

»Hi.«

Rosie lächelte und neigte den Kopf näher zu ihm, damit er sie verstehen konnte. »Diese Party ist wie eine Zeitreise in die Schulzeit. Ich rechne jeden Moment damit, über Zwölftklässler zu stolpern, die in der Ecke knutschen.«

»Bist du zu den Schulfeiern gegangen?«

»Manchmal. Ich habe immer am Rand gestanden und gehofft, dass mich jemand zum Tanzen auffordern würde, aber das hat nie jemand getan.«

»Nicht einmal ich?«

»Du schon gar nicht. Du hast nur mit den coolen Mädchen rumgemacht.«

»Was soll ich sagen? Ich war unwiderstehlich.«

»Ja, du warst schon immer der Dorfschwarm.«

»Allerdings.« Er ließ den Rest Bier in seinem Plastikbecher kreisen. »Wo ist dein Freund?«

»Er hat mit Katrina getanzt. Sie hat ihm aufgelauert, und er schien nicht böse deswegen zu sein. Aber er hat gerade einen Anruf von einer Kollegin bekommen und ist nach draußen gegangen, um mit ihr zu reden.«

Kleine Lichtpunkte von der Diskokugel tanzten über ihr hübsches Gesicht, als sie sich der Menge zuwandte und mit dem Fuß wippte. Plötzlich waren sie wieder jung, und Liam sah sie vor sich, wie sie zuschaute und auf eine Einladung wartete, die nicht kam.

»Willst du tanzen?« Er hielt ihr die Hand hin.

»Was hast du gesagt?«

Er legte ihr den Mund ans Ohr. »Ich habe gefragt, ob du tanzen willst.«

Sie drehte den Kopf und sah ihn an. »Warum? Um wiedergutzumachen, dass du mich nie gefragt hast?«

»So was in der Art.« Liam grinste. »Nein, eigentlich nicht. Ich dachte nur, dass du vielleicht gern mit mir tanzen würdest. Obwohl es okay ist, wenn du warten willst, bis Matt zurückkommt und ...«

»Schon gut.« Sie legte ihre Hand in seine. Ihre Haut war trotz der drückenden Hitze in dem vollen Saal kalt.

Nachdem er sein Bier weggestellt hatte, führte er sie mitten auf die Tanzfläche und begann, sich im Takt zu bewegen. Vor ein paar Jahren hätte er unbefangen getanzt, weil er wusste, dass er gut aussah und die Leute ihn voller Bewunderung beobachteten. Was hatte Alex ihm einmal nach ein paar Bier zu viel gesagt? *Alle Frauen wollen was mit dir anfangen, und die Männer wollen du sein.* Vielleicht hatte er sich auch etwas gröber ausgedrückt – jedenfalls war sein Freund nicht ganz mühelos mit dem klargekommen, was er da festgestellt hatte.

Doch in letzter Zeit war Liam das Selbstbewusstsein abhandengekommen. Er war nicht mehr der gute Fang wie in der Zeit, als es mit der Farm noch nicht bergab gegangen war, als seine Wangen sich noch nicht von der Arbeit im Freien bei Wind und Wetter gerötet hatten, als er noch nicht abserviert worden war und, um eine weitere Formulierung von Alex zu benutzen, als er noch nicht *voll die Spaßbremse* geworden war.

»Das ist toll«, rief Rosie, deren Hüften sich im Takt der Musik wiegten. Sie schloss die Augen, und die Anspannung, die ihr ins Gesicht geschrieben stand, fiel von ihr ab, als ihnen der wummernde Beat bis in die Knochen drang.

»Das war Madonnas ›Material Girl‹«, verkündete der DJ mit amerikanischem Akzent, obwohl es sich beim DJ um Clive handelte, der tagsüber Lieferwagen fuhr und wahrscheinlich in seinem Leben nicht weiter als bis nach Frankreich gekommen war. »Und jetzt ein langsames Stück mit romantischen Vibes, ein Klassiker der Achtzigerjahre: ›Time After Time‹ von Cindy Lauper. Es ist für alle Turteltauben von Heaven's Cove da draußen.«

»Kitschig, was?«, stöhnte Rosie.

»Megakitschig.« Liam lachte. »Clive ist selbst ein Relikt der Achtziger.«

Um sie herum begannen die Paare, sich eng umschlungenen im Takt zu wiegen, während er und Rosie stocksteif auf der Tanzfläche standen. Das wurde langsam peinlich. Rosie wandte sich mit flammenden Wangen zum Gehen, aber dann legte Liam ihr eine Hand um die Taille und zog sie an sich.

»Um wiedergutzumachen, dass ich dich nie gefragt habe«, sagte er ihr ins Ohr und spürte ihr weiches Haar an seiner Haut.

»Du alter Charmeur«, lachte Rosie an seiner Brust.

Zuerst bewegten sie sich hölzern zur Musik, seine Hände um ihre Taille und ihre Hände auf seinen Schultern. Zwei Menschen, die sich von früher kannten. Alte Freunde oder vielleicht neue. Aber als die Tanzfläche sich füllte, wanderten seine Hände über ihren Rücken, und sie schlang ihm die Arme um den Hals, bis sie sich berührten. Er hielt sie fester, und sie bewegten sich im Gleichklang der Musik, während Rosie ihm die Wange an die Schulter legte.

Liam traten Tränen in die Augen, die er heftig wegblinzelte. Was war denn mit ihm los? Frauen über die Tanzfläche zu schieben, war sein Ding. Jeder erwartete von Liam Satterley, dass er am Ende des Abends mit einer Frau in die Kiste sprang. Aber Deanna hatte ihn verändert, als sie in sein Leben getreten war. Und als sie ihn am Altar hatte stehen lassen, hatte sie ihn noch mehr verändert.

Danach glaubte er, dass er sein Herz nie wieder jemandem anvertrauen würde. Bei Rosie jedoch schien es sicher zu sein. Es kam ihm irgendwie richtig vor. Er fühlte sich wirklich zu ihr hingezogen, wie sehr er auch versuchte, es zu ignorieren. Aber auch Rosie würde verschwinden und zusammen mit Matt zu ihrem Leben in Spanien zurückkehren.

Wenigstens hatte er diesen Moment des Trostes. Liam schloss die Augen und genoss das Gefühl, Rosie in den Armen zu halten, während ihre Stirn an seinem Hals ruhte.

Der Song war viel zu schnell zu Ende, und die Musik nahm wieder Fahrt auf. Rosie löste sich von ihm und lächelte ihn an.

»Danke«, rief sie ihm ins Ohr. »Du bist nun von jeder Schuld freigesprochen, dass du mich bei der Schuldisko heulend am Rand hast stehen gelassen.«

»Ich war gern zu Diensten.«

Mann, hatte er gerade zum Scherz salutiert? Was war er doch für ein Idiot. Kein Wunder, dass Rosie die Stirn runzelte, bevor sie die Tanzfläche verließ. Er folgte ihr zurück an die Bar.

»Was habt ihr getrieben?«, fragte Matt, der auf sie zukam und dabei sein Handy in die Jeanstasche schob.

»Wir haben getanzt, um der alten Zeiten willen. War das Carmen am Telefon?«

»Ja.«

Bildete Liam es sich nur ein, oder lag in Matts Blick etwas Ausweichendes?

Rosie spielte mit den Perlenknöpfen ihrer Bluse. »Sie muss wirklich Angst vor dem Besichtigungstermin morgen haben, wenn sie dich so spät am Abend anruft, noch dazu an ihrem Geburtstag.«

»O ja. Du musst bedenken, dass alle unter Druck stehen, weil wir im Moment nicht im Büro sind.«

Clever, dachte Liam, Rosie in die Defensive zu treiben, indem er ihr wegen ihrer Abwesenheit ein schlechtes Gewissen einredete.

»Hast du Lust auf einen weiteren Tanz?«, fragte Matt und griff nach Rosies Hand.

Sie schüttelte den Kopf. »Macht es dir etwas aus, wenn wir zurück nach Driftwood House gehen? Ich bin müde, und es ist immer noch etwas seltsam für mich, hier zu sein.«

»Natürlich, wenn du willst. Es wird uns beiden guttun, früh schlafen zu gehen.«

Den triumphierenden Blick, den Matt ihm zuwarf, bildete Liam sich definitiv nicht ein.

Nachdem Rosie und ihr nerviger Freund gegangen waren, kippte Liam den Rest seines Biers herunter und wischte sich mit dem Handrücken über den Mund. Dann nahm er seine Jacke von der Rückenlehne des Stuhls und trat aus dem Gemeindesaal hinaus in den stillen Abend. Es hatte keinen Sinn, sich von Alex zu verabschieden, weil er in einer Ecke mit Ella rummachte.

An der Kreuzung der Church Lane, wo sich der Kirchturm über den Bäumen erhob, hörte er Schritte hinter sich auf dem Pflaster.

»Gehst du schon, Liam? Du hast gar nicht Auf Wiedersehen gesagt.«

Liam drehte sich um und stöhnte im Stillen. »Ich habe dich nicht gefunden, Katrina.«

»Bin ich so leicht zu übersehen?« Sie warf sich das Haar über die Schulter und schenkte Liam ihr schönstes verführerisches Lächeln.

»Eine Frau wie dich kann man nicht übersehen.«

»Die Party ist bald zu Ende. Willst du nicht noch für die letzten Tänze bleiben?«

Liam schüttelte den Kopf. »Tut mir leid, so ein Langweiler zu sein, aber ich muss morgen früh raus, wie jeden Tag.«

Er konnte sich nicht daran erinnern, wann er das letzte Mal ausgeschlafen hatte. Es gab immer eine lange Liste von Aufgaben, die erledigt werden mussten, und Billy heulte herzzerreißend, wenn er nicht kurz nach Sonnenaufgang in den Hof gelassen wurde.

»Wie schade.« Katrina trat näher. Ihr Atem roch nach Gin. »Geht es dir gut, Liam?«

»Natürlich. Es geht mir immer gut.«

»Mhm. Ist Rosie auch schon weg?«

»Sie und Matt sind nach Driftwood House zurückgekehrt, um früh ins Bett zu gehen.«

»Sie werden wohl bald nach Spanien zurückfliegen.«

»Nächsten Mittwoch, denke ich.«

»Schade. Sie wird uns allen sehr fehlen.« Katrinas Mund verzog sich zu einem schmalen Strich. »Bist du dir ganz sicher, dass es dir gut geht, Liam?« Sie schlang ihm die Arme um den Hals und zog ihn fest an sich. »Du kannst es mir ruhig sagen, wenn du dich einsam fühlst. Ich bin auch manchmal einsam.«

Sie stellte sich auf die Zehenspitzen und näherte sich seinem Gesicht, bis ihre Lippen sich trafen und sie ihn küsste. Es war ein langer, leidenschaftlicher Kuss, und nach einem Moment erwiderte er ihn und schob ihr die Finger ins lange Haar. Das ferne Dröhnen der Disko verklang, und er vergaß alles um sich herum und spürte nur noch ihre nach Gin schmeckenden Lippen und ihren Körper, der sich an ihn schmiegte. Das war gut. Es war genau das, was er all die Monate vermisst hatte.

Katrina war die Erste, die sich aus der Umarmung löste. »Komm mit.« Sie verschränkte ihre Finger mit seinen und machte Anstalten, ihn zum Parkplatz zu führen. »Wir können zu mir gehen.«

»Du kannst nicht fahren.«

»Natürlich kann ich. So viel habe ich nun auch wieder nicht getrunken.«

»Was ist mit Stephen?« Liam blieb so plötzlich stehen, dass ihre Hand aus seiner rutschte.

»Was soll mit ihm sein? Er ist in New York, das habe ich dir doch gesagt.«

Liam schüttelte den Kopf. »Ich kann nicht.«

»Wegen Stephen brauchst du dir keine Gedanken zu machen. Er ist nicht da und treibt Gott weiß was. Wir haben eine sehr offene Beziehung, wenn du weißt, was ich meine.«

»Ich kann trotzdem nicht. Es tut mir leid, Katrina.«

»Wir können auch zu dir fahren, wenn es dir bei mir nicht geheuer ist.« Sie klang gereizt, als sie mit dem Finger an seinem Arm hinabstrich. »Außerdem würde er es gar nicht erfahren,

Liam. Er würde niemals, absolut niemals etwas über uns erfahren.«

Es war so verlockend. Sie konnten vorsichtig sein, und es wäre schön, die Wärme eines anderen Menschen in seinem Bett zu spüren. Wen interessierte es, wenn er Stephen das Gleiche antat, was Deanna ihm angetan hatte? Früher war es ihm egal gewesen, ob die Frauen, mit denen er schlief, bereits vergeben waren.

Aber jetzt war sein Herz ein anderes, und außerdem war es nicht Katrina, die er wollte.

Er schob die Hände in die Taschen und trat zurück. »Du bist wunderschön, Katrina, und die meisten Männer würden töten, um eine Nacht mit dir zu verbringen, aber ich kann nicht etwas anfangen, was nicht fortgesetzt werden darf. Es steht zu viel auf dem Spiel.« Er schüttelte den Kopf, als sie den Mund zu einer Erwiderung öffnete. »Es tut mir leid. So ist es eben für mich. Und es liegt nicht an dir ...« O nein, nicht dieses dumme Klischee, aber in dem Fall war es die Wahrheit. »Es liegt wirklich nicht an dir, sondern an mir.«

Katrina starrte ihn mit einem Ausdruck der Ungläubigkeit an, dann drehte er sich um und ging davon. Wahrscheinlich würde sie Gerüchte in Umlauf bringen, er sei impotent, und Alex würde es ihm ewig aufs Butterbrot schmieren, wenn er davon erfuhr. Aber jetzt war es passiert, und ihm stand eine weitere einsame Nacht mit niemandem außer Billy als Gesellschaft bevor.

FÜNFUNDZWANZIG

»Wieso hast du eigentlich keinen Kater?«

Matt massierte sich die Schläfen und sah Rosie über sein Müsli hinweg mit trüben Augen an. Sie war dabei, das Geschirr ihrer Mutter in Zeitungspapier einzuwickeln und hielt jetzt inne, um ihn prüfend anzusehen. Er war in einen tiefen Schlaf versunken, kaum dass sie am vergangenen Abend nach Hause gekommen waren, und sah heute Morgen tatsächlich etwas mitgenommen aus.

»Ich habe nicht viel getrunken. Hauptsächlich Orangensaft und Limonade.«

»Sehr klug. Dieses grässliche Bier war stärker, als es aussah.«

»Hat dir der Abend gefallen?«

»Ja, es war amüsant.«

»Amüsant? Was meinst du damit?«

»Es war zum Schreien, wie die ganzen Bauerntrampel aus dem Dorf zu Spandau Ballet und Duran Duran herumgehüpft sind. Ehrlich, eine Party für Hinterwäldler! Du hattest so recht, was dieses öde Nest betrifft.« Er warf durchs Fenster einen

Blick auf den bleigrauen Himmel. »Und das Wetter ist einfach grauenvoll.«

Rosie hockte auf dem Boden und strich sich das Haar aus dem Gesicht. »Ich glaube nicht, dass ich Heaven's Cove jemals als ödes Nest bezeichnet habe, und es gibt viele Dörfer und Städte, die Achtziger-Jahre-Partys veranstalten. Retro ist voll im Trend.«

»Eher voll zum Kotzen«, brummte Matt und stocherte in seinem fester werdenden Müsli herum.

»Ich mag die Leute hier ganz gern«, antwortete sie ihm und fragte sich, ob Matt Liam als Bauerntrampel einstufte. Hatte sie das früher auch getan? Was für ein schrecklicher Snob sie gewesen war.

Matt ging nicht darauf ein und tippte auf sein Handy, das auf der Arbeitsplatte lag und gerade mit einem Klingeln das Eintreffen einer weiteren Nachricht angekündigt hatte. Er las sie und lächelte.

»Etwas Wichtiges?«

»Nur Bürokram. Nichts, worüber du dir Gedanken zu machen brauchst. Besteht nach unserer harten Arbeit die Chance auf eine Tasse Tee?«

Rosie wischte sich die Druckerschwärze von den Händen an der Jeans ab und schob den halb gefüllten Pappkarton zur Seite. Sie hatte tatsächlich hart gearbeitet, Matt dagegen weniger. Seit dem Aufstehen hatte er die meiste Zeit an seinem Handy verbracht und sich über den unberechenbaren Empfang beschwert. Aber eine Tasse Tee würde gut ankommen, und sie konnte eine Pause gebrauchen.

Matt beobachtete sie, während sie den Kessel füllte und die Teekanne aus einem Karton nahm. Sie hatte zu viel über den vergangenen Abend nachgedacht und die Kanne versehentlich eingepackt.

»Es muss schrecklich gewesen sein, hier in der Einöde

aufzuwachsen«, bemerkte Matt, während er mit den Fingern auf der Arbeitsplatte trommelte.

»Eigentlich nicht. Manchmal dachte ich, es sei der langweiligste Ort der Welt, aber ich hatte viel Platz zum Toben und frische Meeresluft, und die Leute im Dorf haben auf mich aufgepasst.«

Matt rümpfte die Nase. »Also, ich bin froh, dass ich im aufregenden London groß geworden bin. Sieh zu, dass dieser Epping dich in seinem Testament bedenkt, dann kannst du dir in Chelsea oder Kensington eine Immobilie kaufen.«

»Die beide keine Küste haben, und ich liebe das Meer.«

»Blaues Meer in Spanien, ja. Aber nicht die eiskalte, graue See wie hier.«

»Sie kann sehr erfrischend sein, und blaues, funkelndes Meer haben wir hier auch. Und moosgrüne Wellen, die ans Ufer rollen. Manchmal sieht das Meer schwarz aus, wenn Gewitterwolken am Horizont aufziehen, oder ruhig und hell wie Milch. Es verändert sich ständig und ist immer schön.«

»Wenn du es sagst.«

»Das tue ich. Das Leben beginnt und endet nicht in London oder Spanien, Matt. Und ich will gar nicht in Charles Eppings Testament bedacht werden. Wenn ich zu diesem Mann gehe, dann weil ich Antworten suche, keinen Goldesel.«

»Jetzt komm mal wieder runter. Natürlich ist es viel wichtiger, Antworten zu bekommen als eine Erbschaft. Ehrlich, es macht keinen Spaß mehr mit dir.«

Ärger durchzuckte sie. Sie widersprach Matt nur selten, aber heute Morgen benahm er sich wie ein totales Arschloch. »Tut mir leid, wenn ich keine Stimmungskanone bin. Meine Mutter ist gerade gestorben, mein Elternhaus soll abgerissen werden, und ich habe herausgefunden, dass mein Dad nicht mein leiblicher Vater ist.«

»Ich weiß, Baby. Es ist alles ganz schrecklich, aber ich bin ja da, um dich zu unterstützen. Komm her.« Matt nahm sie in die

Arme, und sie legte ihm den Kopf an die Brust. »Du setzt dich kurz hin, und ich koche dir den Tee.« Er führte Rosie zu dem Hocker, auf dem er gesessen hatte, und schob seine Schale zur Seite, stellte sie jedoch nicht in die Spülmaschine, wie Rosie bemerkte. »Während du deinen Tee trinkst, werde ich duschen und mich vielleicht vorher noch etwas hinlegen, weil mir echt der Kopf dröhnt.«

Der Tee half. Rosie trank ihn langsam in kleinen Schlucken und griff nach Matts Löffel, von dem Milch auf die Arbeitsplatte getropft war. Ihr verzerrtes Spiegelbild in dem glänzenden Metall zeigte den hellen Streifen Wandfarbe in ihrem Pony, als hätten die Geheimnisse um Driftwood House sie vorzeitig ergrauen lassen.

Als Matts Handy vibrierte, schrak sie zusammen, und der Löffel fiel klappernd auf die Arbeitsplatte. Sein Telefon trieb sie an diesem Morgen mit seinem pausenlosen Gepiepse in den Wahnsinn. Ein schneller Blick offenbarte eine weitere Textnachricht von Carmen, die heute wirklich hart arbeitete und nach ihrer Geburtstagsparty wahrscheinlich auch einen Kater hatte. *Matt, du bist immer …* Das war alles, was die Vorschau auf dem Display anzeigte.

Rosie zögerte. Sie lauschte auf Bewegungen aus dem oberen Stockwerk, dann tippte sie Matts Code ein und las Carmens ganze Nachricht.

Matt, du bist immer so ein böser Junge.

Was zum Teufel? Englisch war nicht Carmens Muttersprache, und sie machte manchmal Fehler, aber trotzdem … Rosie scrollte durch den ganzen Chat zwischen Carmen und Matt an diesem Morgen. Die erste Nachricht war kurz nach sieben von Carmen gekommen:

Buenos días, Matt. Wie geht es dir heute?

Matt hatte innerhalb von zwei Minuten geantwortet:

Muchos gelangweilt in Devon und vermisse España.

Carmens Antwort kam blitzschnell:

Nur España?

    España, den Sonnenschein, el vino und dich natürlich.

Ich vermisse dich auch ganz schrecklich. Wann kommst du nach Málaga zurück?

    So bald wie möglich. Dieses Kaff macht mich fertig.

Armer Matt. Wenn du zurückkommst, werde ich dafür sorgen, dass du dich wieder viel besser fühlst.

    Versprochen?

Matt, du bist immer so ein böser Junge.

Rosie legte das Handy behutsam zurück auf die Arbeitsplatte und nippte mit zitternden Händen an ihrem Tee. Matt flirtete mit der selbstbewussten, schönen Carmen, die wusste, wie man einen Mann um den kleinen Finger wickelte. Vielleicht war es auch schon mehr. Im Wesentlichen betrog er sie mit der Festlandsversion von Katrina.

Eigentlich sollte sie wütend sein. Sie sollte nach oben marschieren und ihn mit den Textnachrichten konfrontieren, und vielleicht sollte sie ihn aus dem Haus werfen. Zumindest sollte sie weinen. Aber sie nippte weiter an ihrem Tee, zu benommen, um etwas anderes zu tun. Matt hatte sie betrogen, aber das war nur ein weiterer Verlust in einer ganzen Reihe von

Verlusten. Ihre Mutter, ihr Elternhaus, das Bild von ihren Eltern, und jetzt war auch der Freund, den sie zu kennen geglaubt hatte, Vergangenheit oder würde es bald sein. Und in drei Tagen würde sie wieder in Spanien sein, und dann würde auch Heaven's Cove der Vergangenheit angehören.

In dem Raum über ihr erklangen schwere Schritte auf dem Dielenboden. Matt ging mit seinem Kater wieder ins Bett. Rosie schnappte sich ihre Jacke, trat hinaus in den düsteren Morgen und knallte die Küchentür hinter sich zu.

Sie ging zum Rand des Kliffs und stemmte die Hände in die Hüften, während ihr Haar im Wind flatterte. Tief unten war der halbmondförmige Sandstrand fast unter der Flut verschwunden, und Wellen brandeten gegen die Felsen. Das Meer und der Himmel waren düster und spiegelten Rosies Stimmung wider.

Normalerweise beruhigte die vertraute Aussicht sie, aber heute konnte sie nur Matt und Carmen sehen, wie sie sich küssten - in dunklen Ecken des Büros, in leeren Wohnungen, die zum Verkauf standen, vielleicht sogar in Matts Bett, während Rosie fort war, und die Heimlichkeit steigerte die Erregung noch. Geheimnisse umgaben sie und wurden immer mehr, wie Wasser bei Flut, und sie ertrank in ihnen.

Ein plötzlicher Sonnenstrahl zeichnete einen hellen Streifen aufs Wasser, wie ein Weg, der aus Heaven's Cove hinausführte. Es war eine gute Idee, von hier zu verschwinden. Sie konnte weiter im Sonnenschein Wohnungen verkaufen, sich einen neuen Freund suchen und dieses Dorf und seine Komplikationen hinter sich lassen. Keine Familie. Kein Driftwood House. Nichts, was sie zurückhielt. Nichts, was sie hier festhielt.

Sie *könnte* es tun, aber die Geheimnisse würden sie belasten. Rosie schaute zurück zum Haus, das noch im Dunkeln lag, und hatte das Gefühl, als würde es sie ebenfalls beobachten und sich fragen, was sie als Nächstes tun würde.

»Ich weiß es nicht«, rief sie, dann sah sie sich um, ob jemand sie gehört hatte. Sie sprach nicht nur mit ihrer toten Mutter, sondern brüllte jetzt auch noch zum Abriss bestimmte Ziegelsteine und Mörtel an. Aber die Anhöhe war menschenleer, und ihr Schlafzimmerfenster, hinter dem der betrunkene Matt seinen Kater ausschlief, war verschlossen.

Der betrunkene, untreue Matt, dessen Interesse geweckt war, als es auch nur geringfügig nach Erbschaft roch. Rosie drehte das Gesicht in die Sonne und strich über den Autoschlüssel in ihrer Jackentasche. Sie war außer sich wegen Matt und Carmen, und es machte sie zornig, dass die beiden sie hintergangen hatten. Aber sie konnte sich kaum für etwas Besseres halten, wo sie doch selbst ein kleines Geheimnis hatte.

Sie schloss die Augen und dachte an die Gefühle, die sie überwältigt hatten, als Liam sie am vergangenen Abend in die Arme genommen hatte. Es hatte sie überrascht, genau wie die Verletzlichkeit in seinen hellblauen Augen. Der Tanz war himmlisch gewesen – sie hätte ewig weitertanzen können –, und als Matt sie in Driftwood House betrunken geküsst hatte, hatte sie sich gewünscht, dass es stattdessen Liams Lippen gewesen wären.

So, jetzt war es raus. Das, was Matt nicht zu hören verdiente und Liam sicher nicht hören wollte, vor allem, wenn er herausfand, dass Charles Epping vielleicht ihr Vater war. Wie die Mutter, so die Tochter – Rosie verwandelte sich selbst in eine Geheimnishüterin.

Sie nahm den Autoschlüssel aus der Tasche und drehte ihn in den Händen hin und her. Sie wollte weit weg von Driftwood House sein, wenn Matt seinen Rausch ausgeschlafen hatte. Sie würde durch Devon fahren und die Schönheit der grünen Landschaft genießen, bevor sie die Grafschaft in wenigen Tagen für wer weiß wie lange verlassen würde.

. . .

Die Entscheidung, aufs Land zu fahren, war das Eine, aber dort in absehbarer Zeit anzukommen, leichter gesagt als getan. Die Touristensaison war in vollem Gange, und die Straßen durch Heaven's Cove waren von Familienkutschen verstopft, aus denen verärgerte Erholungssuchende einander böse anfunkelten.

Rosie steckte in einem Stau, der sich vom Kai bis zur Burgruine zog. Sie trommelte frustriert mit den Fingern auf das Lenkrad, als ein wildes Klopfen gegen das Beifahrerfenster sie erschreckte.

»Ist alles klar bei dir?«, fragte Nessa und schob das Gesicht durch das halb offene Fenster. »Wo willst du hin?«

Rosie versuchte zu lächeln. »Nirgendwo. Ich wollte nur ein bisschen herumfahren.«

»Du hast nicht zufällig Lust, mich zu meiner Granny zu bringen? Dann brauche ich nicht den Bus zu nehmen.«

»Ja, kein Problem. Steig ein.«

Nachdem Nessa auf den Beifahrersitz gerutscht war, machte sie als Erstes das Fenster ganz auf. Das war auch gut so, denn sie stank nach Terpentin.

»Tut mir leid. Einer von Sam Fullers Söhnen hat es geschafft, eine Flasche Terpentin aus dem Regal zu schmeißen, und das Zeug überall verteilt. Zünde bloß kein Streichholz neben mir an, sonst explodiere ich wie Feuerwerk. Aber die Sache hat auch was Gutes, Scaggy hat mich nämlich früher nach Hause geschickt, damit ich mich umziehen kann. Also, ein Auge lacht, das andere weint.«

Rosie kurbelte ihr eigenes Fenster herunter und musste trotz ihrer schlechten Laune grinsen. Nessa munterte sie immer wieder auf. Sie würde sie vermissen, wenn sie Heaven's Cove verließ.

»Oha, jetzt wird es aber kalt hier.« Nessa fröstelte und knöpfte sich die Jeansjacke zu. »Du sehnst dich bestimmt danach, zurück in die Sonne zu kommen. Apropos, ich wollte dich fragen, ob ich mal für ein verlängertes Wochenende nach Spanien kommen kann, wenn du wieder dort bist? Ich würde auch gar nicht stören.«

»Du störst nie, und es wäre sogar sehr schön.«

»Danke.« Nessa kuschelte sich grinsend wieder in ihren Sitz und verbreitete dabei Terpentinschwaden, die in Rosies Richtung zogen.

Endlich setzte die Schlange sich in Bewegung, und Nessa fummelte am Radio herum, als der Wagen das Dorf hinter sich ließ. Nachdem nichts als Rauschen kam, gab sie es auf und verschränkte die Arme vor der Brust.

»Also, was ist los, Rosie?«

»Was meinst du damit? Ich habe dir doch gesagt, dass ich nur so herumfahre.«

»Aber warum fährst du allein?«

»Matt will ausschlafen, daher dachte ich, ich schnappe ein bisschen frische Luft.«

»Das ist eine gute Idee, denn da oben auf dem Kliff gibt es ja nicht viel Luft. Ich persönlich hätte mich zu Matt gelegt. Also, erzählst du mir, was wirklich los ist?«

Rosie warf Nessa einen Seitenblick zu. »Gar nichts.«

»Dann erzähl es mir eben nicht, aber du wirkst durcheinander, und ich glaube nicht, dass du das Lenkrad noch fester umklammern könntest.«

Rosie gab sich größte Mühe, ihre Schultern zu entspannen.

»Hast du dich mit deinem grüblerischen Freund verkracht?«

»Könnte man sagen.«

»Warum? Was ist passiert?«

Rosie stöhnte, denn es war klar, dass Nessa nicht lockerlassen würde. »Ich habe einen Chat zwischen ihm und Carmen gefunden, in dem sie geflirtet haben.«

»Und Carmen ist ...?«

»Eine spanische Kollegin.«

»Wie muss man sie sich vorstellen, diese Carmen? Optisch benachteiligt, über fünfzig, Knoblauchfahne?«

»Bildschön, Mitte zwanzig, angenehmer Duft.«

»Aha.« Nessa begann, an ihren Fingernägeln zu spielen. »Denkst du, da läuft was zwischen ihnen?«

»Ja. Er hat praktisch pausenlos mit ihr telefoniert, seit er hier ist.«

»Was für ein falsches Schwein, wo du in letzter Zeit so viel durchgemacht hast. Er hat mich an Jake erinnert. Wie geht es dir dabei?«

»Was denkst du denn?« Rosie krallte die Hände noch fester ums Lenkrad. »Ich bin wütend und sauer und fühle mich betrogen.«

»Das möchte ich wetten, obwohl du dich besser im Griff hast als ich damals. Als ich herausgefunden habe, dass Jake mich betrügt, hatte ich einen totalen Zusammenbruch, das war nicht schön. Aber du bist echt ruhig.«

»Nach außen vielleicht, aber eigentlich stehe ich total neben mir und weiß überhaupt nicht mehr, was ich fühlen soll.«

»Betrifft das auch Liam?«

Rosie verriss das Lenkrad, als sie sich zu Nessa drehte. »Was meinst du denn damit?«

»He, pass auf, wo du hinfährst! Ich meine, dass ich dich und Liam gestern Abend tanzen gesehen habe. Ihr seid ganz schön auf Tuchfühlung gegangen.«

»Es war nur ein Tanz um alter Zeiten willen«, beteuerte Rosie, blickte starr geradeaus und versuchte, die Hitze zu ignorieren, die ihr ins Gesicht schoss.

»Wirklich? Ich kann mich nicht erinnern, dass Liam damals in der Oberstufe so mit dir getanzt hat. Ich wüsste nicht, dass er überhaupt mit Mädchen wie uns getanzt hat.«

»Wir waren beide nicht sein Typ.«

»Erstaunlicherweise, denn damals waren die meisten weiblichen Wesen sein Typ. Aber jetzt scheint er dich ja zu mögen.«

»Liam Satterley interessiert sich nicht für jemanden wie mich, Nessa. Wahrscheinlich könnte ich ihn nicht einmal verärgern.«

»Er ist nicht mehr derselbe Mensch wie in der Schule. Deanna, diese blöde Kuh, hat ihm wirklich übel mitgespielt. Es hat mich fertiggemacht, als Jake mich verlassen hat, aber wenigstens hat er mich dabei nicht vor allen gedemütigt.«

Die Vorstellung, wie Liam vor dem Altar auf eine Braut wartete, die nicht kam, tat Rosie plötzlich im Herzen weh.

»Was sie getan hat, war schrecklich, aber jetzt scheint es ihm ganz gut zu gehen.«

»So gut, wie es dir gerade geht?«

Nessa hatte recht. Rosie machte gute Miene zum bösen Spiel, aber im Inneren fühlte sie sich hundeelend. Als sie nicht antwortete, schaute Nessa aus dem Fenster zu den Bäumen an der Straße, deren Äste sich im Wind wiegten.

»Obwohl er ja anscheinend einen neuen Versuch wagt.«

»Wovon redest du?«

»Von Katrina. Als ich Liam das letzte Mal gesehen habe, hat er heftig mit Katrina rumgemacht. Ich hatte sie gesehen, als sie gestern Abend die Party verlassen hat, und wollte sie fragen, ob sie mich nach Hause mitnehmen kann, aber als ich fast bei ihr war, hat sie mit Liam auf der Straße geknutscht und ist Hand in Hand mit ihm davongegangen, daher habe ich sie in Ruhe gelassen.«

Als der Wagen einen Schlenker über die Grasböschung machte, klammerte Nessa sich an ihren Sitz.

»Bist du dir sicher, dass du Liam und Katrina gesehen hast, wie sie sich auf der Straße geküsst haben?«

»Jepp, kein Zweifel, ein leidenschaftlicher Kuss mit Zunge und allem Drum und Dran. Ähm, könntest du wohl etwas langsamer fahren, hier ist Tempo fünfzig.«

Rosie nahm den Fuß vom Gas und versuchte, zu Atem zu kommen. Liam war ein freier Mann, warum also kam sein Verhalten ihr wie ein weiterer Verrat vor?

»Was ist mit Katrinas Freund?«, fragte sie, und es gelang ihr, mit fester Stimme zu sprechen.

»Er ist auf irgendeiner Konferenz im Ausland.«

»Dann haben sie und Liam also hinter seinem Rücken miteinander geschlafen? Hattest du nicht gesagt, Liam hätte sich verändert?«

»Hat er auch, aber sie hat sich ihm schamlos an den Hals geworfen. Das musst du doch bemerkt haben.«

»Eigentlich nicht«, log Rosie und versuchte, die Straße im Auge zu behalten, aber ihre Konzentration war beim Teufel. Sie hatte gedacht, dass Liam heute ein anderer sei. Sie hatte sich sogar eingebildet, etwas für ihn zu empfinden. Aber er war immer noch ein Mann, der andere betrog und hinterging.

»He, aufpassen, sonst fährst du an Grannys Haus vorbei. Du musst hier links rein.«

Rosies Handtasche schoss über die Rückbank und fiel auf den Boden, als sie auf zwei Reifen quietschend um die Ecke bog.

Nessa, die sich immer noch an ihren Sitz klammerte, deutete mit dem Kopf auf ein kleines Cottages. »Das ist es.«

»Es ist sehr hübsch«, sagte Rosie, trat voll auf die Bremse und brachte den Wagen mit einem Ruck zum Stehen.

»Von außen sieht man nur das Reetdach und die Kletterrosen um die Tür. Innen zieht es in allen Ecken, und überall sind Spinnweben, aber Lily liebt es. Na jedenfalls, danke fürs Mitnehmen, Rosie.«

»Soll ich dich und Lily nach Hause fahren?«

»Nicht nötig. Wir kommen klar, danke.«

Nessa konnte gar nicht schnell genug aus dem Wagen steigen. Sie rannte den Gartenweg entlang, und in dem Moment riss Lily die Haustür auf und lief ihr entgegen. Das kleine

Mädchen schlang die Arme um Nessas Beine und klammerte sich wie ein Äffchen an ihr fest, bis Nessa sich bückte und sie umarmte.

Beim Anblick von Nessa und ihrer Tochter schossen Rosie Tränen in die Augen, und sie blieb reglos im Wagen sitzen, bis die beiden im Haus verschwunden waren. Man sollte es vermeiden, sich durch familiäre Verpflichtungen zu binden. Das hatte sie sich während der letzten zehn Jahre eingeredet. Doch nun saß sie da und verlor wegen einer Mutter und eines Kindes, die sich umarmten, die Fassung.

Lag es daran, dass sie ihre eigene Mutter nie wieder umarmen würde? Oder dass Lily genau wusste, wer ihre Eltern waren, obwohl Jake die meiste Zeit nicht da war? Sie würde nicht mit Geheimnissen aufwachsen, die sie aus dem Hinterhalt anfallen würden, wenn sie am wenigsten damit rechnete. Geheimnisse, die erst dann die Macht über sie verloren, wenn sie sie ans Tageslicht zerrte.

Obwohl Rosie durch die Tränen kaum etwas sehen konnte, fuhr sie los und machte sich auf den Weg ins Dartmoor. Es war Zeit, die Wahrheit über ihre Eltern herauszufinden.

SECHSUNDZWANZIG

»Alt und klapprig«, war die einzige Möglichkeit, den Mini ihrer Mutter zu beschreiben, als er vor High Tor House neben einem glänzenden schwarzen Mercedes parkte. Eine hochgewachsene Frau mit rotem Haar öffnete die Tür, und Rosie war sich nicht sicher, was ihren entsetzten Gesichtsausdruck ausgelöst hatte – ihr eigener Anblick oder der der Rostlaube in der Einfahrt.

»Mein Name ist Rosie Merchant. Wäre es möglich, Mr Epping zu sprechen, bitte?«

»Das weiß ich nicht.« Die Frau trat voller Unbehagen von einem Fuß auf den anderen. »Ich bin Caroline, die Haushälterin.«

»Hallo, Caroline. Ist Mr Epping da?«

»Er arbeitet im Garten, und ich fürchte, dass Mrs Epping nicht zu Hause ist.«

Puh, da war Rosie aber froh. Sie setzte ihr schönstes Lächeln auf. »Es würde Mr Epping sicher nichts ausmachen, gestört zu werden.«

Caroline schüttelte den Kopf. »Mrs Epping hat darauf bestanden, dass er keine Besucher empfangen darf. Ist es wichtig?«

Das könnte man sagen, Caroline. Ich will Mr Epping fragen, ob er vielleicht zufällig mein Vater ist.

Rosie lächelte wieder. »Ich würde ihn gern sprechen, wenn es möglich ist. Ich bin eine ziemlich weite Strecke gefahren und gern bereit zu warten.«

Caroline starrte Rosie an, die den Blick erwiderte. Es war gut, dass Cecilia nicht zu Hause war, dachte Rosie, sonst hätte sie nun die Hunde auf sie gehetzt. Aber Caroline blinzelte als Erste.

»Ich kann ihn ja fragen, ob er Sie sprechen möchte. Bitte folgen Sie mir.«

Rosie ging hinter Caroline durch den Flur und ins Wohnzimmer, wo Charles und sie einander zum ersten Mal begegnet waren. Diesmal schenkte Rosie den Porträts an den Wänden mehr Aufmerksamkeit. Es waren vermutlich Vorfahren, die Besten der Besten der Epping-Dynastie. Sah einer der altmodisch gekleideten Männer ihr ähnlich? Oder eine der Frauen, die ihren feinsten Schmuck angelegt hatten?

»Verzeihen Sie, Mr Epping«, rief Caroline durch die offene Terrassentür. »Sie haben eine unangekündigte Besucherin.«

Irgendwo im Haus heulte ein Tier. Caroline drehte sich wieder zu Rosie um. »Wenn Sie mich bitte entschuldigen wollen, ich war gerade dabei, die Hunde zu füttern, und sie warten nicht gern.«

Mit diesen Worten rauschte sie aus dem Raum, und Rosie blickte in den Garten, der sich bis zu einer Felsgruppe in der Ferne erstreckte. Er hätte ihrer Mutter, einer leidenschaftlichen Gärtnerin, sehr gefallen. Ein großer Teil davon bestand aus Rasen, aber am Rand wuchsen hohe Pflanzen in großen Terrakotta-Töpfen, und vor dem Haus befand sich eine breite Steinterrasse. Darauf standen Dutzende von bunten Töpfen in Gruppen zusammen, rote, bronzefarbene und blaue Töpfe, letztere in der Farbe des spanischen Himmels. Sie waren mit leuchtenden Frühlingsblumen bepflanzt, und Rosie verspürte den Drang, die Finger in die Erde zu stecken.

Sie ging näher ans Fenster heran und kam an einem kleinen Schreibtisch mit integrierter Schreibunterlage vorbei. Darauf lag ein angefangener Brief in einer Schrift aus dicken, schwarzen Strichen, daneben ein silberner Montblanc-Füller. Rosie nahm ihr Handy hervor und scrollte durch die Bilder, bis sie zu der Karte kam, die auf dem Grab ihrer Mutter gelegen hatte. Sie verglich die Handschrift. Sie sah sehr ähnlich aus. Dann nahm sie den Brief in die Hand, um ihn sich genauer anzusehen, legte ihn aber hastig wieder hin, als Charles in Sicht kam, der über den Rasen schritt. Durch das Gegenlicht lag sein Gesicht im Schatten, sodass er jünger wirkte. Vor dreißig Jahren und mit dunklem Haar musste er ziemlich gut ausgesehen haben.

Rosie schluckte hörbar. Vielleicht war ihr Besuch hier übereilt gewesen, während ihr der Kopf vor lauter Geheimnissen und Vorwürfen schwirrte. Plötzlich war sie sich überhaupt nicht mehr sicher, ob sie die Wahrheit erfahren wollte. Aber für eine Flucht war es zu spät.

Charles schlüpfte auf der Terrasse aus seinen schlammigen Schuhen und trat ins Wohnzimmer.

»Miss Merchant, was tun Sie hier? Falls Sie wegen Driftwood House gekommen sind, ist es, fürchte ich, zu spät. Meine Frau hat beschlossen – wir haben beschlossen –, den Hotelplan voranzutreiben. Es tut mir leid, nachdem Sie sich ja einige Mühe gemacht haben, um das Haus herzurichten, und auch, weil ich weiß, dass das Haus Ihnen sehr viel bedeutet. Aber es ist das Beste so, und wenn Sie wieder im Ausland sind, werden Sie es bald vergessen. Unser Anwalt wollte sich gerade mit Ihnen in Verbindung setzen.«

Also war Driftwood House endgültig dem Untergang geweiht. Rosie hatte es bereits vermutet, aber als sie es Charles

laut aussprechen hörte, zog es ihr den Boden unter den
Füßen weg.

»Kann ich Sie noch irgendwie umstimmen?«

»Nein.« Er spielte mit den Knöpfen am Ärmel seines hellblauen Hemdes. »Es gibt ... geschäftliche Gründe, warum der
Hotelplan umgesetzt werden muss. Es tut mir leid, und es ist
bedauerlich, dass Sie herfahren mussten, um es zu erfahren.«

Rosie schüttelte den Kopf. »Ich bin nicht wegen Driftwood
House gekommen. Es gibt da noch etwas anderes, über das ich
mit Ihnen sprechen wollte. Als ich die Sachen meiner Mutter
durchgesehen habe, bin ich auf einen Brief gestoßen, der mit
der Initiale J unterschrieben war.«

»Ach ja?« Unbehagen glitt über Charles' Züge.

»Ich wusste nicht, wer dieser geheimnisvolle J war, aber
dann ...« Rosie holte tief Luft. »Dann habe ich gehört, wie Ihre
Frau Sie Jay nannte, als sie in Driftwood House waren.«

»Mein zweiter Vorname ist James.«

»Ja, das hat sie mir gesagt.«

»Ich verstehe.« Er schloss die Terrassentür mit einem Knall
und drehte sich dann wieder zu Rosie um. »Was stand in dem
Brief?«

»J schrieb, dass er sie liebe und es nicht erwarten könne, mit
ihr zusammen zu sein.«

Charles sah Rosie an, und ein Muskel zuckte unter seinem
linken Auge. »Warum erzählen Sie mir das?«

»Sie haben mir gesagt, dass Sie meine Mutter nicht gekannt
haben, aber ich glaube, dass Sie ...« Rosie zögerte, unsicher, ob
sie das Wort »gelogen« benutzen und ihn so unverblümt der
Unwahrheit bezichtigen sollte. »Ich glaube, Sie haben sich
geirrt.«

»Was würde es für eine Rolle spielen, wenn der Brief von
mir wäre?«

»Er war meiner Mutter damals wichtig, und jetzt ist er mir

wichtig. Ich habe den Brief in einem Versteck gefunden und will die Wahrheit wissen. Bitte.«

Charles ging auf Socken zum Sofa und ließ sich schwer in die Polster sinken. Seine nächsten Worte waren so leise, dass Rosie sie kaum hörte. »Ich kann nicht glauben, dass sie den Brief die ganze Zeit über aufbewahrt hat.«

»Dann war der Brief also tatsächlich von Ihnen?«

»Ich könnte es abstreiten, aber es scheint wenig Sinn zu haben, jetzt, da Ihre Mutter tot ist und Sie zur Detektivin geworden sind. Wenn ich Ihre Fragen beantworte, werden Sie die Informationen vertraulich behandeln?«

»Natürlich. Ich habe nicht die Absicht, Klatsch über meine Mum zu verbreiten«, sagte Rosie, erschüttert von der Enthüllung, dass er tatsächlich gelogen hatte. Was verschwieg er ihr sonst noch?

»Gut.« Charles lehnte sich auf dem Sofa zurück und verschränkte die Hände auf dem Schoß. »Was wollen Sie wissen?«

»Haben Sie sie geliebt?«

Bei dieser Frage zog Charles die Brauen in die Höhe. »Sie sind ganz schön direkt. Genau wie Sofia. Das war eine der Eigenschaften, die ich an ihr am meisten bewundert habe – dass sie die Welt als einen Ort betrachtet hat, den es zu erobern galt. Sie hatte vor nichts Angst.«

»Dann haben Sie sie also geliebt?«, fragte Rosie und erwiderte seinen Blick, obwohl ihr die Knie weich geworden waren.

»Was hat es für einen Sinn, diese alte Geschichte wieder aufzuwärmen? Das ist Schnee von gestern.«

»Nicht für mich. Meine Mum ist nicht mehr da, und mir ist klar geworden, dass es vieles gibt, was ich nicht über sie gewusst habe. Ich bitte Sie, mir zu helfen, einige der Lücken zu füllen.«

Charles rieb sich die Augen und starrte so lange aus dem Fenster, dass Rosie glaubte, sie hätte es vermasselt. Aber dann seufzte er. »Vielleicht sollte es besser ans Licht kommen, solang, was ich Ihnen jetzt sage, diesen Raum nicht verlässt. Ja, ich glaube, dass ich Ihre Mutter geliebt habe. Wir hatten vor langer Zeit eine Beziehung, als sie etwa in Ihrem Alter war. Sie sind ihr so ähnlich, dass es mir einen ziemlichen Schock versetzt hat, als ich Sie das erste Mal gesehen habe. Es war, als würde sie vor mir stehen.« Er blickte weiter gedankenverloren in den Garten.

»Wie haben Sie sich kennengelernt?«

»Durch Evelyn, meine jüngere Schwester. Ich habe die Wahrheit gesagt, als ich Ihnen erzählt habe, dass Evelyn und Ihre Mutter sich angefreundet haben. Meine Schwester war die Schirmherrin einer Wohltätigkeitsorganisation im Dorf, und Ihre Mutter hat ehrenamtlich dort gearbeitet. Sie hatten beide das Herz am rechten Fleck.«

»Sie haben also eine Beziehung angefangen?« Rosie fuhr sich mit den Händen durchs Haar. »Es fällt mir schwer, es zu verstehen, weil Sie und Mum so verschieden zu sein scheinen.«

»Heißt es nicht, dass Gegensätze sich anziehen? Ich habe das immer für Blödsinn gehalten, bis ich Sofia begegnet bin. Ich habe ein ziemlich behütetes Leben geführt – Kindermädchen, Internat, erstklassige Universität –, und war noch nie jemandem wie ihr begegnet. Sie war ein Freigeist, mutig und lebenssprühend, aber das brauche ich Ihnen ja nicht zu sagen. Sie war mit Ihrem Vater zusammen, als wir uns kennengelernt haben, aber sie hat die Beziehung beendet, als sie und ich«, er zögerte, »einander nähergekommen sind.«

»Ich wusste gar nicht, dass sie damals schon mit meinem Dad zusammen war.«

Charles nickte. »Wir wollten ihn nicht verletzen.«

»Aber Sie haben es trotzdem getan.«

»Ihre Mutter ist mit der Situation so feinfühlig umgegangen, wie sie konnte.«

Rosie dachte daran, wie angewidert sie gewesen war, als ihr Dad ihre Mutter vor zwanzig Jahren betrogen hatte. Sie hatte gedacht, es gäbe keine Entschuldigung, keinen guten Grund dafür. Aber vielleicht war es die Rache für das, was sie ihm zehn Jahre zuvor angetan hatte.

»Wir haben nicht damit gerechnet, uns so nahe zu kommen, weil wir aus so unterschiedlichen Verhältnissen stammten, und ich war fast zehn Jahre älter als sie und sollte Cecilia heiraten.«

»Hat Cecilia von Sofia erfahren?«

»Ja, später.«

»Arme Cecilia«, murmelte Rosie und fragte sich, ob die Frau dadurch so hart geworden war.

»Ja, arme Cecilia.«

»Waren Sie zu der Zeit mit ihr verlobt?«

»Nein, aber unsere Familien hatten eine Übereinkunft.«

»Eine Übereinkunft?«, platzte Rosie heraus. »Wir reden über die späten Achtziger, nicht über die Zeit um achtzehnhundert.«

»In meiner Familie war das anders. Sie folgte einem Kodex, und ich bin dazu erzogen worden, in dessen Rahmen das Richtige zu tun.«

»Und es hat Ihrer Familie nicht in den Kram gepasst, dass Sie sich in meine Mum verliebt haben.«

»Überhaupt nicht. Deshalb haben wir unsere Beziehung so geheim wie möglich gehalten. Wir haben uns klammheimlich getroffen und unsere Zukunft geplant, aber als Evelyn bei dem Autounfall ums Leben kam, ging alles schief. Meine Eltern waren vor Trauer am Boden zerstört. Wir alle waren es, und da konnte ich nicht selbstsüchtig sein und das Unglück noch vergrößern.«

»Sie haben die Beziehung zu meiner Mutter als Unglück betrachtet?«

»Ich nicht, aber meine Familie hätte es getan.« Er schloss kurz die Augen. »Um brutal ehrlich zu sein: Ihre Mutter war stark genug, um mit den unausweichlichen Folgen fertigzuwerden, aber ich war es nicht.«

»Hätte eine des unausweichlichen Folgen darin bestanden,

dass man Sie enterbt hätte? Sie wären bereit gewesen, in Drift-wood House zu leben, aber nur so lange, bis dieses hier Haus für Sie verfügbar wurde.«

Das hatte sie eigentlich nicht sagen wollen, und Charles zog scharf die Luft ein.

»Die Angelegenheiten meiner Familie gehen Sie nichts an, und Sie wissen ganz genau, was als Nächstes passiert ist. Ich habe meine Beziehung zu Ihrer Mutter beendet.«

»Sie haben Ihre Verlobung gelöst. Sie hatten versprochen, Sie zu heiraten: *Der Gedanke an unsere Hochzeit und daran, den Rest meines Lebens mit dir zu verbringen, erfüllt mich mit Freude.* Das haben Sie in dem Brief geschrieben.«

Charles erbleichte, und Rosie war froh darüber. Ihre Mutter musste am Boden zerstört gewesen sein von dem Verrat ihres Verlobten, und es war nicht nur ihre Mutter, die er hintergangen hatte. »Wann hat Cecilia von meiner Mum erfahren?«

»Damals noch nicht, aber ich habe es ihr später erzählt, als sie verstehen musste, warum ich die Vereinbarung über Drift-wood House getroffen hatte.«

»Das Haus war der Trostpreis für meine Mum.«

»Nein. Ihre Mutter hat mir viel bedeutet, und ich wollte dafür sorgen, dass sie stets ein Dach über dem Kopf hatte. Ich wollte ...«

»... das Richtige tun?« Klang das sarkastisch? Rosie hoffte es jedenfalls. Kein Wunder, dass Cecilia so wild darauf war, Drift-wood House dem Erdboden gleichzumachen.

»Ich wollte das Richtige tun, ja. Wir haben uns oft auf den Klippen getroffen, und Ihre Mutter hat dieses Haus geliebt, also habe ich es gekauft, als es auf den Markt kam. Es sollte eine Überraschung werden. Ich habe mir ausgemalt, wie wir beide darin leben, aber dann ist Evelyn gestorben, und alles wurde anders.«

»Und jetzt nehmen Sie das Haus wieder in Besitz, weil

Mum tot ist und Sie nicht mehr so zu tun brauchen, als hätte sie Ihnen etwas bedeutet.«

Bei diesen Worten zuckte Charles zusammen. »Ich bin nicht stolz auf mein Verhalten damals, aber ich habe nicht nur so getan, als würde mir Ihre Mutter etwas bedeuten.«

»Sind Sie mit ihr in Verbindung geblieben?«

»Das wäre keinem von uns gegenüber fair gewesen. Ihre Mutter hat ihre Beziehung mit Ihrem Vater wieder aufgenommen und ihn fast sofort geheiratet. Cecilia und ich sind nach unserer Hochzeit nach Northumberland gezogen, um in der Nähe ihrer Eltern zu sein, und erst vor zehn Jahren nach dem Tod meines Vaters nach Devon zurückgekehrt.«

»Als Sie dieses unglaubliche Haus hier geerbt haben.«

»Das ist korrekt.« Charles verzog den Mund zu einem dünnen Strich. »Ich denke, es ist alles gesagt, was zu sagen war. Das mit Ihrer Mutter tut mir wirklich leid, aber Cecilia hat recht, dass es Zeit ist, einen Schlussstrich zu ziehen und mit unserem Hotelplan fortzufahren. Ich habe keine Verbindung mehr zu dem Haus.«

»Sie vielleicht nicht.«

»Wie meinen Sie das?«

»Ich meine ...« Rosie zögerte. Wenn es erst einmal heraus war, konnte sie es nicht mehr zurücknehmen, und sie war sich nicht sicher, ob sie diesen kalten Mann in ihrem Leben haben wollte.

»Was genau meinen Sie damit?«, wiederholte Charles.

Aus dem rückwärtigen Teil des Hauses erklang das tiefe, melancholische Schlagen einer Uhr.

»Ich denke, dass Sie vielleicht mein Vater sind.«

Es war ausgesprochen. Schweigen breitete sich zwischen Rosie und Charles aus, zäh wie Sirup. Ein plötzlicher Windstoß wirbelte durch die Topfpflanzen hinter der Terrassentür, und Rosie dachte an Liam. Was würde er davon halten, dass sie so eng mit diesem Mann verwandt war?

Plötzlich sprang Charles auf und schüttelte schwer atmend den Kopf. »Warum sagen Sie das? Ist es Ihnen so wichtig, ein baufälliges Haus zu retten?«

»Das hier hat nichts mit Driftwood House zu tun«, antwortete Rosie, während ihr das Blut in den Ohren pochte.

»Ihr Vater ist David Merchant.« Charles klang so arrogant, so überzeugt. Was hatte ihre Mutter bloß in diesem Mann gesehen?

»Wissen Sie, wann ich Geburtstag habe?«

»Natürlich nicht. Warum sollte ich?«

»Ich bin am 8. Juni 1989 geboren. Sieben Monate, nachdem meine Mum und David geheiratet haben. So wie es aussieht, war ich kein Hochzeitsnachtbaby.«

Charles erbleichte. Sein Gesicht war so weiß wie die Vase hinter ihm. »Sie müssen ein Frühchen gewesen sein.«

»Das hat meine Mutter auch angedeutet. Aber ich habe kürzlich mit der Hebamme gesprochen, die mich auf die Welt geholt hat, und ich bin genau am errechneten Termin gekommen.«

»Das kann nicht sein.«

»Und Mum hat der Hebamme erzählt, dass ...«

»Was kann nicht sein?« Cecilia war unbemerkt hereingeschlüpft. Sie stand an der Tür und klopfte mit dem Fuß auf das glänzende Parkett. »Was zum Teufel macht sie hier?«

Röte schoss Charles in die Wangen. »Ich wusste nicht, dass du so früh zurück sein würdest, Cecilia.«

»Ich sagte: Was zum Teufel macht sie hier? Ich habe Anweisungen hinterlassen, dass du nicht gestört werden darfst.«

Cecilia spie die Worte förmlich aus, und Rosie wandte sich zum Gehen. Jetzt, da sie Charles zur Rede gestellt und die Wahrheit über seine Beziehung zu ihrer Mutter erfahren hatte, hatte es keinen Sinn, das Gespräch fortzuführen. Sie würde ihn weder darum bitten, zuzugeben, dass sie verwandt waren, noch würde sie ihre Zeit damit verschwenden, ihn davon zu überzeugen, dass sie die Wahrheit sagte. Aber Charles sprach, und seine Stimme war jetzt leise und ruhig.

»Miss Merchant behauptet, ich sei ihr Vater.«

»Das ist ungeheuerlich! Diese Geldmasche wird Ihr Haus nicht retten, Miss Merchant.«

»Geldmasche?« Rosie trat vor den Kamin und atmete in flachen Zügen. »Ich will Ihr Geld nicht, und wenn Sie entschlossen sind, Driftwood House zu zerstören, dann soll es eben so sein. Ich dachte, Ihr Mann würde vielleicht wissen wollen, dass er womöglich eine Tochter hat, aber ich habe mich geirrt.«

»Charles?«, blaffte Cecilia. Aber Charles sagte nichts. Er starrte Rosie an, als hätte er einen Geist gesehen, dann ließ er sich langsam wieder aufs Sofa sinken und griff sich an die Brust. O Gott, wenn das hier noch länger dauerte, würde er einen Herzinfarkt bekommen. Rosie schob sich an Cecilia vorbei und eilte durch den Flur zur Haustür.

»Ihr Trick wird Ihnen nichts nützen«, rief Cecilia ihr nach. »Es wird keine DNA-Tests geben, keine weiteren Treffen und keine Gerüchte über Ihre Herkunft, sonst werden Sie von unserem Anwalt hören. Fliegen Sie dorthin zurück, woher Sie gekommen sind, und lassen Sie uns in Ruhe.«

Rosie öffnete umständlich die Tür und fiel fast hindurch, dann eilte sie über den knirschenden Kies zu dem Mini. Dunkle Wolken hatten sich vor die Sonne geschoben, und Regentropfen klatschten auf ihr staubiges Auto. Was hatte sie nur getan? Spitze Steine prasselten gegen den Mercedes, als sie den Rückwärtsgang einlegte, den Mini wendete und zwischen den Steinsäulen hindurchschoss, die die Einfahrt zu High Tor House markierten.

Der lange Feldweg zur Straße war von Schlaglöchern übersät, aber sie behielt ihr Tempo bei. Das Auto holperte und rumpelte, während sie Abstand zwischen sich und Charles brachte. Der Mann hatte ihrer Mutter leichtfertig das Herz gebrochen. Was hatte sie erwartet? Eine rührende Wiedervereinigung?

»Dumm! Dumm!«, zischte sie, schlug auf das Lenkrad und hatte Mühe, durch die Tränen hindurch die Straße zu sehen. Sie hatte ihre Mutter und Driftwood House verloren, und der Mann, den sie mit großer Sicherheit für ihren Vater hielt, war kalt und herzlos. Sie würde ihn nie wiedersehen, würde nie wieder etwas mit ihm zu tun haben. Cecilia hatte recht. Es war Zeit für sie, nach Spanien zurückzukehren. Matt hatte sie zwar auch betrogen, aber dort warteten wenigstens keine weiteren Geheimnisse oder Lügen auf sie.

SIEBENUNDZWANZIG

Rosie drehte den Schlüssel im Schloss von Driftwood House und drückte die Haustür auf, die über die Fliesen schrammte. Das Holz quoll wieder auf und musste noch etwas abgeschliffen werden, doch diesem Gedanken folgte schnell die Erkenntnis, dass es keine Rolle spielte. Das Haus würde abgerissen werden.

»Es tut mir so leid«, sagte Rosie in die leere Diele. Sie war sich jedoch nicht ganz sicher, ob sie sich bei dem Haus oder bei ihrer Mutter für das entschuldigte, was sie gerade getan hatte.

»Was tut dir leid?«, murmelte Matt, der gerade aus der Küche kam, eine Scheibe Toast in der Hand. Er hatte weiß Gott wie lange geschlafen, und sein Haar war noch zerzaust. Er gähnte und zeigte sein breites, schneeweißes Lächeln.

»Keine Ahnung. Es tut mir leid, dass ich verschwunden bin«, antwortete Rosie, emotional zu ausgelaugt, um sich einer weiteren Auseinandersetzung zu stellen.

»Du warst weg?« Er rieb sich über die müden Augen. »Hast du einen Spaziergang gemacht?«

»Ich bin ins Dartmoor gefahren, um mit Charles Epping zu sprechen.«

»Wow, gut gemacht!« Matt war jetzt hellwach. »Also, was hatte der alte Hund zu seiner Verteidigung zu sagen?«

»Nichts.«

Matts Toast bog sich, und Butter tropfte auf die Fliesen.

»Was soll das heißen, nichts? Du hast ihm doch gesagt, dass er dein Vater ist, oder?«

»Ich habe gesagt, dass ich das stark vermute, ja.«

»Und er hat nichts gesagt?«

»Nicht viel. Er hat mir nicht geglaubt, und seine Frau hat mich beschuldigt, auf sein Geld aus zu sein.«

»Das ist empörend, Rosie. Es muss dich sehr mitgenommen haben. Und was ist dann passiert?«, fragte er und kam näher.

»Ich bin gegangen.« Rosie wich zurück und wischte sich mit zitternden Händen Butterspritzer von der Jeans.

»Du bist gegangen? Und das war's?« Matt schob sie in die Küche und bedeutete ihr, sich auf einen Hocker zu setzen. »Ich mache dir eine Tasse Tee, und du kannst mir in der Zwischenzeit alles erzählen.«

Alles würde sie ihm ganz sicher nicht erzählen. Sie hatte nicht vor, ihm überhaupt viel zu erzählen, aber die Worte sprudelten aus ihr heraus, weil sie es sich von der Seele reden musste.

Matt hörte aufmerksam zu, während er den Tee kochte, dann setzte er sich neben sie. »Also, wie geht es jetzt weiter?«

»Wie es mit Driftwood House weitergeht?«

»Wen interessiert schon dieser alte Kasten, Rosie? Ich rede von Epping. Wie geht es mit ihm weiter?«

»Gar nicht. Ich kehre nach Spanien zurück und vergesse ihn.«

»Sei nicht dumm. Es muss weitergehen. Du kannst ihn noch einmal zur Rede stellen und einen DNA-Test verlangen, und wenn das nichts bringt, kannst du ihm drohen, an die Presse zu gehen und deine Geschichte zu verkaufen. Einem Mann wie ihm wird sein Ruf etwas wert sein.«

»Warum sollte ich das tun? Er will keinen Kontakt mehr mit mir, und das beruht auf Gegenseitigkeit. Und ich habe nicht den Wunsch, seine Frau zu demütigen, auch wenn sie grässlich ist. Sie muss damals schon genug gelitten haben.«

»Ach, Rosie.« Matt ergriff ihre Hände. »Du darfst Charles Epping nicht gewinnen lassen. Er schuldet dir was. Wie viel hat er? Fünf Millionen? Zehn? Vielleicht mehr, mit dem Land und den Immobilien, die ihm gehören. Als sein Fleisch und Blut steht dir ein großer Batzen davon zu.«

»Ich will sein Geld nicht, Matt, egal, was Cecilia denkt.«

»Natürlich nicht, Baby, aber ist es nicht selbstsüchtig, Geld einfach so aufzugeben?«

»Selbstsüchtig? Was soll daran selbstsüchtig sein?«

»Denk doch nur mal darüber nach, was du mit einer großen Geldspritze anfangen könntest. Was wir damit anfangen könnten. Du könntest mir die Gründung meines Immobilienunternehmens finanzieren, das in der Gegend gründlich aufräumen würde.«

»Ich dachte mir schon, dass es nur darum geht.« Rosie stand so schnell auf, dass sie Tee auf ihr Sweatshirt verschüttete. Mensch, war das heiß. Sie zog den nassen Stoff von sich weg.

»Wovon redest du?«, fragte Matt mit schmalen Augen und reichte ihr ein Blatt von der Küchenrolle.

»Ich habe mich schon gewundert, warum du so scharf darauf warst, dass ich Charles Epping sage, dass er mein Vater ist. Du willst an sein Geld, um dein Unternehmen in Gang zu bringen. Ich hatte gehofft, dass du mitfühlend bist, aber langsam wird mir klar, dass das nicht dein Stil ist.«

»Das ist ein bisschen hart, Baby. Ich versuche nur, dir zu helfen.«

»Mir zu helfen oder dir? Und hör bitte auf, mich Baby zu nennen.«

Matts Gesicht verfinsterte sich. »Mir ist klar, dass deine Mum gerade gestorben ist und dass dich das alles sehr mitnimmt. Deshalb bist du so besessen von dieser schäbigen alten Bruchbude, die pausenlos im Wind klappert. Aber du könntest genauso gut alles aus dem Mann herausholen, der dich und deine Mutter im Stich gelassen hat. Und ich werde mich nicht dafür entschuldigen, dass ich ehrgeizig bin. Du warst auch ehrgeizig und hattest Träume, bevor du in diese Scheißbucht mitten im Nirgendwo zurückgekehrt bist.«

»Träume ändern sich.«

Matt schüttelte den Kopf. »Rosie, du musst zurück nach Spanien, und zwar pronto. Sonst läufst du Gefahr, genauso seltsam und langweilig zu werden wie die Leute hier.«

»Willst du wirklich, dass ich mit zurückkomme?«

»Ich bin schließlich hier, oder?«, antwortete Matt sauer.

»Du bist erst gekommen, nachdem ich dir erzählt habe, dass ein sehr reicher Mann mein Vater sein könnte, und seitdem drängst du mich, Anspruch auf mein sogenanntes Erbe zu erheben. Ein weniger nachsichtiger Mensch könnte denken, dass du hinter meinem Geld her bist, Matt.«

»Das ist Quatsch, Rosie. Aber sollen wir uns denn einfach das ganze Geld und die Gelegenheit entgehen lassen, unsere Zukunft zu finanzieren? Siehst du nicht ein, dass *das* wirklich selbstsüchtig ist?«

Zorn kochte wie rotglühende Lava in Rosie hoch. »Nur damit ich das richtig verstehe. Du willst, dass ich einen Mann, der mich gerade rausgeschmissen hat, anbettele, mich als seine Tochter anzuerkennen, damit du ein Unternehmen gründen kannst, das sparsam mit der Wahrheit umgeht, um einen guten Verkauf zu erzielen?«

»Man muss kurzfristige Opfer für langfristige Gewinne bringen, Ba... Süße. Das mit dir und mir ist was Langfristiges.«

Rosie schnappte nach Luft angesichts seiner Fähigkeit, ihr ins Gesicht zu lügen. »Tatsächlich? Und was ist mit dir und Carmen?«

»Was soll mit ihr sein?«

»Ich weiß alles«, flunkerte Rosie.

Matt blähte die Brust auf, bevor er wie ein Luftballon in sich zusammensackte. »Hast du mit Juan geredet? Was hat er dir erzählt?«

»Jedes Detail.«

»Er ist so eine verdammte Petze! Zuerst einmal waren es nur ein paar Küsse.«

»Zuerst? Dann wurde es also mehr?«

»Dreh mir nicht die Worte im Mund herum, Rosie. Ich bin nicht stolz auf mich, aber du warst nicht da, und Carmen hat sich mir praktisch an den Hals geworfen, sodass eins zum anderen geführt hat. Ich habe mich geschmeichelt gefühlt.«

Und genau das war das Problem. Wie der Vater, mit dem sie aufgewachsen war, und wie Liam ging Matt beim Flirten einen Schritt zu weit, sodass er schließlich andere betrog und hinterging. Auch Charles Epping war Betrug nicht fremd, obwohl er betrogen hatte, um »das Richtige zu tun«.

»Aber deswegen braucht sich doch zwischen uns nichts zu ändern«, bettelte Matt und sah sie mit seinen schönsten Welpenaugen an. »Es tut mir leid, Rosie. Ich werde Carmen sagen, dass sie mich in Ruhe lassen soll, weil ich nur dir gehöre.«

»Wirst du noch mir gehören, wenn eine neue Versuchung kommt und Eppings Geld nicht?«

»Das ist unter der Gürtellinie, Rosie.«

»Lustig, dass gerade du das sagst.«

Matt biss sich auf die Lippe und machte ein säuerliches Gesicht. »Das habe ich wahrscheinlich verdient, aber ich will nicht, dass es zwischen uns aus ist. Bitte, verzeih mir Rosie, denn ich liebe dich. Komm mit mir zurück nach Spanien, dann wird alles wieder so wie früher. Sag doch etwas!«, verlangte er, als sie schwieg. Aber was wollte er von ihr hören?

Natürlich verzeihe ich dir, Matt, und es ist alles ganz allein Carmens Schuld. Das vielleicht? Es war nicht nur Carmens

Schuld, obwohl Rosie ein Wörtchen mit ihr über Solidarität unter Frauen reden würde, wenn sie wieder in Spanien war. *Du bist eine egoistische Nervensäge?* Das war irgendwie klar. *Du hast mir das Herz gebrochen?* Überraschenderweise nicht. Es war angeknackst, aber es hatte zu viele Schläge einstecken müssen, um weitere Treffer überhaupt noch zu bemerken.

Rosie sprach ruhig und deutlich. »Ich komme mit nach Spanien, aber ich werde keinen Kontakt mehr zu Charles Epping haben.«

»Nicht mal für mich?«

»Nicht mal für dich, denn so schwer es auch zu verkraften sein mag, hat nichts hiervon irgendwas mit dir zu tun, Matt.«

»Ich schätze, das stimmt. Es geht nur um dieses schrottreife Haus und den grässlichen Ort und Leute wie Nessa und Belinda und den Dorftrottel Liam und seine verdammten Bizeps.«

»Er ist kein Trottel.«

Matt schüttelte den Kopf. »Ich fliege nach Hause, Rosie. Ich werde meine Sachen packen und in ein oder zwei Stunden von hier verschwinden. Kommst du mit?«

Rosie betrachtete ihn, wie er mit dem Rücken zum Licht in der Tür stand. Sie könnte ihren Stolz herunterschlucken und ihm verzeihen, könnte Charles Epping und Driftwood House vergessen und jetzt nach Spanien zurückkehren. Das würde ihr kompliziertes Leben vereinfachen.

»Also?«, bedrängte Matt sie.

Rosie sah sich in der frisch gestrichenen Küche um, wo ihre Mutter ihr beigebracht hatte, Cupcakes zu backen. »Ich komme nicht mit. Ich denke, wir wissen beide, dass unsere Beziehung zu Ende ist.«

»Du reagierst total übertrieben«, stieß Matt hervor und lief rot an.

»Nein, tue ich nicht. Du hast dich hinter meinem Rücken mit Carmen getroffen, und ich verdiene etwas Besseres. Kannst du Juan sagen, dass ich am Donnerstag wie vereinbart wieder im Büro bin?«

»Es ist nicht zu Ende, Rosie. Das werde ich nicht akzeptieren. Wir können dieses Gespräch fortsetzen, wenn du zurück in Spanien bist und Vernunft angenommen hast.«

Rosie schüttelte den Kopf. »Wir werden das Gespräch nicht fortsetzen, Matt. Das mit uns ist endgültig vorbei«, wiederholte sie energisch an seinen entschwindenden Rücken gewandt, als er die Treppe hinaufstampfte.

ACHTUNDZWANZIG

Liam beschirmte die Augen gegen die tiefstehende Sonne. Der Himmel glühte golden und orange über dem silbernen Meer, während die Möwen als dunkle Umrisse über der Steilküste kreisten. Dort, hoch oben über dem Dorf und seiner Farm, konnte er Driftwood House ausmachen. Es gehörte zu Heaven's Cove, und doch stand es für sich, genau wie Rosie.

Er scharrte mit den Stiefeln im Erdreich und fragte sich, warum seine Gedanken immer wieder zu Rosie Merchant zurückkehrten. Sie und ihr unangenehmer Freund würden bald fort sein, und das Leben in Heaven's Cove würde wieder zur Normalität zurückkehren. Kein Kampf mehr für die Rettung von Driftwood House. Keine Schieber mehr auf Dorffesten.

Er lenkte seine Aufmerksamkeit bewusst wieder auf die Aussicht, die ihn in diesen Tagen immer wieder beruhigte. Es war noch gar nicht so lange her, dass das weite Meer und die vielen Hektar Land ihn gelangweilt hatten, und die Last der Verantwortung, den angeschlagenen Familienbetrieb zu übernehmen, war erdrückend gewesen. Je stärker das Gefühl geworden war, in der Falle zu sitzen, desto häufiger hatte er früher mit seinen Freunden gefeiert – zu viel getrunken und zu viele Frauen geküsst.

Aber er hatte sich verändert und die Landschaft schätzen gelernt, und inzwischen genoss er die ruhigen Momente in der Natur, in denen er durchatmen konnte.

Das scharfe Bellen des Hundes durchbrach die Stille. »Schon gut, Billy. Ruhig, Kumpel.«

»Ich glaube, er bellt mich an.«

Rosie stand neben ihm. Die Luft um ihn flirrte, und für einen Moment dachte er, er hätte sie mit seinen Gedanken heraufbeschworen. Aber das Produkt seiner Fantasie erwies sich als echt, als Rosies Hand seinen Arm streifte. »Ich will dich nicht stören.«

»Du störst nicht. Ich habe nur die Aussicht genossen.«

Rosie legte den Kopf in den Nacken und holte tief Luft. »Es ist wunderschön hier. Früher war mir gar nicht klar, wie herrlich der Blick von Heaven's Cove ist.«

»Mir auch nicht. Ich habe das alles mehr oder weniger für selbstverständlich genommen.«

»Man weiß erst, was man hat, wenn es nicht mehr da ist, wenn man wegzieht.«

»Du weißt, dass das nie eine Option für mich war, und meistens bin ich froh darüber.« Er drehte sich zu ihr um und sah sie erst jetzt richtig an – Jeans, graues Sweatshirt, Pferdeschwanz und dunkle Ringe unter den großen Augen. »Was machst du überhaupt hier? Sind dir und deinem Freund die Eier für das Abendbrot ausgegangen?«

»Ich wollte es dir persönlich sagen, bevor ich abreise. Ich habe von Eppings Anwalt gehört, dass Driftwood House nicht gerettet werden kann.« Schmerz zuckte über ihr Gesicht. »Ich will ehrlich sein. Es war unrealistisch, etwas anderes zu denken. Mum ist nicht mehr da, und das Haus bald auch nicht mehr. Vielleicht sollte es so sein. Aber ich fand, dass du nach der ganzen Arbeit, die du in das Haus gesteckt hast, als Erster

davon erfahren solltest, und es tut mir leid, dass es Zeitverschwendung war.«

Sie klang sachlich und reserviert.

»Ich habe gern geholfen, aber es überrascht mich nicht.
Charles Epping ist ein Mistkerl, der Menschen nach Strich und
Faden ausnimmt. Für ihn zählt nur das Geld. Ich kann ihn und
seine Familie nicht ausstehen.« Er holte tief Luft. »Du hast also
einen Anruf erhalten, ja? Ich dachte, du wärest heute zu den
Eppings gefahren.«

Rosie scharrte mit dem Fuß über den Boden. »Nein, wie
kommst du darauf?«

»Du wurdest angeblich dort gesehen.«

»Das war ich nicht.«

Sie log. Die rosa Flecken auf ihren Wangen waren verräterische Zeichen – sie wäre eine miserable Pokerspielerin. Alex
war sich absolut sicher gewesen, dass er sie am Nachmittag ein
oder zwei Meilen vor der Abzweigung nach High Tor House
überholt hatte.

Rosie betrachtete ihre Hände und ihre langen, gebräunten
Finger. Warum wollte sie es ihm nicht sagen?, fragte er sich.

»Das mit dem Haus ist so ein Jammer«, sagte sie. »Ich weiß,
dass es sich nur um Ziegelsteine und Mörtel handelt, aber der
Verlust von Driftwood House ist wie ein weiterer kleiner Tod.«
Sie senkte den Kopf. »Dumm, nicht?«

»Nein, überhaupt nicht. Es war seit deiner Geburt dein
Zuhause. Und wie geht es nun weiter?«

»Ich packe die letzten Sachen und mache mich auf nach
Spanien.«

»Du und Matt.«

»Er ist vorhin abgereist. Matt und ich ... nun, es ist alles ein
bisschen kompliziert geworden.«

Sie wurde wieder rot, und Liam kämpfte gegen den Drang,
ihr den Arm um die Schultern zu legen. Als freundschaftliche
Geste wäre es in Ordnung gewesen, aber nach den Gefühlen,

die der Tanz in ihm geweckt hatte, wäre es keine Umarmung als Freund gewesen. Er würde sie am Ende küssen wollen, und wohin sollte das schon führen? Er würde seine Gefühle einfach im Zaum halten. Liam wandte das Gesicht wieder zum Meer.

»Wieso kompliziert?«, fragte er gelassen.

»Wir haben Schluss gemacht, und er fliegt heute nach Spanien zurück, wo er sich wahrscheinlich mit Carmen treffen wird.«

»Wer ist Carmen?«

»Die Kollegin, mit der er eine Affäre hat.«

»Du machst Witze! Was für ein Arschloch! Geht's dir gut?«

Rosie betrachtete den glühenden Himmel, als er sie von der Seite ansah. »Ja, es geht mir gut. Ich dachte, ich würde Matt lieben und er mich, aber ich glaube, da habe ich mir nur etwas vorgemacht.« Sie schlug die Hand vor den Mund. »Entschuldige, war das unsensibel, nachdem Deanna dich nicht ... Ich wollte nicht ...«

»Ist schon gut. Ich habe schon viel Schlimmeres gehört, und es ist jetzt ein Jahr her. Das Leben geht weiter.«

Das war die leere Plattitüde, die Liam oft von sich gab, aber plötzlich fiel es ihm schwer, sich Deannas Gesicht vorzustellen. Sie hatte ihm alles bedeutet, und doch hatte er jetzt angefangen, sie zu vergessen. Zum ersten Mal, seit sie ihn sitzen gelassen hatte, konnte er sich vorstellen, mit einer anderen Frau zusammen zu sein.

Er warf einen verstohlenen Blick auf Rosie, die die Augen geschlossen hatte und das Gesicht in die untergehende Sonne hielt. Goldene Lichtstrahlen tanzten über ihr Haar und brachten es zum Leuchten. Da hatte er nun endlich jemanden gefunden, bei dem er sich unverstellt geben konnte, und sie war kurz davor, sich aus dem Staub zu machen. Typisch.

»Ich weiß«, sagte Rosie, die Augen noch geschlossen, »dass das Leben weitergeht, aber es war ein ziemlich beschissener Tag. Ein Tag von der Sorte, die sich ins Gehirn gebrannt haben, obwohl man sie am liebsten vergessen würde.«

»Willst du darüber reden?«

Rosie zögert. »Nein, aber danke.«

»Du wirst ihn sicher irgendwann vergessen. Das heißt, vielleicht nicht vergessen, aber loslassen.«

Rosie öffnete die Augen und sah ihn an. »Für einen Herzensbrecher bist du ziemlich weise, Liam Satterley.«

»Da sind sich die Frauen einig.«

Warum hatte er das gesagt? Es war eine schlagfertige Bemerkung, wie sie von dem alten Liam hätte stammen können.

Rosies Lächeln erreichte ihre Augen nicht. »Kann ich mir vorstellen. Wie geht es Katrina?«

»Als ich sie das letzte Mal gesehen habe, ging es ihr gut. Warum?«

»Nur so. Sie schien etwas zu viel getrunken zu haben, als wir die Party verlassen haben, das ist alles.«

»Ja, sie hatte einiges intus. Also, wann wirst du aufbrechen?«, fragte Liam, um das Gespräch von Katrina wegzulenken. Sie würde ihm nie verzeihen, dass er sie zurückgewiesen hatte. Sie war der nachtragende Typ.

»Ich muss noch die letzten Sachen packen, die ich behalten möchte. Die Möbel, die ich nicht haben will, werden von einer Firma abgeholt und verkauft. Und mein Flug ist immer noch für Mittwochnachmittag gebucht. Was kann ich sonst tun?«

»Du könntest bleiben.« Liam verschränkte die Arme und hielt den Blick auf den Sonnenuntergang gerichtet. Der Himmel hatte ein flammendes Rot angenommen, während die Sonne am Horizont versank.

»Wo denn? Driftwood House wird nicht mehr da sein.«

»Da wäre noch Josie's B&B, während du dir im Ort etwas anderes suchst. Du könntest auch hier schlafen, bei mir. Ich meine«, er verhaspelte sich, »bei mir und Billy.«

Die Erwähnung des Hundes trug in keiner Weise dazu bei, dem Angebot einen anständigen Anstrich zu geben, und er wusste, dass er in Rosies Augen seinen alten Ruf noch immer nicht ganz abgeschüttelt hatte. »Ich meine, ich hätte nichts dagegen, dir das Gästezimmer zu überlassen, während du über deinen nächsten Schritt nachdenkst. Für meine Eltern wäre das auch in Ordnung. Sie wären wahrscheinlich begeistert davon.«

»Warum solltest du das tun?«

»Ich mag dich.«

Billy spitzte die Ohren. Er lag neben der Hintertür und beobachtete sie. Rosie ging in die Hocke und streichelte ihm über den Rücken, dann hob sie den Blick zu Liam. Sie sah aus, als würde sie gleich weinen. Das hatte er nicht gewollt.

»Das ist nett von dir.« Ihre Stimme war zittrig. »Aber ohne Driftwood House ist mein Leben in Spanien.«

»Ja, klar. Es war nur eine Idee, um dir zu helfen.«

»Danke. Lieb von dir.«

»Manchmal überkommt es mich.«

Sie richtete sich auf und strich sich über die Jeans. »Dann heißt es jetzt wohl Abschied nehmen. Ich werde dich vor meiner Abreise wahrscheinlich nicht mehr sehen.«

»Wirst du zurückkommen?« Klang das zu verzweifelt?

Als sie den Kopf schüttelte, löste sich eine Haarsträhne aus ihrem Pferdeschwanz. »Wahrscheinlich nicht. Ohne Mum und Driftwood House gibt es ja nichts, wohin ich zurückkehren könnte.«

»Du könntest Nessa besuchen.« Jetzt klang er wirklich verzweifelt.

»Wahrscheinlich nicht, weil sie stattdessen mich für ein paar Tage in der Sonne besuchen will.«

»Ach so. Dann wünsche ich dir für den Rest deines Lebens viel Glück, Rosie Merchant.«

»Ich dir auch. Und noch mal danke für deine Hilfe.«

»Keine Ursache.«

»Sag Katrina von mir Auf Wiedersehen.«

»Klar«, antwortete Liam, der nicht mehr richtig zuhörte, da er sich vorbeugte, um Rosie einen Kuss auf die Wange zu geben. Als sie den Kopf drehte, streiften seine Lippen ihre - eine hauchzarte Berührung, die ihm einen Schauer über den Körper jagte. »Ich wollte mich auf kontinentale Art mit einem Kuss auf beide Wangen von dir verabschieden, obwohl wir so etwas Exotisches hier nicht tun. Belinda würde es nicht zulassen.«

Sie musste merken, wie übertrieben fröhlich und lächerlich er klang. Rosie schlang die Arme um sich und warf ihm den ernsten Blick zu, den er aus der Schulzeit kannte. »Man sieht sich, Liam.«

»Man sieht sich, Rosie. Und du warst eigentlich nie seltsam.«

»Siehst du? Du bist doch freundlich.«

Rosie drehte sich auf dem Absatz um und ging zum Tor. Sie schaute nur ein Mal zurück, bevor sie hinter der hohen Hecke verschwand, die die Farm von der Straße trennte.

Dann war es das also.

»Jetzt gibt es nur noch uns, Billy. Vielleicht ist es auch besser so.« Billy legte sich auf den Rücken und blickte sein Herrchen aus großen und traurigen Augen an. »Mach nicht so ein Gesicht. Wir kommen schon klar. Wer braucht schon Frauen?«

Mit einem letzten Blick auf den sich verdunkelnden Himmel ging Liam ins Haus und schloss die Tür.

Rosie konnte kaum erkennen, wo sie hintrat. Sie rutschte mit der Sandale auf dem Klippenpfad aus, stolperte und wäre beinahe gefallen. Das war doch lächerlich.

Sie blieb stehen und wischte sich wie ein Kind mit den

Handrücken über die Augen. Sie weinte sonst nie, aber jetzt konnte sie nicht mehr damit aufhören.

Sie hätte um die Mutter weinen können, die sie nie wiedersehen würde, um den Freund, den sie verloren hatte, das Elternhaus, das abgerissen werden würde, oder um den kalten Mann, dem es egal war, dass er ihr Vater sein könnte.

Aber diesmal weinte sie vor Enttäuschung darüber, dass Liam immer noch ein Mann war, der die Nacht mit Frauen verbrachte, wenn deren Partner nicht da waren. Sie war selbst alles andere als perfekt, aber sie würde nie fremdgehen, da sie das Leid und den Schmerz kannte, den es verursachte und der die betroffenen Familien auch nach Jahren nicht losließ.

Und dennoch, obwohl sie wusste, dass Liam ein Mann war, den es nichts ausmachte, solches Unheil anzurichten, hatte sie sich sehnlich gewünscht, dass er sie richtig küssen würde. Keine versehentliche Berührung seiner Lippen, kein gezierter »kontinentaler Kuss« auf beide Wangen, sondern ein echter Kuss, Mund auf Mund, die Arme um seinen Hals geschlungen, die Hände in seinem Haar und an ihn geschmiegt.

Wenn sie stattdessen ihn geküsst hätte, hätte er vielleicht mitgemacht, und sie hätte es genossen. Er war bestimmt ein fabelhafter Küsser – er hatte schließlich jede Menge Übung. Aber danach wäre die Enttäuschung über sich selbst – weil sie eine unaufmerksame Tochter gewesen war, Driftwood House nicht hatte retten können und über Heaven's Cove die Nase gerümpft hatte – nur noch größer geworden.

Wie könnte sie Liam überhaupt küssen, wenn er das Weite suchen würde, sobald er erfuhr, dass ihr Vater der Mann sein könnte, der ihm das Leben zur Hölle machte? Das würde auf einen Kuss unter Vorspiegelung falscher Tatsachen hinauslaufen. Außerdem hatte sie ihm gerade buchstäblich ins Gesicht gelogen, als sie abgestritten hatte, die Eppings am Nachmittag aufgesucht zu haben.

Rückblickend betrachtet hätte sie sagen sollen, dass sie die

Eppings besucht hatte, um Klarheit über das Schicksal von Driftwood House zu erhalten, aber stattdessen war sie in Panik geraten und hatte wie eine Vollidiotin gelogen.

Rosie fischte ein Papiertuch aus der Tasche, putzte sich die Nase und ging weiter den Küstenweg entlang. Der Vollmond, der am dunkelblauen Himmel aufging, warf silberne Strahlen über die Wellen und leuchtete ihr den Weg.

Während der kurzen Zeit, die sie wieder in Heaven's Cove verbracht hatte, war so viel passiert, vieles davon entweder traumatisch oder völlig verwirrend. Aber es gab auch einige positive Dinge. Zumindest verstand sie jetzt, warum es ihrer Mutter manchmal schwergefallen war, anderen zu vertrauen, und warum sie lieber für sich geblieben war. Der Groll, den sie ihrem Vater gegenüber gehegt hatte, hatte nachgelassen, und an seine Stelle war Dankbarkeit getreten dafür, dass er das Kind eines anderen Mannes angenommen hatte. Hätte sie doch bloß davon gewusst, als er noch lebte, dann hätte sie ihm danken können.

Außerdem waren ihr Heaven's Cove und seine Bewohner ans Herz gewachsen. Sie spürte die Anziehungskraft des Dorfes. *Du könntest bleiben.* Liams Worte hallten in ihrem Kopf wider, wie ein Sirenenruf, der sie nach Hause zog. Aber was hielt sie hier noch? Ihre Mutter war tot, und Driftwood House würde auch bald nicht mehr da sein. Sie war jetzt weit weg von hier zu Hause.

Rosie hatte Driftwood House erreicht. Sie strich über die alte Haustür, bevor sie hindurchtrat und das Licht im Flur einschaltete. Der Wind hatte sich gelegt, und überall herrschte Stille. Keine knarrenden Dachbalken, keine klappernden Fensterscheiben, keine Mum, die einen Gruß rief, kein Matt, der darauf wartete, dass sie nach Hause kam. Absolut nichts und niemand.

NEUNUNDZWANZIG

Im Lauf der nächsten zwei Tage begannen die Türen in Driftwood House zu knarren, und der Wind fuhr stöhnend ums Dach, als ahne das Gebäude, welches Schicksal ihm drohte.

Rosie packte die letzten kostbaren Erinnerungsstücke ein, organisierte die Einlagerung der kleinen Möbelstücke, die sie behalten wollte, und beauftragte eine Firma damit, den Haushalt aufzulösen, sobald sie nach Spanien abgereist war. Der Erlös würde an die gemeinnützige Kinderstiftung gehen, wo ihre Mutter und Evelyn sich als ehrenamtliche Mitarbeiterinnen kennengelernt hatten.

Der Kühlschrank war noch mit genug Lebensmitteln für sie und Matt gefüllt, daher war es nicht nötig, nach Heaven's Cove zu fahren, und sie war froh, nicht ins Dorf zu müssen. Es hatte sich tiefer in ihr Herz geschlichen, als sie es für möglich gehalten hätte, und sie wollte sich den Abschied nicht noch schwerer machen.

Matt hatte ihr nur eine Nachricht geschickt, nachdem er zum Flughafen gefahren war. Sie war kurz und sachlich:

Rosie, melde dich, wenn du wieder in Spanien bist, dann können wir über uns reden. Ich denke immer noch, dass du bei Charles Epping einen großen Fehler machst. Du musst an deine Zukunft denken. Matt.

Ihre Zukunft oder seine? Rosie würde ihm nach ihrer Rückkehr Bescheid geben, aber sie wusste, dass ihre Beziehung vorbei war. Sie bezweifelte, dass er ihr groß nachtrauern würde – dafür würde Carmen schon sorgen.

Seufzend faltete sie eine Jeans und legte sie in ihren Koffer. Zumindest konnte sie in Spanien Sonne tanken, sich in die Arbeit stürzen und all das hinter sich lassen. Vielleicht würde sie auch woanders hinziehen. In ein anderes Land, wo sie sich neu erfinden und ein anderes Leben beginnen konnte. Die Aussicht darauf, die sie früher so aufregend fand, löste bei ihr jetzt Beklommenheit und Erschöpfung aus.

Sie warf einen Blick auf ihre Armbanduhr. Gerade genug Zeit für einen schnellen Spaziergang zum Rand des Kliffs, um ein letztes Mal die Aussicht zu genießen, bevor Nessa sie zum Flughafen brachte. Rosie hatte ihr Sofias Auto versprochen, und als Gegenleistung hatte Nessa darauf bestanden, sie zu fahren.

Rosie hatte die Haustür zum letzten Mal hinter sich geschlossen, als sie ein Auto hörte, das sich den Weg hinaufquälte. Hatte Nessa jemanden gebeten, sie herzubringen? Wenn ja, hatte ihr Freund ein ziemlich schickes Auto. Der glänzende schwarze Audi, der jetzt voller Schlammspritzer war, kam vor ihr zum Stehen, und das getönte Fenster glitt nach unten.

»Ms Rose Merchant?«

»Die bin ich, ja.«

Der kahlköpfige, ernste Fahrer des Wagens nahm einen Brief vom Beifahrersitz und reichte ihn ihr durchs Fenster.

»Man hat mich gebeten, Ihnen dieses Schreiben zu überbringen.«

Mit diesen Worten schloss er das Fenster, wendete vorsichtig und ruckelte langsam wieder den Weg hinunter.

Rose drehte den maschinenbeschrifteten Umschlag um. Er war an sie adressiert, und der cremefarbene Brief darin trug den Prägestempel des Anwalts der Eppings.

Sehr geehrte Ms Merchant,

ich schreibe im Auftrag meiner Mandanten Charles und Cecilia Epping, um Sie davon in Kenntnis zu setzen, dass die Möglichkeit, in Heaven's Cove ein kleines Hotel zu errichten, jetzt an einem anderen Standort weiterverfolgt wird. Die Pläne zum Abriss von Driftwood House wurden daher auf unbestimmte Zeit auf Eis gelegt.

Mit freundlichen Grüßen
Ellis Buck

Rosie las die beiden Sätze wieder und wieder und konnte kaum glauben, was da stand.

»Hey, Rosie, bist du starklar für Spanien?«

»Hi, Nessa, ich habe dich gar nicht gehört.«

»Ich bin zu Fuß gekommen und wäre beinahe von so einem Idioten in einem dicken Auto umgesäbelt worden. Wer war das?«

»Der hat einen Brief hier abgegeben.«

»Hat wohl noch nie was von der Post gehört«, brummte Nessa. Sie hob Rosies Koffer hoch, um sein Gewicht zu prüfen, und schnitt eine Grimasse. »Ist es was Wichtiges?«

»Kann man wohl sagen.«

Rosie reichte ihr den Brief und sah, wie auf Nessas Gesicht ein breites Grinsen erschien.

»Aber das ist doch toll, oder? Die schrecklichen Eppings haben offenbar doch ein Herz.«

»Hm.« Rosie war sich nicht sicher, ob Herzensgüte im Spiel war. Entweder versuchte Cecilia, Rosie bei Laune zu halten, damit sie keine Schwierigkeiten machte, oder Charles Epping beruhigte sein schlechtes Gewissen, so wie er es bei ihrer Mum getan hatte.

»Und jetzt? Willst du jetzt immer noch zum Flughafen, wo das Haus eine Gnadenfrist bekommen hat? Meinst du, die Eppings werden sich auf deine Idee von der Pension einlassen? Oh, du könntest hierbleiben und die Pension führen. Hast du nicht gesagt, dass du eh schon in einem B&B aushilfst? Na also, du hast Erfahrung, und du liebst das Haus, du bist genau die Richtige, um die Pension auf die Beine zu stellen.«

»Das hatte ich eigentlich nicht vor. Ich habe ja schon zwei Jobs, in die ich zurückmuss, bevor meine Chefs mich rausschmeißen. Ich kann nicht alles aufgeben, nur weil die Eppings so gnädig waren, ihre Meinung zu ändern.«

Nessa machte ein langes Gesicht. »Aber du musst dich doch freuen, dass das Haus gerettet ist?!«

»Natürlich tue ich das. Wow. Ich freue mich sogar sehr.«

Es war gerade erst richtig bei ihr angekommen, dass Driftwood House, ihr Anker, nun doch nicht dem Erdboden gleichgemacht werden würde. Ob die Eppings daraus eine Pension machten oder es als Wohnhaus verkauften, es würde weiter hier oben auf der Küste stehen und über das Dorf unten wachen.

»Niemand möchte, dass du gehst, Rosie. Ich bin vorhin an der Burgruine Belinda über den Weg gelaufen, und sie hat gesagt, sie wünschte, du würdest bleiben – nachdem sie mich über Fionas jüngste Bauchstraffung zugetextet hat. John findet das auch, und Katrina hat mir aus ihrem schicken Auto zugewinkt wie die Königin, als ich vorhin mit dem Bus an ihr vorbeigefahren bin. Sie hat wahrscheinlich gewusst, dass ich zu dir wollte.«

»Das ist nett von Belinda und John, aber ich bezweifle, dass Katrina mich vermissen wird. Sie wird zu beschäftigt damit sein, es hinter Stephans Rücken mit Liam zu treiben, um überhaupt zu bemerken, dass ich weg bin.«

»Oh, nein, mit Liam wird sie nicht glücklich sein. Er hat sie abblitzen lassen.«

»Nachdem er mit ihr in die Kiste gestiegen ist?«

Rosie war sich nicht sicher, was schlimmer war – mit einer Frau hinter dem Rücken ihres Freundes zu schlafen oder ihr sofort danach den Laufpass zu geben. Beides war ziemlich schrecklich.

»Nein, *vorher*«, sagte Nessa und überflog noch einmal den Brief.

»Aber du hast doch am Samstagabend gesehen, wie sie in Katrinas Auto gestiegen sind.«

»Ich habe gesehen, wie sie zu ihrem Auto gegangen sind, aber Liam hat es sich anders überlegt. Ich habe dir doch gesagt, dass er sich geändert hat.«

»Bist du dir ganz sicher?«

»Absolut. Siobhan Jones – du kennst sie, trägt knallroten Lippenstift – hat die beiden von ihrem Schlafzimmer aus beobachtet. Katrina hatte ein Gesicht wie eine Gewitterwolke, als Liam gegangen ist. Jedenfalls hat sie es Belinda erzählt, die es Martin erzählt hat, der es Lucas erzählt hat, der es John erzählt hat, der es mir erzählt hat.«

Heaven's Cove war wirklich der reinste Klatschblog, aber das hier war Klatsch, der Rosies Herz glücklich machte. »Dann hat Liam definitiv nicht mit Katrina geschlafen, als ihr Freund in New York war?«

»Nein, hat er nicht.« Nessa kniff die Augen zusammen. »Warum? Erhöht das die Chancen, dass du bleibst?«

»Warum sollte es?«

»Tja, warum.« Nessa verzog das Gesicht. Plötzlich legte sie die Hand über die Augen und spähte in die Ferne. »Wer ist das?« Sie knuffte Rosie mit dem Ellbogen in die Rippen. »Ich glaube, das sind Liam und Billy. He, Liam! Wir haben gerade von dir gesprochen.« Sie streckte die Arme in die Luft und winkte. »Du kommst gerade rechtzeitig, um zu feiern. Rate mal, was passiert ist? Wir haben fantastische Neuigkeiten.«

»Was für Neuigkeiten?« Liam trat zu ihnen, während Rosie sich Mühe geben musste, ruhig zu atmen. Sie hatte nicht gedacht, dass sie ihn noch einmal wiedersehen würde.

»Rosie hat gerade erfahren, dass Driftwood House gerettet ist. Ist das nicht fantastisch?« Nessa fiel Rosie stürmisch um den Hals. »Anscheinend wollen die Eppings ihr Hotel woanders hinbauen.«

»Ich frage mich, was ihre Meinung geändert hat.«

Liam schien sich nicht besonders über die Gnadenfrist für Driftwood House zu freuen, und selbst der freundliche Billy ließ sich von der Stimmung seines Herrchens anstecken und begann leise zu knurren.

»Das sind doch großartige Neuigkeiten, oder?«, fragte Nessa, die jetzt nicht mehr ganz so sicher klang. Nach einem Blick auf Liams versteinertes Gesicht fasste sie den Hund am Halsband. »Billy könnte wahrscheinlich noch ein bisschen Auslauf gebrauchen. Ich werde mit ihm zum Sorrell Head gehen. Bis gleich.«

Sie eilte davon und zerrte einen sehr widerspenstigen Billy hinter sich her.

»Ist alles in Ordnung?«, fragte Rosie, aber Liam ging vor ihr auf und ab und mied ihren Blick.

»Sag du es mir. Dieser Brief wurde vorhin von einem Mann auf dem Hof abgegeben, der nach dem Weg nach Driftwood House gefragt hat.«

Er hielt Rosie einen Umschlag hin, und sie zog das Schreiben mit zitternden Fingern heraus. Kaltes Grauen überkam sie.

Sehr geehrter Mr Satterley,

ich schreibe im Auftrag meiner Mandanten Charles und Cecilia Epping. Es betrifft das Land südöstlich Ihres Grundstücks, das Sie von oben genannten Mandanten gepachtet haben. Der Pachtvertrag läuft Ende des Jahres aus und wird nicht verlängert.

Der Brief ging noch weiter, aber das war juristischer Fachjargon, und Rosie hatte das Wichtigste begriffen. »Um wie viel Land geht es?«, fragte sie, und das Herz wurde ihr schwer.

»Um so viel, dass es den Unterschied zwischen dem Überleben und dem Untergang von Meadowsweet Farm bedeutet. Ich habe nicht verstanden, warum sie die Vereinbarung einfach so beenden, und bin hergekommen, um herauszufinden, warum der Bote auch zu Driftwood House wollte, aber jetzt weiß ich es. Die Eppings wollten hier oben kein Hotel mehr bauen. Meine Landwirtschaft ist jetzt der potentielle Bauplatz für ihr Geschäftsprojekt.«

»Das tut mir so leid, Liam.«

Er schüttelte die Hand ab, die sie ihm auf den Arm gelegt hatte. »Du hast Charles Epping doch neulich besucht, oder?«

Rosie nickte. Ihre Freude über die Gnadenfrist für Driftwood House war ihr gründlich vergangen.

»Hast du ihn angefleht, Driftwood House zu retten, egal um welchen Preis?«

»Nein, natürlich nicht. So etwas würde ich nicht tun.«

»Warum hast du dann gelogen, als ich dich gefragt habe, ob du bei ihm warst?«

»Ich bin in Panik geraten.«

»Warum solltest du Panik bekommen, es sei denn, du hättest mich gerade um meinen Lebensunterhalt gebracht?«

»Das war nicht der Grund, warum ich nach High Tor House gefahren bin.«

»Dann sag mir, warum du einen so grauenhaften Mann sprechen wolltest, der sich einen feuchten Dreck um andere schert oder um die Leben, die er zerstört? Warum sollte dich das in Panik versetzen, anstatt mir die Wahrheit zu sagen?« Er fuhr sich völlig verwirrt mit den Händen durchs Haar. »Warum, Rosie? Erkläre es mir. Ich dachte, wir würden uns gut verstehen. Ich dachte ... ach, es spielt keine Rolle, was ich dachte.«

»Ich bin mir ziemlich sicher, dass Charles Epping mein Vater ist.«

Rosie wusste erst, dass sie die Worte aussprechen würde, als sie ihr über die Lippen kamen. Liam trat zurück, als hätte sie ihn geschlagen.

»Mach dich nicht lächerlich.«

»Es ist wahr. Er ist der Mann, der Mum den Liebesbrief geschickt hat. Sie hatten eine Beziehung, bevor ich geboren wurde, und es gibt noch andere Anhaltspunkte, die mich denken lassen, dass er ...«

»Dein Vater ist?«

Rosie nickte kläglich.

»Dann bist du also zu einem gemütlichen Familientreffen nach High Tor House gefahren, nehme ich an.«

»Nein, so war es nicht.«

»Wie war es dann, Rosie? Es muss ja ein tolles Treffen für ihn gewesen sein, dass er danach seine Pläne ändert und Driftwood House für dich rettet.« Er schüttelte mit einem angewiderten Ausdruck den Kopf. »Hattest du vor, es mir zu sagen?«

»Es tut mir leid. Ich hätte es dir erzählen sollen, aber ...«

Bevor sie den Satz beenden konnte, ging Liam mit großen Schritten in die Richtung, in die Nessa aufgebrochen war. »Billy!«, brüllte er. »Komm her, aber sofort!«

Der Hund kam herbeigesprungen und folgte Liam den Weg die Klippen hinab, während dieser beinahe stolperte in seiner Hast, so viel Abstand wie möglich zwischen sich und Rosie zu bringen.

»Was war das denn?«, fragte Nessa, die zu Rosie gerannt war. »Liam kann manchmal launisch sein, aber jetzt sah er richtig sauer aus. Du auch. Kleiner Pärchen-Streit unter Liebenden, was?«

»Charles Epping hat den Pachtvertrag für Liams Land gekündigt.«

»Warum?« Nessa schlug die Hand vor den Mund. »Nein, er hat doch wohl nicht etwa vor, sein blödes Hotel stattdessen da zu bauen, oder?« Ihre Schultern sackten herab. »Aber ohne das Land wird Liam die Farm nicht halten können.«

»Ich weiß.« Rosies Stimme zitterte.

»Das ist nicht deine Schuld.« Nessa legte Rosie den Arm um die Schultern und drückte sie. »Es war Charles Eppings Entscheidung, und dem sind andere Leute egal.«

»Doch, es ist meine Schuld«, flüsterte Rosie, und ihr wurde ganz schlecht vor Gewissensbissen.

»Aber wie kann das sein?«

»Kannst du ein Geheimnis für dich behalten?«

Es schien etwas spät für die Frage, da Liam jetzt Bescheid wusste und so zornig auf sie und die Eppings war, dass er wahrscheinlich schnurstracks zu Belinda marschierte.

»Natürlich kann ich das«, antwortete Nessa stirnrunzelnd. »Du würdest nicht glauben, was ich bei Shelley's über die Leute hier im Dorf höre und für mich behalte. Seth hatte zum Beispiel vor Jahren ein Verhältnis mit einer Frau aus Bailey's Ford, Felicia aus Dolphin Cottage macht ihre Hausarbeit am liebsten splitternackt, und Colin vom Zeitungskiosk trägt ein Haarteil, aber das habe ich alles noch nie jemandem erzählt.«

Die Tatsache, dass Nessa es ihr jetzt erzählte, war beunruhigend, aber Rosie war zu elend zumute, um sich Gedanken darum zu machen. Cecilia hatte gedroht, sie zu verklagen, falls sie dem Ruf ihres Mannes schaden sollte – Rosie war sich nicht sicher, ob sie das überhaupt konnte; sein Ruf hier in der Gegend war ohnehin angeschlagen. Und wenn bekannt wurde, dass Charles im Begriff stand, Liams Hof zu zerstören, würde sein Ruf endgültig ruiniert sein.

»Du brauchst es mir nicht zu sagen, wenn du nicht willst«, sagte Nessa.

»Ich will aber.« Rosie holte tief Luft. »Liam denkt, ich hätte seine Farm mit Absicht geopfert, um Driftwood House zu retten.«

»Aber das ist doch verrückt. Es war Eppings Entscheidung. Warum sollte er auf dich hören?«

»Weil ich mir ziemlich sicher bin, dass ich seine Tochter bin.«

»Ja, na klar, und Daddy tut immer, was seine kleine Tochter will.« Nessas Lachen erstarb, als sie Rosies Gesicht sah. »Meine Güte, du bist wirklich seine Tochter.«

»Ich fürchte, ja.«

»Wann hast du es ... ich meine, woher weißt du ... was zum Geier ...?«

»Als ich den Dachboden von Driftwood House ausgeräumt habe, bin ich auf Hinweise gestoßen.«

»Hat dir deine Mutter nie etwas erzählt?«

»Nein. Mein Leben lang habe ich gedacht, dass David mein Vater sei. Für mich war er mein Dad, und ich glaube, sie wusste nicht, wie sie mir beibringen sollte, dass er es nicht war.«

»Sie dachte wahrscheinlich, dass sie noch Zeit hatte, sich etwas zu überlegen.«

»Und dann war ihre Zeit abgelaufen.«

Nessa schüttelte den Kopf. »Sofia und Charles Epping, wie sie miteinander vögeln – da komm ich einfach nicht klar drauf.«

»Wem sagst du das«, murmelte Rosie düster.

»Und, hast du ihm gesagt, dass er der Daddy ist?«

Rosie nickte.

»Und?«

»Er hat keine Interesse daran, die Vaterschaft zu klären, und seine Frau hat mich praktisch vom Grundstück gejagt. Aber das ist okay. Ich will die beiden nie wiedersehen.«

»Das ist hart.« Nessa tätschelte Rosie mitfühlend den Arm. »Hat er etwas über Meadowsweet Farm gesagt?«

»Nein, und ich wollte auch nicht, dass so etwas passiert.«

»Ja, aber was für eine blöde Situation!« Nessa tätschelte Rosie weiter den Arm, als wäre sie ein Kind. Dann fiel ihr Blick auf ihre Armbanduhr und sie riss die Augen auf. »Gott, ist das spät! Wir sollten einen Zahn zulegen, wenn du deinen Flug noch erwischen willst. Was hast du jetzt vor?«

Rosie schloss die Augen. Das war die große Frage.

Verdammt, er würde noch abstürzen, wenn er nicht aufpasste. Er würde in die Tiefe und ins Meer fallen, das unten gegen die Felsen donnerte. Im Moment war ihm das egal, aber der treue Billy würde vielleicht in die Wellen springen, um ihn zu retten.

Liam ging langsamer und bemühte sich, ruhig zu atmen. Er hatte das Gefühl, als würde seine Lunge jeden Moment bersten. Oder war es sein Herz?

»Ich bin ein Idiot!«, sagte er laut. Ein Idiot, so unvorsichtig zu sein, wieder einer Frau zu trauen. Seine Menschenkenntnis war miserabel. Deanna hatte ihn getäuscht, und Rosie auch. Als ihre Idee mit der Pension gescheitert war, hatte sie ihn Charles Epping zum Fraß vorgeworfen und seine Farm für Driftwood House geopfert – ein Haus, in dem sie nie wohnen würde, weil sie Hunderte von Meilen entfernt in einem anderen Land leben würde.

Er blieb stehen und atmete tief die frische, salzige Luft ein. Vor ihm erstreckte sich das Meer und rechterhand konnte er Meadowsweet Farm an der Bucht ausmachen und das Ackerland, das er bald nicht mehr würde bestellen dürfen.

Am Ende waren all seine Opfer umsonst gewesen. Er

würde sich natürlich an die Eppings wenden und sie bitten, es sich noch einmal zu überlegen, aber mit deren eigen Fleisch und Blut konnte er unmöglich konkurrieren. Wie der Vater, so die Tochter.

Es fiel ihm schwer zu akzeptieren, dass Rosie mit einem so kalten, gefühllosen Mann verwandt war, und er fragte sich, seit wann sie schon den Verdacht hegte, Charles könne ihr Vater sein. Wie lange hatte sie ihn belogen und so getan, als wäre alles normal, obwohl das genaue Gegenteil der Fall gewesen war?

DREISSIG

Das Flugzeug würde jetzt abheben und Kurs auf Málaga nehmen. Sie sollte an Bord sein und in ihr unkompliziertes Leben in Spanien zurückfliegen – Sonne, Meer, faule Nachmittage unter Palmen und zwei Jobs, die sie im Schlaf beherrschte. Zwei Jobs, bei denen sie am nächsten Tag wieder zur Arbeit erwartet wurde.

Stattdessen fuhr sie im strömenden Regen durchs Dartmoor, um einen Mann zur Rede zu stellen, von dem sie gehofft hatte, dass sie ihn nie wiedersehen würde. Und ihr sonniges, einfaches Leben im Ausland konnte sie erst einmal abschreiben.

Hier draußen im Moor hingen die Wolken so tief, dass sie sich wie Nebel auf die Anhöhen vor ihr gelegt hatten. Zumindest war sie jetzt nicht mehr weit von High Tor House entfernt. Es würde gut sein, es hinter sich zu bringen. Aber bewegte sich da etwa die Straße? Plötzlich sah sie, dass der Asphalt mit schwarz strudelndem Wasser bedeckt war. Ein Fluss war bei dem Regen über die Ufer getreten und versperrte den Weg.

»Nicht jetzt«, stöhnte sie, trat auf die Bremse und lenkte den Wagen auf das nasse Gras. Die Straße war unpassierbar.

Rosie angelte ihre Jacke vom Rücksitz, stieg aus dem Wagen und streckte die Hand aus. Es hatte kurz aufgehört zu regnen, aber der düstere, graue Himmel drohte mit weiteren Güssen. In der Ferne konnte sie gerade eben die hohen Schornsteine der Villa der Eppings erkennen. Es blieb ihr nichts anderes übrig – sie würde zu Fuß gehen müssen, und sie würde schneller vorankommen, wenn sie geradeaus durchs Moor ging, anstatt der Biegung der Straße zu folgen.

Ringsum erstreckte sich die weite, leere Landschaft, während Rosie sich in dem unebenen Gelände einen Weg bahnte. Überall lagen verwitterte Felsbrocken herum, die sich in Stolperfallen verwandelten, wenn sie nicht aufpasste. Das Skelett eines Schafes, blankgenagt von Aasfressern, verstärkte ihre finstere Laune nur noch. Sie war umgeben von Leben und Tod.

Der Fluss, der über die Straße strömte, versperrte Rosie in höherem Gelände erneut den Weg, aber hier floss das rauschende Wasser noch innerhalb seiner Ufer. Vor Jahrhunderten hatte man den Fluss an dieser Stelle mit großen, flachen Steinplatten überbrückt, und Rosie ging vorsichtig hinüber und versuchte, nicht in die Sturzflut unter ihren Füßen zu schauen. Die Schornsteine von High Tor House waren immer noch über einer Anhöhe zu erkennen, schienen aber nicht näherzukommen.

Als Rosie endlich oben auf dem Hügel angekommen war, sah sie ein paar verstreute Schafe in der Landschaft und einen alten, verwitterten Steinkreis, der zwischen ihr und der Rückseite des Anwesens der Eppings stand.

Als sie ihn erreichte, strich sie über einen der flechtenbewachsenen Steine und spürte ein Kribbeln zwischen den Schultern. War es alte Magie oder die Kälte, die ihr mit jeder Minute tiefer in die Knochen kroch? Die Kälte, entschied sie, pragmatisch wie immer. Aber in der Mitte des Kreises blieb sie für einen Augenblick stehen. Wenn ihre Mum hier gewesen wäre, hätte sie sich im Takt »unsichtbarer Mächte« gewiegt und die Geschichten der Männer und Frauen heraufbeschworen, die einst auf diesem Land gewandelt waren. Sie hatte Steinkreise immer für mystische Orte gehalten, an denen man sich mit den Verstorbenen in Verbindung setzen konnte.

Das war ein Haufen Blödsinn, und doch ... mit nur zwei gelangweilten Schafen als Publikum drehte sich Rosie mit ausgestreckten Armen im Kreis. Regen tropfte ihr von der Nase, während sie herumwirbelte und ein lautes Brüllen ausstieß. Ihre Mutter hätte es einen Urschrei genannt, und Mann, fühlte es sich gut an, einen Teil der Gefühle herauszulassen, die in ihr tobten.

Liams angespanntes Gesicht stieg vor ihrem inneren Auge auf, sein Blick, als er ihr gesagt hatte, dass seine Farm dem Untergang geweiht sei, und er sie beschuldigt hatte, ihn verraten zu haben. Dachte er wirklich, sie würde so tief sinken, dass sie Driftwood House auf Kosten seines Heims und Lebensunterhalts geopfert hätte? Hatte er eine so geringe Meinung von ihr? Tränen brannten ihr in den Augen, während sie sich wieder und wieder im Kreis drehte und noch einmal in die kalte, feuchte Luft hinausschrie.

Schließlich hielt sie inne. Ihr war schwindelig, und sie kam sich lächerlich vor. In dem Moment entdeckte sie vor finster dräuenden Wolken zwei Gestalten in der Ferne. Sie standen nebeneinander und beobachteten sie.

»Na klasse«, murmelte Rosie, während sich hohe, gelbe Gräser im Wind wiegten und über ihr ein Vogel kreischte. Die Eppings, unterwegs auf einem Spaziergang, hatten gerade mitangesehen, wie sie sich wie eine durchgeknallte Irre benommen hatte. Andererseits – welcher normale Mensch würde bei so einem Wetter einen Spaziergang machen?

Niemand rührte sich von der Stelle, während Rosie zwischen Kampf und Flucht schwankte. Es war verlockend, zu ihrem Wagen zurückzulaufen, aber Liams Farm würde untergehen, wenn die Eppings nicht ihre Meinung änderten. Rosie nahm sich zusammen und ging auf das Paar zu.

Sie verfolgten, wie sie näherkam, Charles in einer blauen Regenjacke und Cecilia von den Stiefeln bis zum Hut in Schwarz, wie eine Krähe. Sie war die Erste, die das Wort ergriff.

»Warum sind Sie schon wieder hier? Ich dachte, wir hätten Ihnen klargemacht, dass Sie hier nicht willkommen sind.«

Sie wirkte eher misstrauisch als zornig, dachte Rosie, deren Füße im schlammigen Boden versanken. »Bitte, ich muss mit Ihnen sprechen. Nur für ein paar Minuten, dann werde ich für immer aus Ihrem Leben verschwinden.«

»Und das sollen wir Ihnen glauben? Sie haben so eine Art, aus heiterem Himmel aufzutauchen.«

»Ich verspreche Ihnen, dass ich nach Spanien abreise, sobald ich einen Flug buchen kann.«

»Ich dachte, Sie wollten heute fliegen.«

»Wer hat Ihnen das gesagt?«

»Ich habe meine Quellen. Sie sind nicht die Einzige mit Spionen in dieser Grafschaft.«

»Ich habe nirgendwo Spione.«

»Sie wussten von unserem Hotelplan, und jetzt stalken Sie uns.«

Rosie lachte, weil die Anschuldigung so lächerlich war, aber Cecilia starrte sie an, und ihr Gesicht hob sich bleich von ihrer schwarzen Jacke ab. Sie wirkte feindselig und ein bisschen verängstigt.

»Ich will, dass Sie gehen«, stieß sie mit harter, schriller Stimme hervor, aber Charles legte seiner Frau die Hand auf den Arm.

»Lass das Mädchen sprechen, Cecilia.«

»Du brauchst dir nicht anzuhören, was sie zu sagen hat.«

»Ich denke, doch.« Er wandte sich an sie. »Warum sind Sie hier, Rosie?« Es war das erste Mal, dass er sie beim Vornamen genannt hatte, und es lief ihr kalt den Rücken hinab. »Sie sollten inzwischen die Nachricht erhalten haben, dass Driftwood House doch nicht abgerissen wird. Ich konnte meine Frau überzeugen, unsere Pläne zu ändern.«

Cecilias mürrischer Miene nach zu urteilen, war eine Menge Überzeugungsarbeit nötig gewesen.

Der Regen setzte wieder ein, und Rosie zog die Kapuze hoch. »Ich bin wirklich dankbar, dass Driftwood House gerettet ist, aber Ihr neues Baugrundstück gehört zur Meadowsweet Farm, und ohne dieses Land verliert ein Mann seine Existenzgrundlage.«

Charles musterte sie kühl. »Es ist eine vernünftige, wirtschaftliche Entscheidung und nichts Persönliches.«

»Es ist sehr persönlich. Bedeuten Ihnen die Menschen denn gar nichts, deren Leben von Ihren Entscheidungen betroffen ist?«

»Auf dem Land, das wir jetzt als Standort für das Hotel in Betracht ziehen, lebt niemand. Es werden keine Häuser abgerissen.«

»Trotzdem zerstört es eine Existenz. Liam Satterley und seine Eltern haben das Land von Ihnen gepachtet, und ohne dieses Land wird die Farm wahrscheinlich nicht überleben.«

Ein Muskel zuckte unter Charles' linkem Auge. »Das ist bedauerlich.«

»Bedauerlich? Es ist ja wohl mehr als das, wenn ein Hof, der seit Generationen von derselben Familie bewirtschaftet wird, aufgegeben werden muss und ein Mann – ein guter Mann – kein Einkommen mehr haben wird, um seiner Familie ein Dach über dem Kopf zu bieten. Die Menschen in Heaven's Cove sind wichtig.«

»Wie gesagt, das ist die bedauerliche Folge einer Geschäftsentscheidung, und es ist das Beste, in diesen Dingen nicht übertrieben emotional zu reagieren.«

Der Himmel hatte sich aufgetan, aber Rosie – durchgefroren, müde und erschlagen – bemerkte den Regen kaum, der ihr übers Gesicht strömte.

»War es auch eine bedauerliche Folge, als meine Mutter mit mir schwanger geworden ist? Ist das der Grund, warum Sie sie sitzen gelassen haben? Sie halten sich starr an Ihre Regel, immer *das Richtige zu tun,* aber mir scheint, dass Sie am Ende stattdessen das Falsche tun. Sie sind so hartherzig, dass Heaven's Cove Ihnen nichts bedeutet. Ich bin froh, dass Mum David geheiratet hat. Er war ein besserer Vater, als Sie es je gewesen wären. Es ist mir außerdem egal, ob Sie mich für eine Opportunistin halten, die sich das alles nur ausdenkt, und es ist mir egal, ob Sie sich sicher sind, dass ich nicht Ihre Tochter bin.«

»Oh, da bin ich mir ganz und gar nicht sicher.« Er sprach so leise, dass Rosie ihn beinahe nicht verstanden hätte. Cecilia aber hörte ihn.

Sie packte ihn am Arm. »Sei still, Charles. Was redest du da?«

»Ich räume lediglich ein, dass es durchaus im Bereich des Möglichen liegt, dass diese junge Frau meine Tochter ist.«

»Sie sieht dir nicht ähnlich.«

»Nicht besonders, aber ich habe nachgedacht ...« Er brach ab. Regen tropfte ihm von der Kapuze auf die Nase und lief daran hinunter. »Kommt mit.«

Weder Rosie und Cecilia konnten mit Charles mithalten, während er auf das Haus zueilte. Wo er einen langen Schritt machte, brauchten sie zwei. Er führte sie durch das rückwärtige Tor, an einem großen Kräutergarten vorbei und durch eine Tür in eine geräumige, moderne Küche.

Eine Frau, die auf der Arbeitsplatte Brotteig knetete, blickte erschrocken auf, als sie hereinplatzten. Sie wischte sich mit dem Handrücken über die Stirn und hinterließ eine Mehlspur über den dunklen Augenbrauen. »Ist alles in Ordnung, Mr Epping?«

»Ja, danke, Maria.«

Die Luft war vom süßen Duft der Kuchen erfüllt, die in dem großen Ofen gebacken wurden, und aus einem Topf, der auf dem Herd blubberte, stieg Dampf auf. Die Eppings waren so reich und vornehm, dass sie eine Haushälterin *und* eine Köchin hatten.

Rosie stand in der Tür wie eine Statue. Was sollte sie hier? Charles beruhigte sein Gewissen, indem er Driftwood House rettete, scherte sich aber nicht um Liams Farm. Er würde einen Bauernhof, der seit Langem in Familienhand war, und einen guten Mann der Profitgier opfern.

Aber Cecilia zischte ihr ins Ohr: »Nicht hier«, fasste sie am Arm und zog sie durch die Küche. Charles marschierte bereits durch einen Flur, vorbei an einem finsteren Salon mit dunkelgrüner Tapete und Bücherregalen. Schließlich riss er die Tür zu dem Wohnzimmer auf, das Rosie von ihrem letzten Besuch her kannte. Regen klatschte gegen die Terrassentür, und der Garten draußen sah nass und grau aus.

»Stellen Sie sich da hin«, befahl Charles Rosie.

Als sie sich nicht von der Stelle rührte, fasste er sie am Arm und führte sie vor den Kamin, dann drehte er sanft ihr Gesicht, sodass ihr Kinn zum Garten wies.

»Jay, was machst du da?« Cecilia schien jetzt wirklich Angst zu haben.

»Sag mir, was du siehst.«

Cecilia blickte von Rosie zu dem großen Porträt, das über ihr hing. »Ich weiß es nicht.«

»Sieh genau hin«, forderte Charles sie auf. Er klang unsagbar müde. »Die Haltung des Kinns, die Form des Mundes, das Feuer in den Augen. Sie sind gleich.«

»Ich weiß, dass du Evelyn immer noch vermisst, aber so bekommst du sie nicht zurück.«

»Denkst du, ich wüsste das nicht, Cecilia? Vielleicht sehe ich nur, was ich sehen will. Deshalb habe ich versucht, dieses nagende Gefühl zu ignorieren und nicht der Vergangenheit nachzuhängen, aber was würde Evelyn von mir halten?«

»Was du sehen *willst*?« Cecilia bekam offenbar weiche Knie und ließ sich schwer auf das Sofa fallen. »Willst du, dass dieses Mädchen deine Tochter ist?« Regen tropfte von ihrer Jacke und hinterließ einen dunklen Fleck auf dem Stoff. »Du hast mir immer gesagt, du wolltest keine Kinder.«

»Natürlich. Da wir in der Hinsicht keine Wahl hatten, wäre alles andere doch grausam gewesen«, entgegnete Charles sanft.

»Ich dachte, du hättest dich schon vor Jahren damit abgefunden, dass wir keine Kinder haben würden.«

»Das hatte ich, Cece.« Charles setzte sich neben seine Frau auf das Sofa und streichelte ihre Hand. »Zumindest dachte ich das, aber Rosie hat bei ihrem letzten Besuch genau dort gestanden, kurz bevor sie gegangen ist, und da habe ich die Ähnlichkeit gesehen. Sie ist ihrer Mutter wie aus dem Gesicht geschnitten, aber sie hat auch etwas von Evelyn.«

»Warum hast du nicht mit mir darüber gesprochen?«

»Was hätte ich sagen sollen, ohne dir das Herz zu brechen? Dass *ich* plötzlich ein Kind habe, wenn das dein sehnlichster Wunsch war?«

»Ich hatte immer das Gefühl, im Vergleich zu Sofia zweite Wahl zu sein, Jay, und als ich keine Kinder bekommen konnte ...«

Rosie beobachtete entsetzt, wie sich Cecilias Gesicht verzerrte und sie zu schluchzen begann. *Halt!*, wollte Rosie schreien, *Frauen wie Sie weinen nicht,* aber Cecilias eisige Fassade war zerbrochen. Sie schlug die Hände vors Gesicht, und ihre Schultern zitterten, während sie weinte.

»Ist schon gut«, murmelte Charles, nahm seine Frau in den Arm und wiegte sie sanft hin und her.

Als Cecilias Schluchzen verebbte, hob er den Blick zu der in Öl verewigten Evelyn. »Es war richtig, was du gesagt hast,

Rosie. Ich bin kein guter Mann. Ich habe Menschen betrogen, die mich lieben, und ich treffe kalte, berechnende Entscheidungen, die sich auf das Leben anderer auswirken, während ich mir einrede, ich täte das Richtige. Und dabei sind es Menschen wie du und meine Frau, die die Konsequenzen tragen müssen.«

Er küsste Cecilia auf den Kopf. »Ich wusste nicht, dass Sofia schwanger war, aber ich habe sie im Stich gelassen. Dann habe ich mein Gewissen beruhigt, indem ich ihr Driftwood House überlassen habe. Ich dachte, sie würde das Angebot brüsk zurückweisen, aber weder sie noch David hatten viel Geld, und sie musste zu dem Zeitpunkt gewusst haben, dass du unterwegs warst. Ich kann nicht glauben, dass sie es mir nicht gesagt hat.«

Rosie war jetzt selbst den Tränen nahe und blinzelte. »Vielleicht hatte sie Angst davor, ein zweites Mal zurückgewiesen zu werden.«

Charles, der noch immer seine Frau in den Armen hielt, ließ sich gegen die Rückenlehne des Sofas sacken. »Also, wie geht es weiter? Driftwood House ist gerettet – zumindest das konnte ich für dich tun –, aber jetzt möchtest du vermutlich, dass wir einen DNA-Test machen, um zu bestätigen, dass wir verwandt sind.«

Als Cecilia sich in seinen Armen bewegte, sprach er leise auf sie ein. »Es wird für dich und mich nichts ändern, Cece. Ich liebe dich von Herzen, und du bist ein viel besserer Mensch als ich.«

»Das bin ich nicht«, widersprach Cecilia, löste sich von ihm und wischte sich grob mit dem Handrücken über die Nase. »Ich habe dir ein Kind verwehrt.«

»Nein«, sagte Rosie laut. »Es tut mir wirklich leid, Cecilia, wenn ich altes Leid aufgewühlt habe. Natürlich hat niemand Schuld daran, dass Sie keine Kinder bekommen konnten.«

Das hätte sie nicht sagen sollen. Es war eine ganz schlechte Idee, sich in ein persönliches Gespräch einzumischen. Aber anstatt ihr zu sagen, sie solle sich um ihren eigenen Kram kümmern, sah Cecilia sie an und biss sich auf die Lippe.

»Sie hat recht.« Charles strich seiner Frau mit so viel Zärtlichkeit übers Haar, dass Rosie einen Kloß im Hals bekam. Aber Cecilia schüttelte seine Hand ab und stand auf. Ohne ein weiteres Wort eilte sie aus dem Raum und knallte die Tür hinter sich zu.

Charles beugte sich vor, die Ellbogen auf die Knie gestützt, sein Gesicht geisterhaft bleich.

»Ich habe die starke Befürchtung, dass du uns nicht von unserer besten Seite kennengelernt hast.«

»Es ist gut zu wissen, dass ...« Rosies Stimme verlor sich. Sie war immer noch erschüttert von dem, was sie gerade erlebt hatte.

»Dass ich ein Herz habe?« Charles schüttelte den Kopf. »Ach, du hast ja keine Ahnung.« Er blickte zur Tür, um sich davon zu überzeugen, dass sie auch wirklich zu war. »Ich habe deine Mutter geliebt, wirklich geliebt. Wie ich dir bereits erzählt habe, hat niemand außer meiner Schwester von uns gewusst. Vielleicht war das ein Teil des Reizes – verstohlene Treffen, heimliche Küsse, verbotene Liebe. Meine Familie hat von mir erwartet, dass ich eine gute Partie mache, und deine Mutter hat den Anforderungen nicht genügt. Zu Anfang hat das keine Rolle gespielt, als ich sie über Evelyn kennengelernt habe. Sie war längst nicht so ein Snob wie ich.«

Er runzelte die Stirn. »Wir wollten durchbrennen und meine Eltern vor vollendete Tatsachen stellen, sodass sie deine Mutter am Ende hätten akzeptieren müssen. Wir wollten in Driftwood House ein einfaches Leben führen.«

»Aber dann hat sich alles zerschlagen.«

»Evelyn ist ums Leben gekommen, und meine Eltern waren am Boden zerstört. Sie haben durch Briefe, die Evelyn aufgehoben hatte, von meiner Verlobung mit Sofia erfahren und mich angefleht, es mir noch einmal zu überlegen. Die

Wahrheit ist, dass meine Schwester die Mutige in der Familie war und ihr Mut auf mich abgefärbt hatte, aber nach ihrem Tod hat er mich wieder verlassen. Wir standen alle unter Schock, und ich konnte es nicht ertragen, meinen Eltern noch mehr Kummer zu bereiten, also habe ich getan, was von mir erwartet wurde.«

»Sie haben *das Richtige* getan?«

»Ja. Ich habe meine Beziehung zu Sofia beendet und kurz darauf Cecilia geheiratet. Ich hörte, dass Sofia wieder mit David zusammengekommen war, und war froh, dass sie jemand anderen hatte. Das hat mein Gewissen erleichtert.« Schmerz zuckte über sein Gesicht.

»Ich habe Ihnen das Datum meiner Geburt genannt. Könnte ich Ihre Tochter sein?«

»Was den Zeitpunkt betrifft? Ja, das ist durchaus möglich. Als deine Mutter und ich uns das letzte Mal trafen, da ... ich war nicht stolz auf mich, aber für mich war es ein Lebewohl. Danach habe ich ihr mitgeteilt, dass ich Cecilia heiraten würde, und ich werde nie vergessen, wie sie mich angesehen hat. Ich glaube, in dem Moment hat sie mich gehasst. Aber über eins komme ich nicht hinweg. Wie sehr ich sie auch verletzt habe, ich denke trotzdem, dass Sofia mir von dir erzählt hätte, wenn du meine Tochter wärst.«

»Sie hat es dir gesagt, Jay.«

Cecilia, mit verweintem Gesicht, aber etwas gefasster, hatte den Raum wieder betreten. Sie hielt ihrem Mann einen Umschlag hin. »Dieser Brief ist vor unserer Hochzeit gekommen, und ich habe ihn aufgemacht. Ich konnte mich nicht dazu durchringen, ihn wegzuwerfen. Das kam mir selbst für meine Verhältnisse zu hartherzig vor.« Sie sah Rosie an. »Aber ich habe den Brief vor dir versteckt.«

Charles zog den Brief zitternd aus dem Umschlag. Nachdem er ihn gelesen hatte, vergrub er den Kopf in den Händen.

»Was? Was steht da?« Rosie entriss ihm den Brief und las ihn laut vor.

»Jay – ich schreibe dir, um dich darüber in Kenntnis zu setzen, dass ich mit deinem Kind schwanger bin. Ich erwarte nichts von dir. Vor allem erwarte ich nicht, dass du deine Familie enttäuschst und Cecilia verlässt. David liebt mich immer noch und will mich heiraten, obwohl er von dem Baby weiß – er ist ein anständiger Mann, der mir und meinem Kind den Halt geben wird, den wir brauchen. Wir haben uns nicht im Guten getrennt, du und ich, aber du verdienst die Chance, Teil des Lebens deines Kindes zu sein. Wenn du dein Kind kennenlernen willst, antworte auf diesen Brief. Wenn nicht, wird David der Vater des Kindes werden, und er oder sie wird von mir nichts von dir erfahren. Sofia.«

Rosie strich über die Handschrift ihrer Mutter. Es hatte aufgehört zu regnen, und der Wind hatte sich gelegt. Alles war still. Charles stand langsam auf, als koste es ihn jedes Quäntchen Kraft, das er besaß, dann ging er ohne ein Wort aus dem Raum und zog die Tür leise hinter sich zu.

Cecilia sah ihm nach, dann nahm sie Rosie den Brief aus der Hand und schob ihn zurück in den Umschlag.

»Mein Mann kann es nicht mehr ertragen, im selben Raum wie ich zu sein. Und ich vermute, dass Sie mich genauso hassen wie er mich jetzt.« Sie starrte durchs Fenster in die graue, nasse Welt draußen. »Sie werden den Bewohnern von Heaven's Cove viel zu erzählen haben, wenn Sie zurückkommen. *Cecilia Epping hatte solche Angst davor, den geliebten Verlobten zu verlieren, dass sie etwas Furchtbares getan hat.*«

Rosie konnte nicht sprechen. Sie wurde von Geheimnissen erdrückt, die ihre zerstörerischen Ranken um die Herzen von Menschen geschlungen und deren Leben für immer verändert hatten. Was wäre geschehen, wenn Charles diesen Brief vor dreißig Jahren gelesen hätte? Sie spürte die Trauer ihrer Mutter wie ihre eigene, wie sie damals auf eine

Nachricht von dem Vater ihres Kindes wartete, die niemals kam.

Cecilia machte die Lampe auf dem Schreibtisch an und tauchte den Raum in einen bernsteinfarbenen Schein.

»Driftwood House verfolgt mich, seit Charles und ich geheiratet haben. Jeden Tag habe ich daran gedacht, dass Sie dort ohne Vater aufwachsen mussten.«

»Ich hatte einen Vater«, murmelte Rosie von dem plötzlichen Drang erfüllt, den Mann in Schutz zu nehmen, der geholfen hatte, sie großzuziehen.

»Natürlich. Ich meinte, ohne Ihren leiblichen Vater.« Cecilia hielt inne. »Ich dachte, wenn ich das Haus dem Erdboden gleichmache, würde das den alten Geschichten endlich ein Ende bereiten und Sie davon abhalten, jemals wieder nach Heaven's Cove zurückzukehren. Aber stattdessen hat es Sie zu uns geführt.« Sie zog eine Braue hoch. »Was für eine Ironie.«

»Ich weiß nicht, wie Sie all die Jahre mit einem so großen Geheimnis gelebt haben«, murmelte Rosie kopfschüttelnd.

Cecilia faltete die Hände, als würde sie beten. »Als wir erfuhren, dass wir keine Kinder bekommen konnten, hielt ich das für meine Strafe, für göttliche Vergeltung, dass ich Sie von meinem Mann ferngehalten habe. Aber ich war zu tief in die ganze Situation verstrickt, und er hatte zu dem Zeitpunkt schon zu viel versäumt, als dass ich ihm den Brief hätte zeigen und gestehen können, was ich getan habe.«

Ihr Seufzer klang mehr wie ein Schluchzen, und Rosie empfand trotz allem Mitgefühl für diese Frau, die sich selbst in einem Netz aus Lügen verfangen hatte.

»Dass Sie kein eigenes Baby bekommen konnten, war Zufall, keine Strafe.«

»Sind Sie sich sicher?« Cecilia rieb sich die Augen wie ein müdes Kind. »Wissen Sie, dass ich mich vor Ihnen gefürchtet habe, als Sie das erste Mal bei uns aufgetaucht sind? Ich hatte

Angst, dass Sie mein Geheimnis lüften und meinen Mann gegen mich aufbringen würden. Ich war nur seine zweite Wahl. Es ist dumm, sich da etwas vorzumachen. Aber wir sind im Laufe der Jahre zusammengewachsen, und ich wollte nicht, dass das endete.«

»Ich bin mir sicher, dass es nicht enden wird. Er wird es verstehen, wenn er Zeit hatte, es zu verarbeiten. Es ist nicht einfach.«

»Weder für ihn, noch für Sie.« Cecilia schloss die Augen und stieß einen langen Atemzug aus. Dann sah sie Rosie mit einem traurigen Lächeln an. »Sie haben eine Freundlichkeit an sich, die bei Charles tief im Inneren verborgen liegt.«

»Ich bin nicht immer freundlich, und ich finde es schrecklich, was Sie getan haben. Aber ich hasse Sie nicht, egal was Sie denken, und ich werde auch niemandem in Heaven's Cove davon erzählen.«

»Aber warum denn nicht?«

»Weil ich nicht will, dass das Andenken meiner Mutter durch den Dreck gezogen wird, und es wäre dadurch nichts gewonnen. Es würde das Geschehene nicht ändern, und was Sie auch denken mögen, ich bin weder auf Geld noch auf Rache aus. So ein Mensch bin ich nicht.«

»Dann hat Ihre Mutter Sie gut erzogen.«

»Das hat sie, und mein Dad auch.«

»David klingt nach einem grundanständigen Mann.«

Rosie schluckte. »Ja. Er war viel anständiger, als mir je bewusst war.«

Cecilia ging zum Kamin und blieb unter Evelyns Portrait stehen. »Also, wie geht es jetzt weiter? Werden Sie nach Spanien zurückkehren?«

»Ich bin mir nicht sicher. Mein Leben hat sich in den letzten Jahren dort abgespielt, aber ...« Rosie zuckte die Achseln.

»Das Leben läuft nicht immer so, wie man es erwartet.«

Cecilia zeichnete mit der Hand das Familienwappen der Eppings nach, das in den steinernen Kamin gemeißelt war, bis ihre Finger auf der Rose in der Mitte zu liegen kamen. »Sollten Sie beschließen, in Heaven's Cove zu bleiben, werden Sie in Driftwood House wohnen bleiben können, jetzt, da wir unser Hotel stattdessen am Stadtrand bauen wollen.«

Rosie wurde schwer ums Herz. Die Eppings hatten trotz allem immer noch vor, Liam das Ackerland zu nehmen und Meadowsweet Farm in den Ruin zu treiben. »Wollen Sie jetzt noch an Ihren Plänen festhalten? Ich hatte angenommen, Ihre Hotelidee wäre ein Vorwand gewesen, Driftwood House abzureißen.«

Cecilia schüttelte den Kopf. »Ich hätte damit zwei Fliegen mit einer Klappe geschlagen, aber wir müssen mehr Geld verdienen.«

»Warum? Sehen Sie sich doch an, wo Sie leben.« Rosie deutete mit einer ausholenden Armbewegung auf die alten Gemälde, die antiken Möbel und die draußen entfernt sichtbaren Pferdeställe. Alles zusammen belief sich auf mehr, als die meisten Menschen je im Leben besitzen würden.

»Der Unterhalt von alten Gebäuden wie diesem kostet ein Vermögen, und unsere jüngsten Investitionen waren enttäuschend.«

»Sie könnten sich verkleinern.«

Cecilia hob eine Augenbraue. »Sie mögen mich heute Nachmittag zwar von einer sanfteren Seite erlebt haben, aber ich kann mir nicht vorstellen, den Familiensitz aufzugeben und an einem bescheideneren Ort zu leben. Sie etwa?«

Das Bild von Cecilia in einem kleinen Cottage in Heaven's Cove kam Rosie in den Sinn und verschwand gleich wieder. »Und was wird aus Meadowsweet Farm?«

»Sie sind hergekommen, um sich für den Mann einzusetzen, der den Hof bewirtschaftet.«

»Das ist richtig.«

»Es muss Sie Überwindung gekostet haben, noch einmal herzukommen, so wie ich bei Ihrem letzten Besuch mit Ihnen gesprochen habe. Der Mann muss Ihnen sehr viel bedeuten.«

Rosie zögerte und dachte an Liams Augen, sein Lächeln, die Verletzlichkeit hinter seiner dreisten Fassade. »Das tut er«, sagte sie und erfasste in dem Moment die Wahrheit ihrer Antwort.

Cecilia rümpfte die Nase und wurde wieder ganz Geschäftsfrau. »Wir können den Plan nicht einfach fallen lassen. Wir müssen ein Einkommen erwirtschaften. Ich fürchte, Ihr Freund wird das Land aufgeben müssen.«

Es fiel Rosie schwer, klar zu denken, aber es musste eine Lösung geben. »Wie wäre es mit ...?« Sie versuchte, ihre Gedanken zu ordnen. »Wie wäre es, wenn wir Driftwood House tatsächlich zu einer Pension umbauen würden, und ich bleibe hier und führe sie für Sie und meinen ...« Sie konnte es nicht aussprechen. Noch nicht. »Ihren Mann.«

Cecilia zog erneut eine perfekt gezupfte Braue hoch. »Würden Sie für diese Farm Ihr Leben im Ausland aufgeben?«

Rosie hielt den Atem an. Würde sie? Bilder von Spanien zogen an ihrem inneren Auge vorbei – staubige Landschaften, die heiße Sonne im Rücken, Globetrotter-Freunde, die kamen und gingen, Heimweh, das sie sich nicht eingestand. Wenn sie nach Spanien zurückkehrte, würde Liam seinen Hof wahrscheinlich dichtmachen müssen. Wenn sie blieb, hätte Meadowsweet Farm zumindest eine kleine Chance.

Sie traf eine Entscheidung. »Ja. Für Wurzeln und Beständigkeit würde ich es aufgeben. Und für Liam.«

Cecilia sah sie an. »Dann geht also nicht nur um das Land, sondern um den Mann. Weiß er, was Sie empfinden?«

»Nein, so ist es nicht. Wir sind nur Freunde.«

»Ich verstehe.« Sie dachte kurz nach. »Nach dem, was ich vor dreißig Jahren getan habe, könnte man meinen, dass ich Ihnen einen Gefallen schuldig bin. Wenn Sie sich ganz sicher sind, dass Sie bleiben und Driftwood House als Pension weiterführen wollen, können Sie Ihrem Freund sagen, dass sein Pachtvertrag für das Land verlängert wird.«

Ein *Dankeschön* lag Rosie auf der Zunge, aber sie sprach es nicht aus. Drei Jahrzehnte einer verlorenen Beziehung ließen sich nicht mit einer großherzigen Geste aus der Welt schaffen. Das würde dauern. Aber sie lächelte und nickte Cecilia zu, die ihr Nicken erwiderte.

»Ich muss jetzt zu meinem Mann, wir haben sehr viel zu bereden.« Sie blinzelte und schluckte hörbar. »Sie können hierbleiben, wenn Sie später noch mit ihm sprechen möchten.«

Rosie schüttelte den Kopf und konnte es plötzlich gar nicht erwarten, aus der Enge von High Tor House zu fliehen und einen klaren Kopf zu bekommen. »Ich muss nach Hause, aber richten Sie ihm bitte meine Grüße aus.«

Als Rosie zu ihrem Auto zurückmarschiert war, klarte der Himmel auf, und die Sonne spähte hinter grauen Wolken hervor. Die Straße war immer noch überschwemmt, aber das Wasser floss nun gemächlich vor sich hin.

Rosie stand eine Weile da und beobachtete ein einsames Dartmoor-Pony, das auf einer Anhöhe stand. Das schwarz-weiß gescheckte Pferd mit seinem typischen dicken Bauch und den kurzen Beinen hörte auf zu grasen und sah sie an, bevor es sich wieder seiner Mahlzeit zuwandte.

Jetzt, da sie in Driftwood House blieb, würde sie das Dartmoor in ihrer Freizeit besuchen können. Rosie ließ sich auf den Fahrersitz gleiten und legte den Kopf auf das Lenkrad. Seit ihrer Rückkehr nach Heaven's Cove war ihr Leben ein Wirbelwind aus Gefühlen und Enthüllungen gewesen, aber der heutige Tag hatte allem die Krone aufgesetzt.

»Charles Epping ist definitiv mein Vater. Er ist mein Dad.«

Egal, wie oft sie es laut aussprach, es würde eine Weile

dauern, es zu verarbeiten. Sie würde es in nächster Zeit niemandem gegenüber laut aussprechen, vielleicht überhaupt nicht. Es war ein Geheimnis, das sie gern für sich behalten würde, falls Liam nicht bereits aus dem Nähkästchen geplaudert hatte. Zumindest würde Nessa mit ihrer erklärten Abneigung gegen Klatsch und Tratsch den Mund halten.

Rosie drehte den Schlüssel in der Zündung und beschloss, später bei Liam vorbeizugehen und ihm zu sagen, dass er sein Land behalten dürfe, aber sie würde nichts von dem Deal erzählen, den sie gemacht hatte. Es war ihre Entscheidung, in Driftwood House einzuziehen, und sie wollte nicht, dass er das Gefühl hatte, in ihrer Schuld zu stehen. Ja, sie blieb, um Liam zu helfen. Aber als sie sich bereit erklärt hatte, fortan in Heaven's Cove zu wohnen, hatte sie ein unerwartetes Gefühl der Erleichterung überkommen. Sie blieb auch um ihrer selbst willen.

EINUNDDREISSIG

Grüne Triebe schoben sich aus der fruchtbaren Erde. Das Land würde eine weitere Ernte hervorbringen, wie schon seit Generationen auf Meadowsweet Farm. Aber damit würde bald Schluss sein. Und obwohl es nicht Liams Schuld war – das letzte Wort hatten die Eppings –, fühlte er sich wie ein Versager. Er wusste, wie man sich in Heaven's Cove an ihn erinnern würde, lange nachdem er gezwungen gewesen wäre wegzuziehen, um nach Arbeit zu suchen: *Was für ein eingebildetes Großmaul, dabei konnte er weder seine Verlobte noch seine Farm halten.*

Es würde schrecklich sein, es seinen Eltern zu sagen. Sie ahnten noch nichts von den bevorstehenden Veränderungen, und er brachte es nicht übers Herz, sie aus ihrer Ruhe zu reißen. Aber er konnte die Nachricht nicht ewig für sich behalten.

Normalerweise suchte Liam Trost bei Billy, kraulte ihn hinter den Ohren und genoss seine unkomplizierte Liebe. Aber heute hatte ihn selbst sein Hund aufgegeben. Billy ließ sich nicht aus seinem Körbchen locken – lieber wollte er den Nachmittag verschlafen, statt auch nur eine weitere Minute mit so einem Griesgram zu verbringen.

Reiß dich zusammen, ermahnte Liam sich, als er über die Felder schaute, die bald verloren sein würden. Es ist niemand gestorben, und Mum, Dad und ich können notfalls umziehen und etwas anderes arbeiten. Was genau das sein sollte, wusste er nicht genau. Katrina besaß Talent fürs Marketing, Alex war ein Computergenie und Rosie konnte Immobilien an der Costa de Sol verkaufen. Seine eigenen Fähigkeiten beschränkten sich darauf, der Erde neues Leben zu entlocken, aber vielleicht konnte er ja irgendwo auf einem anderen Hof arbeiten oder als Gärtner. Irgendwie würde er sich und seine Eltern schon durchbringen. Seine materiellen Bedürfnisse würden gestillt werden, aber was sein Herz betraf ...

Liam rieb sich übers Gesicht und fragte sich, wo Rosie gerade war. Wahrscheinlich tausend Meilen weit weg, wo sie sich mit diesem Opportunisten Matt versöhnte, der ganz begeistert davon sein musste, dass ihr wiedergefundener Vater zufällig einer der reichsten Männer Devons war.

Er schloss die Augen und dachte an die Rosie, die er aus der Schule kannte, ernst und fleißig, mit langen Zöpfen und einem aufmerksamen Blick. Dann beschwor er ihr jetziges Bild herauf – sanft, braungebrannt, sprühend vor Lebendigkeit und mit einem Gesichtsausdruck, aus dem er oft nicht schlau wurde. Wollte sie ihn küssen oder schlagen?

Vermutlich schlagen, nachdem er sie beschuldigt hatte, seine Farm für Driftwood House geopfert zu haben. Als seine Wut verraucht war, war ihm klar geworden, dass sie so etwas nie tun würde, denn im Gegenteil zu ihm früher war Rosie kein hinterhältiger Mensch. Seine Farm war nur ein Kollateralschaden.

Aber er war trotzdem wütend, dass sie ihm nicht anvertraut hatte, dass Charles Epping möglicherweise ihr Vater war. Wie konnte sie es vor ihm geheim halten, nachdem er ihr bei der

Suche nach ihrem Vater geholfen hatte? Offensichtlich vertraute sie ihm nicht.

Liam setzte sich auf die alte Mauer, die die Ostgrenze von Meadowsweet Farm markierte, und trat mit den Fersen gegen den Stein. Morgen würde er sich aufraffen und noch einmal neu anfangen müssen.

Jemand kam am Feldrand entlang auf ihn zu. Liam beschirmte die Augen gegen das grelle Licht der spätnachmittäglichen Sonne und hoffte gegen alle Hoffnung, dass es nicht sein Dad war. Er liebte seinen Vater, und seine Anekdoten über die alten Zeiten waren interessant, wenn man sie das erste Mal hörte, auch das fünfte oder sechste Mal noch, aber neuerdings wiederholte sein Dad sie endlos, und Liam war einfach nicht in der Stimmung dafür.

Er kniff die Augen zusammen, als die Gestalt näherkam. Sie war zierlich und trug ein Kleid. Es konnte also nicht sein Vater sein, es sei denn, er war noch verwirrter, als Liam dachte.

Bitte, lass es nicht Katrina sein, die mir die Hölle heiß machen will, weil ich ihr einen Korb gegeben habe, dachte Liam. Er war ihr in den letzten Tagen aus dem Weg gegangen, aber es war nur eine Frage der Zeit, bis sie ihn erwischte.

Als die Frau fast bei ihm war, erkannte er Rosie, und das Herz schlug ihm bis zum Hals. Sie trug ein schlichtes grünes Sommerkleid und einen Pferdeschwanz. Liam stand auf, obwohl er keine Ahnung hatte, warum, und setzte sich sofort wieder hin.

»Hey, Liam. Viel zu tun?«, fragte Rosie, als sie vor ihm stand. Sie stemmte die Hände in die Hüften.

»Eigentlich nicht, nein.«

»Was machst du gerade?«

»Um ehrlich zu sein, ich suhle mich im Selbstmitleid.«

Sie lächelte. »Darf man mitmachen?«

»Tu dir keinen Zwang an.«

Er deutete auf die Mauer neben sich. Kleine Steinsplitter rieselten auf die Erde, als sie sich setzte.

»Hast du Billy nicht dabei?«

»Er hatte keine Lust mitzukommen, weil er es satthat, dass ich Trübsal blase.«

»Ist mit deiner Mum und deinem Dad alles okay?«

»Es geht ihnen gut, danke.«

»Wir haben Glück mit dem Wetter. Hier an der Küste ist es viel schöner als im Inland.«

»Ja, das ist oft so.« Das war jetzt aber genug Small Talk. »Ich dachte, du hättest Heaven's Cove für immer verlassen und wärst nach Spanien geflogen«, sagte er, den Blick geradeaus gerichtet und sorgfältig darauf bedacht, sich nicht zu bewegen, damit sein Arm nicht versehentlich ihren streifte.

»Das wollte ich auch, aber dann habe ich beschlossen, stattdessen zu Charles Epping zu fahren.«

»Ist er wirklich dein Vater?«

»Ich fürchte, ja.«

»Wie lange weißt du es schon?«

»Noch nicht lange. Als er und Cecilia Driftwood House inspiziert haben, hat sie ihn Jay genannt. Sein zweiter Vorname ist James, und seine Familie nennt ihn Jay, wie ein Spitzname.«

»Hast du ihn darauf angesprochen?«

»Da noch nicht, erst später.«

»Und, hat er zugegeben, dass er dein Vater ist?«

»Am Ende ja.«

Liam holte Luft. Das war ja das reinste Verhör.

»Es muss schlimm gewesen sein, das zu erfahren. Warum hast du deinen Freunden nichts gesagt?«

»Würdest du das tun, wenn du herausfindest, dass der meistgehasste Mann in Heaven's Cove dein Vater ist?«

»Wahrscheinlich nicht. Aber mir hättest du es erzählen können.«

Rosie biss sich auf die Lippe, wie ein Kind, das versuchte,

tapfer zu sein. »Stimmt, und ich hätte es auch beinahe getan. Aber ich wollte nicht, dass du mich hasst.«

Liam drehte sich auf der Mauer zu ihr um und sah sie jetzt erst richtig an. Die Verletzlichkeit, die ihr ins Gesicht geschrieben stand, tat ihm in der Seele weh.

»Um Himmels willen, Rosie, ich könnte dich niemals hassen. Hast du das wirklich gedacht?«

Sie nickte. »Du hasst die Eppings, und jetzt bin ich auch eine.«

»Aber du bist nicht wie sie. Du bist wie deine Mum, die dich großgezogen hat. Hast du es Matt erzählt?«

»Ja«, sagte Rosie mit tonloser Stimme. »Aber er hat sich nur für das Geld der Eppings interessiert. Das war der Grund, warum er aus Spanien hergekommen ist.«

Liam nickte, zu zornig, um zu sprechen.

»Das ist auch der Grund, warum wir uns endgültig getrennt haben«, fügte Rosie unglücklich hinzu. »Das, und die Tatsache, dass er Carmen geküsst hat.«

Liams Zorn schlug plötzlich in ein irrationales, unangemessenes Hochgefühl um, doch er unterdrückte es. »Der Mann ist ein Idiot.«

»Ein bisschen schon.« Sie versuchte zu kichern, aber es war ein seltsam erstickter Laut, und Liams Stimmung veränderte sich erneut, als ihn der starke Drang überkam, Matt zu erwürgen. Er stand noch einmal auf, schüttelte die Beine aus und setzte sich wieder hin.

»Es muss sehr schwer gewesen, zu erfahren, dass dieser Mann dein Vater ist.«

»Es war ...«

Als Rosie stockte, legte Liam seine Hand auf ihre. »Ich kann verstehen, warum deine Mum es dir nicht gesagt hat.«

»Sie dachte, ich sei ohne ihn besser dran. Sie hat ihm geschrieben, um ihm mitzuteilen, dass sie schwanger ist.«

»Und dann?«

Rosie hielt inne. »Er hat den Brief nicht erhalten.«

»Dann hat er nichts von dir gewusst? Das ist tragisch.«

»Eigentlich nicht. Ich hatte einen Vater, den ich geliebt habe und der mich auf seine Art geliebt hat, obwohl ich nicht sein leibliches Kind war, und Mum und ich durften mein Leben lang in Driftwood House wohnen. Es war gar nicht so schlimm. Aber du sollst wissen, dass ich deine Farm wirklich mit keiner Silbe erwähnt habe, als ich bei den Eppings war, um Driftwood House zu retten. So etwas würde ich nicht machen. Das könnte dir nicht antun, weder dir noch sonst jemandem.«

»Ich weiß.« Liam nahm seine Hand von Rosies und fuhr sich durchs Haar. »Das ist mir klar geworden, als ich mich beruhigt hatte. Außerdem hat Nessa angerufen und mir gesagt, ich sei – ich glaube, ihre Worte waren: *ein totales Arschloch,* dass ich auch nur den Verdacht hegen könne, du hättest etwas Unrechtes getan.«

»Klingt ganz nach Nessa.« Sie grinste unsicher. »Einen Vorteil hat es, mit der kalten, herzlosen Familie verwandt zu sein, die auf deinen Feldern ein Hotel bauen will.«

»Und der wäre?«

»Ich erfahre vor allen anderen, dass sie von ihrer Hotelidee abgerückt sind, sodass dein Pachtvertrag wie immer verlängert werden wird.«

Liam zog sich alles zusammen. »Willst du damit sagen, es wird kein Hotel auf Meadowsweet Farm gebaut?«

»Genau. Wahrscheinlich wird hier überhaupt kein Hotel gebaut.«

»Rosie, du hast ein verdammtes Wunder vollbracht!«

Liam sprang auf, zog Rosie hoch, schlang ihr die Arme um die Taille und wirbelte sie herum. Sie kreischte und hielt sich an seinen Schultern fest, während sie sich zusammen in der Sonne drehten.

Beide lachten, als er Rosie wieder auf den Boden stellte. Sie sah ihn an, die Wangen gerötet, die Hände noch immer an seinen Schultern.

Er wollte sie küssen. Er wollte nichts lieber, als sie zu küssen, und dem Ausdruck in ihren Augen nach zu urteilen, empfand sie genauso. Aber sie würde Heaven's Cove verlassen, und um seines Herzens willen war es besser, nichts anzufangen, das enden würde, noch bevor es richtig begonnen hatte.

Als er die Hände sinken ließ und sich wieder auf die Mauer setzte, setzte Rosie sich neben ihn, aber mit etwas mehr Abstand als zuvor.

»Ich schätze, die Leute hier werden mein Geheimnis bald genug erfahren«, sagte sie nach einer Weile leise.

»Von mir nicht.«

»Ich hatte mich schon gefragt, ob du sofort zu Belinda laufen und ihr alles erzählen würdest, weil du so wütend warst.«

»Was würde die für ein Gesicht machen«, sagte Liam betont unbeschwert, um zu verbergen, dass ihm fast die Stimme brach. »Sie würde platzen vor Aufregung über den saftigsten Tratsch aller Zeiten, und vor Scham, dass dein Geheimnis den Klatschweibern jahrelang entgangen ist. Aber ich habe es weder ihr noch sonst jemanden gesagt und werde es auch nicht herumerzählen. Und Nessa auch nicht.«

»Danke. Nicht, dass das noch meinen Ruf im Dorf als seltsamer, reservierter Snob beschädigt.«

»Ich tausche deinen Ruf gegen meinen als arroganter Schürzenjäger, der bekommen hat, was er verdient.«

Rosie lachte über die Bemerkung, ein richtiges Lachen, das ihre Augen funkeln und ihre Wangen in der Sonne rosig glänzen ließ.

»So sehe ich dich nicht. Jedenfalls nicht mehr.«

»Autsch.« Liam schluckte und wusste, dass er sich auf gefährlichem Terrain befand, aber er konnte der Versuchung nicht widerstehen. »Wie siehst du mich dann, Rosie?«

Sie betrachtete ihn, als unterziehe sie ihn einer Musterung. »Früher habe ich dich als jemanden gesehen, der das Leben auf die leichte Schulter nimmt und arrogant und leichtsinnig mit den Gefühlen anderer umging. Aber jetzt sehe ich jemanden, der schrecklich verletzt worden ist und der sein Selbstbewusstsein und das Vertrauen in andere verloren hat, der dabei aber zu einem freundlicheren und sanfteren Mann geworden ist.«

Liam blinzelte, senkte den Kopf und band sich den perfekt gebundenen Schnürsenkel seines Turnschuhs neu.

»Und wie siehst du mich, Liam?«, fragte Rosie.

Er richtete sich auf und holte tief Luft. »Früher habe ich eine seltsame Einzelgängerin gesehen, die nicht ins Dorf gepasst hat und dachte, sie sei über alles erhaben, was mit Heaven's Cove zu tun hatte.«

»Und jetzt? Sag mir bitte nicht, dass ich nach den Wochen, die ich gerade hinter mir habe, noch genau dieselbe bin.«

Er lachte. Einige Haarsträhnen hatten sich aus ihrem Pferdeschwanz gelöst und umrahmten ihr hübsches Gesicht. »Jetzt sehe ich einen freundlichen und mitfühlenden Menschen, der stark genug ist, um mit Schicksalsschlägen fertigzuwerden, die andere in die Knie gezwungen hätten; eine Frau, die sich selbst genug ist, aber trotzdem eine von uns ist.«

»Obwohl sich herausgestellt hat, dass mein Vater Charles Epping ist?«

»Es ist mir wurscht, wer dein Vater ist«, sagte Liam. Er legte Rosie den Arm um die Taille und neigte den Kopf. »Und es ist mir egal, dass du gehst. Ich meine, das ist es nicht, aber wenn ich dich jetzt nicht küsse, Rosie Merchant, dann drehe ich noch durch.« Die Worte waren aus seinem Mund, bevor er wusste, wie ihm geschah. Er würde das Risiko für sein Herz wohl eingehen müssen.

Rosie rührte sich nicht. Wollte sie wirklich, dass er sie küsste, oder hatte er die Situation vollkommen falsch eingeschätzt?

Sie legte ihm die Arme so plötzlich um den Hals, d sie beide das Gleichgewicht verloren und ins Gras am Feldrand fielen.

»Huch!«, lachte sie, die Arme noch um seinen Hals geschlungen und halb auf ihm drauf. Das war der Moment, in dem ihm klar wurde, dass er ihr sein Herz dummerweise schon längst geschenkt hatte. Es würde höllisch wehtun, wenn sie aus Heaven's Cove wegging, aber zumindest hatte er diesen Augenblick.

»Hey«, sagte Rosie, »bevor du mich küsst: Ich habe Neuigkeiten.«

»Die interessieren mich nicht.«

Sie zog den Kopf nach hinten, als er begann, die weiche Haut in ihrem Nacken zu küssen.

»Sie werden dich interessieren«, stieß sie atemlos hervor. »Driftwood House wird zu einer Pension umgebaut, und ich bleibe hier, um sie zu führen.«

»Was?« Er rollte sich herum, sodass er auf ihr lag, und stützte sich mit den Händen im Gras ab.

»Du hast es gehört«, sagte sie leise, hob die Hand und strich ihm mit einem Finger über die Lippen. »Es ist alles mit den Eppings abgemacht.«

Liam runzelte die Stirn. »Hast du das für mich getan?«

»Wow, du bist immer noch ein bisschen arrogant, was?«, lachte Rosie. Sie umfasste sein Gesicht mit beiden Händen und zog ihn wieder zu sich herab. »Ich habe es für mich getan, Liam Satterley.«

ZWEIUNDDREISSIG

Der zerbeulte Mini holperte die letzten paar Meter den mit Schlaglöchern übersäten Klippenweg hinauf, dann stellte Rosie ihn in einer seltsamen Hommage an ihre Mutter schräg vor dem Haus auf der Wiese ab. Sie hatte das Auto Nessa versprochen und wollte ihrer Freundin als Wiedergutmachung für die Enttäuschung, dass sie es nun doch selbst behalten würde, einen kostenlosen Taxiservice für die absehbare Zukunft anbieten.

Sie stieg aus und wischte über die Grasflecken auf ihrem Kleid. Ihre Lippen kribbelten noch von Liams Küssen, und zum ersten Mal seit Ewigkeiten kam das Flattern in ihrem Magen von Aufregung statt von Trauer. Ihre Wangen glühten bei der Erinnerung, wie sie und Liam eng umschlungen auf dem Feld bei Meadowsweet Farm gelegen hatten. Rosie Merchant und Liam Satterley, wer hätte das gedacht? Sie beide jedenfalls nicht, so viel stand fest.

Sie lächelte vor sich hin, als sie auf Driftwood House zuging, das jetzt in das Licht der untergehenden Sonne getaucht war. Aber das Lächeln erstarb ihr auf den Lippen, als eine Gestalt aus dem Schatten trat.

»Du warst nicht da, deshalb habe ich gewartet. Ich hoffe, das ist in Ordnung.«

»Natürlich«, antwortete Rosie mit klopfendem Herzen. »Wo ist dein Auto?«

»Ich habe es im Dorf stehen lassen und bin zu Fuß gegangen. Ich dachte, die frische Luft würde mir guttun.« Er klang steif und unsicher. »Ich weiß, ich habe mich dir und deiner Mutter gegenüber schlecht benommen, aber können wir reden? Dann werde ich dich in Ruhe lassen, wenn du das wünschst.«

Rosie stieß die Haustür mit der Schulter auf und trat zurück, um Charles vorgehen zu lassen. »Du solltest besser reinkommen.«

Es dämmerte, und im Haus war es dunkel. Rosie schaltete das Licht in der Diele ein. Sie standen beide reglos da, während der Lampenschirm im Luftstoß der zufallenden Tür hin und her schwang.

»Komm, setzen wir uns in den Wintergarten.«

Ihre Nerven waren angespannt, und sie fand den Blick auf die Landschaft von Devon beruhigend. Charles folgte ihr wortlos und nahm auf dem klapprigen Sofa Platz, neben dem eine große Monstera stand, die Rosies Mutter aus einem Samen gezogen hatte. Der weltgewandte, kultivierte Charles Epping war verschwunden. An seine Stelle war ein Mann getreten, der mit dem Fuß unablässig auf die Terrakottafliesen tappte.

»Ich weiß nicht recht, wie ich anfangen soll.« Er schluckte. »Ich weiß nicht, was ich der Tochter sagen soll, von der ich nicht wusste, dass ich sie hatte.«

»Hätte es etwas geändert, wenn du es gewusst hättest? Wenn Cecilia Mums Brief nicht versteckt hätte?«

Als Charles kurz die Augen schloss und die Stirn runzelte, durchzogen tiefe Falten sein Gesicht. »Die ehrliche Antwort ist: Ich glaube schon, aber ich weiß es nicht genau. Ich hatte mich deiner Mutter gegenüber schrecklich verhalten. Ob ich das auch weiterhin getan hätte, wer weiß?«

»Dein Verhalten gegenüber Cecilia war auch schrecklich. Sie liebt dich.«

»Ich weiß, und ich liebe sie ebenfalls.«

»Bist du wütend auf sie, dass sie den Brief versteckt hat?«

»Natürlich, das hätte sie nicht tun dürfen. Aber noch wütender bin ich auf mich selbst, dass ich sie in die Lage gebracht habe. Wie ich dir bereits gesagt habe, Rosie, ich bin kein guter Mann.«

»Das ist keine Entschuldigung.«

»Richtig, aber es ist eine Erklärung. Ich war schwach, als deine Mutter mich am meisten gebraucht hätte. Ich habe sie nie vergessen, und es wird dich vielleicht freuen zu hören, dass ich mich sehr lange selbst gehasst habe.«

»Das bereitet mir keine Freude.«

Charles legte den Kopf schräg und heftete den Blick seiner durchdringenden blauen Augen auf Rosie. »Dann hast du große Ähnlichkeit mit Saffy.«

Als Rosie den Kosenamen ihrer Mutter aus seinem Mund hörte, überlief sie ein Schauer. »Warum hast du nach all den Jahren Blumen auf Mums Grab gelegt?«

»Man hat mich davon in Kenntnis gesetzt, dass die Mieterin von Driftwood House verstorben sei. Der Tod deiner Mutter traf mich härter, als ich nach so langer Zeit gedacht hätte, und ich hatte das Gefühl, ich sollte ihr die letzte Ehre erweisen. Kurz danach habe ich dann von dir erfahren.« Er stieß langsam den Atem aus. Hinter ihm gingen die ersten Lichter in den verstreuten Farmen und Häusern an. Sie glitzerten wie Sterne in der sich verdunkelnden Landschaft. »Es tut mir leid, dass ich nicht da war, als du aufgewachsen bist.«

Wie anders ihr Leben hätte sein können, dachte Rosie, wenn Charles Teil ihrer Kindheit gewesen wäre. Wenn er den Brief ihrer Mutter gelesen und gemeint hätte, »das Richtige tun« bedeute, die Mutter seines Kindes zu heiraten anstatt die arme, verängstigte Cecilia.

Er wäre das Leben in dem schäbigen Driftwood House bald leid gewesen, sodass Rosie wahrscheinlich in seinem Spukhaus im Dartmoor aufgewachsen wäre. Sie hätte eine Privatschule besucht, nicht die Grundschule von Heaven's Cove oder die Highschool in der nächsten Stadt. Keine klatschhaften Dorfbewohner. Keine Nessa. Kein Liam. Der Gedanke, dass sie Liam vielleicht nie begegnet wäre, ließ ihr den Atem stocken.

»Ich hatte eine wunderbare Kindheit hier mit Mum und Dad in diesem Haus auf dem Dach der Welt. Oder jedenfalls kam es mir so vor, als ich klein war.«

Charles lächelte. »Das freut mich.«

Er sah sich im Wintergarten um, und sein Blick fiel auf ein gerahmtes Foto von Sofia, das an einem spanischen Strand aufgenommen worden war. Rosie hatte sie mit der Kamera in ihrem blauen Badeanzug und der Schildpatt-Sonnenbrille eingefangen, als sie über eine Bemerkung von ihr gelacht hatte. Sie sah so schön und glücklich aus, dass Rosie ihr das gerahmte Bild vor zwei Jahren zu Weihnachten geschenkt hatte.

»Hat deine Mutter dir nie von mir erzählt?«

»Nein, auch nicht nach dem Tod meines Dads. Sie hat mir nicht einmal erzählt, dass dieses Haus dir gehört.«

»Sofia hat mich vollkommen aus eurem Leben getilgt.«

»Sie dachte, du hättest das Gleiche getan.«

Charles nickte und ließ bedrückt den Kopf hängen. Rosie empfand trotz ihrer Abneigung gegen den Mann plötzlich Mitgefühl für ihn.

»Es wurde zwar nicht von dir gesprochen, aber sie hat dich nie vergessen. Ich habe von dir nur deswegen erfahren, weil sie Erinnerungsstücke aufbewahrt hat.«

»Es ist freundlich von dir, das unter den gegebenen Umständen zu sagen. Was würde Sofia wohl davon halten, dass ich jetzt hier bin?«

Rosie schluckte. Sie war den Tränen nahe. »Ich denke, sie

würde froh darüber sein, dass das Geheimnis endlich gelüftet ist.«

»Das hoffe ich sehr. Hör zu, Rosie, ich habe kein Recht darauf, irgendetwas zu erwarten, aber wie geht es jetzt mit uns weiter?«

»Wie wünschst du dir denn, dass es weitergeht?«

Charles rieb sich die Augen, das Gesicht grau vor Erschöpfung. »Ich habe keine Erfahrung damit, Vater zu sein, und ich möchte auch nicht die Stelle des Vaters einnehmen, den du hattest. Mir ist klar, dass ich das nicht kann, und ich verdiene es auch nicht. Aber ich würde dich gern kennenlernen und mich dabei ganz nach dir richten, falls dir das recht ist.«

Als Rosie nickte, entspannte Charles sich sichtlich und ließ sich in das Sofa sinken. »Cecilia hat mir erzählt, du hättest dich bereit erklärt, Driftwood House als Pension zu führen. Ich bin froh, dass du nicht nach Spanien zurückkehrst, und ich würde dir das Haus gern als Geschenk überlassen. Es ist keine Bestechung«, fügte er schnell hinzu, als Rosie Anstalten machte zu widersprechen. »Als Oberhaupt der Familie habe ich das Recht, Driftwood House zu verschenken, und unabhängig davon, ob du mich in Zukunft sehen willst oder nicht: Driftwood House gehört dir.«

»Das kann ich unmöglich annehmen.«

»Bitte. Du musst.«

»Was würde Cecilia davon halten?«

»Es war sogar ihre Idee, als wir über die Zukunft gesprochen haben. Allmählich wird mir klar, dass ich sie auch nicht verdiene.«

Er nahm ein Taschentuch aus der Hosentasche und putzte sich lautstark die Nase, während Rosie sich mühte, ruhig zu bleiben.

»Danke für dein Angebot, aber ich kann Driftwood House auf keinen Fall annehmen.«

»Warum nicht?«

»Cecilia hat mir von euren finanziellen Problemen erzählt und gesagt, dass ihr die Einnahmen aus der Pension benötigt.«

»Wir werden vielleicht ein oder zwei Gemälde verkaufen müssen, aber du bist meine Tochter, und es wird Zeit, dass ich anfange, mich wie ein Vater zu verhalten. Ich bestehe darauf, dass du Driftwood House bekommst. Mein Anwalt setzt bereits den Schenkungsvertrag auf, ich will kein Wort mehr darüber hören.«

Irgendwo im Haus knallte eine Tür, während Rosie die Neuigkeit verdaute. Driftwood House war nicht nur gerettet, es gehörte auch ihr. Ein Gefühl des Friedens legte sich um ihr Herz, während Sofia sie von dem Foto herab anstrahlte.

»Natürlich kannst du Driftwood House als Eigentümerin auch verkaufen und wegziehen, wenn dir das lieber ist. Heaven's Cove hat dir ja, glaube ich, nicht immer gefallen.«

»Das kannst du laut sagen.« Rosie lächelte und dachte an die vielen Fluchtpläne, die sie in diesem Raum geschmiedet hatte. »Aber ich denke, ich werde hierbleiben und meine eigene Pension eröffnen, wenn das in Ordnung ist. Das Haus wird ein wunderbares Refugium für Touristen abgeben, und ich werde eine Aufgabe haben, in die ich mich stürzen kann.«

»Hat deine Entscheidung, hierzubleiben, etwas mit dem jungen Mann zu tun, für den du dich heute Nachmittag eingesetzt hast?«

»Zum Teil, aber ich bin auch lange genug gereist und es wird Zeit, nach Hause zurückzukehren, wo ich hingehöre.«

Als Charles fort war, ging Rosie zum Rand des Steilfelsens, breitete ihre Jacke auf dem Boden aus und setzte sich darauf.

Morgen würde sie Liam von ihren Neuigkeiten erzählen. Sie berührte ihren Mund und konnte noch immer seine Lippen auf ihren spüren. Er würde sich freuen, dass sie noch mehr Gründe hatte, in Heaven's Cove zu bleiben.

Auch ihre Mum hätte sich gefreut, obwohl es zu spät war, um Zeit mit ihr zu verbringen. Eine Welle der Trauer überkam Rosie, doch sie wurde durch das Wissen gemildert, dass ihre Mutter jetzt, da ihre Geheimnisse ihre Macht verloren hatten, endlich in Frieden ruhen konnte.

Ihre Mum wäre sehr glücklich darüber gewesen, Rosie verliebt zu sehen. *Wer hätte gedacht, dass du mit Liam Satterley zusammen bist. Wehe, wenn er dich nicht gut behandelt, dann bekommt er es mit mir zu tun.*

Rosie lachte und schaute zurück zu Driftwood House. Licht fiel durch die offene Haustür, und sie konnte sich beinahe vorstellen, wie ihre Mutter dort stand und ihr zuwinkte.

Sie richtete ihre Aufmerksamkeit wieder auf das dunkle Meer. Der Sandstrand war nicht zu sehen; nur die weißen Wellenkämme blitzen hell in der Dunkelheit auf. Heaven's Cove jedoch erstrahlte wie ein Leuchtturm. Weißes Licht aus den Schaufenstern geschlossener Geschäfte, die bunten Lichterketten am Smugglers Haunt, und dort, am Rande des Dorfes, ein goldener Schein aus dem Bauernhaus von Meadowsweet Farm. Sie war zu Hause.

EPILOG

DREI MONATE SPÄTER

»Ich wusste gar nicht, dass in Heaven's Cove so viele Menschen leben«, bemerkte Rosie, als sie sich in der Küchentür an Liam drückte, damit Alex und Ella sich an ihnen vorbeizwängen konnten. Das Haus war randvoll mit Dorfbewohnern.

Liam nutzte die Gelegenheit, Rosie die Arme um die Taille zu legen, wie sie es vorhergesehen hatte, und sie auf die Nase zu küssen. »Alle sind neugierig darauf, was aus Driftwood House geworden ist. Sie wollen unbedingt sehen, welche magische Verwandlung du vollbracht hast.«

Rosie grinste. Es war weniger eine Verwandlung als eine Verbesserung. Das, was Driftwood House zu etwas Besonderem machte, war geblieben. Die Originalausstattung – von den schönen Fliesen im Flur bis hin zu den gemauerten Kaminen und Bilderleisten – war unversehrt geblieben, genau wie die gemütlichen Räume mit Blick aufs Meer. Dafür hatte das Haus jetzt eine modernisierte Küche, neue Bäder und auf dem ehemaligen Dachboden ein weiteres Schlafzimmer mit zugehörigem Bad.

Der Dachboden, auf dem einst Hinweise auf Rosies Vergangenheit untergebracht gewesen waren, würde jetzt

Gästen von Driftwood House als Unterkunft dienen. Spinnen und Geheimnisse waren daraus verbannt worden.

Es waren hektische Monate gewesen. Ein Team von Handwerkern hatte fast den ganzen Sommer über mit Volldampf gearbeitet. Rosie hatte ihnen geholfen, und Liam auch, solang es die Arbeit auf seinem Hof zuließ. Seine Mum und sein Dad hatten beim Streichen mit Hand angelegt, wenn Robert nicht gerade weglief oder sich Sorgen wegen eines nichtexistenten Termins machte.

Doch heute schien er mit seiner Rolle als Kellner glücklich zu sein und hatte gut damit zu tun, Getränke an Neuankömmlinge zu verteilen, kaum dass sie durch die Haustür traten.

»Nehmt euch ein Zimmer, ihr zwei«, lachte Nessa, als sie mit Lily in ihrem schönsten Partyglitzerkleid vorbeikam. »Das Haus sieht toll aus. Du hast Wunder gewirkt, und ich höre, dass du für nächste Woche die ersten Gäste erwartest?«

»Stimmt. Ein junges Paar aus Birmingham hat online gebucht und reist am Dienstag an. Ich bin total aufgeregt.«

Rosie zerzauste Lily das Haar. Sie war nie der Typ gewesen, der über Babys oder kleine Kinder in Verzückung geriet, aber im Laufe der letzten Wochen hatte sie Lily ins Herz geschlossen. Sie verstand sogar langsam den Reiz der Mutterschaft, so sehr Nessa sie auch mit Geschichten über schlaflose Nächte und einen geschwächten Beckenboden davon abzubringen versuchte.

»He, macht die Schotten dicht! Katrina ist da«, raunte Nessa.

Liam drückte noch einmal Rosies Taille. »Ich weiß zwar, dass ich unwiderstehlich bin, aber versucht, euch nicht um mich zu prügeln.«

»Sie kann dich haben«, lachte Rosie. »Warum gehst du nicht in die Küche und verteilst ein paar Flaschen Bier, während ich sie begrüße?«

»Brauchst du eine Leibwächterin?«, fragte Nessa.

»Danke, aber ich komme schon klar.«

Rosie holte tief Luft und ging entschlossen auf Katrina zu, die vor der offenen Haustür stand, als könne sie sich nicht dazu überwinden, einzutreten. Sie waren sich nur zweimal begegnet, seit Rosie und Liam ein Paar geworden waren, und beide Male hatte Katrina sich ziemlich danebenbenommen. Das war dumm und konnte in einer derart kleinen Gemeinschaft nicht so weitergehen. Rosie setzte ihr herzlichstes Begrüßungslächeln auf.

»Hallo, Katrina, wie schön, dass du es zu unserer Eröffnungsparty geschafft hast. Kann ich dir etwas zu trinken anbieten?«

»Sekt oder Orangensaft?«, fragte Robert, der wie aus dem Nichts aufgetaucht war.

»Ist das Champagner?« Katrina nahm ein Sektglas von Roberts Tablett und beschnupperte die schäumende Flüssigkeit.

»Ich fürchte, echten konnte ich mir nicht leisten, aber es schmeckt trotzdem gut. Was hältst du von Driftwood House?«

Katrina sah sich in der Diele um, die mit Ballons und Papiergirlanden geschmückt war. »Alte Häuser sind nicht wirklich mein Ding, aber es sieht nicht allzu grässlich aus.«

Ein großes Lob von der Königin der Gemeinheiten. Als Nessa, die in der Ecke lauschte, zu kichern begann, warf Rosie ihr einen strengen Blick zu.

»Dein hochmodernes Haus in Bellesfield soll ja sehr schön sein, Katrina, und es heißt, dass du eine sehr begabte Innenarchitektin bist.«

Katrinas Gereiztheit legte sich, und sie warf sich das Haar über die Schultern. »Ja, ich habe tatsächlich ein Händchen für Farben und Möbel.«

»Könntest du mir dann vielleicht einen Gefallen tun und dich mal umsehen? Ich könnte Vorschläge für letzte Verbesserungen gebrauchen.«

»Reden wir nur über das Haus?«

Als Katrina ihren hübschen Einteiler einer Musterung unterzog, widerstand Rosie dem Drang, sie darüber in Kenntnis zu setzen, dass er ein Geschenk von Liam war. Die Klügere gab nach, und das war sie, weil sie glücklich und verliebt war.

»Bloß das Haus. Das wäre großartig, danke.«

»Nur damit ich das recht verstehe, du bittest mich um meine Hilfe?«

Hm, Katrina übertrieb es wirklich ein bisschen. Rosies Lächeln wurde noch breiter.

»Wenn es dir nichts ausmacht.«

Katrina nickte und zog einen kleinen Notizblock aus ihrer Gucci-Tasche. »Überhaupt nicht. Ich werde mir als Gedächtnisstütze ein paar Notizen machen. Du könntest zum Beispiel an der Wand da drüben durch eine kräftige Farbe einen Akzent setzen.«

Nessa schob sich unauffällig neben Rosie, als Katrina ins Wohnzimmer schlenderte, während ihr Stift übers Blatt flog.

»Wirst du ihre Vorschläge umsetzen?«

»Wahrscheinlich nicht, aber es ist gut, sie auf meine Seite zu ziehen, und sie wird dermaßen über das Haus lästern, dass sie ganz vergessen wird, Liam und mich anzupflaumen.«

»Clever. Du bist gut darin, Menschen auf deine Seite zu ziehen, nicht? Da wir gerade beim Thema sind, wird dein ... wird Charles wirklich kommen?«

»Er und Cecilia meinten, sie würden vorbeischauen, falls sie es einrichten können, und ich hoffe, dass sie es schaffen.«

Die letzten Monate seit ihrer Entdeckung, dass Charles ihr Vater war, waren nicht ganz einfach gewesen. Charles wollte die verlorene Zeit nachholen und Stunden mit ihr verbringen, während Rosie, die immer noch um ihre Mutter trauerte, sich da nicht so sicher war.

Aber sie hatten sich ein paar Mal getroffen, und Rosie hatte festgestellt, dass sie einige Eigenschaften gemeinsam hatten.

Beide waren ungeduldig und neigten zur Voreingenommenheit, obwohl Rosie ihre Vorurteile gegenüber Heaven's Cove und seinen Einwohnern abgelegt hatte. Es verband sie auch ein Sinn für Humor, den Charles für gewöhnlich verbarg.

Cecilia hielt sich meist fern, benahm sich jedoch Rosie gegenüber herzlicher, wenn sie sich doch einmal begegneten. Rosie war in ihrer Achtung sehr gestiegen, als sie das Geld abgelehnt hatte, das Charles ihr für die Renovierung des Hauses anbot, und stattdessen bei der Bank selbst ein Darlehn aufgenommen hatte.

»Ach du meine Güte! Seht mal, wer da kommt!«, rief Belinda und kam aus der Küche in die Diele gestürzt. Der Wein in ihrer Hand schwappte aus dem Glas und tropfte auf den Boden. »Gerade sind Charles und Cecilia Epping vorgefahren. Wie um alles in der Welt haben Sie es geschafft, sie herzulocken?«

Rosie lächelte. »Sie interessieren sich für das Haus und die Renovierungsarbeiten.«

»Obwohl sich herausgestellt hat, dass das Haus ihnen doch nicht gehört?«

»Ganz recht.«

Rosie gab sich größte Mühe, sich nichts anmerken zu lassen. Belinda war nicht dumm und glaubte nicht recht an Rosies Geschichte über die wiedergefundenen Unterlagen, die bewiesen, dass Sofia und David das Haus vor einigen Jahren gekauft hatten.

Den Eppings passieren solche Fehler nicht, hatte sie Rosie gesagt. In dem Fall schon, hatte man ihr versichert, und die Eppings waren beide bereit gewesen, es ihr zu bestätigen.

»Wirst du ihr jemals die Wahrheit sagen?«, fragte Nessa, während sie beobachtete, wie Belinda zu der offenen Haustür eilte.

»Eines Tages vielleicht.«

»Ist dir klar, dass ihr Kopf explodieren wird, wenn sie

erfährt, dass du Charles Eppings geheimes uneheliches Kind bist?«

»Pst, nicht so laut. Ich glaube, dass viele Leute hier genauso reagieren würden.«

»Will er, der nicht genannt werden soll, dass du den Leuten die Wahrheit sagst?«, flüsterte sie.

»Ich denke, ja, Cecilia allerdings ist sich da nicht so sicher. Aber sie haben beide gesagt, es sei meine Entscheidung.«

»Das ist gut, dann kannst du warten, bis du bereit bist.«

Rosie nickte, obwohl sie sich immer noch an den Gedanken gewöhnen musste und nicht wusste, ob sie jemals bereit sein würde. Sie hatte ihre Zweifel, ob ihre Mum gewollt hätte, dass das Dorf von ihrer Affäre mit Charles erfuhr, und es kam ihr ihrem Dad gegenüber treulos vor. Also würde es vorerst ein Geheimnis bleiben, das sie gern für sich behielt.

Während den letzten Monaten hatte sich viel für Rosie geändert. Ihre Mutter war tot, sie war wieder nach Hause gezogen, und Matt war vollkommen aus ihrem Leben verschwunden, abgesehen von einer kürzlichen Textnachricht, in der er ihr schrieb, er habe die Nase voll von Carmen und ob sie ihre Beziehung nicht wiederaufnehmen könnten. Sie hatte nicht geantwortet. Und dann war da Liam.

Rosie begegnete seinem Blick und lächelte. Er zwinkerte ihr zu.

»Mr Epping und Mrs Epping«, dröhnte Belinda plötzlich und machte an der Tür fast einen Knicks. »Welch eine Freude, dass Sie uns die Ehre Ihrer Anwesenheit erweisen.«

Charles und Cecilia traten in die Diele, und Cecilia warf Belinda einen ihrer schönsten hochmütigen Blicke zu – bei denen Rosie nicht länger erzitterte.

»Danke, dass Sie gekommen sind«, sagte Rosie und eilte zu den beiden. Charles hatte dem Anlass entsprechend einen eleganten grauen Anzug gewählt, und Cecilia trug ihre kostbarsten Perlen. »Sie sind Belinda wahrscheinlich schon einmal begegnet. Sie ist die gute Seele des Dorfes, ohne sie würde in Heaven's Cove alles zusammenbrechen.«

Belinda errötete und neigte den Kopf, während sie Charles und Cecilia die Hand schüttelte.

»Nun«, sagte Cecilia und schaute sich um. »Das Haus ist sehr schön geworden, Rosie. Gut gemacht.«

»Ihre Pension wird sicher ein großer Erfolg werden«, fügte Charles hinzu.

Belinda kniff die Augen zusammen, als er sich vorbeugte und Rosie auf die Wange küsste. Sie wusste ganz genau, dass da etwas im Gange war, aber von ihnen würde sie nicht erfahren, was.

»Hallo«, sagte Liam schroff und trat zu der Gruppe. Er blieb so dicht neben Rosie stehen, dass sie die Wärme seines Arms spüren konnte.

»Liam, wie schön, Sie zu sehen.«

Charles hielt ihm die Hand hin, und Liam zögerte nur kurz, bevor er sie ergriff. Die beiden hatten eine Art Waffenstillstand geschlossen, seit Charles die Pacht für die Felder der Meadowsweet Farm stillschweigend auf den alten Betrag vor der Erhöhung gesenkt hatte.

»Ich muss Rosie für eine Minute entführen, wenn Sie uns bitte entschuldigen wollen. Mein Vater wird Ihnen einen Drink bringen.«

Während Robert das Paar mit Sekt und Orangensaft versorgte, hakte Liam Rosie unter und zog sie durch das Gedränge zur Hintertür.

»Was ist los?«

»Das wirst du gleich sehen.« Er führte sie in den Garten und um das Haus herum. »Jetzt mach die Augen zu.«

»Warum?«

»Tu es einfach. Du vertraust mir doch, oder?«

»Natürlich.«

Sie schloss die Augen, während er sie weiterführte. Sie

spürte die Sonne im Rücken und schmeckte das Salz der Meeresbrise.

Liam legte ihr die Hände auf die Schultern und brachte sie in Position. Dann sagte er leise: »Gut, mach die Augen auf.«

Sie befand sich vor Driftwood House. Lily stand neben der Tür und hielt ein großes Bild, das sie gemalt hatte. Darauf war ein Haus zu sehen, aus dessen Schornstein Rauch kam, und ein Strichmännchen mit gelbem Haar, das vermutlich Rosie darstellen sollte. Darüber stand in großen roten Buchstaben geschrieben: *Die Pension Driftwood ist eröffnet!*

»Die Wörter hat Mummy geschrieben«, lispelte die Kleine.

Rosie lachte. »Es ist wunderschön, Lily. Du wirst mal eine große Künstlerin.«

Hinter Lily standen Nessa und Alex rechts und links neben der Tür und hielten zwischen sich ein rotes Band.

»Hier«, sagte Liam und drückte Rosie eine Schere in die Hand. »Wir fanden, du solltest die Pension offiziell für eröffnet erklären.«

»Wären die Eppings als VIPs nicht besser geeignet ...?«, setzte Belinda an, wurde jedoch von Nessas Ruf nach einer Rede übertönt.

Die Menschen drängten sich in der Diele, um zu sehen, was los war.

»Ich weiß nicht, was ich sagen soll.« Rosie blickte in die erwartungsvollen Gesichter. Wenn nur eins davon ihrer Mum gehört hätte. Sie blinzelte die drohenden Tränen weg. »Ähm, danke, dass Sie gekommen sind, und danke an alle, die geholfen haben, Driftwood für seine ersten zahlenden Gäste herzurichten, die nächste Woche eintreffen werden.«

»Hurra!«, rief Peter, einer der Handwerker, die die Renovierung ausgeführt hatten. Seine Kollegen waren nach Rosies letztem Stand in der Küche und tranken Bier.

Sie holte tief Luft. »Vor einigen Monaten bin ich unter traurigen Umständen nach Heaven's Cove zurückgekehrt und habe nicht damit gerechnet, dass ich hierbleiben würde. Ich war sogar fest entschlossen, wieder abzureisen. Aber das war, bevor mir klar geworden ist, wie viele Gründe es gibt, für die es sich zu bleiben lohnt.«

Rosie warf einen Blick zu Charles Epping, der ihr kaum merklich zunickte, bevor sie sich zu Liam umdrehte und ihn anlächelte. »Daher danke ich Ihnen allen, dass Sie mich wieder in Heaven's Cove aufgenommen haben, und ich hoffe, dass die Pension Driftwood viele Touristen anziehen wird, die unser wunderbares Dorf besuchen und viel Geld in den Geschäften ausgeben werden.«

Das sorgte für weiteren Jubel.

»Ich habe so viel verloren, als meine Mutter starb.« Rosie schluckte. »Aber ich habe auch viel gewonnen, und ich weiß, dass sie unheimlich glücklich darüber sein würde, dass ihr geliebtes Driftwood House überlebt hat und floriert.« Sie schwang die Schere. »Dann bleibt wohl nichts weiter zu tun, als das Band zu durchschneiden.« Sie legte es zwischen die Klingen der Schere und ließ sie zuschnappen. »Hiermit erkläre ich die Pension Driftwood für eröffnet.«

Liam nahm sie unter Jubel und Applaus in die Arme. Und zum ersten Mal in ihrem Leben hatte Rosie das Gefühl, dass sie wirklich in dieses besondere Dorf gehörte. Das war das Vermächtnis ihrer Mum.

»Ich bin so stolz auf dich«, flüsterte Liam und trug sie über die Schwelle von Driftwood House. »Willkommen zurück daheim, meine geliebte Rosie.«

MEHR VON BOOKOUTURE
DEUTSCHLAND

Für mehr Infos rund um Bookouture Deutschland und unsere
Bücher melde dich für unseren Newsletter an:

www.bookouture.com/bookouture-deutschland-sign-up

Oder folge uns auf Social Media:

 facebook.com/bookouturedeutschland

 twitter.com/bookouturede

 instagram.com/bookouturedeutschland

EIN BRIEF VON LIZ

Ihr habt das Ende von *Das Geheimnis vom Cottage am Meer* erreicht – tausend Dank, dass ihr es gelesen habt! Es war wunderbar, diese sehr eng verflochtene Gemeinschaft an der malerischen Küste Devons zu erschaffen, und ich wünsche mir beinahe, ich könnte selbst nach Heaven's Cove ziehen. Die Arbeit an diesem Buch hat mir durch den pandemiebedingten Lockdown geholfen, und ich hoffe, dass dessen Lektüre euch wenigstens ein paar Stunden lang Spaß gemacht und eine kleine Flucht ermöglicht hat.

Mein nächstes Buch, das ich gerade schreibe, ist ebenfalls in Heaven's Cove angesiedelt, spielt aber im Hochsommer. Ich bringe jede Menge neue Figuren ins Dorf, aber ein paar der beliebtesten Gestalten des ersten Bandes werden ebenfalls auftauchen. Ihr könnt herausfinden, wann der nächste Band erscheint, wenn ihr euch unter dem folgenden Link registriert. Wir werden eure Mailadresse nicht weitergeben, und ihr könnt euch jederzeit wieder abmelden:

www.bookouture.com/bookouture-deutschland-sign-up

In den sozialen Medien halte ich euch darüber auf dem Laufenden, wie ich mit der Arbeit an der Reihe vorankomme, und dazu gibt es weitere Nachrichten aus meiner Schreibstube und jede Menge Fotos. Schaut also mal vorbei und sagt Hallo, wenn ihr die Gelegenheit dazu habt. Die Links zu meiner Facebook-Seite sowie meinem Twitter- und Instagram-Account findet ihr am Ende dieses Briefes.

Und darf ich, bevor ich mich verabschiede, noch kurz um einen Gefallen bitten? Falls ihr *Das Geheimnis vom Cottage am Meer* gern gelesen habt, wenn es euch gefallen hat, dann wäre es großartig von euch, eine Besprechung zu verfassen, die vielleicht weitere Leser:innen ermutigt, Heaven's Cove zu besuchen. Ihr braucht dafür nicht viel Zeit zu opfern. Ein paar Worte reichen schon – ich würde mich wirklich freuen. Danke schön!

Bis zum nächsten Mal macht's gut und entspannte Lektüre!

Liz x

www.lizeeles.com

facebook.com/lizeelesauthor

twitter.com/lizeelesauthor

instagram.com/lizeelesauthor

DANKSAGUNG

Ich danke allen, die geholfen haben, dieses Buch aus meinem Kopf aufs Papier und in die Welt hinaus zu bringen. Vor allem geht ein herzlicher Dank an meinen Verlag Bookouture – es war mein Glückstag, als sich vor vier Jahren unsere Wege gekreuzt haben - und an meine wunderbare Lektorin Ellen Gleeson, die sich von Anfang an für dieses Buch stark gemacht und mich bei meiner Arbeit dann einfühlsam und ermutigend begleitet hat. Ebenso danke ich meiner Familie und meinen Freunden, die mich als Autorin und bei so vielen anderen Dingen unterstützen.